ドールズ

月下天使

高橋克彦

角川文庫 17026

目次

使命

1

「そんなに面白いか」

新しく出す古書目録の校正刷りのチェックの手を休めて恒一郎《こういちろう》は傍らの怜《れい》に声をかけた。怜は細い膝《ひざ》を両手で抱えながら『水戸黄門《みとこうもん》』の再放送に熱中している。

「お茶でもいれようか」

それに怜は画面から目を離さず無言で頷《うなず》いた。やれやれ、と恒一郎は腰を上げ、

「年寄り趣味とはこのことだな」

苦笑いした。

「センセーが懐かしがるほど時代考証に忠実な番組とは思えないけどね」

「水戸のご老公を茶化してるのが面白ぇんでさ。あっしの時代なら獄門もんだ」

怜は恒一郎の話に付き合う気になったらしくテレビを消して向き合った。

「まったく呑気《のんき》な世の中になったもんで」

「でもないだろ。歌舞伎だって話を古い時代に置き換えて政治批判をやってる。その意味じゃ変わらない。今でも首相を実名で登場させるドラマを作るのはむずかしい。直ぐに名誉毀損《めいよきそん》で訴えられて番組が潰《つぶ》される」

「なるほど」

「二階に飲みに行くか」

平日の午後だ。恒一郎の店「同道堂《どうどうどう》」と同様に「ドールズ」も客が少なそうである。店の方は休憩中の木札を吊《つる》しておけばいい。たった一人でやっている店なのでそういう我が儘《わがまま》も時には必要だ。第一、今日は間日らしく朝から三人しか客が来ない。古書籍のインターネット販売が当たり前になって店に足を運ぶ客の数がめっきり減少している。もともと顧客を相手にした目録販売をメインとしているのでさほどの影響はないものの、客と本のことであれこれ語り合う楽しみも減った。

怜を先に「ドールズ」に行かせ、カーテンを閉めてガラス戸に木札を吊しているところに背中から声がかかった。

桜小路《さくらこうじ》と梅原《うめはら》の二人だった。

「どこかにおでかけですか」

「いや、あんまり暇なんで二階でコーヒーでも飲もうかと。なにか？」

「いやいや、こっちもコーヒーを飲みに来たんですよ。本部の側だとサボってるのが目立つ。どうせ飲むなら『ドールズ』がいい」

笑って桜小路は靴を脱いだ。「ドールズ」は土蔵の二階を改造した店なので靴を脱いで上がる。最初は面倒と感じるが、それが他の店では味わえない解放感を与えてくれる。

「二人が常連になってくれてアニキが喜んでますよ」

刑事なのでなにかと安心できる。もっとも、夜は早く閉める喫茶店だから暴力団関係の出入りを案じる店でもない。盛岡の繁華街からもだいぶ離れた場所だ。夜の十時ともなると一帯がひっそり静まりかえる。

三人は揃《そろ》って階段を上がった。

「なんだ、怜ちゃんだけかい」

桜小路は広い店を見渡して微笑んだ。

「こういうとこがいいんだよな」

音楽もかかっていない静かな店の椅子にゆっくり腰を下ろして桜小路はあくびをした。

「近頃喫茶店が減りましたね。特に大通りなんか探すのが大変だ。ハンバーガーやドーナッ食いながら打ち合わせもできんですよ。そういう店ばっかりでしょう」

「コーヒーだけじゃ商売にならない時代です」

恒一郎に桜小路も頷いた。怜もウーロン茶の大きなグラスを手にしてカウンター席から恒一郎たちの座る広い席に移ってきた。

「お、渋いもの飲んでるな」

桜小路はにこにことして言った。

「アニキにコーヒーを禁じられてるんです」

でもないが、そう説明すれば疑われない。

「子供にゃ早い。私も中学生になるまで駄目だとしつけられましたよ。興奮して眠れなくなると言われた……今でも習慣で九時過ぎになるとコーヒーを飲まない」

「そうですか？」

梅原が小首を傾げた。

「自宅に居るときはさ。仕事中は別だ」

怜も嬉《うれ》しそうな顔で聞いている。

「忙しいですか？」

恒一郎は質《ただ》した。

「ようやくこの前の事件がすっかり片付きました。後始末もこっちの仕事ですからね」

そこに聖夜《せいや》が水と灰皿を運んできた。

「ぼくはコーヒー」

恒一郎に聖夜は笑顔で応じた。聖夜は十日ほど前から店を手伝ってくれている。長い髪に端整な顔立ち。この店に似合っている。

「こっちも二つ」

と言いながら梅原は聖夜を見詰めた。

「あの……もしかしてうちの……」

梅原が言いたいことを察したように聖夜は微笑みを返した。

「ね、やっぱりそうでしょう」

梅原は得意そうに桜小路に言った。

「なんの話です？」

恒一郎は桜小路と梅原を見やった。

「うちの婦人警官に護身術の指導をしてくれているんですよ」

恒一郎は目を丸くした。怜も驚く。

「どうも似ているって梅原が言い出して、それで今日は来てみたってわけです」

「護身術って……なんで？」

それも県警本部の婦人警官相手にだ。目の前の聖夜は華奢《きゃしゃ》で物静かなタイプだ。

「護身術どころか、剣道では日本で十本の指に入る腕前だそうですよ。三月前までは警視庁の警察学校で剣道の指導を」

桜小路の説明にますます仰天する。

「それが、どうして？」

こんな店でアルバイト勤務をしているのか分からない。桜小路たちも頷いた。

「別に……何年か東北に暮らしてみたかったからです」

聖夜は屈託のない笑顔で応じた。

「警察が嫌になったんだ」

梅原が残念そうな顔で言った。

「嫌なら頼まれても指導には行きません」

聖夜はくすくす笑った。

「正式な職員になったらどうです。そのキャリアだったら問題ない」

「今はまだそんな気には……好きに時間が使えて、あちこち見て回れるから」

聖夜は梅原の誘いを断わって厨房《ちゅうぼう》に戻った。

「嫌になったんでしょうね」

梅原は小さく吐息した。

「違うって言ってただろうに」

桜小路はたばこに火をつけた。

「それに警察学校の教員じゃ給料も知れてる。婦人警官の数も少ないから非常勤扱いだ」

「なんだか情けないですよ。あんな優秀な人材をこのままにしておくなんて」

梅原は厨房に目をやった。

「知らなかったな」

恒一郎も吐息した。

「彼女が警察官だったなんて想像もつかない」

「警察学校の教員は警察官とは違います」

「かも知れないけど……」

「なぜ盛岡に来たのかな。彼女は東京出身で東北とは無縁なのに」

「おまえ、そこまで調べたのか」

桜小路は呆《あき》れた顔でたばこをふかした。

「だいたい卑下し過ぎだ。盛岡は暮らしたい町の中で上位に選ばれてる。それに、恋人が盛岡の人間かも知れんじゃないか」

「恋人ね」

また梅原は溜《た》め息《いき》を吐いた。

「ひょっとして彼女に？」

恒一郎は小声で訊《たず》ねた。

「彼女がうちに教えに来てくれていると分かってからこの調子でしてね」

桜小路は渋い顔をした。

「松室《まつむろ》君とおんなじだ」

「松室先生もそうなんですか」

桜小路はにやりとして、

「それじゃ勝負がついたも同然だ。医者と刑事じゃ結果が見えている」

梅原の肩を叩《たた》いた。

「どうかな。松室君は絶対自分から好きだと言うタイプじゃない。聖夜さんもまったく気が付いていないみたいだし」

「まだ脈があるってことらしい」

桜小路は愉快そうに口にした。

「月岡《つきおか》さんが居ないと、この店は静かだ」

桜小路はゆったりと寛《くつろ》いだ。

「土蔵造りは防音がしっかりしてる。天国だな。こういうとこで昼寝をしてみたい」

「アニキは明日の準備で忙しいんでしょう」

カウンターにコーヒーが並べられたのを見て恒一郎は立ち上がった。梅原も続く。

「私が運びます」

聖夜は察して断わった。

「いいよ。ぼくは客と違う」

恒一郎は桜小路の分も受け取った。

「明日の準備と言いますと?」

コーヒーを啜《すす》りながら桜小路が質した。

「いつもの道楽。ずっと探してたレコードをついに見付けたんで、ようやく格好のつくレコードコンサートが開けるって張り切ってる」

「レコードコンサートですか。懐かしい」

「内容によるでしょう」

恒一郎は噴き出しそうにして、

「エレキ歌謡って分かりますか?」

「加山雄三《かやまゆうぞう》とかベンチャーズだな」

「アニキのはそんな甘いもんじゃない。散々聞かされたけど頭が痛くなるやつばかり。エレキサウンドじゃなく、強烈なエレキをバックにして歌い狂う歌謡曲。こんな歌があったんだとびっくりする」

「面白そうだ。聞きに来よう」

「きっと後悔する。聞いていてこっちが恥ずかしくなる。ま、アニキのあのセンス、ある意味では貴重だと思うけど」

「いいな。こういう話をしてると嫌な事件のことも忘れますよ」

桜小路に梅原もにやついた。

「三日前に出掛けた東京じゃ例の連続殺人で右往左往してました」

「連続殺人と断定されたんだ」

「ええ。それで躍起となっている」

「だけど大物ばかりでしょう」

大臣まで務めた政治家を筆頭に有名医科大学の学部長と組織暴力団の組長の三人が三月ほど前から一月ほど前までの間に殺されているのだ。

「三人に関連がなかったんで連続殺人と決め付けられないでいましたが、死体をトランクに詰めて駐車場に放置する手口が一緒です。三件目が起きてはっきり断定されました」

「プロの犯行？」

「間違いない。三人に共通する恨みを持つ者が居るとは思えません。金で依頼されたものと見ています。それが一番厄介なんですよ。本物のプロだと周辺の人間を当たっても犯人には辿《たど》り着《つ》かない」

「そんな人間が本当に日本に居ますか？」

「日本人とは限らない。東京にはそういう連中がうようよ潜り込んできている」

「怖い時代になったな」

「まったくです。五、六十万で殺しを引き受ける人間もあるらしい。貧しい国から来ていればそれでも大金だ」

「けど、死体を駐車場に放置するなんてプロの手口とも思えない」

「だからプロなんです」

桜小路は首を横に振った。

「山の中に穴を掘って埋める方が素人だ。駐車場と言いましたが、三ヵ所とも被害者の自宅近くにある無人のコイン駐車場です。人通りに注意を払えばだれに見咎《みとが》められることもなく出入りできる。その上、トランクに入れておけば発見が遅れます。他人の車に手を触れる人間は居ない。実際三人の遺体が駐車場からの通報で見付かったのはいずれも死亡推定時刻から二、三日あとのことです。そもそも自宅近くの駐車場というのがミソですよ。被害者の足取りを追うのが面倒になる。代々木《よよぎ》に自宅のある人間の車が埼玉で発見されればいくらでも追う方法があります。そうすれば目撃者を発見する可能性だって……ところが自宅近くではむずかしい。利口な犯人です。どこをどう走ったのか分からなくなる」

「…………」

「最初の議員は首をタオルのようなもので絞め殺されていました。二人目の学部長は服の上から金属の串《くし》で一突き。組長は殴られて気絶したあとに腕を後ろに縛られ、ガムテープで口と鼻を封じられて窒息死しています。手口は全部異なるが、血を流さない工夫は同一です。トランクに血が溢《あふ》れて下に零《こぼ》れ落ちないよう考えてのことです」

「まさにプロですね」

「ええ。車内に指紋はいっさい見当たりません。唯一の証拠である金属の串にしても、全国の百円ショップなどで売っているバーベキュー用の金串《かなぐし》ですよ。おなじ品物が何万本出回っているか見当もつかない。だから犯人もそのまま残して立ち去った」

うーん、と恒一郎は唸《うな》った。気乗りのしない顔を作って怜も耳を傾けている。

「学部長はともかく、議員と組長には数名の男たちが常についていた。どうやれば一人にできたのか、それも謎です。女を使って手引きしたんだろうと見てはいるようですが、簡単に誘いに乗る被害者たちとも思えない」

「下手すりゃ迷宮入りになりかねない」

梅原が口を挟んだ。

「軽々しく言うな」

桜小路はたしなめた。

「被害者三人に関連はない。目撃者はゼロ。死亡推定時間は大雑把。しかも、三人を恨んでいそうな人間は何人も居る。こうなっちゃお手上げでしょう。どこをどう攻めたらいいのか分からないですよ」

「だから向こうも苦労してるんだ」

「日本でもついにそういう犯罪が起きるようになったんだ。殺し屋なんてテレビの中のことだけと思っていた」

「梅原の心配も無理はありません。我々はどうしても動機を軸にして捜査にかかる。その動機が被害者とはまったく無縁のところにあると……保険金狙いならまだたやすい」

「その線は全然?」

「まったくとは言えませんが、連続殺人となれば線は薄れたと見るべきです」

「確かに」

恒一郎はコーヒーを喉《のど》に流し込んだ。

2

真司《しんじ》主催のレコードコンサートがすでにはじめられている。十日後に迫った桜山《さくらやま》神社境内における三店合同の青空古本市の打ち合わせで出掛けていた恒一郎は、二階から賑々《にぎにぎ》しく聞こえる音楽に思わず苦笑した。真司が夕方近くまで念入りな音量調節を繰り返していたので、聞かされている客たちの仰天の顔がつい目に浮かぶ。よくもまぁこんな曲を、と感心するくらいの珍品揃《ぞろ》いだ。一つの曲が終わり、次のイントロが流れると、おおっと何人かの声が上がって拍手がわいた。恒一郎の思惑《おもわく》と違って皆は楽しんでいるらしい。恒一郎はそのまま階段を上がった。

五十ほどある席がほぼ埋まっていた。六〇年代のエレキ歌謡だというのに若い連中が目立つ。その頃の音楽に若者たちの関心が高まっているとの真司の言葉は外れていないようだ。美樹克《みきかつ》彦《ひこ》の『赤いヘルメット』に膝《ひざ》でリズムを取りながら熱中している。演奏に被《かぶ》さっているバイクの轟音《ごうおん》が「ドールズ」の空気を揺さぶっている。カウンターの脇に陣取ってレコードプレイヤーを操作している真司も上機嫌だ。美樹克彦が快走し終えると今度は炸裂《さくれつ》するエレキの中から望月浩《もちづきひろし》が飛び出してくる。曲は『機嫌を直してもう一度』。またまた若い連中が喜ぶ。確かに胸がわくわくするノリではある。

恒一郎は盛んに体を揺すらせている松室を見付けて、そのとなりに腰を下ろした。

「なんか凄《すご》いことになってるね」

恒一郎に松室は大きく頷《うなず》いて、

「全然知らない曲ばかりだけど、目茶苦茶面白いですよ。真司さん、センスある」

「ま、こういうのに命懸けてる人だから」

恒一郎は笑って望月浩に耳を傾けた。

聖夜が注文を訊《き》きに来た。

今夜の飲み物はコーラ、コークハイ、ジントニック、安ウィスキーの水割りしか用意されていない。六〇年代に若い世代が愛飲したものばかりだ。つまみはチョコポッキーに三角チーズ、魚肉ソーセージという黄金トリオが一人ずつの皿に盛られてくる。つまみはサービスで飲み物はすべて二百円均一。真司に儲《もう》けは少しも出ない。つまりは道楽だ。

恒一郎はコークハイを頼んだ。

曲は三田明《みたあきら》の『タッチ・アンド・ゴー』に切り替わっている。一瞬でも冷静さを取り戻せばこれほど他愛もなく喧《やかま》しい音楽も珍しいが、気分が乗ったままだとこんなに元気にしてくれるものは確かに他にない。怒濤《どとう》の特攻隊、青春の爆発弾と真司が手作りポスターに書きなぐったのも納得できる。

「戸崎《とざき》さんは？」

「奥の席です。桜小路さんたちと一緒」

松室は顎《あご》で示した。薄暗い席に戸崎たちの姿が見えた。

「ここは音が高過ぎると言って」

このコンサートのために持ち込んだＪＢＬの大型スピーカーが正面に置かれている。

「こういうのを松室君が好きとは思わなかった。シャンソンじゃなかったっけ」

「こんなに絶叫して歌えたら気分がいい」

なるほど、と恒一郎も頷いた。

「シャンソンだって仲間に勧められて聞き出したやつですからね。音楽くらい聞かなきゃいけないと思って。ぼく、これでガリ勉だったから音楽なんて真剣に聞いたことない」

ずだ。

「はじめての感動ってわけだ」

恒一郎は微笑んだ。それがエレキ歌謡だと思えば気の毒な気もするが、人を揺さぶるなにかがエレキ歌謡にあるのは恒一郎も否定しない。必ず彼女を恋人にしてみせると叫んだり、金がなんだ、成功がなんだと喚《わめ》き散らす。生真面目な青春を送ったであろう松室には衝撃だったは

ずだ。

「聖夜さん、東京の警察学校の教官だったんですってね」

松室が声を張り上げた。大声を出さなければ聞こえない。

「剣道を教えていたそうだ。凄い腕だってさ」

「そんな風に見えないですよ。普通の子だ」

「普通の子じゃないから気になってるんじゃないのかい」

「いや、強そうには見えないってことです」

「剣道は力業《ちからわざ》と違うからね」

「そうか、反射神経の問題か」

「梅原君も彼女が気になってるみたいだ」

「も、ってのはどういう意味です」

「エレキ歌謡みたいなストレートさも大事だ」

「こんなに簡単ならいいけど」

流れている曲に松室は吐息した。テーブルに置かれてあるプログラムによれば北上淳也《きたかみじゅんや》の

『好き好きと何回も』という歌だ。

内気で恋心を訴えられない若者が、布団に入って彼女の名を何度も声にして叫ぶという内容だ。そうすれば夢が叶《かな》う。

「なんだか中学生みたいだな」

笑って恒一郎はたばこに火をつけた。

「ま、なんて言うか……」

コンサートが終了して仲間だけの打ち上げになると戸崎はグラスを掲げて、

「不思議な時間ではあった。若い連中が大喜びして聞いていた。では乾杯」

「なんだ、それだけか」

真司は口を尖《とが》らせた。皆は笑って乾杯する。

「それ以上言えるか。今でも頭ん中がくらくらしてる。ビートルズ世代だと看護師らには自慢してたのに、この程度の青春でしかなかったのかと悲しくなってきやがった。日本はやっぱり貧しい文化だったんだなぁ」

言って戸崎はにやにやとした。

「けどエネルギーが凄い」

松室が続けた。

「こういう迫力って今の歌には絶対ないですよ。男が自信持って生きてた時代って感じだ」

「おまえさんの世代辺りから男が腑抜《ふぬ》けになっていったからな。セックスレスの世代ってやつか」

「それはもう少しあとの連中です」

松室は戸崎に言った。

「若い連中が肉体関係なんぞになんの意味もないって言いはじめたときゃ、この国も終わりだと思ったたね。ルーズになったから肉体関係が男と女の愛の確認にはならなくなったという理屈は分かるが、心なんてどうやって確かめる？　自分でさえ自分の本心がよく分かっちゃいない。離婚率が急増したのもつまりはそれさ。肉体関係を愛情の基本に置いたのは、昔の人間の賢い知恵なんだ。そういう共通認識があったからこそ男と女が互いの気持ちを信頼することができた。好きでもない相手とは絶対に床を一つにしない」

「いや、セックスレスって肉体関係がないんですよ。ルーズとは反対でしょう」

松室は首を横に振った。

「それだからおまえさんは未熟だと言うんだ。反対なんかじゃない。言葉の言い換えだ。だれともセックスしないで互いに清く正しい同居生活をしているならおれも偉いと思うが、それとは違う。さんざん遊んできた連中同士がセックスの空しさに気付いて、そんなのがなくても気楽に暮らしていける相手と一緒になるのがセックスレス夫婦だ。愛がなんたるものかまったく分かっていないばかたれ夫婦だよ。二人だと退屈しないとか、家賃を二人で分担できるとか、病気のときに看病してくれるとか、互いに都合のいいことだけを考えてる。セックスと無縁なら多少嫌いな相手とでも一つ屋根の下に住める。そいつをセックスレスなんぞと言ってごまかしてる」

「結構、説得力あるなぁ」

松室は小さな頷きを繰り返した。

「いまどきのテレビドラマを見てると、一度寝たくらいで自分の持ち物だなんて思わないでよ、ってセリフをしょっちゅう耳にする。おれたち世代にすりゃあれほど呆《あき》れたセリフはねぇぞ。寝るってのはそれほど重要なことなんだ。一度寝たくらいで、なんてのは娼婦《しょうふ》のセリフさ。世代のギャップなどとは言わせん。もし本当に若い娘らがそう思っているなら、勝手にばかたれ国を作ればいいって気分だ。道徳のない国は必ず滅びる。ソドムとゴモラの教訓はどこに消えちまった？」

「またまた大袈裟《おおげさ》な」

松室ばかりか皆も腹を抱えた。

「聖夜ちゃんはどう思う？」

戸崎は若い聖夜に質《ただ》した。

「セックスはスポーツと変わらんのかい」

「ばかたれ、だと思います」

戸崎を真似て聖夜は答えた。

「そうだよな。今はばかたれしかいない」

戸崎は満足の顔で聖夜にグラスを掲げた。

「汝《なんじ》、殺すなかれ。汝、姦淫《かんいん》することなかれ。キリストも説いている。姦淫は人を殺すのと変わらない重い罪だ。道徳ってのはその教えに沿って生きることだ。今の若い連中のしていることとは毎日人殺しをしてるのと本質は変わらん。援助交際やら出会い系サイトは正《まさ》しく姦淫としか言えん」

「戸崎先生は……信者なんですか？」

聖夜は真面目な目で訊《たず》ねた。

「じゃないけど、夜の十二時過ぎに大通りにうろちょろしてる物欲しそうな娘たちを見てるとタクシーから降りてバットで殴り付けたくなる。親がどんな思いで育てたか分かっていない。それに群がる中年男たちが悪いと言われるが、そういう娘らが居なきゃ中年男らも寄り付かん。世間ももっと公平な目で判断すべきなんだ。かよわい娘らだから罪がないってのは違うだろう。あの娘たちが親の入院費を稼いでいるとは思えん。遊ぶ金欲しさなら群がる中年男よりずっとたちが悪い」

「なにかあったんですか？」

松室は目を白黒させて口にした。

「いつの間にかこんな口うるさい中年男になり果てちまって、おれは悲しいんだ。こんな男にゃなるまいと思って生きてきた。おれたちだって若い頃にゃそれなりに無茶をした。若い連中の味方になれる大人になろうと心に決めてたんだ。だが、やっぱり無理だ。今の若いやつらにゃばかが多過ぎる。中学生がパンツまで見えそうなスカート穿《は》いて堂々と歩いてる。本当に情けないぞ。だったら見なきゃいいと言うだろうが、そういう問題じゃない。なんで学校が禁止しない？　禁止すれば反発してもっと悪くなると思ってるなら大間違いだ。とっくに救いようがないほど悪くなってるよ。そもそもたった数年の我慢がなぜできん？　そんなにパンツを見せて歩きたいなら二十歳まで待てばいい。皆はおかしいと思わないのか」

戸崎は席を見回した。聖夜一人が頷《うなず》く。

「おれをこれ以上口うるさい親父にさせないでくれ。娘は娘らしく成長して欲しい」

「そうか。聡美《さとみ》ちゃんのせいか」

松室は中学二年になる戸崎の娘の名を口にした。皆もなるほどと首を縦に動かす。

「幸い聡美はまだそこまでいっちゃいない。ただ……ときどき遊びに来る友達がな……先が思いやられて頭を抱えてるとこさ」

戸崎はふうっと吐息した。

「まったく、この国はどうなっちまったんだろうね。同級生の皆がパンツ見せてるんだから、うちの子も仕方ないって思う親だってどうかしてるぜ。パンツ見せるのはファッションと違うだろうに。この前なんかトーク番組に女子高生が出てきて、制服ブランドで稼げるのは高校生までだとほざいていやがった。危うくテレビをぶち壊しそうになった」

「娘を持つってのはなにかと大変なんだ」

松室は同情の顔をして、

「ぼくなんか、そういうばかな女の子も居るんだと無視すりゃ済む話だけど」

「真司が羨《うらや》ましいよ」

「なんだよ急に」

真司は噎《む》せ返った。

「怜ちゃんにゃしっかりした後見人がついている。だからこんなに呑気《のんき》にしていられる」

「後見人？」

「センセーだよ」

「ま、そういうことだよね」

恒一郎は割って入って戸崎に目配せした。桜小路と梅原が同席している。目吉《めきち》の話はまずい。

戸崎も気付いてペロッと舌を出した。

「母親が居ないもんでクラス担任の先生が怜を案じてくれているんですよ」

恒一郎は桜小路たちに説明した。

「そういう先生が居ればありがたいですな」

桜小路は大きく頷いた。

「なんでこういう話になったんだっけ？」

戸崎は不思議がった。

「先輩がぼくの世代を勘違いしてセックスレス世代だなんて言ったからです」

「じゃ、なんの世代なんだ？」

「先輩たちの団塊世代みたいにきちんと括《くく》る言葉は思い付かないけど、強いて言うならカギっ子世代ですか。学習塾世代とも言われた」

「なるほど、辛《つら》くて暗い世代だな。小学生のときから塾通いか」

「皆がそうしていたから辛いとも思わなかった。取り残される方が怖い」

「そういう世代にゃエレキ歌謡はいかにも爆弾だ。おまえさんたちが塾に通って目指していたすべてをエレキ歌謡は否定してる。エレキ歌謡が望んでいるのはたった一つの愛を得ることだ。他にゃなんにも要らない」

「そんな短絡的なもんでもない」

真司が反論に回った。

「たかが歌に哲学的なものを求めるのがおまえの悪い癖だよ。おまえが深読みしてるに過ぎん。だいたいおれたちがバンドをやってた頃、英語の歌詞の意味なんぞ意識して歌ってたか？　メロディが格好よかったからコピーしてただけじゃねえか」

「エレキ歌謡の場合、ちゃんと理解できる歌詞がある。向こうの曲とは違うさ」

「それを言うなら、もっと感動的な歌詞の歌がいくらでもある。曲が悪いから心に響かんし、ヒットもしなかった。こうして面白く聞けたのはリズムの乗りがよかったせいだ」

「まぁ……かも知れないな」

真司は口論を避けるように引き下がった。

今夜の戸崎は酒が過ぎている。

「我々はそろそろ——」

桜小路は恒一郎に軽く会釈した。

「まだ早い。これからだ」

戸崎が引き止めた。十時を回ったばかりだ。

「明日からのんびりしていられない状況でしてね。総動員態勢になりかねない」

「なにか大事件でも？」

恒一郎は腰を上げた桜小路に質した。

「昨日の昼にお話しした例の事件ですよ。こっちには無関係と見ていたのに飛び火してきそうな按配《あんばい》です。すでに警察庁が判断を下したことなのでお話ししても構わないと思うが……実は、明日の朝刊に公表しろと言って犯人と目される者が昼にリストを送り付けてきたんです」

「岩手県警に？」

「いえいえ、東京の警察庁にです。こっちに送ってきても意味がない」

「なんのリストなんです？」

恒一郎は訊ねた。

「うちでは本部長しか目を通しておりませんが、三件の犯人であると認めた上で次のターゲットの名をずらりと掲げているそうです」

「犯行予告か」

戸崎は唸《うな》った。

「そのリストを新聞に公表しなければ、必ずその中から次の犠牲者が出る、と」

「ずらりと言うが、何人くらい？」

戸崎は桜小路に迫った。

「代議士からクレジット会社の社長まで、ざっと三百人以上にものぼります」

「つまり、日本の悪人リストってわけだ」

戸崎はげらげら笑った。

「いたずらの可能性もある。ここ当分はリストにある人間たちに目を光らせるということにして公表は見合わせました。当然の判断です。一方的に名指しされた人間の迷惑となる」

「いい機会だったかも知れないぜ。証拠がないだけで明らかに悪どいことをしてると思われる人間がいくらも居る。名指しすりゃ少しは反省するだろう。警察も責任をその犯人に押し付けて公表してみりゃよかったんだ。公表しなきゃその中のだれかが殺されるんだろ」

「それはそうですが」

桜小路は苦笑して、

「さすがに無理ですよ」

「代議士が怖いのか。その中にゃ相当数の政治家の名が含まれているんだろうからね」

戸崎は嫌味を口にした。

「岩手に関係のある人間もそのリストに？」

恒一郎は桜小路を見詰めた。

「我々にはそこまで知らされておりません」

桜小路はその点についてはさすがに口を濁した。しかし、場合によれば総動員態勢という言葉がそれを裏付けている。

「犯人が予告してきたということは……金で引き受けた犯行じゃなかったことになる」

恒一郎に桜小路も頷いた。

「純粋な正義の味方ってわけかい」

戸崎は嬉《うれ》しそうな顔で続けた。

「そういう野郎が出てきたっておかしくない世の中さ。目に余ることだらけだ」

「だけど三人の中には大学病院の学部長も含まれている。悪人を狙ったとは断定できない」

恒一郎は戸崎に言った。

「殺された原島《はらしま》教授ってのは相当なワンマンだったそうだ。逆らえば大学病院から放り出されてしまう。風の噂で聞いた」

「よくある話じゃないですか。どんな小さな会社にもそういう人間が一人くらいは居ますよ。それで悪人と決め付けられたら大変だ」

「他にも我々の知らん悪事をいろいろと重ねていたんだろうさ」

「先輩の名もそのリストにあったりして」

松室はくすくす笑った。

「ワンマンじゃ引けを取らない」

「日本の三百人に選ばれているなら、それはそれで栄誉ってもんだよ」

戸崎は鼻で笑った。

「いずれにしろ三百人以上を長期間警護するのは厄介です。犯人もそれを見越してリストを送り付けてきたんでしょう」

桜小路は付け足して梅原を促した。

「警察ってのも苦労が絶えんとこだ」

二人が立ち去ると戸崎は言った。

「一人に十人の警護を回すとして三百人なら三千人。その三千人の給料を計算すりゃとてつもない額になる。最低でも一月は様子を見なきゃならんだろうからな。仮に給料を三十万とすれば……九億か」

「妙な計算をするやつだ」

真司は噴き出しそうになった。

「おれたちの払った税金じゃねえか。その金が悪人どもらの身を守るために使われると思えば腹も立つ。むしろリストを公表した方がスキッとする」

「その連中にも罪のない家族が居る」

真司は戸崎にきつい口調で返した。

「罪のない家族のことを本当に思ってるんなら悪いことをしなきゃいい。だいたいおれに言わせりゃ、子供が気の毒だ。子供にゃ親を選ぶ権利がない。そいつを親も考えなくちゃならん。

なのにいつまでも悪事から手を引こうとしない。そこまでいきゃ身内だってどっちもどっちだ。どんなことをして儲《もう》けた金か薄々気付きながら高級車を乗り回し、ショパールの時計を買って貰《もら》って喜んでる。この世の中にゃ連帯責任てやつがあるんだぞ。さっきの話に戻るが、パンツを見せて歩きたがる娘の親にだっておなじことが言えるんだ」

「よほどパンツが気になるみたいだ」

恒一郎に皆はどっと笑った。

「純粋な動機から犯人が今度のことをはじめたんなら、罪は別としておれは理解できる。仲間外れにされたからって銃を持ち出し、無差別に乱射するのとは全然次元が違う」

戸崎は水割りを一気にあおった。一緒に口に含んだ氷をガリガリと歯で砕く。

「もう十分だと思うよ」

新しく水割りを拵《こしら》えようとしている聖夜を松室は制した。

「先輩、今夜はどうしたって飲み過ぎだもの」

「水割りはもう要らんけど——」

戸崎も聖夜に断わって、

「こんな先行きのない国で聖夜ちゃんたちがこれから何十年も生きていかなきゃならんのは気の毒だと思うね。申し訳ない。結局はおれたちの世代がいい加減にしてきたからさ」

深々と頭を下げて謝った。

「駄目だ。ホントに酔っ払ってる」

松室は頭を下げたきりの戸崎の肩を支えた。

「エレキ歌謡がまずかったかな」

真司はぼりぼりと頭を掻《か》いて、

「ガンガン飲んでたもんな」

「私、戸崎さんが好きになりました」

聖夜はにっこりとした。

「だれも他人のことなんか考えない時代」

「ソドムとゴモラを引き合いに出してくるとは思わなかった。おかしなやつさ」

真司も認めつつ苦笑いした。

「岩手で狙われているのはだれだろうね」

恒一郎は呟《つぶや》いた。

「代議士だったら何人も居る」

「今は国会の最中だからこっちには居ない。総動員態勢を取ることはないさ」

恒一郎は真司に目を向けた。

「警察の攪乱《かくらん》が目的で地方にまで広げただけだろう。これまでは全部東京だ。犯人も東京に潜んでいる」

「たぶんね」

恒一郎も頷《うなず》いてコークハイを喉《のど》に流し込んだ。炭酸の気がだいぶ抜けていた。

3

真司が胃潰瘍《いかいよう》で入院したとの知らせを受けたのは三日後の朝のことである。戸崎から連絡を貰って恒一郎は医大の附属病院に駆け付けた。店と離れていない場所にあるので面倒はないものの、やたらに病院とは縁がある。

「自業自得ってやつだ」

たまたま病室に居合わせた戸崎は笑って、

「自覚症状があったっていうのに、この馬鹿はあのレコードコンサートのために無理してたんだとさ。まったく呆《あき》れ返《かえ》る」

「だいぶ吐血したって？」

恒一郎は不貞腐《ふてくさ》れた顔で寝ている真司に訊《たず》ねた。

「心配ない。出血は止まった。手術も今はレーザーで簡単にやれる。三日やそこらで退院できるだろう。典型的なストレスだな。エレキ歌謡の選曲でなったとしたら笑い話だ。天罰と変わらん。こいつにゃいい薬だよ」

戸崎は鼻で笑った。

「なら安心だけど」

「怜を預かってくれないか」

真司は戸崎を無視して頼んだ。

「いいけど、なんで？」

「おふくろが明日から京都と金沢の旅行に出掛ける。気の合った友達との旅行で、前から楽しみにしていた。三、四日で退院できるもののために中止させたくない。あとでしつこく嫌味を言われ続ける」

「なるほどね」

「おまえのとこに預けると言えばおふくろも安心する。おれだって付き添いが必要な病状じゃないしな」

「店の方は？」

「聖夜ちゃんで大丈夫だ。もう連絡した」

「三、四日なら休業してもいいのに」

「あれでも好きで通ってくれている客が居る。六時までと決めたから聖夜ちゃんの負担にもならない」

「彼女がやると言うならいいだろうけど」

「こっちもいい休養だと思っているのに、戸崎のやつが脅かす。手術は簡単でも、胃カメラを飲まなくちゃならん。気が重いよ」

「腹にでっかい傷がつくのに較べりゃよかろう。いい歳してだらしない。だいたいおまえの仕事なんぞ、おれに較べりゃ毎日が遊びみたいなもんだ。それでストレスなんて笑わせる」

戸崎は言って部屋を立ち去った。

「食事が厄介そうだな」

「手術までは食うなと言われている」

「怜のことだよ」

恒一郎はくすくす笑った。

「晩飯はいつも蕎麦《そば》屋か居酒屋だ」

「それでいい。センセーも喜ぶ」

「アニキがそれでいいなら気が楽だ」

「正直言って死ぬかと思った。窒息しそうになって目が醒《さ》めてな。布団が血だらけ」

「胃潰瘍の吐血ってそうらしいね」

「おふくろなんかおろおろしちゃってさ。センセーに助けられた。センセーが戸崎に知らせてくれたんだ。怜のふりを押し通してな」

怜の中に目吉が同居していることを真司の母親は知らないでいる。

「そうか、センセーも胃潰瘍持ちだった」

「センセーには何度も助けられる。おまえのところに居る間は好きにさせてやってくれ」

恒一郎はそれに大きく頷いた。

怜はその日の夜に真司の母親に連れられてやってきた。真司の母親は恐縮していた。明日は早朝の出発だと言う。それで今夜のうちからということになったのだ。

「あっしもほっといたしやした」

　真司の母親が帰ると怜はにっこりして、

「月岡の旦那《だんな》のおふくろさんと二人だけってのはいかにも窮屈だと思ってたんでさ」

「アニキもそれを案じたんだろう」

「あそこまで堪《こら》えてやしたとは……月岡の旦那も大したもんだ。結構辛《つら》いもんですぜ」

「アニキの場合は検査が怖かったのと違うか。我慢強いとは思えないけどね」

　恒一郎は笑いながら一升瓶をどんとテーブルの上に置いた。怜にも笑いが浮かぶ。

「アニキを助けてくれたお礼だ。アニキもここに居る間は好きにしていいと言っていた」

「それじゃ遠慮なく」

　怜は恒一郎の前に胡座《あぐら》をかいた。

「刺身と豆腐とサバの味噌煮《みそに》の缶詰しか用意してない。玉子焼きくらいなら作れるけど」

　本格的な料理を作れるキッチンではない。

「それだけありゃ十分でさ」

「まさか居酒屋には連れて行けないしな」

「なんだか楽しくなってきやしたよ」

　怜は嬉《うれ》しそうにグラスを差し出した。恒一郎はなみなみとそれに注いだ。

「豆腐は醬油《しょうゆ》をかけるだけでいいかい？」

恒一郎はテーブルに料理を並べた。

「そんなに急《せ》かなくてようござんす」

旨《うま》そうに酒を嘗《な》めながら怜は制した。

「明日は学校も休みでやすからね」

「学校が休みだと言って飲んでいる小学生ってのも凄《すき》まじい感じだな」

「ああ旨ぇ。生き返った心地になりやす」

恒一郎ものんびり飲みはじめた。

「センセーの場合、本当に生き返ってるわけだから言葉に重みがある」

「こういうのを、生き返ったと言いますかね」

真面目な顔で怜は訊ねた。

「そりゃそうさ。現にこうして話している」

「あっしの方はなんだか永ぇ夢を見続けているんじゃねえかと……」

「他に夢は見ないのかい?」

「と言いやすと?」

怜は怪訝《けげん》な顔をした。

「怜に譲って体の中で眠っているときさ。そのときに夢を見ているなら、今が現実だという証拠になるじゃないか」

「なるほど」

怜はグラスを持ったまま、

「言われてみりゃその通りだ。夢はよく見ます。あっしが子供時分のこととか、人形を拵《こしら》えてる夢をね」

「だったら間違いない。センセーは今我々の生きている世界に暮らしている」

「ついこの間は、死んだ親父の夢を見やした」

怜は言って吐息した。

「いや、死んだかどうかはっきりしねえ。おふくろとあっしを捨てて出て行ったんで」

「親父さんが？」

「それもあってあっしは早ぇ時分から先代のとこに養子に迎えられたんでさ。親父も腕のいい人形師だったそうで。生きていりゃ今頃どこでどうしているもんか……」

江戸時代の話だからもちろん死んでいるに違いないが、目吉の中では生きている。

「どんな夢だった？」

「捨てる気はなかったと泣いて謝っておりやした。お役目のためにやむなく江戸を離れたと……」

「役目？」

「人形師に他の役目なんぞねぇ。江戸を離れたってんなら隠密みてぇな役目かも」

「隠密……」

「思えばしょっちゅう家をあける親父でしたよ。子供心にも奇妙に映ったが……ま、けどそいつぁあっしの頭の拵えごとでやしょう。捨てられちまったのを認めたくねえんでさ」

「隠密なら有り得るかも知れない」

恒一郎は何度も頷《うなず》いて、

「その血がセンセーにも流れているんだ。センセーの推理は我々凡人とは違う。それで納得できた。きっとそうだと思う」

「どうしても思い出せねぇんですが……」

怜は思い切った様子で、

「あっしが死んだことにも、なにやら親父が関わっていたような気がするんですよ。あっしはだれかに殺されたんだ。それが、どこでどう殺されたのかちっとも浮かんでこねぇ」

「………」

「とてつもなく広い庭だけがときどき目に浮かんで参りやす。それに親父の顔も……」

「だったら、今の話、夢なんかじゃなくて本当に親父さんと再会したんじゃないのか」

「実はあっしもそんな気が……けど、なんにも思い出せねえんじゃ仕方ねぇ」

悔しそうに怜は酒を喉《のど》に流し込んだ。

そこにインタフォンの呼び出し音が鳴った。

出ると松室の声が響いた。

病院の帰りに立ち寄ったと言う。

恒一郎は裏口に回るよう伝えた。土蔵の重い扉より楽だ。恒一郎は裏口の戸を開けた。

「怜ちゃんも居るんでしょ」

松室はケーキの箱を差し出した。

「ケーキって雰囲気じゃないけどな」

「就学児童と酒盛りですか」

松室はにこにことして部屋に入った。

「戸崎先輩ももう少ししたら来るそうです」

「なんで？」

「センセーに会いたいんですよ」

聞いて怜は身を縮めた。

「ここなら人目を気にせず話ができる」

「アニキは冷たく放って置かれてるわけだ」

「胃潰瘍《いかいよう》の手術なんて盲腸並みになりつつありますからね。心配要りません」

松室は座ると手に提げてきたもう一つの袋をがさごそやって、つまみやらおにぎりをテーブルの上にどんどん並べた。

「酒盛りモードはどっちだ」

恒一郎は呆《あき》れた。大変な量である。缶ビールも様々な種類が十本近くある。

「戸崎先輩の命令です。あの人、コンビニに一人で行く人じゃないから」

「ここは手狭だから『ドールズ』の方に移らないか？」

恒一郎に二人は同意した。

「すっかり嵌《はま》ったみたいだな」

CDの棚を物色している松室に恒一郎はいい加減切り上げるよう声をかけた。松室が選んでかけている曲は六〇年代ポップスだ。

「シャンソンより性に合ってるようで」

席に戻って松室はグラスを手にした。

「いつもこの店はこういう曲だったのに」

「自分でも不思議なんです。この前まではなんともなかった。エレキ歌謡を聞いて開眼したってことかな。CDを買って近頃じゃこればっかりです。さすがにここにはなんでも揃《そろ》ってる。CDショップよりありますよ」

「そりゃアニキは年期が違うもの」

「恒一郎さんも聞いていたんでしょ」

「そうだけど、アニキの熱に当てられて、勘弁してくれって気分だ。たまに聞くから懐かしい。こう毎日だとね」

「シルヴィ・バルタンなんか凄《すご》くいい」

「おれは代表曲ぐらいしか知らない。『アイドルを探せ』とか『想い出のマリッツア』とか」

「さすがだな。あっさりと『想い出のマリッツア』が出てくるなんて。同時代を生きていた証《あかし》しってやつでしょう」

松室は感心した。

「ヒットしたもの。証しってのは大袈裟《おおげさ》だ」

「好きな曲です。あれってバルタンの生まれ故郷のブルガリアの暮らしを歌ったものなんですよね。シャンソンに似てる」

「本当に熱中してるらしい」

恒一郎に怜も笑って頷いた。

「アニキもいい弟子ができて喜んでるだろうな。教え甲斐《がい》がある」

「ジャッキー・デシャノンも気に入りました。今日真司さんに聞いたら輸入盤だとずいぶん出ているそうです」

松室はその魅力について語りはじめた。

弁舌に付き合っているところに戸崎が現われた。ここに居ると連絡しておいたのだ。

「少し音が高いんじゃねえか」

戸崎はうるさそうにした。

「これじゃじっくり話もできん」

「松室君のご希望」

「じゃ別のにしよう。青江《あおえ》三奈《みな》があっただろ」

戸崎は松室に命じた。

「先輩は順調に歳を取ってますね。ロックをやってた人が今じゃ歌謡曲ですか」

「酒を飲むときゃそっちがいい。第一、青江三奈は歌謡曲と違う。ブルースだ」

嫌味も気にせず戸崎は強引に変更させた。

「そうそうこれでいい」

甘ったるい『池袋の夜』の前奏がはじまると戸崎は満足した。怜も微笑む。

「この店も立派にバーの雰囲気になる。酒はこうでなくちゃいかんよ」

「せっかく盛り上がっていたのに」

松室は溜《た》め息《いき》を吐いた。

「学習の成果は認めるがな、六〇年代ポップスの蘊蓄《うんちく》は若い連中相手にしてくれ。いまさらおまえさんからキャロル・キングやらロネッツの凄さを聞かされたくない」

「そんなとこまでもう？」

恒一郎は唸《うな》った。

「医局に十五、六枚もCDを持ち込んでそればっかりだ。凝り性も極まれりってやつだな」

戸崎は皆と乾杯した。

「それより、あれが現実になっちまったな」

戸崎は続けた。

「花見コンビも大忙しってとこだろう」

「桜小路さんたちになにか？」

恒一郎は戸崎を見詰めた。

「なんだ、知らんのか。ついさっき臨時ニュースで流れたぞ」

「もしかして！」

「例の正義の味方さ。花巻《はなまき》の山奥で千葉の廃棄物処理会社の社長が殺された」

「どうして例の犯人の仕業だと？」

「犯行声明が警察に届けられたそうだ」

「まさかこの岩手で事件が起きるなんて……」

「まったくだ。警察にも油断があったんだろう。殺された男はゴミ棄ての候補地の検分が目的でこっそり岩手に足を運んだらしい。警察もそこまで面倒を見切れん。犯人の方が上を行っていたってことだな」

「候補地の検分に社長自ら来たってわけ？」

「大会社でもないんだろうさ。そもそもまともな会社ならそんな危ない仕事に手を出さん。工場から出る有害物質を扱ってた」

「千葉から尾行してきたってことか」

「だろう。黙っていても自分から寂しい山中に入ってくれる。好都合な話だ」

「その男はたった一人で？」

「運転手も一緒だったが、隙を見て社長だけが殺された。犯人の姿は見ていない」

「どんな殺され方だったんです？」

「刺殺されたとか言っていた」

「ニュース、やってるかな」

恒一郎は腕時計に目を動かした。深夜のニュースにはまだ早い。

「それなら犯人は今も岩手に？」

松室が質《ただ》した。

「行方不明になったのは昨日の夜。死体が数時間前に発見されたんだよ。犯人はとっくに東京へ逃げ帰っているに違いない」

「千葉のゴミをこっちに棄てるんですかい」

怜はそれの方に憤慨した。

「ふざけた話じゃねえですか」

「安い土地を買い取って私有地にしてしまえば行政も介入がむずかしい。それに東北の山中だったら騒ぎも少ないと見たんだ」

恒一郎は苦々しい顔で説明した。

「汚ぇやり方だ。そんな野郎は殺されたって当たり前ってもんでしょう。他人の迷惑ってやつを少しも気にしちゃいねえ」

「確かに。いい見せしめだな。そういう業者は他にまだまだ居る」

戸崎はせせら笑って、

「怪しいと承知で頼む方も悪いが、安い金で請け負うと聞けばつい任せちまう。うちの病院にだってそういう業者が売り込んでくる。行政のチェックが手緩《てぬる》いとしか言えんな。摘発がいつも後手後手だ。疑わしきは罰せずがこの問題に関してはネックとなっている」

「国民の意識も今一つですしね」

　松室は舌打ちした。

「自分の住んでいる場所じゃなければ関係ないと思っている。だからそういう業者が跡を絶たないんです」

「問題は警察の対応だ」

　戸崎はにやりとした。

「これで極悪人のリストをマスコミに公表する気になるかどうか」

「しないでしょう」

　恒一郎は首を横に振った。

「それこそパニックになりかねない」

「人が本当に殺されてもか？」

「四人目です。犯人が殺しを中断するという保証もない。警察ならそう考える」

　恒一郎に皆は暗い顔で同意した。

4

「遅くなりました」

恒一郎たちの待つ「ドールズ」に桜小路と梅原の二人が顔を見せたのは、それから一時間後のことだった。花巻で起きた事件のことで話が盛り上がっているうち、松室が梅原の携帯の番号を控えていると知って戸崎がさり気なく連絡を取ってみたのである。県警本部に居残っていた桜小路もその電話に出て、戸崎の誘いに応じたのだ。

「聖夜ちゃんもあと少しで来るよ」

恒一郎は目の前に腰を下ろした梅原に笑顔で教えた。八人が腰掛けられる大きなテーブルに移動している。

「こんな時間にですか？」

梅原はにっこりしてから訊《たず》ねた。

「怜がどうしているか気にして電話をくれたんだ。下の店に居なかったんでこっちへかけてきた。皆が揃っていると言ったら直ぐに駆け付けるってさ。アニキが知ったら、鬼の居ぬ間の洗濯をする気かと怒るだろうな」

恒一郎の言葉に皆は笑った。

「我々にしても嬉《うれ》しい誘いでした」

桜小路は寛《くつろ》いだ様子で言った。

「今夜は明け方まで待機です。花巻に行った連中の報告を待たなくちゃならん。どうやって時間を潰《つぶ》そうかと持て余しておりました」

「花巻だったら管轄外なんじゃ？」

戸崎が水割りを勧めて訊ねた。

「では一杯だけ」

桜小路はグラスを手にすると、

「犯行声明によって広域の事件と確定されたので最初から県警本部が関わることになったんです」

暗い顔で口にした。

「その犯行声明だが……だれかのいたずらってことはないのかな」

「有り得ません」

戸崎に桜小路は断じた。

「県警本部にそのメールが届いたのは昨日の真夜中のことです。被害者の死体が発見される前のことですからね。犯人以外にだれ一人として事件があったことを知らない」

「メールでの犯行声明か」

戸崎は唸った。ニュースでは知らされていなかったことである。

「そのメールにはなんて？」

恒一郎は身を乗り出した。

「リストの公表をしなければ、まだまだ続く、とだけ。本部長宛てのメールでした」

「…………」

「死体発見の報告があってから、それがようやく犯行声明だと理解できました。慌ててメールの発信者の調査にかかったんですが、無駄でした。被害者の携帯電話からのものだったんです。本当に賢いやつだ。殺してから携帯電話を奪ってメールしたんでしょう。それではその先を辿《たど》れなくなる」

桜小路は舌打ちして続けた。

「愉快犯なら死体の転がっている場所とか被害者の名とかを知らせてくる。それをすれば逃亡に面倒が生じると考えたに違いない。まったく手強《てごわ》い相手としか言いようがない」

「その……確かニュースでは運転手も一緒だったとか。殺された男が行方不明だってのは昨日のうちに届けられていたんじゃ？」

戸崎は首を傾げつつ質した。

「届けられておらんのですよ」

溜《た》め息《いき》を交えて桜小路が応じた。

「運転手が小便をしに車から下りた隙に犯人が接近したらしい。運転手が戻ったら車が消えていました。深い山の中に運転手が置き去りにされてしまったというわけです。花巻の町に辿り着いた運転手はそれを会社に連絡したが、被害者の目的が目的だっただけに会社の幹部連中は少し様子を見ようという結論を出しました。まさか被害者が例のリストに名を掲げられていたとは知らない。車を運転して消えたのは社長本人という思い込みもあったでしょうしね。大騒ぎにして取り返しのつかない事態になるのを恐れたんです」

「それなら無理もなさそうだ」

戸崎は納得の顔をした。

「昨日のうちに失踪《しっそう》が報告されていれば多少は打つ手もあった。車の発見場所は失踪現場からさほど離れていない。それを思うと残念でなりません」

「そんな近くで殺したんだ」

「当然です。犯人も自分の車で尾行していたはずだ。あまり離れれば自分の車に戻るのが厄介となりますからね」

なるほど、と皆は頷《うなず》いた。

「恐らく犯人は運転手が車を離れると同時に乗り込んで瞬時に刺し殺したと思われます。そして車を運転して別の場所に移った。あるいはそこに自分の車を置いていたのかも。今はどんな山奥でも道が舗装されているので痕跡《こんせき》を探すのがむずかしい。今の段階で犯人に繋《つな》がる有力な手掛かりは得られておりません」

「けど……」

恒一郎は首を捻《ひね》った。

「犯人はいったい何日、その被害者を見張っていたんだろう?」

「と言いますと？」

「岩手の山奥だなんて、あんまりでき過ぎた舞台じゃないですか。そういうチャンスを待つ気ならよほど監視していないと無理だ」

「そういう意味ですか」

桜小路は大きく首を縦に動かして、

「あの場所に誘導したのも犯人と思われます」

言うと水割りのグラスをテーブルに戻した。

「あの土地を買わないかと持ち掛けてきた不動産会社は実在しますが、被害者と深夜に待ち合わせの約束などしていないと言い張っています。嘘ではないようだ。その取り引きを承知していた犯人が不動産会社の名を騙《かた》って誘導したと見て間違いないでしょう」

「そこまで調べるのは大変だ」

恒一郎は吐息した。

「だから賢い犯人だと言ったんです。もっとも、その程度の情報ならさほど面倒もなく入手できます。被害者をリストに加えた時点で調査済みだったとも考えられますよ」

「リストには何百人もの名が……不可能だ」

恒一郎は首を横に振った。

「殺す順番は犯人の自由です。それに何百人と言いますが、半数以上は我々もよく承知の人物です。それこそ犯人の目くらましなのかも知れない。そうすれば我々の注意がどうしてもそちらの著名人の方に向けられる」

　それはそうだ。恒一郎も頷いた。

「やっぱりリストに目を通していたわけだ」

　戸崎はにやにやとした。

「こういう事態になりましたからね」

「この岩手には何人居る？」

「言えません」

　笑いを見せて桜小路は返した。

「先輩は自分の名がないか本気で心配してるんですよ」

　松室に桜小路は噴き出して、

「でしたら安心してください」

　それだけはしっかりと請け合った。

「おれの名前云々《うんぬん》は冗談だが……まさか本当にあの事件が岩手に飛び火してくるとは思わなかった。それだけ岩手が殺しには都合のいい辺鄙《へんぴ》な場所って認識されてるのかね」

　戸崎は苦笑で水割りを喉《のど》に流し込んだ。

「確かに岩手の山奥ならどこにでも逃げ込むことができそうなイメージだしな」

「被害者が買うつもりになっていた土地がたまたま岩手だったということでしょう」

　恒一郎が口にした。

「いや、そうでもなさそうです」

桜小路は恒一郎と向き合って、

「被害者が食指を動かしていた土地は他にいくつかありました。価格の折り合いがつかずにいたんです。犯人がその中から岩手を選んで誘い出したとしたら、岩手に土地鑑があるとか、それこそ戸崎先生のおっしゃったように逃亡に楽と見てのことかも知れません」

「リストに特徴はなかったですか？」

恒一郎は思い付いて訊《たず》ねた。

「土地鑑がある人間だったら岩手の事情にも詳しいんじゃないかな。だとすればリストに他県に較べて岩手の人間の名が多いとか、そうした特徴が見られてもおかしくない」

「そういう意味でチェックはしておりませんが……特に多いということも……しかし、署に戻ったら調べ直してみましょう」

「犯人が岩手県人てことはないだろう」

戸崎は否定した。

「自分の足元に注意を引かせるようなバカな真似はしない。それが人間の心理というやつだ。無意識に遠い場所を選ぶ。土地鑑があるといっても一、二回岩手に来たことがあるとか、せいぜいそんなとこだな」

皆は、いかにもと頷き合った。

「こんばんは」

聖夜がそこに姿を見せた。

「びっくりした」

戸崎は聖夜を振り向いて言った。

「足音が聞こえなかった」

古い蔵なので階段はいつも軋《きし》む音を立てる。

「毎日上り下りしてます」

聖夜は微笑んで戸崎の勧める席に着いた。

「ちゃんと片付けるから聖夜ちゃんは心配しなくていい。綺麗《きれい》にしとく」

恒一郎は先回りして言った。明日から三日間は聖夜一人にこの店が任せられている。

「気にしないでください。どうせ午前中のお客は滅多《めった》にいません。のんびりやります」

聖夜はビールの差し入れをテーブルに置いた。ありがたそうに戸崎が手を伸ばす。

「眠くないの？」

聖夜は怜に声をかけた。大人たちに挟まってちょこんと座っている。怜はこっくりと首を動かした。

「一人で眠るのが怖いんだったら側に付いていてあげようか」

聖夜に怜は首を横に振った。

「好きにさせときゃいい。子供ってのはこれで大人の話が好きなもんだ」

戸崎に怜はにこにことした。

「こうメンバーが揃《そろ》ったんならカラオケ大会でも開催するかね」

戸崎はCDやテープの棚に目をやって、

「六〇年代ポップスだったら確かカラオケのテープを置いていたはずだ」

「戸崎さんが歌うわけ？」

恒一郎は戸崎を見詰めた。

「松室センセーが居る。勉強の成果を皆に披露したくてうずうずしてるに違いない」

「やめてくださいよ」

松室は慌てて手を横に振った。

「まったく意地悪なんだから」

「シャンソンだと上手《うま》いか下手なのかちっとも分からんが、六〇年代ポップスなら分かる。おまえさんの実力を見極めてみたい」

「ほら、やっぱり悪意がある」

口を尖《とが》らせた松室に皆は爆笑した。

「我々はそろそろ」

「リストの公表の件は？」

腕時計に目をやって腰を浮かせた桜小路に戸崎が声をかけた。

「警察庁と本部長の判断次第ですが……」

「無理って顔だな」

「世の中がひっくり返りますよ」

「あと何人殺されれば気が変わる？」

「さあ……私の立場ではなんとも返答が」

桜小路は言って梅原を促した。

「ご馳走《ちそう》になりました。また今度」

桜小路と梅原は恒一郎に礼をして階段を下りて行った。ぎしぎしと音が響く。

「言い忘れましたが」

桜小路が戻って階段から首だけ出した。

「リストのこと、くれぐれもご内密に願います。マスコミも嗅《か》ぎ付《つ》けてはいるでしょうが、聞かなかったことにしてください」

分かった、と戸崎が笑顔で約束した。

「今の念押しがしたくてここへ来たのかも知れん。この前はまさか岩手に飛び火するとは思わずにうっかり口を滑らせたんだ」

二人が出て行ったのを確認して戸崎が言った。聖夜が二人のグラスを片付ける。

「最初は事件に便乗したいたずらだと思われていたんだ。とっくに噂となって広まってる。それにリストを送ったのが警察だけとは限らん。警察も頭を悩ませてるとこだろう」

「けどマスコミもすっぱ抜く勇気はないでしょう。きっと大臣クラスの名も含まれているんでしょうからね」

松室に戸崎は渋い顔で同意した。

「あと何人殺されれば……か」

恒一郎は戸崎の言葉を繰り返した。

「正義の味方も案外とだらしない」

戸崎はたばこに火をつけて、

「それこそ大臣クラスの大物をはじめっから狙えばいいんだよ。そうすりゃマスコミも躊躇《ちゅうちょ》なしにリストの公表に踏み切る。今からじゃガードもきつくなってむずかしい」

「本気で応援してるみたいだ」

松室は呆《あき》れた。

「この国はちっともよくならん。あまりに悪過ぎて腹を立てる気力もなくなった。銀行の定期預金の利息なんぞゼロに等しいぞ。その上、一千万までしか万が一の際の保証をしないときた。土地も値が下がりっぱなし。こんな状態で老後はどうなる？　なのに若い連中らは関係ない顔で携帯電話やらゲームにうつつを抜かしてる。昔、童話で読んだアリとキリギリスの話がつくづくと思い出されるね。いや、それよりもっと悲惨だ。童話の中のアリさんは夏に溜《た》め込んだ食糧のお陰でぬくぬくとした冬を過ごせたが、おれたちにゃなにも残されていないかも知れん。遊び惚《ほう》けたキリギリスと一緒に路頭に迷うのさ。国の皆がこうした苦境に堪えているんなら仕方ないと諦《あきら》めもつくが、こういう社会を逆手に取って大儲《おおもう》けしてるやつがいる。おまえさんは幸いにも食えているからそうやって呑気《のんき》な顔をしていられるが、この社会は自分一人で成り立ってはいないんだ。そいつを考えろ」

「もちろん考えてますよ」

「大真面目に改革をやらなきゃ本当にヤバくなるぞ。悪い膿《うみ》はどんどん排除しなくちゃならん。政治のことはよく分からんから大きな口は叩《たた》けんが、少なくとも、この時代に自分の欲でしか生きていない悪人は糾弾すべきだ。そいつらのためにおれたちまで足を引っ張られてしまう」

「先輩には欲がないですか？」

「ねえよ。晩酌にビールが一本余計につけば、しみじみと幸福を覚えるささやかな庶民だ」

「どうも怪しいなぁ」

「金儲けしたけりゃ開業してる」

「ま、それはその通りでしょうけど」

松室も認めた。

「悪いやつってのは、本当に悪いんだ」

「だけど殺していいって理屈には……」

「月光仮面や8《エイト》マンはどうなんだ？　心底悪いやつが相手なら許される」

「マンガの話をされたってね」

閉口した顔で松室は引き下がった。

「乱暴な意見てのは百も承知さ。しかし、目に余る連中が増えているのも確かだ。どういう事情があるにせよ、有害物質と承知でこっそり捨てる野郎の反論は認めない。殺されて当然という気がするね。おれだったら目の前に何億積まれても絶対にしない」

戸崎に聖夜も同調していた。

怜は無言でそのやり取りを聞いていた。

5

「気になる話を聞いたんですけど」

皆が引き揚げて、三人で後片付けの最中に聖夜が恒一郎に質《ただ》した。

「なに？」

恒一郎はつまみの空き袋やビールの空き缶をポリ袋に押し込みながら応じた。聖夜はカウンターの中でグラスを洗っている。

「つい最近、盛岡で恐ろしい事件が起きて、それに恒一郎さんたちが巻き込まれたとか」

「まあね」

恒一郎は怜と目を合わせてから短く答えた。

「犯人が小学生だったって、本当ですか」

「だれから聞いたんだい？」

恒一郎は聖夜を見詰めた。事件については新聞やテレビで広まっているが、犯人の詳細は公表されていない。

「私、婦人警官に護身術を教えていますから」

そうか、と恒一郎は吐息して頷《うなず》いた。それなら洩《も》れても不思議はない。

「いくら今の世の中が進んでいると言っても、信じられなくて……」

聖夜は最後のグラスを洗い終えてカウンターから出てきた。

「桜小路さんたちが担当だったそうですね」

「そうだよ」

恒一郎は椅子に腰を下ろして認めた。たばこに火をつける。怜もとなりに座った。眠そうな目であくびをするが、もちろん目吉の演技に違いないと恒一郎は見抜いていた。

「どういう事件だったんです？」

聖夜は恒一郎の正面に座った。

「詳しく聞いたのと違うの？」

「聞いてもよく分からなくて……新聞記事も遡《さかのぼ》って調べました。二人が殺された事件でしょう？　最初の死体は産業文化センターのモンスター屋敷の会場の中で見付かった」

恒一郎は頷いた。

「二人目はホテル。でも……その後どうなったのかはっきりしていません。婦人警官たちが、犯人は小学生だったらしいと噂しているだけで、新聞にはなにも……」

「悪いが、秘密なんだ」

その程度しか知らないと分かって恒一郎は安堵《あんど》の顔で言った。

「桜小路さんたちの許しがないとね」

「犯人は捕まったんですか?」

「事件は……解決した」

「その報道がないのはどうしてです?」

聖夜は食い下がってきた。

「意識……というか、本人の記憶がはっきりしていないんだ。病気と言えばいいのか……」

「二人も殺していながら?」

「ぼくらが巻き込まれたっていうのも偶然だ。ホテルで殺されたのは進藤《しんどう》さんという人だけど、彼はアニキの大学時代の同級生でね。その関係から引き摺《ず》り込まれただけだ。ぼくらが狙われたとか、そういうこととは違う」

「その子は今どこに?」

「東京の警察病院」

「東京の子供がこの岩手で犯罪を?」

「参ったな」

恒一郎はぼりぼりと頭を掻《か》いた。聖夜は普通の女性と違って警察に詳しい。逮捕されたのが東京であっても、その身柄は事件のあった岩手の県警本部に引き渡されることを承知している。なのに東京の警察病院となれば、別の事情があるはずと睨《にら》んでいるのだ。

「他に何人か殺害していたんだ」

やっぱり、という顔を聖夜はした。

「それ以上は言えない。今流行《はやり》の中学生どころか、彼はまだ小学生なんだ」

「犯罪に年齢は無関係」

聖夜は厳しい目で口にした。

「この頃は少年法が悪用されているとしか思えない事件が増えるばかり」

「それはそうだけど……正也《まさや》君の場合は本人になんの自覚もない。まったく別だ」

うっかりと恒一郎は正也の名を明かした。

「その子は何人を殺したんです？」

恒一郎は押し黙った。

「岩手での二人を含めて四人？　五人？」

「…………」

「恒一郎さんらしくない。そんな殺人犯を子供だからって許すんですか？」

「自覚がないってのは、言葉の綾《あや》と違うんだ。本当にその子は悪魔に体を操られていた」

つい恒一郎は口を滑らせた。

「その子に責任がないことははっきりしてる。君には分かって貰《もら》えないだろうけどね」

「分かりません」

聖夜はきっぱりと返した。

「なんで事件にこだわる？」

恒一郎は逆に質した。怜も聖夜を見詰めた。

「両親が中学生たちに殺されました」

聞いて恒一郎は絶句した。

「私が六歳のとき」

「そうか。知らなかった」

恒一郎は頷きつつ謝った。

「交通事故ですけど……私たちの車に正面からぶつかってきた盗難車を運転していたのは無免許の上に飲酒運転をしていた中学生。両親は殺されたのと一緒。乗っていた三人の中学生は軽い怪我で済んだ」

「気の毒に……」

「それで私は養護施設に……そのときの火傷痕《やけどあと》がまだ背中に残っています。なのにその中学生たちは一年やそこらで許された」

聖夜は淡々と口にした。

「許したくないし、許せない」

「気持ちは分かる……だけど正也君は違う。正也君だって君とおなじ年頃のときに両親を殺されている」

「その復讐《ふくしゅう》を？」

「そうじゃないが……」

恒一郎は言葉に詰まった。

「教えてください。なにがあったのか」

「君は……生まれ変わりってのを……信じるわけがないよな」

言って恒一郎は苦笑した。

「生まれ変わり？」

「映画や小説だといくらもあるけどね」

「まさか、本当だと？」

「そうとしか思えない。いや、事実だと思っている。意識を取り戻した正也君には両親が殺された日までの記憶しかなかった。そのときから正也君は他のだれかに体を乗っ取られていたんだ」

「その子が嘘をついているんじゃ？」

「東京の警察病院の専門医も断定した。絶対に嘘はついていない」

「信じられないわ」

聖夜は激しく首を横に振った。

「ぼくや戸崎さんや松室君がオカルトを簡単に認めるような人間だと思うかい？」

「皆がそうだと思っているんですか？」

聖夜はたじたじとなった。

「そうだよ。正也君の体の中には得体の知れない殺人鬼が潜んでいた」

「…………」

「正也君一人に限ったことじゃなく、だれにもおなじことが言えるのかも知れない。体はただの容《い》れ物《もの》で、輪廻《りんね》転生《てんしょう》を繰り返しているのかも知れないじゃないか。多重人格もそれの表われと言うことができそうだ」

「そんな馬鹿な話を警察が認めるなんて……」

聖夜は困惑していた。

「納得したわけじゃない。だから心神喪失の扱いで正也君を病院に縛り付けている。マスコミへの発表が曖昧《あいまい》なのもそのせいだ」

「もしそれが事実として……危険では？」

「犯人は居なくなってしまった。そうとしか考えられない」

「どうやって証明できるんです？」

「そう言われても……」

恒一郎は吐息した。本来の正也に戻ったことと、あとは勘でしかない。

「また繰り返すかも」

「警察病院でずっと監視されている。それ以上なにをすればいいと言うんだい？」

今度は聖夜が吐息する番だった。

「もう大丈夫」

でさ、と言いそうになった怜は、ごくりとそこで唾《つば》を飲み込んで、

「なにもしない」

「怜ちゃんもその子を知ってるの！」

「ここで何日か預かっていたからね」

恒一郎が代わりに応じた。


「彼女が犯罪に対して厳しいのは、そういう事情があったからなんだな」

部屋に戻って怜と二人きりになると恒一郎は得心の顔で言った。

「警察で教えるようになったのも、それと無関係じゃないはずだ」

「なんか……尋常じゃねぇ目付きだった」

怜は茶の支度をしながら呟《つぶや》いた。

「尋常じゃないって？」

「なにかを抱えてる感じがしやした」

「憎しみが残っていても不思議じゃないさ。正面からぶつかってきたんなら、対向車線を越えてきたに違いない。聖夜ちゃんたちになんの落ち度もない。なのに運転していた中学生は少年法で救われた。きっと慰謝料とも無縁だったんじゃないのか」

「そんな理不尽な話が通りますんで？」

「今の日本の法律ならな。盗難車だったらなおさらだ。まさか盗まれた車の持ち主に矛先《ほこさき》を向けることもできない」

「江戸のことなら死罪は免れやせんぜ」

「聖夜ちゃんの両親の場合、確かにそれでいいのかって気がするけど……やはり中学生以下の少年犯罪と大人のそれとを同一の基準で裁くことはできないだろう。責任能力も足りない。親の監督不行き届きを言いはじめたら大変なことになる」

「そいつを承知で悪事に手を染めるガキらだっておりやす。聖夜さんが言ってたのもそのことでやしょう」

「その見極めをだれがする？　子供は影響を受けやすい。テレビを見て真似をしただけかも知れないだろ。それも含めた責任能力の足りなさなんだ。線引きをするしかない」

「車を盗んで、酒をかっ食らってた野郎どもがガキだって言うんですかい？」

怜は釈然としない顔で茶を啜《すす》った。

「まったくな。近頃の中学生は子供と言えない。戸崎さんが怒るのも当たり前だ」

恒一郎も熱い茶を手にした。

「訳ありに見えましたがね」

「彼女がかい？」

「ただの娘っ子とは思えやせん」

「気丈なんだ。親に守られてのんびり生きてきたのと違う」

「婦人警官に聞いたという話だって怪しい」

「なにが怪しい？」

恒一郎は茶碗《ちゃわん》をテーブルに置いた。

「しっかりした話が聞きてぇんなら、なんで皆が揃《そろ》ってるとこで持ち出さねぇんで？　桜小路の旦那《だんな》が関わっていたことも承知なんだ。その方が間違いねぇでしょうに」

「婦人警官から聞いた話だぞ。それを桜小路さんに知られたくなかったんだ」

「結城《ゆうき》の旦那に訊《き》けば一緒だ。きっとあとで伝わる。それが分からねぇとは思えませんね」

「考え過ぎだ。思い出して訊いただけかも」

「新聞記事まで調べたっていう熱の入れようだ。そいつはねぇでしょう」

「だったらどうだと言うんだ？」

「婦人警官から聞いたってのは嘘と睨《にら》みやした。旦那に問い詰められたんで咄嗟《とっさ》に口にしただけでしょう。そこらへんのカミさん連中が相手ならともかく、婦人警官ならもちっと詳しい話が聞けたはずでさ。じかに関わっていなくても、桜小路の旦那たちの動きを間近で見ていたんですぜ。ああでもねぇ、こうでもねぇと口に上らせたに決まってる」

「…………」

「警察に犬の首のことで垂れ込みをかけたのを知らない様子でした。それで首を傾げたんですよ。他のことはともかく、そいつを教えねぇわけがありません」

「それはそうだ」

恒一郎も認めた。女性にすれば残虐な事件と言える。県警本部もしばらくは大騒ぎしていたはずだ。間違いなく口にする。

「すると……どういうことなんだ？」

「理由は知りやせんが、一人で調べ上げたとしか……旦那に突っ込まれたんで、噂話だとごまかしたんでさ。ここに勤めたんだって、それと関わりがあるかも知れませんね」

「まさか。なに言ってる」

さすがに恒一郎は笑い飛ばした。

「たまたまと見る方がおかしいじゃありませんか。何十年と離れ離れになっていた親が、ひょっこり勤めた店の主人だったという話と変わりありませんぜ」

「大袈裟《おおげさ》な」

「本当に婦人警官から噂を耳にしたものか調べてごらんになりゃいい。桜小路の旦那に頼めば面倒もねぇこった」

怜は真面目な顔で勧めた。

「なんのためにそこまでする？」

憮然《ぶぜん》として恒一郎は怜を見やった。

「気になるんですよ。妙にね」

怜は茶を静かに飲んだ。

「自分から働かせてくれとここを訪ねてきたと聞いてます。だれの知り合いでもねぇ」

「だとして、なにが目的なんだ？」

「あっしもそいつが知りてぇ」

怜はにこりともせず応じた。

6

「恒《こう》おじちゃん、おなかすいた」

布団を揺すられて恒一郎は目を覚ました。

怜がちょこんと座って睨んでいる。

「分かった。今起きるよ」

古い柱時計に目をやる。まだ七時前だ。十時半に店を開ける恒一郎にすれば真夜中と変わりがない。

「学校、休みなんだろ」

暦の上での連休は明日からだが、学校の行事が重なって怜の通う小学校だけは三連休となった。だから怜の祖母も旅行する暇が取れたと聞いている。

「頭も痛い」

怜は半べそをかいていた。酒のせいだろう。さほどの量でもなかったと思うが、子供の体ではきつい。本当の怜はなにも知らないわけだから気の毒だ。ひさしぶりに目吉がずうっと出ていたので怜にはどこか戸惑っている様子も見られた。怜にすれば恒一郎に連れてこられて直ぐに眠ったとしか思えないでいるはずだ。違和感があるに違いない。

「頭痛薬服《の》むか？」

うん、と怜は頷《うなず》いた。

「頭痛いくせにおなかも減ってるのか？」

頭痛薬を探し出して子供の分量を確かめながら恒一郎は訊《たず》ねた。

「アイスクリームとハンバーガーがいい」

「ハンバーガー買ってこいってか。まだやってないだろ。こんな時間だ」

「コンビニなら開いてる」

「我《わ》が儘《まま》言うな。パンと目玉焼きで我慢しろ」

恒一郎は水と薬をテーブルに置いた。

「怜が行く」

お金を頂戴《ちょうだい》と手を差し出した。

「いつもそうやって駄々をこねてるのか？」

「休みの日だもん」

「とにかく薬を服め」

「もう治った」

「嘘つけ。二日酔いはそう簡単に治らない」

「二日酔いってなに？」

怜はきょとんとした。

「いいから服みなさい」

無理に恒一郎はグラスを持たせた。

「朝御飯食べたらパパの見舞いに行こう」

「だったら病院のレストランで食べる」

恒一郎は吐息した。が、確かに岩手医大の附属病院のレストランならこの時間でもオープンしている。基本的には職員や付き添いのための早朝営業だ。

「今日だけだぞ。甘やかすなと言われてる」

恒一郎は洗面所に向かった。


レストランは混雑していた。

一般客がだいぶ目立つ。バイキング形式で値段も安い。それで利用している客が多いのだろう。官庁街に近いので重宝されているようだ。恒一郎は納豆に玉子焼き、焼き海苔《のり》に味噌汁《みそしる》という平凡なものを選んだが、怜はプリン二つにジュースとナポリタンという組み合わせだった。盆を持って席を探していると松室の姿が目についた。恒一郎は笑顔で近付いた。

「どうしたんです、こんな朝早く」

松室は目を丸くした。

「怜と変わらないものを食ってるな」

松室の前にはナポリタンと肉団子の皿が並んでいた。二人は松室と向き合って座った。

「腹が減ったって怜に起こされた。おれの作る朝飯じゃ嫌らしい。怜がここにしよう、と」

「なるほど、怜ちゃんは何度も入院してここで食べてますもんね」

「朝からナポリタンとは元気だ」

「二日酔いにはこういうのがいいんです」

「聞いたことないな」

「自己流ですけど。トマトジュースが固まったやつだと思えば納得できるでしょう」

「できないよ」

恒一郎は噴き出した。

「戸崎先輩もさっき医局で見掛けました。連絡してみましょうか」

「いつもこんな時間に出ているわけ？」

八時にはまだ間がある。

「外来患者の診察があるときはね。恒一郎さんが羨《うらや》ましいですよ」

「遅くまで引き止めて悪いことをした」

「馴《な》れてます。徹夜の宿直明けでそのままってこともしょっちゅうだ」

平気な顔で松室は腰を上げた。レジの者に耳打ちして戻る。医局に連絡したと言う。

「チョコパフェ貰《もら》ってきてやろうか」

松室に怜は目を輝かせて頷いた。バイキングのメニューにはないが、職員が頼めば用意してくれるようだ。

「恒一郎さんはどうです？」

「いい。コーヒーを飲むから」

「だったらぼくの分と二つだな」

松室はまた席を立った。

「見舞いもせずにレストランに直行か」

戸崎は笑って怜の額を小突いた。

「パパが知ったら嘆くぞ。下に可愛い娘が来ているなんて思ってもいない」

「困ったもんです」

恒一郎も怜を軽く睨《にら》み付けた。

「ジュースお替わりして来る」

怜はばたばたと駆けて行った。

「子育ても結構大変だと分かったか」

「センセーなら楽なんだけど」

「けど母親が居ない割りにはしっかりしてる。手の付けられない子供がいくらも居る」

戸崎に恒一郎も頷いた。

「例の花巻の殺人の死体解剖な、おれの先輩が関わってる。報告書ぐらいなら読めるぞ」

戸崎は口にした。

「それほどの興味はありませんよ」

「おれはある。コピーをこっそり貰う気だ」

「それよりセンセーが昨夜妙なことを」

恒一郎は低い声で二人に教えた。

「聖夜ちゃんがアニキの店で働くようになったのは偶然じゃないかも知れないって」

「なんの話だ？」

戸崎はきょとんとした。

「この前の事件に相当関心を持っている」

恒一郎は昨夜のことを細かく伝えた。

「確かに妙な感じだが……」

戸崎は腕を組んで、

「調べてなんになる？　そんなことのためにわざわざ盛岡までやってきて、真司の店に勤めるとは思えんがな。そもそも解決した事件だ。センセーの考え過ぎだろうさ」

「そう……だよね。なんにもならない」

「けど」

松室が口を挟んだ。

「解決は表面の問題だけに過ぎないでしょう。裏になにかあると睨んだんじゃ？」

「あったとして、どうする気だ？　彼女は新聞記者でもない。狙いはなんだ？」

「そんなことぼくに聞かれても」

そこに怜がジュースを持ってきた。

「雇ったのは真司だ。訊ねてみればいい」

戸崎は恒一郎に言ってコーヒーを啜《すす》った。

「今日はこのあとどうする？　怜ちゃんに付き合って店は休みにするのか？」

戸崎は質《ただ》した。

「連休の間は客が多いんですよ。日中は聖夜ちゃんが面倒を見てくれることになってます」

「デパート行くんでしょ」

怜はむくれた。

「パパは連れてってくれるって約束したのに」

「入院したんだから無理だろうに」

「恒おじちゃんに頼んでくれるって」

「デパートでなにを買うつもりだった？」

松室がにこにことした顔で怜を見やった。

「ゲームとぬいぐるみ」

「じゃあ三時過ぎにおじさんと行こう。お店で待ってたら迎えに行くよ」

うん、と怜は機嫌を直した。

「それじゃ申し訳ない」

「どうせ暇ですから。『ドールズ』にずうっとというわけにもいかないでしょう」

松室の言葉に恒一郎は礼を言った。

「デパートに入ったら子供は二時間は帰ろうとはしない。覚悟するんだな」

戸崎は松室の肩を叩《たた》いた。


「聖夜ちゃんを雇った経緯？」

真司は小首を傾げた。午後には胃カメラを飲まされるとかで落ち込んでもいる。その結果によって手術の日程が決まる。

「経緯なんか……働かせてくれないかと言われただけだ。お客で来ていてさ」

「履歴書は？」

「その日のうちに書いて持ってきた。盛岡での身元保証人は教会の牧師だし、なにも問題はない。手も足りなかったしな」

「東京の警察学校で指導していたことは？」

「もちろん」

「そんな子がどうして喫茶店なんかに？」

「知らんよ。人それぞれだ」

「それはそうだけど」

「いったいなにがあった？」

「別に……剣道の達人って聞かされて意外に思ったもんだからね。桜小路さんたちも警察学校で教えないかと誘ってる」

「剣道？　おれはまた英語とかコンピューターだとばかり思ってた」

「なんで？」

「そこまで書いてなかったし、コンピューターに慣れてる。プロ並みだ」

「なんか変だよ。そんな腕があったらいくらでも就職先を見付けられる。よりによって『ドールズ』ってことはないだろ」

「会社勤務を嫌う子も多い。盛岡に定住する気もないって言ってたぞ。だったらウチの店のようなとこが気楽ってもんさ」

潰瘍《かいよう》が痛みだしたのか真司は眉《まゆ》をしかめた。

「早く手術して楽になりたい」

真司は胃の辺りをさすった。

「パパ、大丈夫？」

怜も一緒に腹を撫《な》でた。

「今の若い連中はな」

真司は少し落ち着いた様子で続けた。

「おれたちの世代と違って世間的な体面とかをちっとも気にしてやしない。食えるなら楽な方にと流れる。立派な大卒がコンビニの夜勤を平気でやってる時代じゃないか」

いかにも、と恒一郎は首を縦に動かした。

「そういういい加減な娘っ子とは違いやすよ」

病院を出ると怜が呟《つぶや》いた。

「センセーか」

恒一郎は怜の顔を見下ろした。

「悪い娘っ子とも思えやせんが、なにか隠しているのは確かだ。取り返しのつかねえことになる前に手を打つのが大事と思いやす」

「なにをすればいい？」

「さて……そこはあっしにも」

「それじゃ手の打ちようがない」

「狙いはあの子と違いやすかね？」

「正也君か？」

「そんな気がするってだけですが」

「それはどうかな」

「それ以外に近付いてきた理由は思いつかねぇ。突拍子もねぇ話と笑われそうですが、花巻の殺しも気になるところでさ」

「花巻の殺し？」

恒一郎は足を停めた。上《かみ》ノ橋《はし》の真ん中だ。

「まさか例のリストとやらにあの子の名があるなんてことはねぇでしょうね」

「ちょっと待ってくれ。なにを言ってる？」

「なけりゃあっしの思い過ごしだ」

怜は橋の欄干にもたれて中津川《なかつがわ》のせせらぎを眺めながら口にした。

「その根拠はなんなんだ？」

恒一郎は薄ら寒いものを感じながら質した。

「女の子だぞ。有り得ない」

「剣道の達人だ。腕は立つ」

「あの犯人がおれたちの側に居るなんて……それこそ偶然が過ぎると思わないか？」

「偶然はあの娘っ子が持ち込んだことですぜ」

「…………」

「ま、いかになんでもって気もしやすが」

怜は苦笑を浮かべた。

「だよ。馬鹿馬鹿しい」

恒一郎も笑い飛ばした。

「けど、桜小路の旦那《だんな》に聞いてみるだけは」

「ああ、電話で確かめよう」

恒一郎は頷《うなず》いた。

「どうしてそれを知っているんです！」

桜小路の動転が恒一郎に伝わった。

「するとリストの中に正也君の名が！」

動転は恒一郎も一緒だった。受話器を持つ恒一郎の指が震えた。

「だれからそのことを！」

桜小路は詰問してきた。

「いや、だれからってわけじゃ……」

「本当ですか」

「ただ気になっただけです」

恒一郎は力説した。そう言うしかない。

「桜小路さんこそどうしてそれを我々に教えてはくれなかったんです？」

恒一郎は逆に責め立てた。

「最近の話題となった事件ですからね。無縁ではない。リストアップされてもおかしくありません」

「なるほど」

「私が犯人でもリストに加えそうだ。それでお教えする必要もないと思ったんです」

「分かりました」

「隠し事はなしにしてくださいよ」

桜小路は不審を抱いているようだった。

「正也君の身は安全なんでしょうね」

「それは保証できます」

「それで安心しました」

そそくさと恒一郎は電話を切った。

恒一郎の胸の鼓動は激しさを増していた。

7

退屈な様子でテレビを見ている怜の小さな背中を眺めながら恒一郎は落ち着かなかった。

「おはようございます」

聖夜が昨夜と変わらぬ笑顔で出勤した。「ドールズ」と恒一郎の店の開店時間はおなじだ。

「お姉ちゃんと遊んで来る」

待ち兼ねていたように怜が立った。

「怜と遊びに来てるんじゃないぞ」

慌てて恒一郎は制した。

「いいんです。朝はどうせお客も少ないし」

聖夜は怜の手を引いて階段を上がった。

〈まったく……こっちの気も知らないで〉

恒一郎は吐息した。自然にやり取りしたつもりだが、素っ気なかったかも知れない。

心臓の鼓動も明らかに乱れている。

〈どうすりゃいい？〉

さっきからそのことだけ考えている。が、どうすればいいか考えが纏《まと》まらない。目吉と相談したいのだが、なぜか出てこない。

〈いくらなんでも……〉

という思いがやはり強い。正也の名がリストアップされていたことだって、桜小路が言っていたように当然の選択かも知れないのだ。

日本中のだれもがつい先頃起きた連続殺人を記憶に刻んでいる。その犯人がリストに掲げられてなんの不思議もない。聖夜が正也に興味を持っているということだけで今の事件と結び付けるのはあまりに短絡的だ。

〈そうだよ〉

恒一郎は苦笑した。さっきの聖夜の笑顔がそれを証明している。普通の娘の笑顔だった。

開店にはまだ早い。

恒一郎は「ドールズ」への階段を上がった。

「あら」

「ちゃんとしたコーヒーを飲もうと思って」

恒一郎はカウンターに腰掛けた。

「なんにしましょう？」

聖夜と中に居た怜がおどけた顔で訊《たず》ねた。

「だからコーヒーって言ったろ」

「コーヒー一つ」

怜は聖夜に伝えた。

「どうして盛岡に来たいと思ったわけ？」

恒一郎はきびきびと働く聖夜に質《ただ》した。

「東北のどこかと考えていて……たまたまです。盛岡には宿舎のある教会があったから」

「教会の宿舎に住んでるんだ」

「便利なんですよ。町の真ん中です」

「牧師さんが保証人てのはそういう関係か」

「はい」

「けど、どうして教会なんかに？」

「子供の頃からです。養護施設も教会」

「なるほど」

「もともと両親が信者でした。私の名前、変だって思いませんでした？」

「そう言われりゃそうだけど、今は関係なく外国人ぽい名前を付ける時代だからね。別に違和感はなかったな」

「クリスマスに生まれたわけじゃないけど、名前を届けるまでにクリスマスがきて」

「両親が信者なら洗礼も？」

「ええ」

「洗礼名は？」

「ミカエル」

「大天使か。サタンを地獄に堕《お》とした天使だ」

「よくご存じですね」

「常識だよ。天使の中じゃ一番有名だ」

「でもないです。説明しないと分からない」

「力天使《りきてんし》とも言ったね。神の軍隊の指揮者」

「力天使の一人とまではたいがい知りません」

聖夜は驚いた。

「商売が商売だからさ。知識を広げておかないとお客のニーズに応じられない。いろんなお客さんが来る」

「でも、凄《すご》い」

「そうか！　もしかして君が剣道を習ったのもミカエルと関係あるわけ？」

ミカエルは常に剣を手にした姿で描かれる。

「バカみたいでしょ。自分はミカエルの分身なんだって信じていました」

聖夜はくすくすと笑ってコーヒーを置いた。

「洗礼名に支配される人は多いみたいだね。マリアなんて付けられたら大変だ」

「だけど、多いです」

「いい加減な生き方ができなくなるよ。もっとも、洗礼を受けるほどなんだから、もともといい加減な人間じゃないだろうけど」

「どうかな。物心つかないうちの洗礼だもの」

「ミカエルか……君に似合った洗礼名だ」

「そうですか」

聖夜は微笑んだ。

「仏教で言うとなんだろう……弥勒菩薩《みろくぼさつ》が化身している蔵王《ざおう》権現かな」

「蔵王権現?」

「はじめは清らかで優しい菩薩の姿だったのに、この世の悪に絶望して憤怒《ふんぬ》の形相となって剣を握った。弥勒菩薩はあらゆる仏様の中で最も美しいとされている。それが不動明王よりも怖い顔となって悪を懲らしめる。なんだか桃太郎侍みたいな感じだけど」

冗談で締め括ったつもりだったが聖夜は笑わなかった。タイミングを逸した感じだ。

そこに階段の下から声がかかった。

「もうこんな時間か」

開店時間を過ぎている。今の声は馴染《なじ》み客のものだ。恒一郎は応じてコーヒーを啜《すす》った。

「申し訳ないけど怜を頼む」

恒一郎は聖夜に言って席を立った。

「昼にはサンドイッチでも作りますね」

聖夜に恒一郎は喜んで頷《うなず》いた。

開店して十分以内までに客があればその日は忙しくなる。そのジンクス通りに客は途切れなかった。と言っても絶えず一人か二人の客が居るという程度のものだが、これではトイレにも立てない。「ドールズ」の方にもどんどん客が上がって行く。怜のことを気にしながら恒一郎は客との応対に努めた。珍しく今日は個人全集が二組も売れている。

「お昼、お姉ちゃんが作ってくれた」

怜が皿に載せたサンドイッチを持ってきた。

上で食べる余裕がないと見てのことだ。

「ジュースでいい？」

「あとで食べる。テーブルに置いといて」

本を包みながら恒一郎は言った。

「お手伝いしやしょうか」

怜がそっと耳打ちした。

「いや、先に食べててくれ」

目吉と分かって恒一郎は奥に行かせた。

やがて一段落ついて恒一郎は昼休みの札を掲げると店のカーテンを閉じた。客には迷惑だろうが一人きりの店なので昼休みの時間も不規則になる。

「忙しいのは結構なこって」

吐息して座った恒一郎を怜は労《いたわ》った。

「途切れなかったのはひさしぶりだ」

「上もですよ。大慌てでさ」

「怜はどうしてた？」

「まあね。邪魔にならねぇ程度には……けど、蔵王権現にゃ驚いた。あの娘っ子も仰天してたみてぇですぜ」

怜はにやにやとして恒一郎を見詰めた。

「仰天？　なんで」

「図星を指されたからでしょう」

「まだそんなこと考えてるのか」

恒一郎は呆《あき》れた。

「わざと口にしたんじゃなかったんで？」

怜は真面目な顔で訊ねた。

「当たり前だろ。なに言ってる」

「そうは聞こえませんでしたぜ」

「普通に話をしただけだ」

「桜小路の旦那《だんな》の返答はどう思ったんで？」

「正也君の名があってもおかしくない。変だと思えば桜小路さんも最初から教えるはずだ」

「桜小路の旦那はあの娘がこの前の一件に首を突っ込もうとしてるのを知りやせん。だからなんにも気付かねぇでいるんですよ」

「首を突っ込むだなんて大袈裟《おおげさ》な。ここで起きた事件だ。知ればだれでも聞きたがる」

「だったら月岡の旦那や結城の旦那に聞けば済むこった。あの娘はそいつをしねぇでこっそりと調べていやした」

「本当に聖夜ちゃんが怪しいと？」

「旦那がこっちへ戻ったあと、落ち着かねぇ様子でしたよ」

「そういう目で見ているからだ」

「蔵王権現になりきってるんだと思いやす」

「いくらなんでも考え過ぎだよ」

恒一郎は首を横に振って、

「彼女は警察に居たんだぞ。他に道はある」

「手提げ袋にゃ薬が入ってました」

「中を覗《のぞ》いたのか」

「廁《かわや》に行っている隙にね」

「まったく……」

「風邪なんかじゃなさそうだ。あっしにゃ見当もつかねぇが、戸崎の旦那だったらなんの薬か分かりましょう」

「それが今度のこととどう関わってる」

さすがに恒一郎は声を荒らげた。

「いつものセンセーらしくない」

「妙に急いでる気がしてならねぇんでさ。それと関わりがあるような気がする」

「なにを想像してるんだ？」

「なんの薬かを突き止めてみねぇうちは」

「薬なんかだれでも持ち歩く」

「旦那もそうなんで？」

「いや、おれの場合は別に……けど、胃薬やビタミン剤なら珍しくない」

「病院の袋に入っておりやす」

「歯医者だって化膿《かのう》止めなんかを出す」

「四種類も薬があった。朝昼晩ときちんと服《の》まねぇといけねえから持ち歩いてるんで」

「だけど、どうやって戸崎さんに見せる？」

恒一郎は怜のこだわりに苛《いら》ついた。

「バッグを探るなんて犯罪と一緒だぞ」

「でしたらまた隙を見て薬の名を書き取ります。それならあっし一人の責めとなる」

「どうしてもする気なのか？」

「怪しいと思う気持ちは動きやせん」

怜も譲らなかった。

「紅茶でもいれるか」

恒一郎はサンドイッチのラップを剝《は》がした。

「あっしはただの茶で」

「日本茶にサンドイッチかい」

「旦那はどうぞ好きなやつで」

「こういう美味《おい》しそうなものを作る子だぞ」

「ドールズ」のメニューにサンドイッチはない。

薄焼き卵にレタスとトマトとチーズという、いかにも食欲をそそる組み合わせだ。

「今夜は警察の道場に教えに行く日だそうで」

急須《きゅうす》に茶の葉を入れて怜が言った。

「見物に行く約束を交わしやした」

「変に思われなかったか？」

「ご心配なく。怜ちゃんの言葉遣いにも慣れてきたんでね。喜んで承知しましたよ」

「彼女の腕を確かめるつもりだな」

「そんなとこで」

ポットから急須に湯を注いでサンドイッチをつまむ。怜は大きな口で頬張った。

「お、こいつは旨《うめ》ぇ。大したもんだ」

「それを作った子を疑ってるんだからなぁ」

目吉の気持ちが分からなくなる。

「八百善の料理人だって人殺しをしねぇとは言い切れねぇでしょう」

「比喩《ひゆ》が怖いよ。食欲が落ちてきた」

恒一郎はインスタントコーヒーにした。

「いったん住まいに戻るらしいんで、どうせなら旦那の車に乗せて行きやしょう」

二つ目に手を伸ばして怜が提案した。

「そうすりゃきっと部屋にも上がれる」

「分かんないさ」

「なに、怜ちゃんなら大丈夫でしょう。部屋を見たいと言えば入れてくれやす」

「…………」

「どんな暮らしぶりかで裏が見える」

「今度ばかりは決め付けが過ぎる」

恒一郎は気が重くなった。

「勘が外れりゃいいと思ってるのはあっしの方です。無縁ならありがてぇ」

「もう少し様子を見てもいいだろう」

「勘が当たっていて東京のあの子が殺されでもすりゃ取り返しがつきやせんぜ。あの子に罪がねぇのは旦那も分かっていやしょうに」

「正也君は安全だと桜小路さんが請け合った」

「旦那もそう思い込みてぇだけでしょう」

「警察病院なんだぞ」

「あの娘っ子なら手蔓《てづる》に事欠かねぇ」

恒一郎は唸《うな》った。それはそうかも知れない。警視庁の警察学校で指導していた身である。

「早くあの娘っ子の白黒をつけるか、東京のあの子になんの責めもねぇことだとはっきり言い聞かせる他に方法は……」

責めがないと言い聞かせるのはさらにむずかしい。転生を納得させるしかないのだ。桜小路たちですらその事実を知らない。

「他の殺しについちゃともかく、あの子ばかりは死なすわけにいきません。そうと定まったときゃ覚悟しておくんなさい」

「どんな覚悟だ」

「あっしと怜ちゃんのことを打ち明けねぇ限り、得心はしてくれねぇでしょうね」

「得心してくれたらいいけどね」

「でねぇと警察に突き出すしかなくなる」

「突き出す気はないのか？」

恒一郎は目を丸くした。

「殺されたって仕方のねぇ連中だと言ったはずで。あっしが案じてるのはあの子のことだけだ。諦《あきら》めてくれりゃそれでいい」

「分かった。そういうことなら一刻も早く彼女の白黒をつけよう」

恒一郎も決心を固めた。たとえ目吉の決め付けに過ぎないとしても、いつまでも喉《のど》に小骨を突き刺した気分では落ち着かない。

「こっちは許す気でも、気取られたと知ればどういう風に出てくるか……」

目吉の言葉にまた恒一郎の心が乱れた。

8

若い婦人警官たちの待つ道場に入るには少し気後れがあった。激しい気合いの声が中からしている。廊下に恒一郎と怜を残して聖夜が戸を開けた。元気な挨拶《あいさつ》が聞こえた。すぐに聖夜が戻って恒一郎たちに入るよう促した。見物は珍しいことでもないらしい。恒一郎と怜は中に足を踏み入れた。新築したばかりの建物なので畳も青々としている。柔道着の婦人警官たちは二人を笑顔で迎えた。

「邪魔にならない場所で、適当に」

聖夜は言うとロッカー室に向かった。

婦人警官たちはまた練習に戻る。

二人は隅に腰を下ろして見守った。

やはり場違いな気がする。

居心地の悪さを辛抱していると梅原が陽気な顔で現われた。教えないのは悪い気がして桜小路に伝言を入れておいたのだ。

「お陰で禁断の地に入ることができました」

梅原は婦人警官たちにも聞こえるような声で言って恒一郎のとなりに座った。

「聖夜さんの指導を見るのもはじめてです」

「怜が聖夜ちゃんにせがんでね」

「凄《すご》いという評判ですよ。本当は剣道の指導がしたかったんだろうけど」

「明日から気軽に口を利けなくなったりして」

あはは、と梅原は笑った。

そこに着替えた聖夜が姿を見せた。婦人警官たちが整列して正座する。店で見る聖夜とは別人だった。長い髪を束ねて後ろに丸く留めている。きりりとした少年のようだ。

「今日は警棒を使用します」

言って聖夜は皆に用意させた。

自分が持つのではなく、相手が道具を用いてきたときの防御方法を教えるらしい。聖夜は一人を選んで対峙《たいじ》した。最初から聖夜も身構える。武器を手にした相手に不意に襲われるケースは滅多《めった》にないようだ。聖夜はまず相手の好きなように警棒を扱わせた。まだ力は入れていない。何度か攻め込ませて楽々と躱《かわ》す。次にもう一人を選んでおなじことをさせる。分かりましたか、と聖夜は皆に質《ただ》した。

「人が代わっても攻めどころは一緒」

皆は大きく頷《うなず》いた。

上半身、ことに肩に集中している。

「二人は遠慮して頭と顔を狙ってはこなかったけど、実際でもそれを含めた上半身に攻撃の八割以上が集中してくるの。腹部を突いてきたり、腰や足を狙う相手はほとんどいない。このことをいつも頭に入れておけば刃物でない限り簡単に防ぐことができるわ」

そして聖夜は別の一人を立たせた。

「今度は本気でかかってきて。でも今の話を聞いて別の場所を狙わないでね。普通に肩や頭を狙って。それを防ぐ練習だから」

どっと皆が笑った。

本当に本気でいいのか、と相手が質した。

聖夜は余裕の顔で頷いた。

相手は向き合って攻めの体勢に入った。

と思った途端——

聖夜は背中を丸めて躊躇《ちゅうちょ》なく相手の懐ろに飛び込んだ。慌てて相手は棒を振り下ろす。弱い一撃が聖夜の背中に当たった。聖夜は気にせず棒を持っている相手の腕を取って捻《ひね》り上げた。相手は棒を取り落とした。腕を捩《ね》じられているので棒立ちとなっている。その足を聖夜はすくって押し倒した。皆から驚嘆の声が上がった。聖夜は相手の腕を背中に回して自由を奪っている。一瞬のことである。

「こうして——」

相手から離れて立った聖夜は、

「武器を持っている腕の反対側に思い切って飛び込むだけ。抱き付いた形になれば武器も威力を失う。もし叩《たた》かれても背中だったら大丈夫。あとはいつもの護身術の応用。秘訣《ひけつ》は相手が身構えた瞬間を狙うこと。重い物を振り翳《かざ》した直後はすぐに振り下ろすことができない。必ず人は一度止めます」

皆がその形をして確かめた。一様に頷く。

「それもなるべく早く仕掛けるのが大事。何度か繰り返せば相手も慣れてくるから」

聖夜はにっこりとして、

「鍛練すれば反射的にできるようになります。けれどこれは覚えておくだけにして、基本は逃げること。あとは男たちに任せる」

またまた笑いが起きた。

「それに、攻めるコツもこれで分かったでしょう。相手は八割以上武器を上に翳して襲ってくるわけだから、こちらに武器があれば、がらがらにあいた胸を突けばいい。腕を組んで胸を庇《かば》う人間はほとんど居ないもの」

婦人警官たちはなるほどと得心した。

感心したのは恒一郎も同様だった。

思わず唸りがでる。

聖夜は二人一組にさせて互いに攻めと守りを繰り返すよう命じた。皆は張り切って警棒を手にした。激しい練習が続く。聖夜がその間を縫って回って細かな指導を加える。はじめは怖々と振っていた警棒にも力が込められる。楽々と躱す者たちが増えていく。

「たいしたもんだ」

梅原は吐息して、

「柔道の練習は義務付けられていますが、攻めるやり方だけで守る方法は教えてくれない。せいぜい受け身ですからね。この護身術の方が現場に即している。ちょっと驚きました」

恒一郎に耳打ちした。

「なんだか聖夜ちゃんが怖くなってきた」

梅原には冗談に聞こえただろうが、恒一郎の本心だった。婦人警官たちを叱咤《しった》する聖夜の横顔には厳しさしか見られない。

怜も真剣な顔で練習を見詰めていた。

やがて桜小路もやってきた。終了後は「ドールズ」で飲むこととなった。今日は客が多くて閉店時間が遅くなったので聖夜も店から直行している。恒一郎の運転するワゴンに全員が乗って店に向かった。

聖夜が桜小路と梅原を伴って先に階段を上がる。恒一郎は着替えを理由に自分の部屋にいったん戻った。怜も付いてきた。

「あの身のこなし……ただの娘っ子たぁ違う」

怜は言って座布団に胡座《あぐら》をかくと、テーブルの上に置いてあるたばこに手を伸ばした。恒一郎を見やって了承を得る。恒一郎もたばこを口にくわえた。道場はむろん禁煙だ。

「あんな娘っ子が居るとは思わなかった。あの腕なら男二人を相手にしても倒せまさ。やっとうの腕はもっと上だってんだから……」

怜は苦い顔でたばこの煙をふかした。

「あの子の方もあっしたちが怪しんでいるのを薄々と感じてるんじゃねえですかね。だからわざと強《つえ》ぇとこを見せ付けたのかも」

「ばかな。なんで気取られる」

「蔵王権現ですよ」

「だからあれは偶然だと」

「旦那《だんな》の方はたまたま口にしたことでも、あの子があっしの睨《にら》んだ通りの娘っ子なら穏やかじゃねえでしょう。かまをかけられたと思いやす」

「それなら逆に強いとこなんか見せないさ」

「あそこまでとは夢にも思わねえでしくじった。薬を調べたのも見抜かれておりやしょう」

怜は小さく溜《た》め息《いき》を吐いた。

「二度目は少し慌ててたんで、薬の袋の口をきちんと畳まずに押し込んでしまいやした」

「…………」

「あれほど隙のねぇ娘っ子なら感付いても不思議はねぇ。だから下手な手出しをしねぇよう脅しをかけてきたとも取れる」

「怜まで関係してるなんて思わないだろう」

「とは思いやすが……旦那だって只者《ただもの》じゃねえとお感じなすったはずだ」

恒一郎は何度も頷いた。

たばこを揉《も》み消してジャケットを脱ぐ。ラフなものに着替えないと不審を持たれる。

「住まいを見られなくなったのは口惜しい。今後は滅多に機会がねえでしょうからね」

「センセーも調子づいて余計な接近はしないでくれよ。怜の身が心配だ」

「これが調べた薬の名です」

怜はポケットから紙を取り出した。

「英語も混じってたんで、きちんと書き取れたか自信はありやせんがね」

受け取って恒一郎は眺めた。英語と数字だけでカタカナさえ一つも見られない。

「明日、医大に行って戸崎さんに見て貰《もら》う」

恒一郎は鴨居に吊《つる》したジャケットの内ポケットに押し込んだ。

「今夜ではっきりしたのは、あの娘っ子に人を殺す腕があるってことでさ」

怜はゆっくりたばこの煙を吐き出した。


「あら、怜ちゃんは?」

聖夜は言って階段に目を動かした。

「無理に寝かしつけた。預かってから夜が遅い。兄貴に叱られそうだ」

「まだ九時半」

「テレビを見てる。寿司《すし》を取ったときだけは起こすようにと約束させられた」

桜小路たちは噴き出した。

これ以上聖夜に疑惑を抱かれないよう、普通の子供に見せ掛けることにしたのである。

「聖夜ちゃんに働かせるのは悪い。本当に寿司を頼もう」

そうすれば怜も自然に同席できる。恒一郎は皆の返事を待たずに出前の電話をかけた。

「贅沢《ぜいたく》だな。いつも貸し切り状態で飲める」

桜小路はリラックスしていた。

「でも、また仕事に戻るんでしょう」

電話したついでにウィスキーのソーダ割りを拵《こしら》えて恒一郎は席についた。桜小路たちはビールで聖夜はコーヒーを飲んでいる。

「はじめて見学させて貰ったが、噂以上の指導ぶりだった。びっくりしたよ」

桜小路は聖夜に言った。梅原も頷《うなず》く。

「あんな調子じゃ女たちに追い抜かれる」

「そんなことは」

聖夜は首を横に振った。

「いやいや、梅原ぐらいじゃとてもかなわない。いい人に来て貰った」

そこに電話が鳴った。

腰を浮かせた聖夜を制して恒一郎がでた。

「どこ行ってたんだ？」

真司からのものだった。不機嫌な声である。

「さっきから何度も電話を」

「悪い。怜を連れて聖夜ちゃんの指導ぶりを見学に行っていた」

「明日の午後、手術と決まった」

「ずいぶん早いな」

「それで家から持ってきて欲しいものがあったんだ。居なかったから戸崎からなんとか許しを貰って家に戻ってる」

「手術の前に出してくれたわけ？」

「痛みはすっかり治まってる」

「また病院に戻るんだろ？」

「もちろんだ。おまえも戸崎とおなじように逃げるとでも思ってるのか」

「無理しない方がいい」

半ば呆《あき》れて恒一郎は口にした。

「怜はどうしてる？」

「下でテレビを見てる。かけ直そうか」

「なんだか賑《にぎ》やかそうだ」

「桜小路さんと梅原さんが来てる。聖夜ちゃんも居る」

「だったらおれもそっちへ顔を出してから病院に行こう。十一時までに戻ればいいと戸崎からは言われてる」

真司は電話を切った。

「大丈夫なんですか？」

伝えると聖夜は案じた。

「開腹しないでやる手術だから盲腸並みだって戸崎さんが請け合ってたけどね」

「しかし前夜に出歩くなんて聞いたことがないですよ」

桜小路は目を丸くしていた。

「まさかここで飲む気じゃないだろうけど」

それに皆は頷いた。


真司は二十分もしないうちに現われた。寿司の出前が届いたのとほぼ一緒だ。

「なにを取りに戻ったんだ？」

「簡単だって言ったくせして、術後は大事をとって五、六日入院しろとさ。それでCDと本を取りに戻った。ついでに風呂《ふろ》にも入りたかったし」

真司は側に座った怜の頭を撫《な》でた。

「まったく病院てのは退屈なとこだ。点滴でずっとベッドに縛り付けられてる」

真司はたばこに火をつけた。

「いいのか？　胃潰瘍《いかいよう》なんだぞ」

「喫いたいと思うのは回復してる証拠だ」

真司は気にもしなかった。

「どうせ明日にゃ手術して全快する」

「それはそうかも知れないけど」

「さすがに寿司を食えば戸崎に怒鳴られるだろうけどな。ちょっとでもなにか食ったら手術は延期だと脅かされてる」

「よしてください」

聖夜が真司のたばこを毟《むし》り取って灰皿に投げ入れた。真司は慌てた。

「健康がどんなに大事か分かってない」

「なに、むきになってるわけ」

真司は聖夜の厳しい目にたじたじとなった。

「病気をばかにしてません？」

聖夜は真司を睨み付けた。

「こんな可愛い子のパパなのに」

「いや……だからさ」

「怜ちゃんもパパを叱らなくちゃだめよ」

「分かった。病院に戻るよ」

深い吐息をして真司は腰を上げた。

恒一郎と怜は目を合わせた。

聖夜は今にも泣きそうな顔をしていた。

9

午後に真司の手術が行なわれる。

恒一郎と怜は昼に出掛けた。三時頃からと聞かされているので朝から詰め掛けていても仕方がない。

「いよいよだ。頑張らないと」

まだベッドでのんびりとテレビを見ている真司を恒一郎は励ました。

「腹が減って死にそうだ。入院してからずっと点滴だけだぞ。この分じゃ手術しなくたって治っているのと違うか？」

真司は落ち着きのない目で返した。

「胃カメラを吞《の》まなきゃならんのが辛《つら》い。考えるだけで吐き気がする」

「腹に傷が残るよりはマシだろうさ」

「女じゃあるまいし、傷は気にならん。入院が短くて済むと言われたからレーザー手術にしただけだ。退院まで五、六日もかかるって聞かされて詐欺だと戸崎に言ったよ」

「どっちみち麻酔は一緒だろ。胃カメラも気にならないと戸崎さんが保証してた」

「喉《のど》の痛みがなかなか取れんそうだ。あいつはいつもそうさ。承諾するまではマズイことを隠す。盲腸と変わらん手術なんて嘘だ」

「覚悟を決めるしかない」

恒一郎は笑って、

「十年以上も好き放題をやって悪くした胃なんだ。すっきりすると思えばありがたい」

それに怜も大きく頷いた。

しっかりした顔付きから見て今は目吉センセーの方だと思われるが、二人部屋なので無言でいる。

「聖夜ちゃんだけどな」

真司は恒一郎を見上げて口にした。

「なんか変じゃないか？」

「こっぴどく叱られたからね」

「大真面目な顔だったんでビビッた」

「胃潰瘍の手術前夜の患者がたばこを喫おうとすりゃ当然だ」

「それにしても厳しい目付きだった。あんな顔はじめて見た」

「手術のはじまる辺りには来ると言ってたよ」

恒一郎はとりあわずに話を逸《そ》らした。

「いまどきの若い子にしちゃ珍しい」

真司は盛んに首を傾げた。

恒一郎は戸崎に連絡を取った。手術を担当するのは戸崎ではない。戸崎は地下のレストランで会おうと言った。

恒一郎と怜が先に着いて待っているところに戸崎と松室が揃《そろ》って現われた。

「まだ待機にゃ早いだろう。真司の愚痴を聞かされるだけだ。朝、顔を出したら散々嫌味を言われたよ。なにが盲腸並みだってね」

戸崎は困った顔で座るとエビフライ定食を注文した。松室はカツカレー。

「月見蕎麦《つきみそば》は怜ちゃんかい？　ってことはセンセーのお出ましってことだな」

食券に目をやって戸崎がにやりとした。

「これを見て貰《もら》いたいんだけど」

恒一郎はメモを手渡した。目吉がこっそりと書き取った聖夜の用いている薬の名が並べられている。

「なんだい、これ？」

目をやって戸崎は不審な顔をした。松室にも見せる。松室も怪訝《けげん》な表情を浮かべた。

「薬の名前」

「そりゃ分かる」

戸崎は頷《うなず》いた。

コーヒーが運ばれてきたので話が中断する。戸崎と松室はまた真剣な目をメモに注いだ。

「その薬の名前で病名が分かるもんなの」

ウェイトレスが立ち去ると恒一郎は質《ただ》した。

「だれが服《の》んでるんだ？」

戸崎は小声で訊《き》いた。

「病名を聞いてからじゃないと……」

「グリベックねぇ……」

戸崎の呟《つぶや》きに松室も神妙な顔をした。

「結構大変な病気なんだ」

察して恒一郎は吐息した。

「慢性骨髄性白血病の最新の治療薬だ」

恒一郎の背筋に寒気が走った。

「白血病細胞の増殖を抑制する。これを常用してるなら、それしか考えられない」

「これを服めば治るわけ？」

「症状を相当安定させられる。が、まだ現状維持できる程度じゃないかね」

「現状維持ができなくなれば？」

「急性転化の可能性が出てくる。急性の白血病にな。そうなると厄介だ。薬物治療じゃむずかしくなる場合もある。骨髄移植が必要になることだって……」

だから、だれなんだ、という顔で戸崎は恒一郎を見詰めた。

「馴染《なじ》みのお客から頼まれたんだ。会社を辞めて東京から戻った息子さんが服んでいると言ってね。おれが戸崎さんと親しいってことを知ってる客」

恒一郎は必死で偽った。あまりの返答に聖夜の名を口にできなかったのだ。

「心配かけちゃ可哀相と思って親に隠しているわけだ。気持ちは分かるな」

戸崎は得心した様子で、

「けど、いつまで隠していられるものか……他の薬はグリベックによる吐き気を止めるもんだ。

その量から思うに、安心できる状況じゃなさそうだな。通常は四百ミリ以下と思ったが、一日に六百ミリ以上を服用しているんだろう。だとすりゃ三ヵ月やそこらで深刻な病状に変わりそうな気がする」

　恒一郎は溜《た》め息《いき》を吐くしかなかった。

「そんな薬を服みながら普通に暮らしていられるもんで？」

　怜が周りに聞こえない声で質した。

「外見上の顕著な症状は見られない。倦怠《けんたい》感とか微熱だ。体調不良は本人以外に分からない。それで発見が遅れることが多いんだ」

「好きに体も動くってことで？」

「人それぞれだろうがね」

　戸崎は肯定して怜から恒一郎に目を動かし、

「病名は教えてやらない方がいいぞ。こうして治療を受けているんだ。肉親にできることなんてなにもない。当人が打ち明ける気になるまで放っておくんだな」

　冷静な顔で言った。

　そうする、と恒一郎は頷いた。

「薬の名を見ただけでそこまですぐに分かるたぁ、大したもんでござんすね」

　怜は感心した。

「最近出たばかりだ。白血病の特効薬になるかも知れんとなりゃ専門外でも気になる。医学雑誌に宣伝もバンバン打ってる」

「その口振りだと面倒な病のようで」

白血病という病名をはじめて耳にした怜でも想像がついたらしい。

「うまくドナーが見付かればいいんだが」

戸崎は渋い顔でコーヒーを啜《すす》った。

「本当に馴染みの客の息子さんですか」

松室が恒一郎の目を真っ直ぐ見て訊《たず》ねた。

「そうだよ……なんで嘘なんか」

「ウチの病院で治療を?」

「それは知らない」

「この薬、岩手で扱っているのは限られてます。患者だって何人も居ないでしょう」

「東京で貰ってきたのかも。つい最近盛岡に戻ったそうだから」

「薬だけ服んでるはずがない。しょっちゅう血液検査が必要になります」

「おれに言われても分からない」

なるほど、と松室も引き下がった。無縁の人間だとそれで了解できたようだ。

真司は早めに手術室の方に運ばれて行った。恒一郎と怜は看護師から病室で待つように指示された。真司が戻る予定は二時間後。二人は病室とおなじフロアの談話室に移った。二時間だと店に戻って出直してもいいのだが、雨が降りはじめたので居残ることにしたのである。ここなら飲み物の自動販売機もあるしたばこも喫える。エレベーターが目の前なので聖夜が来ても見落とす心配がない。

「睨《にら》みが的中しやしたね」

だれも居ないのを幸いに怜が口にした。

「まさか白血病だったなんてな」

それに較べれば真司の胃潰瘍《いかいよう》など物の数にも入らない。青ざめた顔で運ばれて行った真司を思い浮かべると舌打ちしたくなる。聖夜が真司に腹を立てたのも当たり前だ。恒一郎は複雑な思いでたばこをふかした。

「永くはねえと覚悟しているんでしょう。これで筋が読めやした」

「どんな筋だ？」

「死ぬ前に果たすつもりなんでさ。自分の役割ってやつに気付いたに違いねぇ」

「死ぬとは限らない」

「病が進めば寝たきりになるだろうと……そうなっちゃなんにもできなくなる」

「…………」

「人によっては死ぬのと一緒だ。ましてやこの世に身寄りの一人も居ねぇ身なんですよ。思い詰めても不思議じゃありません」

「ま……そうかも知れない」

恒一郎も小さく首を縦に動かした。治療費をだれが払うかと思えば辛《つら》くなる。絶望して死にたくなってもおかしくない。

「間違いねぇと思いやす。これまでの殺しはあの娘っ子の仕業だ。東京に居残っていちゃ危ねえと踏んでこっちに移ってきたんでさ」

「正也君のことは？」

「それもあったんで岩手を選んだ。そういうこってしょう」

恒一郎は唸《うな》るしかなかった。

「そうと分かりゃのんびりしていられねぇ。焦ってるのはあの娘っ子の方だ。こっちがなにかを感付いたと知りゃさっさと逃げるかも知れやせん。そして手が回る前に……」

「正也君を殺すとでも！」

「狙っているのは確かだ」

「それだけは止めさせないと」

「どうやって止める気で？」

怜は恒一郎の返事を待った。

「どうって……警察に通報するか……」

「殺されたのは死んでも仕方ねぇ連中ですぜ」

「それとこれとは話が別だ」

「別じゃありません。あっしにゃ他の野郎どものことなんぞどうでも構わねえ」

「見逃せと？」

「好き勝手をして銭儲《ぜにもう》けばかりしてきた野郎たちだ。それこそ天罰ってもんで」

「しかし……正也君は違う」

「むろんです。あの子は殺させねぇ。だからあっしらだけで片を付けようと」

「…………」

「お上に突き出すのは酷ってもんでしょう。あの娘っ子もよほど考えてしたことだ。自分の始末についてもそれなりに決めているんだと思いますよ」

「死ぬ気だと言うのか？」

「でなきゃこれだけのことに踏み切れねぇはずだ。偉い娘っ子じゃねぇですか」

「それは認めるけどな……」

恒一郎には判断がつけられなかった。なにしろもう四人も殺されている。

「あっしの時代なら、よくやったと瓦版《かわらばん》が褒めちぎりますぜ。獄門覚悟の悪党退治だ」

「悪党退治が許される社会じゃない」

「結城の旦那《だんな》は物分かりのいいお人だと思っておりやしたが……」

怜は失望の目をした。

「事が重大過ぎる。万引きを見逃すのとレベルが違うだろ」

「捕まれば娘っ子はどうなります？」

「病気なんだ。とりあえずは警察病院に身柄を拘束されるんじゃないのかな」

「それで命が助かるなら娘っ子のためになるとも言えやすね」

「けど無縁の人間を四人も殺してる。怨恨《えんこん》より罪が重い」

「結局は獄門てことで？」。天罰を加えたなんて理屈は通用しない」

それが通れば、それこそ社会が乱れる
「死期が迫っていたとしたらなおさらだ。道連れと変わらない。認めれば末期の癌患者はなにをしてもいいってことになる」

「そいつを承知でお上に突き出すと？」

「見逃せば、もっと殺す可能性がある」

「静かに死なせてやるわけにゃいかねぇんで」

怜は眉《まゆ》をしかめて恒一郎を見た。

「心持ちを思えば哀れでなりません。銭が欲しくて請け合ったのとも違う。悪党らの名を世間に広めてぇと願ってはじめたこと」

「彼女は警察と繋《つな》がりがあった。別の方法を考えられたかも知れない」

「旦那らしくねぇ。手がねぇからやったんでさ。悪党らは利口だ。滅多《めった》に尻尾《しっぽ》を出さねぇ。思い余っての手段だと思いやす」

怜は激しく言いつのった。

「旦那の暮らしにゃ関わりのねぇ話だ。あの子の命さえ無事なら、だれが死のうと無縁のことじゃありませんか。皆、そうやって暮らしてる。わずかの間、目を瞑《つむ》りゃ済むこってす。あとはあの娘っ子が自分で始末をつける。旦那はお上の犬とも違いやしょうに」

「殺しが続けばおれたちの責任だぞ」

　混乱しつつ恒一郎は声高となった。

　そこにエレベーターの扉が開いた。

　何人かに混じって降りてきたのは聖夜だった。聖夜は談話室に二人が居るのに気付かず真司の部屋に足を向けた。どこから見ても普通の娘と変わらない。病に冒されている様子も感じられない。颯爽《さっそう》とした足取りだ。

「どんな顔して話せばいいんだよ」

　恒一郎の心は重くなった。

「月岡の旦那が戻るまでは気取られねぇようにしねぇと」

　怜は聖夜の背中を眺めて呟《つぶや》いた。

10

「もう手術が？」

　部屋から廊下に出て来た聖夜は、やはり談話室から出た二人とかち合って訊ねた。

「麻酔の関係で早目に連れて行かれたんだ。あと一時間半は戻ってこない。子供みたいに泣きそうな顔して運ばれて行ったよ」

恒一郎に聖夜は微笑んだ。

「店の方は？」

「休みの札をかけてきました」

「レストランで時間を潰《つぶ》して来よう。聖夜ちゃんが来たら連絡してくれと松室君からも言われている」

恒一郎は言ってエレベーターに足を向けた。松室でも居てくれないとボロを出してしまう。

「パパ大丈夫？」

レストランに落ち着くと怜は寝ぼけ眼で恒一郎に質《ただ》した。目吉は引っ込んだらしい。ところどころ意識は途切れているだろうが、病院に来たことは分かっているので怜にもさほどの戸惑いは見られなかった。談話室で眠ってしまったとしか思っていないようだ。

「心配ない。元気になって戻ってくる」

怜はにっこりしてメニューを覗《のぞ》き込んだ。

「松室のおじちゃんに頼めば特大のチョコパフェを作ってもらえるのよ」

怜は聖夜に教えた。

「甘いものは控えてるの」

聖夜はバナナジュースに決めた。

「怜は松室のおじちゃんを待ってる」

「来るヒマがあるかどうか分からないぞ」

コーヒーを頼んで恒一郎は立った。松室はずっと医局に居ると言っていた。レジで連絡を取って貰《もら》うと松室がすぐに出た。

「聖夜ちゃんと地下のレストランに来てる」

「真司さんの手術、はじまったみたいです」

「病室への戻りは？」

「一時間はかかるでしょう」

松室はレストランに来ると言って、そそくさと電話を切った。恒一郎は聖夜と怜が居る席に目を動かした。聖夜はハンカチで首筋の汗を拭《ぬぐ》っていた。快適な室温である。やはり体調は万全でないのかも知れない。

席に戻り、真司の朝の様子を伝えているうち、松室と戸崎が陽気な顔で現われた。

「また戸崎さんも一緒ですか」

「またとはご挨拶《あいさつ》だな」

「なんだか物凄《ものすご》く暇な病院って気がしてきた」

「たまたま休憩時間とぶつかっただけだ。聖夜ちゃんが来てると聞いたもんでね」

戸崎はコーヒーにサンドイッチを注文した。

「昼にエビフライ食べたでしょう」

「コーヒーだけだと物足りない気がする。サンドイッチなら包んで持って帰れるだろ」

「先輩独自のダイエットなんですよ」

松室が口にした。

「そうか。目の前に食い物があると安心して逆に食が細くなる」

前に戸崎から教えられたことがあるのを恒一郎は思い出した。

「その割合にちっとも痩《や》せませんけどね」

「人に言えた口か。おれと違ってそっちはまだ独り身だろうに」

戸崎に松室は首を縮めた。聖夜が楽しそうにして二人のやり取りを聞いている。

「しかし、真司のやつもガキと変わらんな。麻酔の最中に顔を出したら、それまで神妙に堪えてたのに、おれを見るなり文句たらたらだ。麻酔科の連中が呆《あき》れて笑ってた」

「戸崎さんだけが頼りなんだ」

「だから大袈裟《おおげさ》なんだって。大した手術じゃない。明日にはケロッと治る」

恒一郎は思わず聖夜を盗み見た。聖夜にはなんの表情も見られなかった。

「さっきの薬な」

突然戸崎が話を変えた。恒一郎の心臓が止まりそうになった。

「調べたらやはり通常は四百ミリ以下だった。結構深刻かも知れん」

「そうですか。伝えておきます」

恒一郎はどぎまぎしつつ応じた。

「伝えるって……伝えられるのか?」

「まぁ、なんとか」

恒一郎はコーヒーを飲み干した。

「伝えない方がいい。親が案じるだけだ」

曖昧《あいまい》に恒一郎は頷《うなず》きを繰り返した。握っている掌《てのひら》にはびっしりと汗が噴き出ている。聖夜の顔を直視できない。

「パパが死んだ夢を見た」

怜がチョコパフェから顔を上げて言った。

恒一郎は怜を見やった。

〈センセーが助け船を出してくれたのか〉

そうとしか思えない。

「もう少ししたらピンピンして戻って来るさ」

戸崎は笑って請け合った。

「親一人子一人だもんなぁ」

松室は不安に思うのも当然だという顔で大きく頷いた。聖夜も怜を安心させる。

恒一郎は安堵《あんど》した。戸崎が親云々《うんぬん》と口にしたことで聖夜は自分の話ではないと感じたようだ。

聖夜の両親は亡くなっている。

真司の手術は無事に終了した。

部屋に戻されたものの、麻酔がまだ効いていて意識が朦朧《もうろう》としている。怜や恒一郎の呼び掛けに小さな笑いで応じるだけだ。

「なんの心配も要らん。今夜は帰っていいぞ」

と戸崎に言われたのは夜の七時だった。

「付き添って欲しいと、さっき言われたけど」

「それが手術直後の患者に対する原則だけれどもな。怜ちゃんを一人戻すわけにゃいかんだろう。怜ちゃんまで付き添わせるのも可哀相だ。看護師にはおれから伝えとく。今のとこ真司の容態は安定してる。喉《のど》が痛いとか、水が飲みたいと騒ぐ程度だろう」

「だけど、原則なら……それにアニキは我《わ》が儘《まま》だからね。看護師さんに悪い」

「我が儘言うのはおれや恒ちゃんたちに対してだけで、看護師相手だと格好つけておとなしくしている。その方が回復も早い」

かも知れない。恒一郎は苦笑した。

「あの……怜ちゃん、私が預かっても」

聖夜が恒一郎に言った。

「今夜くらいはだれかが側に居ないと」

「そうしてもらえれば話は簡単だ」

戸崎が先に頷いた。

「怜がなんと言うかな」

恒一郎は動転していた。

「お姉ちゃんのとこに泊まりたい」

部屋の中で聞いていたらしく、怜が廊下に出て来て聖夜の手を握った。恒一郎はにこにことしている怜の目の奥を探った。今の言葉が怜のものか目吉の考えかはっきりしない。

「これ以上迷惑はかけられない」

恒一郎は止めにかかった。

「もう夕御飯も済みましたし、あとは寝るだけのことですから」

遠慮は要らないと聖夜は付け足した。

怜も頷きを繰り返す。

「聖夜ちゃんのとこなら心配ないさ」

戸崎は怜の頭を撫《な》でた。

微笑んだ目に恒一郎は確かに目吉を感じた。

〈妙なことを企《たくら》んでるんじゃないだろうな〉

と思いつつも恒一郎は安堵した。目吉なら安心して預けられる。

「夜更かししないで早く寝るんだぞ」

恒一郎は怜に言い聞かせた。

二人を見送って恒一郎は戸崎を談話室に誘った。ここでないとたばこが喫えない。

「今夜は宿直だ。九時過ぎには暇になる。医局の方に遊びに来てくれ。ビールぐらいなら飲める。

「正也君のことだけど」

「真司は放って置いて構わん」

恒一郎はたばこに火をつけて口にした。

「例のリストに名前があるそうだ」

「だれから聞いた！」

戸崎は恒一郎を凝視した。

「もちろん桜小路さんからさ」

「なんでそれを教える気になった？」

「こっちから訊《たず》ねたんだ。センセーのいつもの直感でね。そうしたら認めた」

唸《うな》って戸崎もたばこをくわえた。恒一郎のつけた火にたばこを近付ける。

「あの子の名前がリストにねぇ……」

戸崎は煙をゆっくりと吐き出した。

「それでさっきは躊躇《ちゅうちょ》した。彼女が正也君の事件に興味を持っているのは間違いない」

あん、と戸崎は恒一郎を見詰めた。

「それって、どういう意味だ」

「彼女がどうして事件に興味を持っているのか、はっきりするまで怜を預けたくなかった」

「まだなんの話か分からんなぁ」

「どうやら泊まりたがったのはセンセーのようだった。なら安心だと思ったけどね」

「つまり……一連の事件の犯人が聖夜ちゃんかも知れんと……そういうことか？」

「偶然とは思えないことが彼女の場合多過ぎる。この岩手でも殺人が起きた」

「いくらなんでも、そんな馬鹿な話が……女の子にやれる犯罪じゃないだろう」

戸崎は笑って打ち消した。

「彼女、おれたちよりきっと強いよ。警察で護身術を指導してる。昨日その練習を見てきた。桜小路さんたちも驚いていた。普通の男ならとても太刀打ちできない」

「あの花見コンビが練習を見に行ったってことは、二人も疑ってるのか？」

戸崎は緊張を浮かべた。

「いや、桜小路さんたちは違う。たまたま見に来ただけのことだ」

「だろうな。なんと言われてもおれにゃ信じられんね。犯人が呑気《のんき》に喫茶店でアルバイトしてたり、病人の世話をするとは思えん。どう見ても普通の女の子じゃないか」

「あの薬ね……」

恒一郎は吐息してから続けた。

「彼女が服《の》んでいるやつなんだ」

戸崎はあんぐりと口を開けた。

「センセーが彼女のバッグをこっそり探って見付け出した」

「あの子がグリベックを……」

戸崎は重い溜《た》め息《いき》を吐いた。

「松室君には内緒にして欲しい。松室君、彼女のことが好きみたいだから動転する。きっと彼女に感付かれてしまう」

「センセーと二人でそんなことをやってたのか。そっちの方が信じられん」

頷きつつも戸崎の目はあちこち動いていた。

「しかし」

戸崎は気を取り直して、

「それと一連の事件がどう繋《つな》がる？」

恒一郎に詰め寄った。

「センセーの睨《にら》みでは、死期を察して、自分の使命を果たそうとしているんじゃないかと」

「使命ってのはなんだ？」

「彼女は洗礼を受けてる。洗礼名はミカエル。力天使の一人で、地上の悪を愛や言葉でなく剣で一掃する。悪魔を地獄に堕《お》としたのもミカエルだ」

「…………」

「洗礼名に支配されるなんて普通は考えられないけどね。彼女の場合……」

「死ぬ前に自分の役目を、ってことか」

「証拠はなにもない。ただの推測」

「だったら、さっきレストランで！」

戸崎は慌てた。

「親には伝えない方がいいって戸崎さんが付け足したから、彼女も自分の話とは思わなかったみたいだ」

「正直に言ってくれないからああいうことになる。冷や汗が噴き出た」

戸崎は手で盛んに額を拭《ぬぐ》った。

「やっぱりむずかしいのかな、彼女の病気」

「検査してみないと分からんが……本当にあの量を服んでいるとしたら……」

戸崎は次の言葉を濁した。

「あんなに元気じゃないか。信じられない」

「そういう病気なんだ。だから早期の発見が厄介だ」

「どうすればいいんだろう。桜小路さんに疑いを口にすべきか迷ってる」

「証拠はなにもないと言ったろ」

「言わない方がいいと？」

恒一郎は戸崎を見やった。

「おれにもなんとも言えんなぁ」

「正也君のことがなきゃ問題ないけど」

「次に狙われるのがあの子だと言うのか」

「でなきゃなんのために盛岡へ？」

「あの子には罪がない」

「それを彼女は知らないんだ。何人も平気で殺した異常者としか見ていない」

「事実を知らせるしかないだろう」

「悪魔のようなやつが憑《つ》いたなんて、どんなに説明したって分かりっこないよ」

「キリスト教信者でもなければな」

「…………」

「彼女は別だ。本当に犯人なら、自分を天使の生まれ変わりだと思っているのかも知れん。それなら悪魔の存在も信じる」

「それは思いもつかなかった」

恒一郎は大きく頷《うなず》いた。有り得る。

「だけど」

恒一郎は暗い目に戻して、

「それを説明することは……彼女を犯人だと指摘することになるよ」

そういうことか、と戸崎は天を仰いだ。

11

鎮痛剤を混ぜた点滴が効いたようで、真司は深い眠りに入った。枕元で本を読んでいた恒一郎は足音を忍ばせて病室から出た。今の様子だと二、三時間は心配がない。まだ十時前だというのに廊下は森閑としていた。入院病棟だから当然とも言えるが、覗《のぞ》いたナース・ステーションにも人影は見当たらなかった。

恒一郎はエレベーターに乗って戸崎の居る医局に向かった。今夜は宿直なので十二時までは遠慮が要らないと聞かされている。

医局を訪ねると戸崎は目配せして恒一郎を小さな応接室に誘った。広い医局には戸崎以外に二人の医者が詰めていた。そこではろくな話ができないということだろう。

「なんか出前を取ろう」

戸崎はさまざまな店の出前のメニューを医局から持ってきていた。

「恒ちゃんが来ると思って我慢してたのさ。こんな時間だと中華や寿司《すし》がメインだけどな。この寿司屋なら天丼やカツ定食もある」

戸崎はメニューを恒一郎に示した。

「寿司屋のカツ定食？」

「仕方なく作ってる。おれたちの注文でな」

「美味《うま》いの？」

「普通。あんまり美味いものを作りゃ寿司を頼まなくなるだろ。店もそこを考えてる。ニーズにだけはお応《こた》えしますってとこだな。おれは宿直のたびに注文してるけど」

「じゃ頼んでみよう」

笑いながら恒一郎は頷いた。

「それだったらおれは稲荷《いなり》とねぎトロ巻にしよう。二人ともカツ定食にするほど美味いもんじゃない。半分ずつ食おう」

戸崎はすぐに電話で注文した。コーヒーもポットで頼む。

「コーヒーまであるんだ」

「店の方としちゃ嫌だろうね。こっちだってコーヒーの匂いが漂う寿司屋で飲みたくない」

「医大で商売が成り立ってるわけだ」

「そういうこと。医局の若い連中はそこにピザまで作らせようと画策してる」

恒一郎は噴き出した。

「宅配ピザは飽きる味だ。アメリカ映画なんか見てると宅配ピザが物凄《ものすご》く美味そうに思えるが、なんで日本のピザは違うのかね。今の時代だ。おなじように作れそうなもんだ」

それには恒一郎も頷いた。

「ピザの方がよかったかな。まずくてもあそこのカツ定食よりはいい」

「そんなのを注文したってこと？」

「ま、話のタネにゃなるさ。いわゆる裏メニューってやつだからな。店の品書きにはない」

戸崎はにやにやとしてたばこをふかした。

「ところで、さっきの件だが」

戸崎は真面目な顔に戻して、

「さりげなくセンセーの正体を見せ付けるってのはどうだ？　そうすりゃ聖夜ちゃんも転生を

信じる。その上で今度の事件にゃ触れずに正也君もそうだと説明すれば問題は解決だ。正也君に罪がないと分かるだろう」

「さりげなくって……たとえば？」

恒一郎は身を乗り出した。

「いろいろあるだろう。そうだな……恒ちゃんの店にゃ江戸の本が置いてある。あれを読んでるとこを見せるってのはどうだ？　変体仮名だったか。あのくねくねした字は大概が読めん。それをセンセーがすらすら読めば仰天する。有り得んことだろうさ」

「そうだろうけど……よほど自然にやらないと変に映る。聖夜ちゃんが店にやってきた頃合を見てセンセーが音読するわけ？　それに小さな本だから見過ごされてしまうことも。マンガでも見てると思われたら意味がない」

「センセーが熱心に読んでるとこに聖夜ちゃんを呼び付けるってのは？　用事はどうとでも作れる。そうすりゃ間違いなく気付く」

「側でセンセーが大きな声で読んでいるわけだ。子《し》のたまわくって具合にね」

「やっぱりそれも不自然か」

恒一郎の苦笑に戸崎も認めた。

「いつかみたいに江戸の折り紙を作らせるってのはどうかね」

戸崎はすぐに別のアイデアを口にした。

「聖夜ちゃんにその知識がないと無理だ。手先の器用な子としか思われない。あのときは相手が折り紙のプロだったから驚かれたんだ」

「それもそうだな」

戸崎は吐息して、

「となると他になにがある？　簡単な話と思ったが、一発で転生と信じるしかないものってのはなかなかむずかしい」

たばこを揉《も》み消すと頭を抱えた。

「それこそたばこを喫わせたり酒を飲ませたって、不良娘としか思わんだろうしな」

怜の歳ではさすがに珍しいにしても居ないとは限らない。聖夜は警察と関わっているのだからさして衝撃を覚えないはずだ。

「おれたちがセンセーの転生を信じた一番の証拠って、なんだっけ？」

戸崎は恒一郎に質《ただ》した。

「江戸の流行《はや》り唄《うた》じゃなかったかな」

恒一郎は首を捻《ひね》りながら返した。

「けど、それも聖夜ちゃんには通じない。あのときは香雪《かゆき》さんの恩師が江戸の専門家だったんで分かった。聖夜ちゃんが知らなきゃ、ちょっと変わった唄としか感じない」

「江戸を知らない人間にゃなんの効果もないってことか」

苛々《いらいら》として戸崎はまたたばこに火をつけた。

「大魔神みたいに変身してくれりゃ楽だがね。ちょん髷《まげ》を結った目吉センセーが現われりゃ文句なしに信用する。転生は超能力と違うから認めさせるのが厄介だ」

「確かに」

「超能力なら聖夜ちゃんの目の前で茶碗《ちゃわん》を浮かせて見せるぐらいで済む」

「江戸弁だって……その気になれば習得できることだものね。いくらでも疑える」

「お化け絵を描かせたって……おなじだな。それですぐに転生と認めるわけがない」

「結局、ぼくらが詳しく説明する以外に納得はしないと思う」

「いい考えと思ったが、甘かったか」

戸崎はぼりぼりと頭を掻《か》いて続けた。

「しかし、そうなると聖夜ちゃんを今度の事件の犯人と想定して話すことになる。世間話みたいにさりげなく口にするものとは違うだろう。本当に犯人だった場合、危ないことになりかねん。もう四人も殺してる。こっちがいくら味方だと言いつのったとこで信じてくれるかどうか。まさか花見コンビを同席させるわけにゃいかんだろう。センセーや正也君のことが警察に伝わる結果となるからな」

恒一郎も暗い顔で頷いた。

「聖夜ちゃんがどう出てくるか、だ。おれたちを狙わないって保証はどこにもない」

「…………」

「一人の女の子を相手にだらしない気もするが……証拠がない以上、警察に引き渡すこともできん。野放し状態だ。四人も殺してることを思えば呑気《のんき》に構えてもいられんさ」

「正也君を殺すつもりなら東京に行かなくちゃならない。まだ今のところは——」

安全だ。恒一郎はそう自分に言い聞かせた。

「東京なんぞ日帰りができる時代だぞ」

戸崎は首を横に振って、

「ちょっと目を離した隙にやられる。安心しちゃいられんよ。始発の新幹線で行けば九時頃に着く。おれたちが寝てる間に可能だ。居なくなったと気付いたときには終わってる」

「さりげなく転生を信じさせる方法か……」

恒一郎は溜《た》め息《いき》を吐きながら言った。それしか打つ手はないように思える。

天井を仰ぎながらそれぞれ思案に耽《ふけ》っていると出前が届いた。食欲は半減している。

「センセーが妙なことをしていなきゃいいがね。まぁ、無茶はしないと思うが」

戸崎はテーブルに寿司桶《おけ》やカツの皿を並べた。恒一郎はコーヒーをカップに注いだ。

「ビール持ってきてやろう」

「コーヒーでいいよ」

恒一郎は断わった。

「絶対にあの年頃の女の子にはできないことって、なんだろう」

恒一郎は呟《つぶや》いた。時間をかけられるなら奇妙さを重ねていけるだろうが、今は論外だ。

「センセーは文字が書けたか？」

戸崎は恒一郎を見詰めて訊《たず》ねた。

「変体仮名だよ。そいつをすらすらと書けば、いくらなんでも信じるさ。読むのとは別だ」

「書いても絶対的な証拠とはならないな。聖夜ちゃんが興味を持っていなければそんなにびっくりしない」

「そうかね。おれは驚くと思うがな」

「書道を習っていて、十歳くらいで万葉仮名を書く子はいくらもいる」

なるほど、と戸崎は得心した。

「書いて、読めて、江戸弁を用いて、たばこを喫って、お化け絵を描いて、残酷な生人形《いき》を拵《こしら》えて見せれば信用するだろうけど」

自棄《やけ》になって恒一郎は口にした。

「考えてみりゃ不気味な子だ」

恒一郎の並べた言葉から想像したらしく戸崎はくすくすと笑った。

「鑑定をさせるってのはどうかな」

恒一郎は思い付いた。

「それなら普通の子じゃないと感じるかも知れない」

「なんの鑑定をさせる？」

稲荷寿司を頬張って戸崎が訊《き》いた。

「明日の朝、店から面倒な本を持ってこよう。ちょうどいい欠け本がある。表紙が取れているんでなんの本か分からない。それを戸崎さんが『ドールズ』に持ってきて、聖夜ちゃんの目の前でおれに鑑定を頼んでくれればいい。どこかの骨董屋《こっとう》で掘り出したとでも言ってね。おれは資料を当たるふりをして店に戻る。少し経ってから戸崎さんは聖夜ちゃんをおれのところによこす。そこで聖夜ちゃんが目にするものは……おれがセンセーに教えを乞《こ》うている場面だ。センセーが、こいつぁ京伝《きょうでん》のなんとやらという読本《よみほん》の何巻目だ、と得意そうにしていれば――」

「いけそうだ。それだったら驚く」

戸崎は膝《ひざ》を叩《たた》いた。

「古書のプロにも分からんものを、子供が言い当てられるはずがない。だれだっておかしいと思うさ」

「しかもたばこを喫いながら江戸弁でね」

「決まった。それでいこう。さすがに恒ちゃんだ。即座に転生とは思わないにしてもセンセーへの疑いが生じる。強烈な疑いがな」

戸崎はにこにことなった。

「が、本当に言い当てられるかい?」

戸崎は不安な顔をした。

「その本、実はもうセンセーに見て貰《もら》ったんだ。京伝の『浮牡丹《うきぼ》全伝《たんぜんでん》』の一冊だと教えてくれたよ。ずいぶん読まれた本だとか。復刻本と照らし合わせたら間違いなかった」

恒一郎の説明に戸崎は満足した。

「そいつを耳にして不思議と思わない方がおかしいぞ。怜ちゃんの歳で京伝だとか、浮牡丹―

──なんだっけ？」

「全伝」

詰まったので恒一郎が付け足した。

「そういう本の名を口にできるわけがなかろうさ。これで問題はなくなった」

戸崎は嬉《うれ》しそうに稲荷寿司に手を伸ばした。

恒一郎にも食欲が戻ってきた。

ただ、怜が今頃どうしているか、それだけは気になった。

12

一つしかないベッドに先に潜り込み、寝たふりをしていた怜は、聖夜が共同のシャワーを使いに出て行った気配を確かめて半身を起こした。そしてあらためて部屋を見渡す。教会に付属している寮の一室である。にしても若い女性が暮らしているとはとても思えない質素さだ。白い壁には絵一枚飾られていない。ベッドの他にはパソコンの置かれた小さな机と古い衣装箪笥《だんす》があるだけだ。それで八畳間がやたらと広く感じられる。家財道具は東京を離れる際に一切処分したと言う。戻るつもりもなければ、どこかに定住する気もなかったということだ。それならいかにも家財道具は荷物となるだけだろう。しかし、今の時代にテレビまでないのは異様に映る。聖夜の心の闇を垣間見《かいまみ》た気持ちに怜は襲われた。テレビは結局暇潰《ひまつぶ》しの道具にしか過ぎず、聖夜には暇を潰している時間などないのだ。

怜はベッドから出るとドアに近付いて耳を澄ませた。遠くでシャワーを用いている音がする。最低でも五、六分は戻らない。怜は部屋に引き返して押し入れの戸を開けた。なにか隠しているとしたらここしかない。

が、そこもがらんとしていた。

大きなバッグが一つに、紐《ひも》で縛られた新聞の束が二つ積み重ねられていただけだった。

怜は重いバッグを引き寄せて中を覗《のぞ》いた。

「…………?」

バッグにはびっしりとフロッピーディスクが詰められていた。二十枚を一つに収めたプラスチックの箱が十四、五個はある。怜は一つを手にして蓋《ふた》を開けた。ディスクを抜き出してラベルを見る。アルファベットと数字が書かれている。これでは内容の見当がつかない。怜は覚悟を決めてその一枚をスカートのポケットに忍ばせた。一枚程度では抜き取ったところで直ぐに発覚しないと見てのことだ。箱を中に戻し、バッグも元の位置に押し込む。

次に新聞の束を調べにかかった。

紐が十字にかけられているので捲《めく》れる部分は限られている。新聞の種類もまちまちで日付も続いていない。溜まったものを捨てるために置いてあるのではなさそうだ。おなじ日付のものも見られる。その日付のいくつかを怜は頭に刻み込んだ。これはゆっくり図書館辺りで調べるしかないだろう。

怜は押し入れの戸を閉めた。

続いて衣装箪笥を探る。

娘らしい華やかな服はほとんど見当たらない。吊《つる》されている服の下には聖夜がいつも持ち歩いているバッグがあった。その傍らには薬を入れた箱も並べられている。怜はさっさと切り上げて箪笥の下段の引き出しに手をかけた。下着が綺麗《きれい》にしまわれていた。荒らさないよう掌《てのひら》で押して確かめる。硬くて細長いものの手応《てごた》えがあった。怜はそっと下着を捲って覗いた。白木の鞘《さや》の短刀が隠されていた。怜は大きく頷《うなず》いた。江戸の昔とは違う。普通の娘が持っているはずのない品物だ。

ぴくり、と怜の耳が動いた。

微《かす》かに聞こえていたシャワーの音がしなくなっている。慌てて怜は引き出しを閉めた。戸のノブに手をかける音がする。もはやベッドには戻れない。冷や汗が噴き出た。

「怜ちゃん……どこ？」

聖夜は空のベッドに目をやって声を発した。部屋を見回した聖夜の目に、衣装箪笥の陰に隠れて怯《おび》えている怜の姿が飛び込んできた。

「どうしたの」

「ここどこ？」

怜は泣きそうな目で聖夜を見上げた。

「やだ、寝ぼけちゃったんだ」

聖夜はにっこりとして怜の前に屈《かが》んだ。

「ここはお姉ちゃんのお部屋。ごめんね。お姉ちゃん、シャワーに行ってたの」

「恒おじちゃんとこに帰る」

怜はめそめそして訴えた。

「だめよ。恒一郎さんは怜ちゃんのパパに付き添って病院にお泊まりしてるんだから」

聖夜は怜の頭を撫《な》でてなだめた。

「帰りたい。パパのとこへ行く」

「困ったわ。こんな時間に病院へ戻ったらパパも迷惑するでしょ。ね、我慢して」

聖夜は怜をベッドに戻して言い聞かせた。

「どうして怜、お姉ちゃんとこに居るの？」

怜に聖夜は苦笑して、

「怜ちゃんが来たいと言ったんじゃない」

「怜、知らない。怜、帰る」

怜はそれだけを繰り返した。

「彼女だ」

真司の入院している病棟のナース・ステーションからの電話を受けて戸崎は恒一郎に受話器

を手渡した。恒一郎が医局に居ることをナース・ステーションに伝えてあったのである。

恒一郎は代わって電話に出た。

「怜ちゃんが病院に戻るって言い張っているんです。すっかり寝ぼけたようで私の部屋に来たことも忘れたみたい」

「参ったな」

もう十二時近い。恒一郎は吐息した。

「家に戻ったって構わんぞ。真司なら心配ない。この時間でなにもなきゃ朝まで寝てるだろう。迎えに行った方が――」

安心だ、と戸崎は目配せした。

「分かった。直ぐに車で行く。戸崎さんが今夜は帰ってもいいと言ってくれた」

恒一郎の返事に聖夜は安堵《あんど》の声で、教会の駐車場で待っていると応じた。

「いったいどうなってる？」

受話器を置いた恒一郎に戸崎は質《ただ》した。

「なにかあってセンセーが引っ込んだってことでしょう。とにかく行ってきますよ」

「よければまたここに寄ってくれ。このままじゃ気に懸かる」

了解して恒一郎はそこを出た。

医大から聖夜が寄宿している教会まで車で十分とかからない。この夜中では五、六分のものだ。駐車場に車を入れると寮の玄関から二人が姿を見せた。

「迷惑をかけちまったね」

怜を助手席に乗せて恒一郎は聖夜に謝った。聖夜は黒いトレーナーの上下を着ていた。

「いいんです。こちらこそ安請け合いして」

聖夜はペコリと頭を下げた。

「怜、お腹空《す》いた」

怜は元気を取り戻した顔で言った。

「この埋め合わせはするから」

怜を無視して恒一郎は詫《わ》びると車を発進させた。聖夜は怜に手を振って見送った。

「コンビニでなにか買ってく」

怜は足をバタバタさせて言いつのった。

「我《わ》が儘《まま》もたいがいにしろよ。こんな真夜中に食べたらお腹をこわしてしまう」

恒一郎は医大に向けて車を走らせた。


「安心して眠ったみてぇだ」

車が医大の駐車場に入ると、シートに凭《もた》れてうとうとしていた怜が目を開けた。

「センセーか」

恒一郎はキーを引き抜いて怜を見やった。

「危なく気取られるとこでした。それで慌てて引っ込んだんでさ。怜ちゃんならあの娘っ子も疑いやしねぇ。旦那《だんな》にもとんだご足労を」

「なにがあった？」

「戸崎の旦那のとこに行かれるんでしょう。そこで一緒にお話ししやすよ。すみませんが、その前にたばこを一服」

怜は頭を掻《か》いて二本の指を立てた。恒一郎は怜に渡して、自分も火をつけた。

「睨《にら》みに間違いありやせんでした。簞笥《たんす》の中に短刀を潜ませておりましたぜ」

「短刀！」

恒一郎は絶句した。

「女子供の持つもんじゃねぇでしょう。いまどき親の形見ってのも考えられねぇ」

怜はゆっくりと煙を吐き出した。

「決まったな。短刀とは恐れ入った」

戸崎は唸《うな》りと溜《た》め息《いき》の両方をした。

「それと……こいつが見れますかい？」

怜はポケットの中に手を入れてフロッピーディスクを取り出した。

「こいつが押し入れの鞄《かばん》の中にごっそりと詰め込まれていたんですよ。一枚ぐれぇは大丈夫だろうと踏んで持ってきやした」

「パソコンなら医局にある」

受け取って戸崎は立ち上がった。

「普通のフロッピーならいけるはずだ」

戸崎は暗い顔で医局に向かった。

「嫌なことになりそうだな」

恒一郎はポットのコーヒーを注いだ。

「紛れもねぇ証《あか》しがでてきたらってことですかい？」

「桜小路さんたちに教えないわけにはいかなくなる」

「そりゃ旦那がたの考え次第だが――」

「教える必要がないって言うのか？」

「これ以上なにもしねぇと、あの娘っ子が口にした場合に限りやすがね」

「そんなことが我々に許されると思うか？　我々は裁判官でも警察でもないんだぞ」

「だから反対に縛りもねぇ理屈でしょうに」

怜は揺るぎも見せずに言い放った。

「おれだって……彼女を刑務所に送りたくないけどね……みすみす犯人と知って……」

恒一郎の思いは乱れていた。

「恨みや銭が目当てじゃねぇことははっきりしてる。目を瞑《つむ》っても罰は当たらねぇ」

「ならなんで証拠を探し回った？　放っておけばよかった」

「それとこれとは違いやすよ。証しがねぇうちはなんの手出しもできねぇ」

「彼女に突き付けてやる気か？」

「きっと分かってくれやしょう。あの娘っ子は旦那がたを頼りにしてる。確かだ」

「おれに説得しろと？」

「あっしじゃ話がややこしくなりますぜ」

恒一郎は天を仰いだ。その通りかも知れないが、どう切り出せばいいのか自信がない。

「さっきまでセンセーのことをどう分からせたらいいか戸崎さんと相談してたんだ」

恒一郎はその策を詳しく伝えた。

「上手《うま》く運んだならあっしでもいいってことになりそうだが……それよりは証しを見せて旦那がやるのが簡単でしょう」

策に頷《うなず》きつつ怜は言った。

そこに戸崎が紙を手にして戻った。

「見ることができましたか？」

恒一郎に戸崎は無言で頷くと紙を見せた。

「プリントアウトしてきた」

恒一郎と怜はその紙を覗《のぞ》き込んだ。

「全部じゃないけどな。こいつは三浦政一《みうらせいいち》って男の個人ファイルらしい。東京の区議会議員の一人だ。履歴を見るとまともな男に思えるが、暴力団と繋《つな》がりがあるし、ヤミ金融の出資者でもある。なんでこんな男が議員で居られるのか不思議だ。もっと不思議なのは、こういうデータをどこから引っ張り出してきたかってことだな。十年ばかり遡《さかのぼ》った税務署への申告書まで含まれてる。一人でやれる仕事じゃない。どこかにあったデータをそっくりコピーしたものに違いない」

「警視庁とか国税局？」

恒一郎に戸崎も小さく頷いて、

「そして、たぶんこの男の名前は例のリストの中の一人に挙げられているはずだ。それが確認できれば彼女が今度の事件の犯人だとほぼ特定できる。あのリストは公表されていない。このフロッピーを警察に持ち込めば桜小路たちも動く。立派な証拠となるよ」

複雑な顔で付け足した。

13

「三浦政一の名がリストにあるかどうか確認にかかれば……間違いなく桜小路さんたちはおれたちがなにか知っていると気付くよ」

躊躇《ちゅうちょ》の顔で恒一郎は続けた。

「そうなったらもう隠しきれなくなる」

「だろうな」

戸崎も認めた。桜小路たちは即座に聖夜のアリバイやら身辺を探りにかかるはずだ。

「直ぐに、とはならないにしても、部屋を探されてこのフロッピーディスクが大量に見付かればお終《しま》いだ。おれたちにはどうにもできなくなる」

「証拠を発見したからには桜小路さんたちに任せるのが当然なんだろうけどね」

「しかし、彼女は重い病状の可能性がある。その場合、病院送りとなるんじゃないか？」

「正也君と一緒のね」

あ、と戸崎は絶句した。

「犯行のほとんどが東京だ。盛岡から東京へ移送された上での入院となるだろうね。監禁状態で他になにもできないとなれば正也君一人に的を絞りかねない」

「参ったな。有り得る」

詳しくは知らないが凶悪犯を収容する警察病院の数は限られているはずである。正也と聖夜はともに連続殺人を犯したのだから同一の病院となる確率が高い。

「その前にせめて正也君は操られていただけだと彼女に納得させないと」

「またまた難題だ」

戸崎は頭を抱えた。

「それをするってことは――」

戸崎は額を上げて、

「警察に捕まる前に真実を伝えるってことになる。あとでは彼女も信じやしない。なにしろ告発したのはおれたちだと察しているに違いないからな。接見を望んだって会ってくれるかどうか」

苛々《いらいら》とたばこを口にくわえた。

「と言って、捕まる前ならそのことで逃亡される恐れが出てくる。まさか世間話のように正也君のことを口にするわけにもいかんだろうさ。持ち札を全部さらさない限り彼女だって簡単にゃ頷かん」

「と思う」

恒一郎も吐息して同意した。

「逃げられたら、そいつぁそれで構わねぇこってしょう」

怜は戸崎と恒一郎を交互に見やった。

「なんの不都合がありやす？」

「警察から逃亡の手助けをしたと思われたらどうする？　警察にすれば彼女は凶悪犯だ」

戸崎は怜を睨み付けた。

「ですから、そのときゃ警察になにも言わずに知らんふりをしてりゃ済むことだ。たとえあの娘っ子があとで捕まろうと、旦那方の名を口に出しゃしませんよ」

戸崎と恒一郎は顔を見合わせた。

「センセーはずいぶん前から聖夜ちゃんを見逃してやれと」

恒一郎は困った顔で教えた。

「それはおれだって山々だが……ここまではっきりした証拠を手にした以上はなぁ……」

戸崎には迷いが見られた。

「センセーが暮らしていた頃とは時代が違うと言ったんだけどね」

「なにがどう違いやす」

怜は首を横に振った。

「お上の定めなんぞころころ変わるもんでさ。世の中は変わるだろうが、人の心は変わらねぇ。そいつを旦那方はお忘れになっている。あっしに言わせりゃ、あの娘っ子に狙われている野郎どもらがのうのうと生きているこの世の中の方がおかしいってもんで。十両盗めば死罪と決まってる。連中はもっと酷《ひで》ぇことをしておりましょう。盗みの罪を軽くしたからこんな世の中となった」

「言いたいことは分かる……」

戸崎は組んでいた腕を解いて、

「おれだって殺された連中に同情していない。天罰だと思ってる。内心では犯人の行動に快哉《かいさい》を叫んでいた。けど、その犯人を突き止めたからには放っておけない」

「十日で死ぬと定《き》まったとき、戸崎の旦那ならなにをなさいます？」

「今の時代じゃなにもできないさ。そう宣告された者のほとんどが病院のベッドに縛り付けられている」

「好きに動けるとしてでさ」

「さてな……女房に見られたくない物の整理をして、家族と温泉にでも行くか。死ぬ間際まで自分の患者を診ているとでも答えりゃ立派なんだろうがな。おれの代わりの医者はいくらでも居る。そこまで突っ張る必要はない」

戸崎は自嘲《じちょう》の笑いを洩《も》らした。

「あの娘っ子は……人のために働いてるんで」

「……………」

「結城の旦那が前におっしゃったように、地獄への道連れを選んでるんでもねぇですよ。見も知らねぇ野郎を道連れにしたって面白くもなんともねぇでしょう」

「十日じゃ無理だが」

戸崎は怜と恒一郎に目を動かして、

「半年あれば果たしていきたいことがある」

自分に言い聞かせるように続けた。

「医者がどんな職業であるのか若い連中にしっかりと叩《たた》き込《こ》んでやりたい。どうすればそいつを示せるのか分からないんで、ずるずるとなっている。結局はおれも逃げているのさ」

真面目な顔の戸崎に恒一郎も頷いた。

「嫌な話が近頃二つあった。一つは例の新型インフルエンザ絡みだ。日本にあれが上陸した場合どうするかというアンケートが医者たちになされた。六割以上が今の医療体制の中では関わり合いたくないと回答した。自分も死ぬかも知れん。気持ちは分からんでもないが、テレビを見ていて奈落《ならく》の底に突き落とされた気分だったよ。それじゃただの職業ってことだろう。患者の方はそう思っていない。だから命を預けてくれる。なのに医者がそれを口にしたらお終いだ。そういう危険と常に隣り合わせになっているからこそ医者という仕事が成り立つんだ。中世にヨーロッパでペストが大流行したときに医者は逃げたか？　医者もおなじ人間だと若い連中は言いたかったんだろうが、絶対に違う。正直な意見だと褒めていたやつも居たが、おれは認めん。なにがやりたくて医者になったんだ？　たとえ強がりでもいい。喜んで患者を受け入れると回答して欲しかった。情けなくて涙が出た」

なるほど、と恒一郎は頷《うなず》いた。

「そのくせ、医者である特権は死んでも放そうとしない。東京のある大学病院が明らかな医療過誤で患者を死なせた。抗生物質の投与量を間違ってカルテに書き込んだ。なんと十倍の量だ。ミス病院側は素直にそれを認めて警察に届けようとしたんだが、若い医者たちが猛反発した。ミスはだれにでも有り得ることで、それを守ってくれるのが病院の務めではないか、とな。その信頼関係がなければ安心して治療ができないという理屈だった。テレビでそのドキュメントを見ていて、画面の中に入ってその若い医者らの首を絞めたくなったぞ。そいつらがミスを犯した医者じゃないんだが、あまりにも傲慢《ごうまん》な考えだ。仮にも人を死なせているんだ。それを守るのが当たり前だと信じ込んでいる。タクシーが人を轢《ひ》いたときにタクシー会社が警察に報告せずに済ますのと一緒だろうに。自分らがミスを犯したときに同様の目に遭うのを恐れてのことだろうが、何様だと思ってる。確かに医者になるまでには人一倍の苦労もしたに違いない。だが、それとこれとは別だ。人の命を救う仕事に就きながら、ミスで死なせて平気でいるなんて信じられるか？　なにかがおかしくなってきている。それだけは確かだ」

「…………」

「いかにも医者は神様じゃないさ。だれだってミスをする。だから仲間のミスにも寛容となる。それでなにも言えない」

聞いて恒一郎は溜《た》め息《いき》を吐くしかなかった。

「センセーの言う通りだ。聖夜ちゃんはおれがやれないことをやっている」

「つまり？」

恒一郎はその続きを促した。

「彼女の選んだ道だ。これから先も当人が決めるしかない」

「それで本当にいいんだろうか……」

恒一郎は口にして目を瞑《つむ》った。

「いいとか悪いとかの問題じゃない。おれの心に忠実でありたいだけだ。そりゃ法律に照らし合わせたら悪いことに決まってる」

「戸崎さんにはときどき感心させられるよ」

恒一郎は本心から言った。

「ときどきってのはなんだ？」

「だれより真剣に生きてると思わせられることがある」

「毎日のようにだれかの死と向き合う。特別な仕事だ。それだから若い連中にはそいつを自覚して貰《もら》いたい」

「桜小路さんには言わずにおれたちだけで聖夜ちゃんと話し合うってことだね」

恒一郎は念押しした。

「余計な手間も要らん。もうそんな段階じゃない。ストレートに話を持って行こう」

「いつにする？」

「当直明けで明日は昼から休みだ。『ドールズ』がいいだろう。臨時休業の札をかければだれにも邪魔されない」

「あっしも正体を明かして構わねぇんで？」

怜が膝《ひざ》を進めて質《ただ》した。

「しょうがないだろうさ」

恒一郎は首を縦に動かした。

「聖夜ちゃん、どう出てくるかな」

明日のことを想像して恒一郎は辛《つら》くなった。

「口封じにかかるかも知れませんね」

「まさか。そういう子じゃないさ」

恒一郎は怜に返した。

「話の進め具合にもよりましょう。頭に血が昇って話を半分も聞かないうちに飛び掛かって来ねぇとも限らねえ。あの娘っ子はあっしらのことをなにも知りやしねぇんだ」

「聖夜ちゃんはこっちを頼りにしていると言ったじゃないか」

「大事を取るに越したことはありません。どう考えてもあの娘っ子の方がお二人より強《つえ》ぇ」

「…………」

「あっしが案じているのは半端な形で取り逃がしたときのことです。あっちはあっしらが必ず警察に駆け込むと見ましょう。自棄《やけ》になられたら互いに面倒になりますよ。どうせ捕まるならと慌てて何人かを殺しにかかるかも知れやせん」

「どうしろと言うんだ？」

戸崎は怜に詰め寄った。

「眠らせて体の動きを奪った上で談合にかかるのが良策というもんで」

「それじゃますます信用されなくなる」

恒一郎は反対した。

「怖いのはあの娘っ子もおなじ。いきなり下手人と名指しされて、平気で続きに耳を貸すとお思いですかい？　たいがいは逃げようとする。それが道理というもんでしょう」

「眠らせることができるか？」

戸崎はまずそれを確認にかかった。

「あっしなら油断している。薬を調達してくだされば飲み物に混ぜてみせやす」

怜は請け合った。

「それしかないんじゃないか？　口封じに襲ってくるとは思えないが、話の途中で逃げられたら苦労した甲斐《かい》がなくなる。一所懸命伝えれば彼女も分かってくれるだろう」

戸崎の決定に恒一郎も仕方なく頷いた。

14

〈思ったより、効き目が早ぇ……〉

ソファに深々と腰を沈めてうつらうつらしている聖夜に目をやって、怜は読んでいるふりをしていた本を静かにテーブルに戻した。席が離れているので聖夜の寝息は聞こえないが、ジュースに混ぜた眠り薬を服《の》んだのだから眠りはどんどん深くなっていくはずだ。

怜はこっそり立つと階段に近付いた。恒一郎が気を揉《も》んでいるに違いない。しかし、声をかけたり、階段を下りることはできない。古い階段なので怜の軽さでも軋《きし》んだ音を立てる。怜はスカートのポケットを探ってキャンデーを一個取り出すと階段に当たらないよう注意して階下に放り投げた。床に落ちたキャンデーが上手《うま》い具合に恒一郎の居る同道堂の店内に転がっていく。合図だと気付いてくれるだろう。顔を見てはいないが、戸崎も恒一郎と階下で待機している頃合だ。

怜はそのまま側のトイレに入った。

もし聖夜の眠りが半端だった場合でも不審を抱かれない。

しゃがんで、ついでに用を足していると、ごとり、と重い音が怜の耳に伝わった。嫌な予感がした。

わざと水を乱暴に流して、怜は何事もない顔でトイレから出た。

ソファに聖夜の姿はなかった。

慌てて怜はカウンターに目を動かした。そこにも聖夜は見当たらない。

「ここよ、怜ちゃん」

後ろから声がかかった。怜の背筋が凍った。

「階段は閉じさせて貰ったわ」

振り向くと聖夜が板壁に背を預けて冷たい目をして睨《にら》んでいた。怜は階段に目をやった。普段は上げっ放しにしている戸が下ろされて階段に蓋《ふた》をしている。ご丁寧に閂《かんぬき》まで施されていた。これでは戸を突き破らない限りだれも上がってこれない。

「いったいどういうこと？」

じわじわと聖夜は近付いた。

「ジュースに薬を入れたでしょう。味で分かる。眠り薬と睨んで眠ったふりをしてたの」

怜は後退した。が逃げ場はない。

「さっきの合図はなに？　私が眠ればどうなるわけ？　教えてちょうだい」

怜は回り込んで階段に近寄った。なんの物音もしない。合図に気付かなかったらしい。

「声は立てないで」

聖夜は口に指を当てた。

「お姉さんはただ理由が知りたいだけ」

聖夜は微笑んで椅子に腰掛けた。

「アパートでも変だった。怜ちゃん、お姉さんのバッグの中を探ったこともあるでしょ」

口調こそ優しいが目は冷たく光っている。

「眠り薬なんて、子供のやることじゃないわよ。恒一郎さんの命令？」

「…………」

「どうしたの？　なにがおかしいの」

怜に浮かんだ失笑に聖夜はたじろいだ。

「まぁ、こうなりゃ手間も省けるってもんだ」

怜の言葉に聖夜は目を丸くした。

「二人きりの方がおいらも話がつけやすい」

「おいらって……」

聖夜は身を強張《こわば》らせた。

「そんなにびっくりするこたぁねえ。おめぇさんの強ぇことはこっちも承知。下手な真似はしねぇよ。ただ話がしてぇだけだ」

怜は聖夜と間を取って椅子に尻《しり》を落とすと胡座《あぐら》をかいた。聖夜は信じられない目で見ている。

怜はにやりと笑った。

「なんの仕組みでこうなったか、おいらにも分かっちゃいねぇが……戸崎の旦那《だんな》の話じゃ転生とやら言うらしい。今のおいらは怜ちゃんじゃねぇ。名乗ったところで知るめぇが、江戸は回向院《こういん》の門前町で生人《いき》形作りをなりわいとしていた泉《いずみ》目吉ってもんだ」

「泉……目吉？」

聖夜は身を乗り出して怜を見詰めた。

「転生なんて……嘘でしょ」

「こいつが永ぇ夢であって欲しいと思ってるのはおいらの方だ。が、あいにくと一年以上も怜ちゃんの体から抜けられねぇでいる」

ようやく気付いたと見えて、階段を慌ただしく上がってくる気配がした。激しく戸を叩《たた》く。

恒一郎の緊迫した声が響いた。

「なに、ご心配にゃ及びません」

怜は恒一郎に応じた。

「どうした！　なにがあった」

戸崎の叫びも聞こえた。

「ご安心を。娘っ子も落ち着いてまさ」

そのやり取りに聖夜はさすがに怯《おび》えた。怜と階段を交互に眺める。

「旦那方が上がってきなさりゃ怖がる。ここはおいら一人に任せておくんなさい」

「なにもしない。約束する。開けてくれ」

恒一郎がまた戸を下から叩き付けた。

聖夜は小さく首を横に振った。

「いきなりのことで戸惑っておりやす。当たり前だ。しばらくは二人きりに」

怜は階段の側に立って頼んだ。今なら門を引き抜くこともできるが、怜はそのままにして聖夜の前に戻った。聖夜は放心していた。

「ここで待ってるぞ」

戸崎が一応は了解して声を張り上げた。

「ということだ。これで少しは得心して貰《もら》えたんじゃゃねぇかい？」

怜に聖夜は吐息していくらかは認めた。

「江戸、と言ったけど」

聖夜はおずおずと訊《たず》ねた。

「おいらが暮らしてたのは今から二百年ほど前のことだ」

あっさり返した怜に聖夜は絶句した。

「月岡の旦那や結城の旦那方のお陰でこうして無事に過ごしていられる」

「じゃ、皆がこのことを！」

「他に承知なのは松室の旦那と香雪姐《ねえ》さんの二人だけ。警察の旦那たちゃ知りもしねぇよ」

「本当に転生だという証拠は？」

「おめぇさんが人を何人も手にかけてると承知で目の前に胡座をかいてるのが証《あか》しだ」

薄笑いを浮かべた怜に聖夜は青ざめた。

「悪党どもの命なんざどうでもいい。しかしあの子まで狙われているとなりゃ話は別だ」

「…………」

「あの子にゃなんの罪もねぇ。たやすく信じちゃくれねぇだろうが、あの子の中にもおいらのような野郎が棲《す》みついていやがった」

「まさか」

それには簡単に聖夜も頷《うなず》かない。

「殺《あや》めたのは全部その野郎がしでかしたことだ。生きていた時分からやっていたらしい」

「警察はどこまで？」

「なにも。言ったところで信じはしなかろう。あの子はなにがあったか一つも知らねぇ。が、あの歳だ。獄門送りになる気遣いもねぇ。幸いにあの子の中に潜んでた野郎も消えた。それでおいらたちも口を噤《つぐ》むことにした。転生となりゃ無駄に世間を騒がすだけだ」

「どうして転生と？」

「向こうがはっきり名乗りを挙げた。おいらを仲間と見たようでね」

怜は自嘲《じちよう》の笑いを洩《も》らした。

「どこまで承知なの？」

半ば諦《あきら》めた顔で聖夜は口にした。

「あの子に手出ししねぇと請け合ってくれたら、このまま逃がしてやってもいい」

「逃げたところで私にはもう……」

「だからこそ逃がしてやりてぇのさ。一人っきりで牢屋《ろうや》で死なすのは気の毒だ」

「病気のことも知っているのね」

「お上にゃなにも伝えちゃいねぇ。桜小路の旦那もまさかあんたが下手人たぁ夢にも思っていなかろう。こいつぁ結城の旦那方も得心しての話だ。ことに戸崎の旦那はおめぇさんに同情なさっている。願うなら頼りになる病院を紹介もしてくれるだろう。もう無理を重ねることはねぇや。あの数で十分だ。己れの名が書き付けにあると知らされた連中はすっかり身を縮めていよう。あとはおめぇさんの仕事じゃねぇ。お上も考えをあらためる」

「そういう連中と違う」

聖夜は目を瞑《つむ》って唇を噛《か》んだ。

「そんな連中じゃないのよ」

「気持ちは分からねぇでもないが……お上にゃ書き付けを世間に晒《さら》す気はねぇ。何人殺《や》ったとこで切りがねぇ。今なら引き返せる」

「引き返せる？」

言って聖夜は笑いを上げた。

「引き返せるわけがないじゃない」

「慣れが出てきたらお終《しま》いだ」

「………」

「あまり考えずに手を下す。おめぇさん、なんでもっと早くあの子を襲わなかった？」

「分からない」

「本当のことが知りたかったからだろう。だから引き返せるはずだと言ったのさ。欲や慣れで人を手に掛けていたなら許しゃしねぇ」

「あと三月は保《も》たないと言われている」

不意に聖夜はぼろぼろと涙を滴らせた。

「どうでも構わないと思っていたのに……」

「なにがだい？」

「あなたよ。あなたが迷わせる」

「どんな迷いだ？」

「私はもうとっくに自分を殺していた……」

その深い絶望の顔に怜は思わず目を外した。

「神の与えた剣になるしかない、と……」

「あとは……おめぇさん一人で決めることだ。繰り返すようだが、正也って子にゃなんの罪もねぇ。そいつを分かってくれりゃ、おめぇさんが今後どうしようと……ねぐらでじっくり考えるんだな。旦那方にはおれが話をつけてやる。立ち去れるようにしてやるよ」

怜は静かに言って聖夜を見やった。

「きっと私は……逃げ出す」

「いいさ。それもおめぇさんの決めたこと」

「許されるなら……時間が欲しい」

聖夜は怜に深々と頭を下げた。

「逃げると決めても……安心しなよ。おいらたちゃなにも言いやしねぇ。薬を貰ってる病院に出掛けても心配はねぇからな」

肩に手を当てた怜に聖夜はすがりついた。

泣きながら怜を抱き締める。

「悪いのはおめぇさんじゃねぇ。おめぇさんがおれの娘なら褒めてやる。獄門に晒されたって、自慢の娘と思うだろうぜ」

「パパ……」

聖夜は怜を見詰めた。たぶん怜の顔に怜ではないだれかを見ている顔だった。

「パパは……許してくれるの？」

「おめぇさんの親父さんもおなじ気持ちさ」

怜に聖夜はにっこりとして頷いた。

怜は聖夜から離れると階段に向かった。

「話がつきやした。今日のところはこのまま帰って先行きを考えたいそうで」

怜は戸の閂《かんぬき》を引き抜いた。

恒一郎が押し上げて顔を覗《のぞ》かせた。

「無事に戻すと請け合いやした。あとは当人がどうするか決めることでやす」

恒一郎は、うんうん、と何度も頷いた。

「申し訳ねぇが、旦那《だんな》方はどこかに姿を隠していてくれませんかい。今は合わせる顔がねぇでしょう」

そうか、と頷いた恒一郎だったが、

「なにも変わらない。知っているのはここに居る三人だけだ」

聖夜に聞こえるよう階段から言った。

何度も涙顔で振り向く聖夜を見送ると怜は表通りから店に戻った。「ドールズ」に通じる階段に恒一郎と戸崎が腰を下ろしていた。

恒一郎は怜を促して階段を上がった。

三人は円いテーブルを囲む席に座った。

「どうなると思う？」

たばこに火をつけて戸崎は言った。

「なんとも……少なくとも殺しはもうやらねぇでしょうが」

「こんな風に運ぶとは思わなかった」

戸崎は怜にたばこの箱を差し出した。怜は一本をありがたく貰って火をつけた。

「階段を塞《ふさ》がれたときは焦ったぞ」

それに恒一郎も頷いた。

「眠り薬を服《の》んでいたふりをしていたんでさ」

「こっちも疑われていたってわけだ」

「賢い娘っ子でした」

「自殺でもされたら責任を感じるな」

戸崎に恒一郎は溜《た》め息《いき》を吐いた。

「それは大丈夫と思いやす。断じて、とは言えねぇが、これまでの殺しについちゃいちいち考え抜いてのことだ。でなきゃあの子もとっくに殺されておりやしょう。真の悪党にしか手を下しちゃいねぇ」

「病気のことがある。目的を失えばどうなるか分からんぞ」

戸崎は暗い顔で口にした。

「死ぬ顔たぁ思えませんでしたぜ」

「そうに違いない」

恒一郎は思い出したように言った。

「彼女はミカエルと自分とを重ね合わせていたくらいの信者なんだ。キリスト教徒は自殺しない。全部を試練と受け止める」

なるほど、と戸崎も得心した。

「最期の最期まで自分と闘う。崖《がけ》から飛び下りる方がずっと楽かも知れないのにな」

うーむ、とまた戸崎は暗い顔に戻った。

「心の一番深いところでは警察に通報された方が簡単だったと思っていたのかも」

恒一郎にはそんな気がした。

「道を人任せにできる。あとはただその道を歩いて行けば済むんだ」

「そう言われりゃ、あの娘っ子も……」

「なにか？」

「迷いが出たと言いやした」

「………」

「しかし、そいつが人間てもんでさ。でねぇとあの娘っ子は鬼のままあの世に行くことになった」

「そうだな。センセーの言う通りだ。戸崎さんと二人で彼女が出て行くのを盗み見ていたが、落ち着いた顔をしていた。あれは鬼から解き放たれた顔だろう」

恒一郎は笑顔となった。

「どんな結論を出すにしろ、もう鬼じゃない。そうさせたのはセンセーだ」

怜の肩に優しく手を置いた。

「だがこの『ドールズ』はどうなる？」

戸崎は店内を見渡した。

「真司の退院にはまだ日がかかる。聖夜ちゃんが居なくなりゃ店は休業だ」

「ホントだ。勝手に聖夜ちゃんを追い出してアニキに叱られてしまう」

恒一郎は苦笑した。

「松室だってがっくり来るだろう。今度こそ本気で結婚を申し込む気でいたようだ」

「そりゃ可哀相なことをした」

「なんて説明すりゃいいのか……そっちの方が厄介だ。人生ってやつは厳しいな。おれにじゃなくて松室にとってのことだが」

恒一郎は戸崎の言葉に思わず笑った。

「ちゃんと姿を現わして挨拶《あいさつ》に参りやしょう」

怜は断言した。

いつかは分からないが、きっと来る。

怜はそう信じていた。

神の手

1

となりの布団に寝ているはずの怜《れい》の姿がない。トイレに起きたのは承知だが、あのときは部屋が真っ暗だった。今は眩《まぶ》しい朝日がカーテンを透かして明るい。恒一郎《こういちろう》は眠い目をこじ開けて半身を起こした。耳を澄ましても、なんの物音もしない。まだ六時を五分過ぎたばかりだ。

恒一郎は欠伸《あくび》を一つして布団から抜け出た。となりの部屋はリビング兼キッチンとなっている。襖《ふすま》を開けると怜は椅子に胡座《あぐら》をかいて腰掛け、ヘッドフォンをしてテレビを見ていた。衛星放送のメジャーリーグ中継だった。気配を察してか怜はピクリと肩を動かして振り向いた。慌ててヘッドフォンを外す。

「ずっと起きて見ていたのか」

へへへ、と怜は頭を掻《か》いた。それでセンセーの方だと見当がつく。そもそも怜なら退屈して恒一郎を起こしにかかったに違いない。

「昆布茶、飲みやすか」

怜の湯飲《ゆの》み茶碗《ちゃわん》からその香りがしている。

「いや、コーヒーにする」

恒一郎はカップを取り出すとインスタントの粉をたっぷり入れて湯を注いだ。

「たまたまテレビをつけたらこいつをやっていやして。怜ちゃんには申し訳ねぇと思いつつ、ついつい……」

「眠れなかったのか」

「好きなんだ」

意外な思いで恒一郎は怜を見やった。普段は離れて暮らしているので分からない。

「こんなやつがあっしの生きていた時分にありゃ、と思いやすよ。よっぽど世の中が呑気《のんき》になったに違いねぇ。町人と武士の試合なんぞがあったりしてね」

「なるほど、そりゃ面白そうだ」

恒一郎も想像して笑った。

「はじめの頃はなにをしてるもんだか、ちっとも分かりやせんでした。けど月岡《つきおか》の旦那《だんな》に付き合って眺めてるうちだんだんと……」

「いいよ、消さなくたって」

リモコンを手にした怜を恒一郎は制した。

「イチローは打ったか？」

「今日はまだ。フォアボールで塁に出て盗塁はしましたがね」

「イチローもこういうファンが居るなんて想像もしてないだろうな」

恒一郎はおかしくなった。

「ファンてほどじゃ。おなじ国の人間てことで近しい気がするだけでさ」

「けど四時頃から起きてただろう。大丈夫かい。居眠りしてる怜の顔がテレビに映ったら身内として格好悪い」

恒一郎は案じた。今日は怜の通う学校にテレビの取材が入ると聞いている。女優業の傍ら自画作の絵本を何冊も出版している椿有子《つばきゆうこ》の原画展が、郷里であるこの盛岡の画廊で開催される予定になっていて、そのオープニング・パーティに出席するついでに母校で思い出話を語りたいとの申し入れがあったと言うのだ。喜んで学校は受けた。その模様がテレビに収録されるとあってはなおさらだ。

「撮ったところで流しはしやせんでしょう」

「そりゃそうだ。彼女に悪い」

頷《うなず》いて恒一郎はコーヒーを啜《すす》った。

「なかなか名の知れたお人のようで」

「椿有子か。永いこと女優をやってるから、名は知らなくても、顔を見ればだれでも分かるんじゃないか。名脇役だ」

「絵の方はどうなんで?」

「今はそっちの方でむしろ有名だ。いつも印税をアジアの恵まれない子供らのために全額寄付してる。確か自分の子を幼い頃に死なせてる。そういう関係からだろう」

「ずいぶん詳しくご存じだ」

「盛岡の出身だからだ。センセーがイチローの応援をしてるのとおんなじさ」

「皆も大喜びしてまさ」

「怜のクラスの皆か？」

「きっと退屈な話でしょうが、それで昼からの授業がなくなる」

「大喜びの理由はそっちか」

恒一郎は苦笑いした。しかしそうだろう。有名な女優であっても自分の祖父母と年齢が変わらない椿有子に興味を持つとは思えない。

「あまりうるさくすると気の毒だ。そうなったら叱ってやってくれ」

「怜ちゃんのふりをしてですかい」

「ま、今の子供らは利口だから、テレビに撮影されてる最中は静かにしてるだろうけど」

「違《ちげ》ぇねぇ。たぶん心配ありませんよ」

「よそ行きの服でなくていいのか？」

「ちゃんと預かってきておりやす」

怜は寝室から風呂敷《ふろしき》を取ってきてほどいた。

アイロンのきちんとかけられた白いブラウスと新しいスカートが包まれていた。真司の母親が孫のために用意したものである。

「アニキが病院のベッドで悔しがってるだろう。知ればビデオ持参で駆け付ける」

「身内は来ちゃならねぇ決まりになってます」

「そうなんだ」

「見たいと掛け合った親が多いと耳にしておりやすが……けちくせぇもんだ」

「番組の都合じゃないのか？　子供たちと彼女の触れ合いを見せたいんだと思うな」

「そう言や、昼飯も一緒に食うとか」

「だろ。そういう場面にデジカメとかビデオを持った親たちがうろちょろしてたら絵にならない」

「給食もいつもよりゃ旨《うめ》ぇもんが出るんじゃねぇかと大騒ぎだ」

「呑気でいいな。おれも小学校の時代に戻りたくなってきた。その程度が楽しみか」

恒一郎は微笑んだ。

「お、打った」

怜は声を上げた。イチローの打った球がライトとセンターの間を綺麗《きれい》に抜けて行く。

「野球にゃ馴《な》れましたが、こっちが真夜中のときに向こうが真昼ってやつにゃいつまで経っても妙な気分が抜けねぇや。ホントにそうなのかと疑いたくなってくる」

ずずっと怜は昆布茶を啜った。

2

椿有子の乗ったタクシーは小学校の玄関前に静かに停車した。窓から覗《のぞ》いていたようで二人の若い女性教諭が急ぎ足で現われた。

「お待ちしておりました」

笑顔で二人は椿有子を迎えた。

「早かったかしら」

「スタッフの方たちはとっくに……講堂に機材を運んで準備に取り掛かっています」

「じゃ私もそこに？」

「いえ。校長室においでください。まだ給食時間には一時間もあります」

「堅苦しい話をして待ってるのが苦手なのよ」

椿有子はぺろっと舌を出した。

「校長は椿さんのファンなんです」

「あら、ますます緊張するじゃない」

椿有子は出されたスリッパを履いて二人に従った。授業中らしくひっそりとしている。

「ずいぶん変わったわね」

椿有子は廊下の壁に貼られた子供たちの絵を眺めながら口にした。

「新校舎になったのは六年前です」

「建物より子供たちの絵」

椿有子は一枚の絵の前に立ち止まった。

「都会の子の絵とちっとも変わらない」

その言い方に二人は笑った。

「本当にそうなのよ。昔は違った。絵は正直」

「盛岡がそれだけ豊かになったということね」

「…………」

二人は曖昧《あいまい》に頷いた。

案内された校長室には岡村進《おかむらすすむ》の姿があった。校長と今日の打ち合わせをしていたらしい。

「やや、光栄です」

椿有子とさほど歳が変わらないように見える校長は破顔して席を勧めた。

「無理をお願いしてすみません」

椿有子は丁寧に頭を下げた。

「こちらこそ。椿さんに来ていただけるとは」

校長は緊張の面持ちで名刺を手渡した。今でこそ脇に回っているが、若い頃は美人女優として準主役を演じていた椿有子である。

見た、と言って校長が並べ立てた映画のタイトルはほとんどその時代のものだった。

「こういう日が来るとは思ってもいませんでした。この学校の卒業生でいらっしゃるのはもちろん承知しておりましたがね」

「椿さんに色紙をお願いしたいそうです」

岡村に椿有子は了承した。

「ありがとうございます。自慢できる」

校長は心底嬉《うれ》しそうな顔をした。

「お礼なら彼の方に」

椿有子は若い岡村に目を動かして言った。

「彼のお陰で私も四十年ぶりにここへ来ることができました」

「いや、まったく。私の方も岡村さんから連絡を受けたときは舞い上がってしまって」

「ちょっと様子を見てきます」

岡村は照れた笑いで席を立った。

「お若いのに優秀なんでしょうね」

校長は岡村が出て行くと名刺に目をやって呟《つぶや》いた。

「前々からのお知り合いですか？」

「今度がはじめての仕事です」

「椿さんの映画をだいぶ見ているようでした。さっきまでその話で盛り上がって」

「そうですか」

「展覧会も是非拝見させていただきます。岡村さんの話だと三、四日は盛岡に滞在されるご予定とか。ご都合よろしければ椿さんの歓迎会をしたいものだと皆で考えております」

「どうかそういうお気遣いは……お気持ちだけで十分です」

椿有子はやんわりと断わった。

「お身内は盛岡の方に？」

あっさりと頷いて校長は質《ただ》した。

「中学の頃に父の仕事の関係で仙台に移りましたから……だれもこちらには」

「そうだ。そうでしたね」

校長は思い出した顔となった。

それからとりとめのない話が続く。

椿有子は岡村の戻りを心待ちにした。


岡村は二人の若者を従えて戻った。

「これからは我々の指図に従って貰《もら》います」

岡村は校長の前に座って笑顔で言った。

「むろん椿さんもです」

「指図というと？」

椿有子は怪訝《けげん》な顔をした。

「そのつど指示を出しますから。とりあえずはこの部屋で校長と静かにしていてください」

「静かにって、どういうこと？」

「騒がずにいて欲しいということです。トイレに行きたいときは二人に言ってください」

椿有子と校長は顔を見合わせた。

「なんのことか分からないわ」

それに校長も大きく首を縦に動かした。

「見せてやれ」

岡村は笑顔を崩さず二人の若者に命じた。

若者たちは背中に腕を回すと、背に挟んでいたらしい長い棒を引き出した。棒ではない。それは猟銃だった。校長は仰天した。

「騒がないで、騒がないで」

岡村はいたずらっぽく指を唇に当てた。

「殺すつもりなんかないです。でも、こういうのがないと従ってはくれないでしょう」

「ふ、ふざけるな！　なんの真似だ」

青ざめた顔で睨《にら》んだ校長の頭に一人の構えた猟銃が突き付けられた。

「子供じゃないんだから、自分らがなにをしてるか分かってるよ。そちらこそ子供じゃないんだから、状況を判断して欲しいよね」

岡村は薄笑いを浮かべて校長を見据えた。

「な、なにが目的なんだ」

校長は唇を震えさせて訊《たず》ねた。

「抵抗しない限り絶対に怪我はさせません。我々の狙いはあなたたちじゃない。それを校長には職員室の皆に話してきて貰いましょうか。椿さんがここに居ることをお忘れなく。もし警察に通報すればどうなるか分かっているでしょう。テレビや映画でお馴染《なじ》みだ」

「怪我はさせないと言ったばかりじゃないか」

「だから、なにもしなければ、です」

「目的を教えてくれ。でないと……」

「そのうち黙ってても分かりますよ。一日じゃ終わらない」

「なに馬鹿なこと言ってる！」

「大声は嫌いだな。耳にびんびん響く」

岡村は耳の片方を指でほじくった。

「ここに居座る気なのか！」

「大丈夫。不必要な人間は帰します。こっちだって全員の面倒は見切れない」

「あなたたち、正気なの？」

椿有子が割って入った。

「最初からこれが狙いで私のことを？」

「ピンポーン」

「強がって見せるのはやめなさい！」

椿有子は岡村を睨み付けた。

「子供のくせに大人をなめないで」

「なめてかかっているのは椿さんの方でしょう。椿さんには大事な役割がある。だから当分は怪我をさせたくない」

「私は出て行くわ。撃てるものなら撃ってみなさい。そんな度胸があなたたちにある？」

憤然として椿有子は椅子から立った。

「どうぞご自由に。椿有子さんの代わりに一人の小学生が殺されることになる。それを知りながら出て行ったと伝えるだけだ」

「だれに？」

「全国の視聴者に。もう少ししたらここがテレビ局の中継現場になるからね」

「私には大事な役割があると――」

「代役でも済みます。そんなこと椿さんならご存じのはずだ。小さなことにこだわっていれば仕事は前に進まない」

「子供たちはどうするつもり？」

椿有子の口調は弱まった。

「どうしようかなぁ。子供は可愛いよね」

くすくすと岡村は笑った。

「なにが目的か知らんが、ここで手を引け。今ならまだ間に合う。頼む」

校長は岡村に怯《おび》えを浮かべて懇願した。

「目的はまだ我々にも分からないんですよ」

岡村の笑いは止まなかった。

3

椿有子を人質に校長室を占拠した岡村進の前に、五人の男女が青白い顔をして並んでいる。校長を真ん中に教頭や高学年を担当する教諭たちだ。

職員室は岡村の配下が掌握している。

「映画やドラマじゃ、ぼくらがどんなに友好的な態度を取っても結局は悪役でしかないけど、本当に信じて貰っていいですよ。ぼくらの目的はあんたたちじゃない。その証拠にこれからほとんどを解放する。校長先生、あんたもね」

一瞬安堵《あんど》を浮かべた校長だったが、慌てて首を横に振って、

「私には責任がある！　そうはいかん」

岡村を睨み付けた。

「男を残せばなにかと気を使う。こっちの都合だ」

岡村は取り合わなかった。

「一、二年生は幼過ぎて面倒を見切れない。それにそんな小さな子供を人質にすれば世間も許さない。四、五、六年生はもう大人だ。今の子供は知恵もあれば体力もある。三年生は何人？」

岡村は五人をゆっくり見渡して訊ねた。

「どうしたんだ。返事ができないの？」

岡村は笑顔で年配の女性教諭を見詰めた。

「言いたくないなら別にいい。こっちで数える。その代わり、もし六十人なら、その瞬間に五十九人に減るかも知れないけどね」

「なにもせんと言ったばかりだろうに！」

校長が唇を震わせた。

「言ってない。解放すると言っただけだ。それこそあんたたちが従ってくれればの話だ」

「二クラス……合わせて五十四人」

観念した顔で女性教諭が口にした。

「女の子はそのうち何人？」

「十五人と十三人」

「二十八人か……まだ多いな。十五人の方にしよう。そのクラスに仲間を案内してやってちょうだいね。十五人だけを残す。あとは全校生徒たった今下校させていい」

教諭たちは顔を見合わせた。

「言ってる意味が分かんない？」

岡村は冷たい目で質した。

「他は帰せって言ってるんだよ。三年の女の子十五人だけ残してさ」

「し、しかし……」

校長は額に噴き出た汗を拭《ぬぐ》った。

「そうやってなにをする気だ？」

「あんたらに関係ない。あんたらも子供らと一緒に出て貰う。一人残らずだ」

「そういうわけにはいかん」

「校長の立場上ってやつか」

岡村は傍らの仲間から猟銃をもぎ取って校長の胸に銃口を向けた。

「うだうだあんたと談合してる暇はないんだ。それともあんた、その責任感やら正義感をきちんと全《まっと》うできるのか。あんたにも家族が居るんだろ。戻れなくなっていいんだな？　だったらここでさっさと終わりにしてやる。あとで美談になるだろう」

いきなり岡村は天井に向けて発砲した。皆は悲鳴を上げて蹲《うずくま》った。天井に無数の穴があいている。埃《ほこり》が校長室に舞った。

「さっきも言ったように、ただで済むとは思っちゃいない。命を懸けてるのはこっちだってことを忘れるな。大人は邪魔だ。居れば余計な面倒を引き起こす。無駄に殺さなきゃならないことにもなる。分かったか！」

岡村は一人一人に筒先を向けた。

怯えが皆の顔に浮かぶ。

そこに三人の若者が姿を見せた。やはり全員が猟銃を手にしている。

「だいたい済んだ。いつでもいい」

「よし、まず一、二年生を外に出す」

岡村は頷《うなず》いて、

「職員室から担任を引き連れて行け。全員が外に出るまでしっかり見張れ」

若い連中に命じた。

「子供らが出ればこのことが直ぐに警察に知れるぞ。それでいいのか」

校長は不安な顔をした。

「警察も馬鹿じゃない。しばらくは様子を見るさ。人質がまだまだ居る」

岡村は気にもしなかった。

「私はきちんと説明しなけりゃならん」

「それはあとでこっちがやるからいい」

「…………」

「そのための機材だ。どこかの局の中継車と繋《つな》げばおれたちの手で放映できる」

「放映する?」

「警察への要求はこっちが落ち着いてからだ。あんたらが居れば話が混乱する。一、二年生が済んだら次は四、五、六年生の順に出す。三年の十五人以外もな。繰り返すが教職員は一人も残さない。もし出て行ったあとで一人でも見掛けたら、子供を一人殺す。その子の死の責任はあんたらにある」

皆は青ざめた。

「せめて私一人は残させて欲しい」

覚悟を決めた顔で校長は懇願した。

「三年の子供たちばかり残すわけには……」

校長は床に両手をついて頼んだ。

「そうやって一つを許せばきりがなくなる」

岡村は校長の下げた頭に猟銃を当てた。

「待ちなさい！」

無言でいた椿有子が凛《りん》とした声を発した。

「校長先生、ここは私に」

校長は椿有子を見上げた。

「私がずっと子供たちの側に。大丈夫。きっと守ってみせます。だから……」

今は言う通りに、と椿有子は目で伝えた。

校長の目からぼたぼたと涙が滴った。

「大丈夫だよ。子供をどうにかしようってんじゃない。無事に返す」

岡村は校長たちに請け合った。

「なにかあれば……許さんからな」

校長は涙顔のまま言った。

4

岡村は二階の三年のクラスの戸を開けた。

隅に固まって泣いている女の子たちが真っ先に目に入る。机に顔を伏せている子も居た。

「なにも怖くはないよ。はい、こっちを見て」

笑顔で岡村は声をかけた。

女の子たちの目が岡村に注がれる。

「黒板にも書いてあるだろう。お兄さんたちの言うことをよく聞くこと。そうすればきっと楽しくやれる。ぼくたちは悪いお兄さんじゃない。これは遊びと一緒だ。ほら、ぼくの目の前にはテレビカメラがあるだろ。皆も映るよ。君たちのパパやママともこれで話ができる。君たちだけ残したのはね、いい子でいてくれると考えたからだ。なにより君たちは有名になるぞ。全国の人たちが見る」

子供たちは顔を見合わせた。泣き顔の数が減っている。

「歌手にスカウトされたりしてさ」

笑いが起きた。

「美味《おい》しいものも届けてくれる。なんにも心配することはないんだ。君たちは呑気《のんき》にケーキを食べたりテレビを見てればいい。君たちが映っているテレビをね。ここに居るお兄さんたちが可愛く撮影してくれる。出てった友達の方が君たちを羨《うらや》ましがるだろう。こんなに仲間が居ればば寂しくもないよな。それに、今度のことが終わればパパやママが君たちになんでも好きなものを買ってくれる。なんと言っても君たちは悲劇のヒロインでしょう」

子供たちは歓声を上げた。

「さ、それでも帰りたいと思う子は？」

岡村は満面の笑みで訊《たず》ねた。

おずおずと三人が手を上げた。

「分かった。帰っていいよ。君たちはオーディション不合格となりました」

慌てて一人が手を下ろした。

「君たちの学校だ。自分一人で帰れるね。階段にぼくの仲間のお兄さんが居る。残らないことに決めたと言えば下に通してくれる。外にはおまわりさんがたくさん待ってるから、そこまで走っていけばいい」

言われて席を立った二人だったが、その足取りには迷いが見られた。

残ろうよ、と仲間たちが誘った。好きに帰っていいと言われたことで岡村への警戒心が薄れている。残ろう、残ろうと皆が叫んだ。

二人は目を合わせて席に戻った。

「後悔はさせない。これから面白いゲームがはじまる。君たちはその目撃者だ。まもなくここでリハーサルをやるけど、君たちは好きにしていていいよ。見ていればいい」

「ホントにテレビに映るの？」

一人が岡村に確かめた。

「嫌というほどね。君たちが無事でいることを教えなくちゃならない。主役は君たちだ」

子供たちは顔を輝かせた。

「給食当番はだれかな。手を上げて」

三人が元気に手を上げた。

「もう準備がしてある。いつものように運んで来よう。お兄さんたちも手伝う」

私も行く、と何人かが腰を上げた。

「仲良くやれそうだな。安心した」

岡村は円い目で自分を見詰めている真正面の女の子に大きく頷いた。

女の子も笑顔で返した。

「あともう一つ」

思い出した顔で岡村は続けた。

「お兄さんたちは鉄砲を持っているけど、おまわりさんたちのためのもので、君たちには関係ない。でも本物だから近寄らないように。子供が触ると爆発しちゃうからね」

子供たちは了解した。

「なにか質問は？」

それに一人が手を上げて、

「永くなればなるほど君たちも有名になれるけど……学校に泊まるのが怖いのか？」

怖くなーい、と皆が笑った。

「お布団はあとで用意させる。トイレにも必ずお兄さんたちがついていってやる」

イヤだ、と皆は首を横に振った。

「じゃ、君たち揃《そろ》って行けばいい」

「はい」

とまた一人が手を上げた。

「この教室より広い学習室の方がいいと思います。あそこならテレビもあるし床に座ることだって……」

「そうか。だったらぼくも見て来よう。床に毛布を敷けばもっと楽になるな」

岡村はあっさりと同意した。笑顔も自然に出る。子供たちはもう心配ない。

「学校の中なら好きに出入りしても？」

真正面の女の子が質《ただ》した。

岡村は胸の名札を見て、

「月岡怜ちゃんか。もちろんいいけれど、防火用のシャッターをあちこち閉じてある。退屈かも知れないが、教室とトイレ以外はあまり出歩かないで欲しい。おまわりさんが入ってきたらもうゲームが終わっちゃう。まだ君たちテレビにも映ってないんだからさ」

「いつまで？」

怜に言い聞かせた。

怜はゆっくりと頷《うなず》いた。

「こっちから連絡すると言ってある」

本部に決めた資料室に戻ると仲間が緊張の面持ちで報告した。ここも二階で小さな窓が一つしかないから守りやすい。

「階段のシャッターを見回ってこい。玄関ホールから以外、この二階への出入り口を全部封鎖しろ」

命じてから岡村は携帯を手にした。

「番号はこれ」

仲間がメモを差し出した。

「桜小路《さくらこうじ》か。呑気そうな名だな」

岡村は笑ってボタンを押した。

「要求を伝える」

即座に出た相手に岡村は名乗らず言った。

「NHKの中継車を玄関前までつけさせろ。運転手一人だけでだ。二階まで届くコードも用意しろ。分かっているだろうが、今の段階で妙な真似はするな。こっちは疲れていないし張り切ってる。銃撃戦をする気はないが、子供を殺すのはたやすい」

「なにが目的だ」

電話の向こうの桜小路が押し殺した声で訊ねてきた。

「あんたなんか相手にしてない。中継車が到着したら分かるよ」

「人質は無事なんだな?」

「それももう少ししたら分かる。焦らなくて大丈夫だ。これから面白い芝居を見せてやる。慌てて幕を下ろさなくていいだろう」

「おまえら何者だ?」

「何者でもありません。それが問題だ」

「からかってるのか?」

「あんた、今の世の中に満足してるのか? きっと満足してるんだろうね。おまわりやってて不満じゃないみたいだから」

「無駄口はいい。椿有子さんは無事か?」

「無事だよ。大事な報道官だ」

「電話に出してくれ」

「なんで?」

「確認したい。当然のことだ」

「どっちが命令する立場と思ってる。だったらおれも言いたいね。小泉今日子《こいずみきょうこ》をここに連れてこい。そしたら椿有子と交換してやってもいいぜ。いや、どうせ無理だろうから譲歩してやる。

キョンキョンを連れてきたら人質の子一人を返す。それでどうだ」

「本気で言ってるのか？」

「本気だよ。それも面白い。いっそこの校庭に十五人のアイドルを揃えてみるか？　マスコミが喜ぶだろう。本当に揃えたら十五人の子供を返して、あんたらと銃撃戦だ」

「話にならん」

「だよな。冗談だ」

岡村はげらげら笑って、

「とにかく中継車。それからが幕開きだ」

一方的に通話を切った。

5

「そんな！　冗談でしょう」

桜小路からの知らせに恒一郎は仰天した。

「残念ながら」

「なんで怜が人質なんかに？」

「たまたまです。校長や他の教職員の話では三年の女子が扱いやすいと判断されたようです。犯人側はまだ目的を明らかにしておりません。校内の様子は分かりませんが、たぶん危害を与えられるような事態にはなっていないと思われます」

「信じられない」

恒一郎はその言葉を繰り返した。同時に入院中の真司《しんじ》にどう伝えればいいのか迷う。

「私も驚きました。まさか怜ちゃんが十五人の中に入っているなんて……他の児童の家族にも手分けして連絡を取っていますが、どうなされます？」

「どうって、もちろん行きます」

「学校の右隣にホテルがあります。今は本部をそこのロビーに設置しています」

「あの……これは内密にしなければならないことですか？」

恒一郎は確認を取った。

「その必要はありません。犯人側はテレビの中継車を要求してきました。そろそろ到着する頃です。犯人側はそれを用いてなにか声明を出すつもりのようですからね」

「犯行声明を！」

「海外のテロリストの真似でしょう。教職員の話だと全員が若い連中とか」

「犯人の身元は？」

「まだです。名刺に刷られていた制作会社は架空のものでした。こまめに向こうから連絡を取ってきたので学校から問い合わせることはありませんでした」

「それにしても、なんだってこんな岩手の小学校なんかをターゲットに……」

「それもたまたまと思われます。椿有子さんが岐阜の出身なら岐阜の小学校が狙われた」

「家族が駆け付けて邪魔になることは？」

「致し方ありません。子供の身を案じるのは当然のことですから」

「なんとかお願いします」

電話に頭を下げて恒一郎は切った。

心を一度鎮めて真司の入院先の医大の医局のボタンを押す。幸いに戸崎《とざき》は医局に居た。

「学校に立て籠《こ》もりだと！」

戸崎は知ると大声で喚《わめ》き立てた。

「怜ちゃんが人質にされたってのか」

「そんなに声を張り上げなくても」

テレビをつけろ、と戸崎の怒鳴る声が聞こえた。医局の動転が伝わってくる。

「どこもやってねぇぞ」

「たった今桜小路さんから連絡を受けたばかりだ。おれはこのまま行く。学校の隣のホテルに桜小路さんが居る。問題はアニキだ。それで電話を……今はまだ心配なさそうだとアニキに言っておいて欲しい」

「構わんが、本当に心配ないのか？」

「分からない。けど、そう言うしかない」

「そりゃそうだが……犯人はどんなやつだ」

「若い連中としか聞かされていない」

「今日は怜の学校で椿有子の講演をテレビ収録する予定だった。それがどうやら嘘っぱちで、スタッフがいきなり猟銃を突き付けてきたらしい。椿有子も人質となった」

「グループか」

「まるで映画みたいな話だな」

「ますますそうなるかも」

「どういう意味だ？」

「犯人連中は中継車を真っ先に要求したそうだ。そいつを使ってなにかする気らしい」

「ライブ中継させるって？」

「しかも自分たちの手でね。カメラは何台も自分らで持ち込んでる」

「自分らの犯罪を自分らが放映する？」

「桜小路さんも戸惑っている様子だった」

「当然だな」

「また連絡する」

「いや、おれも行く」

「戸崎さんが！　なぜ？」

「怪我人が出れば医者が必要となる。どうせ救急センターにも要請が来るだろう。怜ちゃんが人質と聞いちゃ放っておけん」

「アニキのことは？」

「まず現場に行ってからだ。あとで松室《まつむろ》に頼めば済む。医大に寄っておれを拾ってくれ。救急センターの前で待ってる」

一方的に言って戸崎は電話を切った。

「まったく、とんだことになったもんだ」

白衣のまま恒一郎の車に飛び乗った戸崎は苛々《いらいら》とたばこを口にくわえて火をつけた。

「よりによって怜ちゃんが……」

「センセーがついているから大丈夫さ」

恒一郎は自分に言い聞かせるよう口にした。

「テレビに事件のテロップが流れてた」

「なんて？」

「立て籠もり事件が発生したってことだけだ」

「先生たちもだらしない。子供らだけ残してくるなんて」

恒一郎は舌打ちした。

「子供らを盾に追い払われたんだろう」

「それでも学校の無責任さが問われる」

「ま、それは言えるな。特に若い教師は聖職者という意識を持っているとは思えん」

学校に近付くにつれ道が混んできた。

「ホテルに入れるのか？　ただでさえあそこの駐車場は混んでる」

戸崎は案じた。もう建物は見えている。

「この近くの駐車場に入れて歩く方が早い」

恒一郎は頷《うなず》いて右折した。

パトカーやテレビ局の車と擦れ違う。

「テレビ局のやつら、笑ってやがる」

戸崎は憤慨の目で車を睨《にら》み付けた。

「トクダネと張り切ってるに違いない。人質や家族の身になってみるがいい」

恒一郎の方は無言で駐車場に車を入れた。


ホテルの前には人垣ができていた。

人質の家族と分かって警察官は恒一郎と戸崎を通した。テレビカメラが二人に向けられている。白衣の戸崎をなにかと勘違いしているようだ。ロビーも警察官や家族と思われる人間たちでごった返していた。

桜小路が先に恒一郎たちを見付けた。手を上げて招く。二人は人を掻《か》き分《わ》けて進んだ。

「もう少しここでお待ちを。関係者の待機する部屋を用意してますんで」

「手伝うことがあれば遠慮なく言ってくれ」

戸崎に桜小路は笑顔で頷いた。

「なにか進展は？」

恒一郎は勧められた椅子に腰を下ろして質《ただ》した。背後を慌ただしく警察官が行き交う。

「中継車がついさっき小学校の玄関に。運転手は直ぐに追い返されました。車の中の機械の操作に慣れている連中のようです。全部自分らでやる気でいる」

「犯人たちの数は？」

「八人から九人。裏口から機材を運び入れた者も居るので、だいたいの人数しか……」

「突入とかは考えていないんですね」

「まず目的を確かめてからです。それに、正直言って突入は厄介だ。二階に通じるドアはすべて閉ざされている上に、至るところの防火シャッターが下ろされています。強行突破はよほど慎重に進めないと……敵も監視カメラを設置して我々の様子を見張っている」

「監視カメラ！」

「我々の近付きそうな場所全部にね。しかも赤外線のカメラ。周到な連中です。そいつを設置してから犯行にかかった。目下のところ動きが取れない状況にある」

「それじゃ、よっぽど事前の調査を？」

「でしょうな。撮影の申し入れは半月も前だったと言いますし、何人かが下見に来ている。どこに仕掛ければいいかチェックしたはずだ」

「資金も半端じゃないでしょう」

「今はレンタルがありますからね。その線で洗って貰《もら》っています。犯人らの乗ってきた二台のライトバンがなぜか見当たらない。あるいは二手に分かれている可能性もあります」

「長引きそうな感じだな」

戸崎は唸《うな》って腕を組んだ。

「人質の救出が第一です。刺激せずじっくり腰を据えてやるしかない」

「マスコミへの対応は？　子供もそうだが、椿有子となりゃ大騒ぎとなる。マスコミが妙にいじくったりしなきゃいい」

戸崎に桜小路も眉《まゆ》をしかめて同意した。

「犯人たちとの交信は？」

恒一郎は桜小路に迫った。

「こちらの呼び掛けにはいっさい……向こうから私の携帯に指示が入るだけです」

「桜小路さんの携帯に？」

「発生直後から私が交渉役に」

「子供たちと話はできないんですか」

「現段階ではまだ」

「それで無事という保証は！」

「二階の学習室の窓に全員が並びました。元気そうなのでご安心を」

桜小路は恒一郎に請け合って、

「それから犯人たちは学習室の窓のカーテンを閉ざしました。子供たちは教室から学習室に身柄を移されたものと思われます。ときどきカーテンの隙間から子供の顔が現われる」

「どういう状況になってるんだ？」

戸崎は盛んに首を傾げた。

「窓に並んだ子供らの顔にさほど怯《おび》えは認められませんでした。にこにこしている子供も何人か……」

言って桜小路は溜《た》め息《いき》を吐いた。

6

「さあ、拍手、拍手」

おどけた口調で岡村は椿有子を引き連れて学習室に姿を見せた。椿有子は子供たちの普段と変わらぬ様子を眺めて微笑んだ。

「いよいよゲームのはじまりだ。君たちも学校の周りにパトカーやテレビ局の車が集まってるのを見ただろ。これからもっと増える」

言って岡村は窓に近寄るとカーテンを小さく捲《まく》って確かめた。何台もの中継車が見える。その屋根に乗ったカメラが一様にこちらを向いている。子供たちも窓に寄ってきた。

「駄目、駄目。もう危ない」

岡村は制した。

「ホテルの屋上に銃を持った連中が居る。ぼくらと間違えて撃ってくるかも知れない」

子供たちは怯えて窓から離れた。

「あと少しで準備が出来上がる。そうしたらここがテレビのスタジオだ。このカメラの映像は岩手県ばかりじゃなく全国に流れるぞ」

子供たちは喜んだ。

「リハーサルは済んだよね?」

子供たちはこっくりと頷いた。

「念の為にもう一回してみるか。合図をしたら左の子から順に映していく」

岡村はカメラを操作している男にキューを出した。カメラはゆっくり動かされて左端の女の子をアップにした。床に置かれたモニターにはにかんだその顔が大きく映される。

覗《のぞ》いていた子供たちが歓声を上げた。

「えーと、えーと……山崎晶子《やまざきあきこ》です」

「自分の名前だろ。直ぐに言えないの?」

岡村はくすっと笑って、

「それに、です、も要らない。君たちは人質なんだから。名前をただ言って顔を伏せる」

女の子に指示を与えた。

「おかあさん、と言うんじゃなかったっけ」

カメラを操っている男が女の子に質した。

女の子は身を縮めて頷いた。

「じゃ、落ち着いてやってみるんだ」

岡村はふたたびキューを出した。

「山崎晶子……おかあさん！」

カメラは慌ててとなりの子を映す。

「そうそう、その調子だ」

岡村は満足気に手を叩《たた》いた。女の子もホッとした顔で笑顔となる。

それからカメラは次々に全員を映していった。ただ名前だけ口にしてうつむく子も居れば、泣きそうな目で助けてと叫ぶ子も居る。

「本気でやってくれなきゃ困るよ。これ、ワイドショーにもきちんと流れるんだからね。月岡怜ちゃんか。今の怒った目がよかった」

岡村はだいたいオーケーを出した。

「じゃ次は椿さんにもやって貰おう」

「リハーサルなんて馬鹿げてる」

椿有子は首を横に振った。

「子供たちはやってくれたでしょう。そこに座ってくれないと困る。こっちも命懸けだってことは説明したはずだ」

笑顔を崩さず岡村は命じた。

小さな吐息をして椿有子はテーブルを前にした椅子に憮然《ぶぜん》とした顔で腰掛けた。カメラが真正面から椿有子をとらえる。

「その紙を読んでもいいけど、なるべく椿さんの言葉で語って欲しいな。分かっていると思うけど、本番では余計なことはいっさい口にしないように」

「あなたたち、本当はなにが望みなの？」

椿有子は岡村を睨《にら》み付けた。

「だから教えたでしょう。それを決めるのは我々じゃないって」

「こんなことが理解されると思って？」

「やってみなきゃ分からない。なんだってそうだ。みんな自分が可愛いからやらないだけなんだ。ここに居る子供たちの将来を親以外はだれも本気で考えちゃいない。だからこの国には妙な事件ばかり起きる。くだらない言い合いはもう止めにしましょうよ。椿さんは役目を果たしてくれればいい。喧嘩《けんか》をすればこの子たちが不安になるだけだ」

実際子供たちは落ち着かない目になっている。椿有子は目を瞑《つむ》って頷《うなず》いた。

「リハーサルは読むだけにしますか。この子たちだって自分がどうして人質になっているのか知りたいはずだから」

岡村は椿有子を促した。

椿有子は紙を手にしてカメラと向き合った。

「後ろに二人くらい立ってる方がいいな」

モニターを眺めて岡村は配下に指図した。猟銃を手にした若者二人が椿有子の背後に立つ。椿有子は緊張の顔となった。

「顔を隠す必要はないぞ。どうせ夕方までには全員の名が知れる。堂々とやるんだ」

岡村に二人の若者は大きく頷いた。

「万が一間違いがあるとまずい。弾は抜いておけ。本番ではおれがこっちで狙ってる」

岡村は若者らの立つ位置を決めて、

「どうぞ。慌てて読まなくていいですよ」

椿有子に顎《あご》でスタートを命じた。

「どうかご心配なさらないでください。今の様子でお分かりのように子供たちは無事です。こうして中継車を用意して貰ったのは、子供たちの元気な顔をご家族にお見せしたかったのと、我々の願いを全国の皆さんに直接聞いていただきたかったからです……」

椿有子は紙をテーブルに置いた。

「どうしました？」

岡村は怪訝《けげん》な顔で訊《たず》ねた。

「私の願いじゃない」

椿有子は暗い目で訴えた。

「だから適当にして構わないと言ったでしょう。ちゃんと意図が伝わればいい」

「私には……あなたたちが信用できない」

「なにをいまさら」

岡村は陽気に笑った。

「ちょっと過激なのは認めるけど、椿さんが常日頃していることと少しも変わらない。ぼくらは椿さんをそれなりに尊敬してる。椿さんを選んだのは、きっと分かって貰《もら》えると思ってのことだ」

「だったら、お願いがある」

椿有子は必死の目で岡村を見詰めた。

「この中の一人をたった今解放して。それをしてくれたらあなたたちを信用する」

「そりゃ、まったく問題のない提案だけど」

岡村は子供たちに目をやって、

「出て行きたがる子が居るかどうか……」

「なに言ってるのよ！」

「どう？　降りたい子は居るかい」

岡村に子供たちのほとんどが目を伏せた。

「なぜ？　ママに会いたくないの」

椿有子は目を丸くして見渡した。

「じゃんけんで決めようか。一人で出て行けばテレビカメラに囲まれる。それも悪くない」

岡村に子供たちは騒ぎはじめた。

一人が手を上げて、帰ると口にした。

「分かった。君でいい」

岡村は即座に決めた。

「玄関まで送るからね。そこから先は一人で行きなさい。皆も元気だと言うんだ」

「はい」

「見送りのお兄さんに手を振って立ち去ってくれないか。でないと君が逃げたと勘違いされて、お兄さんが撃たれるかも知れない」

それに女の子は笑顔で応じた。


「最初からあの子、弱虫だったもんな」

女の子が出て行くと岡村は苦笑した。

「きっと夜が怖かったんじゃないか」

子供たちはどっと笑った。

「これで分かってくれましたか？」

岡村は呆然《ぼうぜん》としている椿有子に言った。

「本気でこの国を正しい道に？」

戸惑いを隠さず椿有子は質《ただ》した。

「こうすべきだってことを示す。それで国が変わるとは思っていない。でも、だれかがはじめなきゃならないことと信じている」

「刑務所に入れられても?」

「ぼくらには今の世の中が刑務所とあまり変わらない。分かってないのは年寄りたちだ」

その言葉に椿有子はたじろぎを見せた。

「分かりました。あなたたちを信じる」

椿有子は覚悟を決めた顔となった。

7

解放された女の子は校庭の中程で四人の警察官に保護された。入り口に待ち構えていた報道陣から矢継ぎ早に質問が飛び交う。女の子は伏し目がちにしていたが、怯《おび》えは感じられなかった。笑顔さえ見られる。人垣を掻《か》き分《わ》けて女の子の両親が飛び出した。両親は泣いていた。テレビカメラが集中する。

どうして君だけ? という質問を聞きつけて女の子がリポーターに顔を向けた。椿有子さんが助けてくれたの、という返事に報道陣はどよめいた。

「ご安心を。全員元気でいるそうです。犯人たちは大事に扱ってくれている様子です」

家族のために用意された二階の喫茶室に上がってきた桜小路は真っ先に伝えた。

「犯人を刺激しないよう様子を見守っている段階です。まだ犯人側の要求が摑《つか》めておりません。それを確かめないうちに行動を起こしては危険と判断しました。ご心配でしょうが我々を信じてこのままお待ちください」

桜小路は頭を下げて了解を取った。

「友美《ともみ》ちゃん一人だけなぜ？」

母親の一人が桜小路に詰問した。

「椿有子さんが犯人グループに協力を強要され、一人を解放するならと願ったようです」

「だからどうして友美ちゃんだったんですか」

そうだ、そうだと他の親たちも詰め寄った。

「分かりません。無作為でしょう」

「そんな無責任な返事があるか！」

何人かが桜小路に声を張り上げた。

「当人も分からないと言っています。皆が無事で居ることを伝えるようにと言われたとか」

「無事のわけがないだろう！　うちの子たちは銃を突き付けられてるんだぞ」

「ですから——」

桜小路も声高となった。

「慎重に慎重を重ねて対処しております。お子さんたちの無事を最優先してのことです、ご家族のご心痛も重々承知しております」

「すみません！　私たちが……」

若い女教諭が重圧に泣き崩れた。親たちの目が教師たちの席に注がれる。校長と教頭が深々と頭を下げた。親たちは無言となった。

「もう少しすれば犯人グループはテレビを通じて要求を伝えてくるでしょう。子供たちの無事な姿も見られるはずです」

それに親たちは期待する顔となった。

桜小路は一礼して喫茶室を出た。

恒一郎と戸崎はそのあとを追った。

「あ、どうも」

桜小路は恒一郎たちと知って笑いを見せた。喫茶室の前に喫煙コーナーがある。桜小路は目で促して長椅子に腰掛けた。

「全然怖がってないみたいだった」

小首を傾げて恒一郎は言った。喫茶室に持ち込まれた大型テレビで解放の瞬間を見ている。

桜小路も吐息して、

「悪い連中じゃないと言っています」

「犯人たちのことを？」

「泣き叫ばれては収拾がつかなくなる。それで子供らの機嫌を取っているんでしょう」

「今の子供らは大人だ。形だけのことなら見抜く。侮れん連中だ」

戸崎は言ってたばこに火をつけた。

その目が階段に釘付《くぎづ》けとなった。

恒一郎も階段に目を動かした。

信じられない人間を梅原《うめはら》が案内してくる。

「東京に戻ったとばかり」

桜小路は腰を浮かせて陽気な声を発した。

恒一郎と戸崎は落ち着かなく会釈した。

「ごめんなさい」

緊張の面持ちで返したのは聖夜《せいや》である。

「怜ちゃんが人質になっているとニュースで知って……迷惑とは承知で……」

「いや。嬉《うれ》しいよ。よく来てくれた」

恒一郎は何度も頷《うなず》いた。

「それで怜ちゃんは？」

「まだなにも分からない。解放された子の話では特に心配ないようだけど」

恒一郎は聖夜を戸崎との間に座らせた。

「私は下に……なにかありましたらどうぞ」

桜小路は梅原と階段を下りて行った。

「驚いたね。松室に教えてやらなくちゃならん。突然姿を消したんで松室が落ち込んでいる。

小躍りしてやってくるぞ」

戸崎はにやにやとしてたばこをふかした。

「あれから大沢《おおさわ》温泉に……」

「岩手から離れたと思ってた」

「なにをすればいいのか考えていました」

聖夜は恒一郎に応じた。

「離れてしまえば二度と岩手には来られないような気がして」

恒一郎は静かに頷いた。聖夜の命は限られている。そういう意味だろう。

「できることがあれば手伝わせて」

聖夜は恒一郎と戸崎を見詰めた。

「ありがたいが……ここは警察に任せるしか」

「このままここに居残っても？」

「もちろんそれは構わない」

恒一郎は心底から口にした。

「体の調子は？　元気そうに見えるが」

「大丈夫です。温泉が良かったみたい」

聖夜は戸崎に微笑んだ。

「剣道と武術の達人の手助けか。心強い」

戸崎は手を差し出した。聖夜が握った。

「ま、怜ちゃんなら心配要らんと思うがね。センセーは修羅場を何度も潜ってる。それを知らずに人質にした犯人らが気の毒だ」

ほんと、と聖夜も小さな笑いを洩《も》らした。

いよいよです、と桜小路が現われた。

「チャンネルを4に」

違う局の画面と知って桜小路は指示した。

「あまりに不穏当な場合は切断することになっておりますのでご了承ください」

「だれがその判断をするんだ!」

家族から声が上がった。

「だれが、ということではありません。人間の常識で、と申し上げるしか」

桜小路は低いがしっかりとした声で返した。

「映ったぞ!」

その声に皆の目がテレビに向けられた。今までの実況中継ではなくなっている。

おおっ、と安堵《あんど》が広がった。

元気そうな子供たちの姿がそこに映し出されたからである。学習室に並べられた椅子にきちんと腰掛けてこちらを見ている。家族たちはテレビの前に押し掛けた。

「皆さん、椿有子です」

子供たちから椿有子のアップに切り替わると何人かが悲鳴のような声を上げた。自分の子をちゃんと確認できなかったらしい。

「心配ありません。子供たちはこの通り元気でいます。熱を出したり、怪我をしている子もいません。本当にどうかご心配なく」

椿有子は涙顔で請け合った。

「もう一度子供たちを見ていただきます」

画面がまた子供たちに戻った。今度は一人ずつゆっくり映していく。

「山崎晶子……おかあさん、早く助けて！」

慌てたようにカメラが次の子に移る。

「晶《あき》ちゃん！　晶ちゃんどうしたの！」

母親がテレビに叫んだ。

「遠藤浩子《えんどうひろこ》。ママ、パパ、大丈夫」

健気《けなげ》に言い切ってうつむく子に家族の目から涙が溢《あふ》れた。元気に見えるが、やはり人質には違いない。

「怜だ」

恒一郎はどきっとした。戸崎も覗《のぞ》き込む。

「月岡怜……怖くないもん」

いきなり怜は横を向いてあっかんべーをした。犯人たちへのものだ。

「センセーだ。間違いない」

戸崎が耳打ちした。恒一郎と聖夜も頷いた。

あっかんべーと見せ掛け、怜の指は目を示している。つまり目吉と伝えているのだ。

「子供たちに危害を加えるつもりはないと約束しています。彼らは今の日本を改革するために罪を承知で実行に移しました。私はそれに賛同するものではありませんが、間に立つよう求められました。互いに感情的になっては無縁な子供たちが巻き込まれてしまいます。どうかしばらく様子を見守っていてください。私が責任持って子供たちを守ってみせます。要求はもう少ししてからあらためて伝えます。今は子供たちに食事と寝袋を届けてください。ただし一台の車に積んで、運転手一名だけ。それも女性に限ります。子供たちの家族の手紙を持たせても構いません。くれぐれも子供たちのことを考えていただきたいと思います」

椿有子は言って目を閉じた。

広がった画面が椿有子の背後に立つ二人の若者を映し出した。二人は猟銃を持っていた。

ぷつんと画面がとぎれた。

元の実況中継に映像が戻る。

家族たちから一斉に吐息が洩れた。

「普通のやつらじゃなさそうだ」

桜小路は困惑を隠さなかった。

「長期戦も想定済みだ。厄介になってきた」

「なんの改革をする気だ」

戸崎は舌打ちした。

「首相を代えろとか言われてもどうにもならん。子供たちはどうなる？」

まったく、と桜小路も頷いた。

「いいんですか、ここに居て？」

恒一郎は桜小路に言った。一階ロビーの慌ただしさが伝わってくる。

「県警本部長がこっちに。私は家族を担当することになりました」

「犯人からの連絡は？」

「携帯を本部長に渡してあります」

「長い一日になりそうだ。おれは一度病院に戻ってくる。真司にもちゃんと説明しないと」

戸崎は腰を上げた。

「アニキにはおれがずっとここに居る、と」

恒一郎は戸崎に頼んだ。

「美味《おい》しそうな弁当の到着だよ」

岡村がにこやかな顔で怜たちの居る学習室の戸を開けたのはそれから一時間後のことだった。

若者たちが重そうな袋を両手に提げて岡村に続いている。少女たちは駆け寄った。

「盛岡では有名なレストランの洋風詰め合わせの弁当だってさ。得しただろう。ハンバーグやエビフライが入ってる。デザートのケーキや飲み物もたくさん届けられた」

並べられた弁当の豪華さに少女たちは歓声を発した。遠足のような賑《にぎ》やかさだ。

「ママたちからの手紙もある。返事を書いてあげような。心配させちゃ可哀相だ。君たちにはお兄さんたちも悪いと思ってる。だからお詫《わ》びに君たちをもっと有名にしてやるよ。いいお返事は椿さんがテレビで読んでくれる。国中の皆が君たちに同情してくれるような手紙を書けばいい。どんなにママやパパに会いたいかってね」

わっ、と少女たちは顔を輝かせた。〈簡単に騙《だま》されちまって……〉

怜は情けなさを押し隠して弁当とウーロン茶の缶を手に取った。コーラなどで米の飯を食う気にはなれない。

「月岡怜ちゃんだったね」

岡村が戻ろうとする怜を呼び止めた。

「さっきのあっかんべー、よかったよ」

笑顔で怜は頷《うなず》いた。

「何度も君の顔がテレビに流されている」

少女たちは羨《うらや》ましがった。

「一時間したら二回目の放送をする。そのときに君をどうしたらいいか考えてる」

「……………」

「皆はどう思う？　国中の人間も気にしてると思うんだ。怜ちゃんは犯人と呼ばれているぼくたちに一応反抗したわけだからさ」

岡村は少女たちに訊《たず》ねた。

「ぼこぼこにして椅子に縛り付けるといい」

一人が面白がって口にした。何人かが手を叩《たた》いて賛成する。

「そこまでやるとお兄さんたちが本当の悪者にされてしまうからなー」

岡村は乗らなかった。

「髪を切ってぼさぼさにする」

別の一人が得意そうに提案した。

「それもちょっとね。髪はなかなか生えない。人によってはそのままになる場合もある」

どっと少女たちは笑った。

「服を脱がせたら？」

「そしたら怜ちゃんがもっと人気者になるぞ」

岡村はおどけて、

「それに君たちには危害を加えないとテレビで約束した。こうしよう。怜ちゃんは反省するまで一人で別の部屋に居る。怜ちゃんがもし怖がりなら無理強いしないけど」

怜を見やった。

「いいよ」

怜はあっさりと応じた。少女たちは目を丸くした。怖がりと見ていたようだ。

「放送の途中でカメラが部屋に行く。無事な姿を見せてやらないと皆が心配する」

「今から？」

「弁当を食べてからでいい。もちろん芝居なんだけど、芝居と見破られないよう一晩は一人だよ。ときどきテレビが入るし、外の廊下にはお兄さんたちが居る。大丈夫かい」

「平気。いつもおとうさん遅いから」

あははは、と岡村は笑った。

〈さてと……〉
連れてこられた教材室の椅子にどっかりと腰を据えて怜は考えた。たばこが欲しいところだが、さすがにない。ウーロン茶をちびりちびり飲みながら怜は窓のない部屋を見渡した。壁には世界地図と日本地図が吊《つ》り下《さ》げられている。並べられたガラス戸棚には教材に用いるビデオや本がびっしり詰め込まれている。地球儀や巨大なコンパスもあるが、なんの役にも立ちそうもない。〈あいつは？〉
段ボールの箱から細い縄が食《は》み出ているのを見付けて怜は立ち上がった。ガラス戸を開けて覗き込む。万国旗を結び付けた縄だった。体育館の備品のはずだが教諭のだれかが世界の国旗を教えるために持ち込んだものと思える。怜は縄を思い切り引っ張って強度を確かめた。まったく問題はない。怜の体重くらいは十分に支えられる。これさえあればどこかの窓から垂らして校庭に下りられる。怜はほくそ笑んだ。まだ逃げる気はないが、一安心というものだ。怜は迷わず縄の束を抱えて机に飛び乗った。机に立ってガラス戸棚の上に縄の束を隠した。机の上の怜の目線は大人の男とほぼ変わらない。これで見えなければ見付けられる心配がない。足音を耳にして怜は飛び下りた。椅子に腰掛けたのと岡村が顔を見せたのは同時だった。

「もうすぐ放送だ。退屈してないかい」

「ここにはビデオや本がある」

「テレビもここに？」

岡村はぎょっとなった。テレビはどこにも見当たらない。怜は戸棚の下段を開けた。教室に持ち込むビデオデッキとモニターがしまわれている。コンセントに差し込めば見られる。むろんビデオテープだけであるが。

ビデオのモニターでしかないと知って岡村は笑顔に戻した。

「見てもいいけど、放送のあとだよ。反省のために閉じ込められてる君がのんびりビデオを見てたら変だものな」

うん、と怜は同意した。

「明日までの我慢だ。明日は君に大役を務めて貰《もら》う。君が子供たちの代表だ。君は他の子とちょっと違う。素質があるよ」

ウィンクして岡村は立ち去った。〈危ねぇ、危ねぇ〉

怜は首を縮めた。

それにしても周到な男だと思う。テレビを自分たちに見せないのは親たちの顔が必ず映るからだろう。その嘆きの顔を見ればどうしても動揺する。帰りたいと騒ぐに違いない。

「怜ちゃん、私よ」

ノックして椿有子が入ってきた。

「寂しくない？　偉いわね」

椿有子は怜の頭を撫《な》でた。

「あの人たち、悪い人間じゃないわ。言うことを聞いていればきっとママやパパに会える。だからおとなしくしているのよ。またテレビに映るけど、今度はじっとしていて。分かるわよね？」

怜は無言で頷いた。

「悪いことをしようとしているんじゃないの。あなたたちのためでもあるんだから」

椿有子は、頑張ってね、と付け加えて出て行った。〈大したお人だ〉

怜は感心した。この状況の中で少しも自分を見失っていない。子供らの安全だけを願って行動している。〈けど、おとなしくしてるわけにゃいかねぇや、と怜は苦笑した。

8

八時過ぎに犯人側による二度目の放送が行なわれた。待ち望んでいた家族がテレビの前に群がる。恒一郎たちもむろんその輪の中に混じっている。カメラは寝支度をしている子供たちをまず映し出した。寝袋を床に広げる子供たちに恐れの表情は見られない。恒一郎は怜の姿を探した。見付からない。不安が渦巻きはじめたところに画面が切り替わった。怜一人が退屈そうにして本を読んでいる。学習室とは別の場所らしい。怜はカメラを不機嫌な顔で睨《にら》み付け、昼と同様にあっかんべーをした。カメラは部屋から出て薄暗い廊下を進み、学習室に戻った。子供たちの目がカメラに向けられる。

「ビデオを挟んだんじゃないな」

戸崎が安心の声を発した。

「なんで怜だけ別の部屋に？」

「良い子にしていなかったお仕置きだろう」

戸崎に恒一郎は吐息した。

「でも元気な顔だった」

聖夜の言葉で恒一郎は気を取り直した。

「相変わらずセンセーだ。心配ない」

戸崎が恒一郎に耳打ちした。

「ご家族の皆さん、ご覧いただけたように子供たちは元気にしています」

画面は椿有子のアップとなった。

「私は彼らと数時間話し合いをしました。か弱い子供たちを盾とする身勝手な行動は決して許されるものではありませんが、彼らの思いそのものには……正直……頷けるものがあります。今の状況で私がこのような言葉を用いるのは不穏当と、もちろん承知しています。けれどご家族の皆さんが少しでも安心できればと思ってのこととご理解ください。彼らは断じて犯罪者ではありません。個人の欲望を目的としてのことではなく、今の国のありかたに対する絶望がこの行動に走らせたのです」

なに言ってる！　と家族の一人が叫んだ。が、多くの者は今の言葉に希望を抱いた。

「本当に今の私たちは幸福でしょうか？　日本は確かに豊かで自由と感じられます。でもそれは皆さん一人一人が頑張って得たものなのです。国が与えてくれたものではありません。いざなにかが起きると簡単に崩れてしまう豊かさと自由に過ぎません。そして多くの人々はなにかが起きるまでそれに少しも気付かずにいるのです。私も……幼い娘を失ったときにそれを思い知らされました。娘は三つの病院をたらい回しにされているうち混濁に陥ってしまったのです。最初の病院に受け入れて貰っていても助かったかどうか分かりませんが、私にはなぜこんなことが起きたのか理解できませんでした。旅先でその知らせを受け、どうしようもない怒りに襲われました。自分の子供がそうなるまで、病院のたらい回しも他人事《ひとごと》としか考えていなかったのです。どうしてこういう問題がいつまでも繰り返されるのか。あの、堂々として見える病院が娘にはなんの役にも立ってくれなかった。あのときの悔しさがいまでも忘れられません」

椿有子は唇を嚙《か》み締《し》めて涙を堪《こら》えた。

「彼らは未熟な若者たちです。だからこういう愚かで短絡的な手段しか思い付かなかったのでしょうが……この国のおかしさには気付いています。彼らの用意したものをこれから読み上げさせていただきます」

一呼吸置いて椿有子は紙を手にした。

「我々は無力である。アフリカに飢えて死ぬ子供たちが何万人も居ると知ってもわずかの支援しかできない。どれほど戦争反対を叫ぼうとその声は届かない。政治家たちは自分の利害でしか動かない。国民の目を別の方角に逸《そ》らしてばかりいる。辛《つら》い目に遭っている者の存在は隠蔽《いんぺい》される。それに気付かされたとしても、やはり我々は無力である。善良で生真面目な人々は悲しいほどに自分一人で戦っている。我々は無知でもある。なにをどうすればそれらが改善されるのか分からない。無力で無知な我々にできることは、おなじように怒りや疑いを抱く人々の手足となることだ。この国のなにがおかしく、なにをどう改善すべきか我々に教えて欲しい。我々はその声に従い、皆々の代理人として即刻の解決を国に要求する。我々はこの行動とともにホームページを開設した。そこに早急に解決せねばならぬ問題と、もしもそれに対する最良の解答があるなら進んで書き込んでいただきたい。権力によるホームページの閉鎖は断じて許さない。もしそれを行なった場合、不本意ながら人質の命は保証できないことになる。と同時に幼い子供の命を平気で犠牲にする国の欺瞞《ぎまん》が明らかにされることとなろう。ホームページへのアクセス妨害も同様の結果をもたらす。我々は死を恐れない。なぜなら、未来の展望のないこの国において、生きることは死ぬことと少しも変わりがないからである。目覚めない人々よ。目覚めないのは揺り起こす者がいないからだ。我々はその役目を果たす者となりたい。ただそれだけのことである」

読み終えて椿有子は顔を上げた。その目から一筋の涙が滴った。

「あなたたち」

涙顔で椿有子は口にした。目線が右に向けられている。若者らに対してのものだ。

「子供たちを解放してあげなさい。人質は私一人で十分。子供たちを巻き込んでは、あなたたちの行動も無意味なものとなる」

そこで画面が切断された。思いがけない椿有子の訴えに慌てたものだろう。

画面を見詰めていただれからも不安の呻《うめ》きが洩《も》れた。やがてリーダーらしい男が映った。椿有子がうなだれて椅子に腰掛けている姿も見られた。子供たちはきょとんとしている。

「我々は……この子供たちの未来のために戦っている。人質扱いはしていない。ホームページへの書き込みの結果によっては順次子供たちを解放する。それが我々の約束だ」

男は言って頭を下げた。

犯人側の放送が終わっても皆は食い入るようにテレビを眺めていた。そこに突然ホームページのアドレスが映し出された。悲鳴のような声を発して何人かがメモする。慌てずともその画像は五分近く流された。

「信じられん展開だ」

戸崎に恒一郎も頷《うなず》いた。戸崎は喫煙コーナーに恒一郎と聖夜を促した。ここはうるさ過ぎる。

「なんて言えばいいのか……」

喫煙コーナーの椅子に腰掛け、たばこに火をつけた戸崎は言葉を探した。

「本気ならバカな連中としか言えん。テレビドラマみたいに簡単にことが解決すると思い込んでる。それとも英雄になりたいのか」

「両方でしょう。ある意味、テレビドラマみたいにしないと解決しないことかも知れない」

それに聖夜も同意した。

「けど、おかしくはないか？　自分らが変だと思ってるんなら、そいつの解決を国に求めりゃいい。人に訊《き》くことじゃなかろう」

「声明文のように、彼らにはなにをどうすればいいのか分からないんですよ。首相を代えたからと言ってすべてが解決するとは思えない。それに本当はこの国にどんな問題があるのかも……いつもなにかが起きてから大きな問題だと気付かされる。椿有子の言う通りだ」

「たらい回しか……」

自分が医者だけに戸崎は吐息して、

「真夜中にあらゆる専門医を待機させるってのは不可能だ。医者だって人間だぞ。不眠不休でやれっこない。そこが分かっては貰えない。症状を聞いて、それの専門医が居る病院に回す。その方が患者のためでもあるんだ。椿有子の娘の場合、どうだったか事情は分からんが、病院の方だって面倒でたらい回しにしたわけじゃない。それは確かだ」

自分に言い聞かせるよう口にした。

「どうなるんだろう……」

恒一郎もたばこを取り出した。

「連中に応援するやつらがきっと出てくる。政府も今の放送に仰天したはずだ。前代未聞の犯罪と言っていい。早いうちに解決しないと先がどうなるか分からん。連中を英雄にしてしまったら手が打てなくなる。今夜のうちに思い切った策に出そうな気がするな」

「子供たちが居る」

「それを優先する国なら、あの連中がそもそもこんな行動にゃ出ない。口先だけの平和国家だからこんなことになった」

戸崎は鼻で笑った。

「思い切った策と言っても……」

むずかしそうな気が恒一郎にはした。

「おれの勘じゃ……ホームページへの書き込みで事態がぐじゃぐじゃにならんうちに政府が目一杯の譲歩をしてくると見たな。もしかすると首相が直接交渉に及ぶ可能性だってある。そうやって最大限の誠意を示す。人質を解放すれば許すとまで言うかも知れん。それでも拒めば犯人側の立場が悪くなる。それが政府の狙いだ。真剣な対話を望んでいるふりをして、犯人を結局凶悪犯に仕立て上げていく」

「彼らがそれに応じることだって有り得る」

「ないさ。連中は政府を信じていない。そいつを政府も承知だからこそ譲歩策に出る。間違いなく逆らうと見越してな」

「もしそうなったら……酷《ひど》い話だ」

「人質の身代わりにと名乗りを挙げる議員もきっと出てくる。名を広める絶好の機会だ。あの椿有子の姿を見て羨《うらや》ましく感じている者も居るに違いない」

「本当にこの国って……嫌な国だ」

ありそうな話に恒一郎は不快を覚えた。

「だが、椿有子にゃなれんさ。猟銃を突き付けられながら立派に立ち向かってる。この一件が無事に終われば一躍日本のヒロインだ」

そこに桜小路が急ぎ足で階段を上がってきた。桜小路には興奮が見られた。

「なにか？」

恒一郎は椅子から腰を上げた。

「ご家族の皆さんに朗報です。それをお知らせに。首相が来ることになりました」

恒一郎は思わず戸崎と目を合わせた。桜小路は喫茶室に飛び込んで行く。

「な。これが政治ってもんだ。わざわざ首相が現地まで足を運び、対話を求めてるってのに連中が拒めば……世論が一挙に政府の側に傾く。ホームページにゃ連中への非難が集中する。連中より政府の方が一枚も二枚も上手ってことだよ」

推測が当たったことをむしろ残念そうな顔で戸崎は口にした。

「どこに？」

階段に向かった聖夜に恒一郎は訊《たず》ねた。

「風に当たってきます。ここは暑くて」

聖夜は笑顔で階段を下りた。

「暑いかな？」

「熱が出たのかも知れん。心配だな」

戸崎に恒一郎も頷いた。

「凄《すご》いねぇ」

拍手しながら岡村は子供たちの居る学習室に入ってきた。岡村は満面の笑みを浮かべ、

「たった今の情報だと、君たちのために首相が来てくれることになったそうだよ。もうヘリコプターに乗り込んでいる頃だろう」

言ってまた拍手した。子供たちは小躍りした。拍手が渦巻く。

「首相と話してみたい子は？」

はい、はいと次々に手が上がる。

「人気あるんだ。首相が喜ぶな」

くすくすと岡村は笑った。

「だけどあの首相に、たった一人でここまで来る勇気があるかな。それができたら凄いよね。皆も拍手で迎えてあげよう」

子供たちはいっせいに頷いた。

「君たちから首相に頼まないといけない。首相から呼び掛けがあったときに、私たちに会いに来てくださいと訴える役目の子が必要だ」

岡村の言葉に子供たちは目を輝かせた。

「どきどきしてきただろ？　今だってそうだが、首相まで加われば日本の全国民がテレビに注目する。君たちが羨ましい」

無邪気な笑いが起きた。

「怜ちゃんは？」

一人が挙手をして質《ただ》した。

「呑気《のんき》にしてる。全然怖くないみたいだな。首相から連絡があったとき彼女がこの部屋に居れば変だからもう少し我慢して貰う」

教材室、結構怖いよ、と他の子供が言った。何人かがそれに頷いた。

「人体模型があるもん」

そうそう、と眉《まゆ》をしかめる。

「人体模型って、あの解剖模型かい？」

岡村は眉間《みけん》に皺《しわ》を寄せた。

岡村は怜の様子を見に行った。簡単なものだが鍵《かぎ》をかけている。怜は許されたビデオを熱心に見ている最中だった。岡村と分かって停止ボタンを押す。

机の上に置かれているビデオケースには歌舞伎入門の文字がある。岡村はそれを手に、

「こんなものが小学校に？」

小首を傾げた。

「バレエや古い映画もある」

怜はビデオテープの並んでいる棚を見せた。

「風の又三郎か……やっぱり岩手だな」

岡村は眺めて感心した。子供向けとはとても思えない映画も混じっている。自分たちが見たくて教諭が購入したものだろう。

「人体模型があるって？」

岡村はガラス戸棚を探した。怜が隅の棚を指差した。地球儀の後ろにそれが立っている。五十センチほどのものだがリアルだった。

鮮やかな色の内臓が見えている。

「気持ち悪くないのか？」

岡村は振り向いて怜を見詰めた。

「ちっとも。人形だもの」

怜はあっさりと返した。

「皆のとこに戻してやりたいが……」

「いい。もう眠い」

怜は首を横に振った。

「君が怖くないならそれでいい」

「トイレのときもいちいちお兄さんを呼ばなくちゃならないの？ 面倒臭い」

「一人で行けるのか？」

頷《うなず》いた怜に岡村は呆《あき》れた顔をした。

「だったら鍵を開けたままにしておく」

怜は内心で快哉《かいさい》を叫んだ。


岡村が立ち去り、床に広げた寝袋の上にしばらく横になっていると慌ただしい気配が伝わってきた。また放送をはじめる準備にかかっていると怜は見た。そうなればほぼ全員がそれにかかりっきりになる。

怜はむっくりと半身を起こした。もし出入り口を固める人間が居るにしても、その場から滅《めっ》多《た》に動けないはずだ。放送中の油断を衝《つ》いて警察が踏み込む恐れがある。

つまりは怜が好きにやれるということだ。怜は慎重に戸を開けた。薄暗い廊下にはだれの姿もなかった。遠く離れた学習室から賑《にぎ》やかな声がする。

〈まったく……〉

しょうのねぇ子らだ、と怜は舌打ちした。

〈逃げるこたぁたやすいが……〉

廊下の窓から縄を用いて下りることができる。高さを確かめつつ怜は苦笑した。一人逃げたとしても解決にはならない。

がらり、と学習室の戸が開けられる音がした。怜は足音を潜ませてトイレに逃れた。女子用なので男はまず入ってこない。と思ったが、足音は真っ直ぐこちらを目指してくる。怜は一番奥の戸を開けて便座の上に立った。戸を静かに閉める。これで足が隠される。

怜はドアの細い隙間から覗《のぞ》いた。現われたのは椿有子だった。怜は安堵《あんど》の息を吐いた。椿有子は洗面台の前に立ち、顔を直している。放送が間もないのだろう。

声をかけるべきか怜は悩んだ。迂闊《うかつ》にやれば悲鳴を上げられてしまう。それではせっかくの機会を無駄にする。が、上手《うま》くやれば椿有子に連中を学習室に引き付けてくれるよう頼めそうだ。

決心して戸に手を伸ばした瞬間、怜は恐ろしいものを見た。

鏡に向かってにっこりとし、何度もその表情を確かめている椿有子の顔だった。

9

怜が息を殺して女子トイレに潜んでいるとき、聖夜は校舎の裏門近くの暗がりに隠れ、自分の仕組んだ騒ぎの持ち上がるのを待っていた。裏門にもパトカーやら野次馬が寄り集まっている。が、もちろん真反対の正門側に較べれば十分の一以下だ。

苛々《いらいら》と聖夜は袖《そで》を捲《まく》って腕時計に目をやった。脇のボタンを押せば文字盤が光るアーミー仕様の男物だ。時計だけでなく聖夜は暗がりの中では男としか見えない格好をしていた。縦横に伸縮する生地の黒いパンツに黒いシャツ。長い髪が邪魔にならぬよう纏《まと》めて黒いキャップを被《かぶ》っている。二度と着ることのない服と思っていたが、こんなにも早く使う機会が来るとは考えもしなかった。そして恐らく今度こそ最後に違いない。

聖夜は装備を点検した。

左の腕にペンライトをベルトで固定してある。背中にはシャツの下に隠した大振りのサバイバルナイフが二本。腿《もも》に設けた長いポケットには軽く振るだけで一メートル以上に伸びる警邏《けいら》棒を差し込んでいる。さらに今夜は手製の本格的なパチンコを用意してきた。これで飛ばせば車の窓ガラス程度はたやすく粉砕する。銃など使わなくとも武器はいくらでも身近にあるのだ。

聖夜は小型の暗視スコープを取り出して、裏門からすぐの講堂を観察した。頑丈そうな雨樋《あまどい》がかまぼこ形の屋根まで伸びている。その講堂は渡り廊下で校舎と繋《つな》げられている。渡り廊下の屋根の高さは、怜たちが人質となっている二階の廊下の窓とほぼ一緒だ。包囲している警察の目をなんとか掻《か》い潜り、犯人たちにも気付かれずに雨樋を伝って講堂の屋根に上ることができれば、あとは簡単だ。講堂の屋根は黒い。この服の色なら紛れる。そして渡り廊下の屋根に移って廊下の窓を破ればいい。犯人たちの仕掛けた監視カメラは裏門に向けられている。それで安心しているのか、廊下を行き来する犯人の姿は相当に間隔があいている。不規則ではあるが、だいたい五分に一度のペースと思われた。窓を破って侵入するには十分な時間だ。

〈遅い……〉

また腕時計を見て軽い舌打ちをした瞬間、正門の方から派手な騒ぎが伝わってきた。校舎を照らしていた警察やテレビ局のライトが動転したように揺れ動く。その多くのライトが正門付近に動かされた。警官やら野次馬が眩《まぶ》しい照明でくっきり浮かび上がる。裏門を包囲する警官らに緊張が生まれた。野次馬たちが正門目指して駆けて行く。

犯人らの行動を支持する声が賑々《にぎにぎ》しく聞こえた。プラカードが振り回されている。警官やテレビ局のカメラがそのプラカードの振られている辺りに群がる。遠目に眺めて聖夜は満足の笑みを洩《も》らした。

あのプラカードやハンドマイクを持つ若者らは聖夜が雇った連中だ。事件を面白がって駆け付けた単なる野次馬に過ぎない。七、八人のグループに目を付けて十万ほど出すと耳打ちしたら案の定あっさりと乗ってきた。本当にいくらかは犯人たちの主張に共鳴していたのかも知れない。あるいは自分たちもテレビに映ると知ってのことか。いずれにしろこの罵声《ばせい》と怒号が飛び交っている様子を見るとしばらくは騒ぎが続くに違いない。

裏門を包囲する警官も予想通り応援に駆け付けはじめた。正門付近の騒動はさらに大きくなっている。裏門の野次馬はほとんど居なくなった。聖夜は暗視スコープを目に当てた。廊下にはだれの姿もない。この騒ぎは間違いなく生中継されている。犯人たちも仰天して見守っているのだろう。

聖夜は躊躇《ちゅうちょ》なく行動に移った。

裏門に立つ警官らの注意が正門に注がれている。気取られずにフェンスを乗り越え、校庭の植え込みに身を隠すのは簡単だった。しかし問題はこれからだ。講堂まではおよそ二十メートル。監視カメラが把握しているだろう範囲を避ける気なら弓なりに迂回《うかい》する必要がある。となると倍の四十メートル。犯人もきっと正門の騒ぎに気を取られているはずだが、それに賭《か》けて一直線に駆け抜けていいものかどうか。少し考えて聖夜は迂回を選んだ。子供たちの命が懸かっている。

植え込みを利用して進み、暗視スコープで監視カメラの位置や動きを確かめる。犯人たちはリモコンでカメラを左右に振っている。聖夜にとっては逆に幸いだ。レンズが聖夜の潜む位置から離れた瞬間を狙って飛び出た。警官に見咎《みとが》められないよう匍匐《ほふく》前進の体勢だが、馴《な》れているので苦にはならない。

なんとか講堂に辿《たど》り着《つ》いた。

安堵の息を吐いて冷たい壁に頭をつける。

そうして様子を窺《うかが》う。

見上げる廊下の窓になんの変化もない。

気付かれていないということだ。

けれどこちら側の雨樋は廊下の窓と向き合っている。さすがの聖夜にも一、二分で屋根まで上り切る自信はない。聖夜は次の行動にかかった。手近に大きな通風窓がある。講堂の床下の湿気を逃がすためのものだ。聖夜は小さなアーミーナイフをポケットから取り出し、プラスのネジ回しを引き起こすと窓枠を慎重に外した。聖夜が楽々潜り込める大きさだ。床下に忍び込んだ聖夜は迷わず進んだ。ペンライトの明りに誘われて気持ちの悪い虫たちが寄ってくる。虫は苦手だが今は耐えるしかない。腐った猫の死骸《しがい》もある。吐き気と戦いつつ聖夜は這《は》った。やがて反対側の通風窓に達した。押したがビクともしない。こちら側にネジはない。が、それは計算の上だ。聖夜はあちこち探った。上に通じる蓋《ふた》が見付かった。こういう出入り口が一つでもないと床下の配線などの修理が厄介だ。

聖夜は慎重に四角い蓋を押し上げた。

上は真っ暗でだれの気配もない。

聖夜はこっそりと上がった。

三畳ばかりの小部屋である。演壇や花瓶が置かれている。講堂の用具置き場なのだろう。

ドアに耳を当てると人の声がした。

鍵穴《かぎあな》から覗く。

講堂には二台のライトバンが見えた。犯人たちの乗ってきた車だ。逃走用にここへ隠していたのである。その車の側に二人の男が胡座《あぐら》をかいてのんびり話を交わしている。

聖夜はドアから離れ、小さな窓から外を確かめた。雨樋が窓の近くにある。裏門とだいぶ離れた位置だ。この暗さでは警官に見付かる心配をせずに済む。聖夜は音を立てぬよう窓を開けて雨樋に取り付いた。

正門付近の騒ぎは今も続いている。

と言うより、聖夜がフェンスを乗り越えてから五分も経っていない。彼女にばかり長い時間と感じられていただけだ。

聖夜は雨樋を規則正しいリズムで攀登《よじのぼ》った。

どこにこんな力が残されていたんだろう、と自分でも驚くほど体は軽かった。

胸の内で五十を数える前に伸ばした腕が講堂の屋根に届いた。かまぼこ形の屋根なので上る面倒もなかった。

聖夜は屋根の上に腹這《はらば》いとなって荒い息を整えた。これで三分の二以上は無事にやり遂げたことになる。体の熱っぽさがわずかに気になる程度だ。

まんざらでもないわ、と聖夜は呟《つぶや》いた。

騒ぎも次第に落ち着きを取り戻しつつある。

いくつかのライトが元の場所を照らしている。が、屋根を照らすものはもともとない。

肘《ひじ》を使って聖夜は屋根のトップを目指した。自分でも嫌になるほどの遅々とした動きだが、この屋根の下に二人の男が居ると思えば慎重にならざるを得ない。

ようやく頭が頂上から出た。

二階の廊下がすっかり見渡せる。

ということは向こうからも同様だ。

慌てて頭を引っ込める。

帽子を目深に被《かぶ》り直し、暗視スコープで廊下の様子をつぶさに観察する。

〈…………！〉

窓際に屈《かが》む小さな影を見付けて聖夜は絶句した。そちらも顔半分を見せて中庭や講堂を窺っている。

〈まさか〉

ちらりと見え隠れする顔にピントを合わせ、それがやはり怜と分かったときは吐息が出た。

怜の視線がこちらに向けられた。

聖夜は思い切り背筋を伸ばした。

肩から上が屋根の頂上から出たはずだ。

怜は気が付いた。

無言で見詰め合う。

聖夜は帽子を取った。長い髪がはらりと広がる。こっちの顔は見えずとも女であることは怜に伝わったに違いない。

怜は渡り廊下の屋根を指差した。

あそこから来るつもりか、と質《ただ》している。

聖夜は頷《うなず》きを繰り返した。

了解して怜は移動した。

なにをする気かと訝《いぶか》しんだが、怜は渡り廊下の屋根に一番近い窓の鍵を開けた。聖夜が押し破る手間を省いてくれたのだ。

〈危ない！〉

銃を手にした男が聖夜の視野に入った。

怜の居る場所に歩を進めている。

怜も察したらしく立ち上がった。逃げると見たが、怜は反対に男の方へと足を向けた。

はらはらしながら聖夜はスコープを覗《のぞ》いた。

男が怜を見付けてなにか訊《たず》ねている。

怜は臆《おく》せずそれに言い返す。

怜は後ろの方角を指差した。

男は怜の腕を取ると歩かせた。怜の示した方角に二人で向かう。聖夜はスコープで追った。

二人は渡り廊下の繋《つな》がっている位置から遠く離れた教室に姿を消した。なにが起きたのか分からない。だが、怜が注意を逸《そ》らしてくれたのだけは確かだ。聖夜は腰を上げた。この機会を外してはならない。滑らぬよう足元に気を配りながら勾配《こうばい》を下る。たちまち渡り廊下の屋根だ。飛び移った聖夜は屋根の上を駆けた。この瞬間にさっきの男が廊下に戻れば必ず発見される。怜が男を教室の中に引き止めてくれるのを祈るしかない。

聖夜は壁に到達した。

腕を伸ばして窓に触れる。

窓は軽々と開いた。

窓枠に両手をかけて腕に力を込めた。体が持ち上がり、ふわりと尻《しり》が窓枠に乗る。廊下にはだれも居ない。

聖夜は侵入に成功した。

窓を閉め、鍵を掛け直す。

学習室の喧騒《けんそう》が廊下に響き渡っている。

「うろちょろ動き回るな」

声がしてドアの開けられる音が聞こえた。

怜と一緒だった男のものだろう。

聖夜は目の前の教室に潜り込んだ。

「今度やったら縛り付けるからな」

怜と男が聖夜の潜む教室の前を過ぎて行く。

間を置いて聖夜はドアを小さく開けた。

怜は小部屋に連れて行かれた。

男はすぐに部屋から出て左手の廊下に消えた。聖夜は足を忍ばせて接近した。

男は学習室に入ったようで姿が見えない。

聖夜は教材室と書かれている部屋のドアをそっと開けた。目の前の椅子には怜がにやにやとして胡座をかいていた。

「おめぇさんだったのかい」

「逃げるのよ」

聖夜は小声で促した。

「そうはいかねぇ。おいら一人のことならとっくに逃げている」

「わざと居残っていたの？」

「今のことできっとだれかがやってくる。おいらが居なくなりゃ面倒が起きる。とりあえず女便所にでも隠れていな。話はあとだ」

言われて聖夜は部屋をざっと見た。ここには隠れ場所が一つもない。

「なぜ外を？」

見ていたのかと聖夜は訊ねた。

「そいつもあとだ。そろそろ来るぜ」

怜は急《せ》かした。聖夜は廊下に出た。が、間に合わなかった。学習室の方から足音が近付いてくる。女子トイレもその方角だ。聖夜はふたたび部屋に戻った。怜は慌てた。無言で聖夜は机に飛び乗ると棚に手をかけた。棚と天井の間に隙間がある。高い上に幅広の棚なので奥は死角になっている。なるほど、と怜も得心した。聖夜は易々《やすやす》と上って横になった。背中を壁にぴたりと押し付ける。ドアが乱暴に開けられたのはそれとほぼ同時だった。積もっている埃《ほこり》で咳《せき》が出そうになる。聖夜は必死で堪《こら》えた。男の髪だけが見えている。

「勝手にテレビを見ていたんだってな」

「だって学習室には来るなと言ったから」

「トイレは許したが、これ以上妙な真似をしたら承知しない」

「あの人たちはなに？　仲間？」

騒ぎを起こした若者たちのことを言っている。怜はどこかで生中継を見ていたのだ。そしてあの騒ぎを陽動策と察したに違いない。

「明日にはああいう連中がもっと増える」

「あんなのただの馬鹿だよ。騒ぎたいだけ」

「もうすぐ放送だ。やっぱり鍵《かぎ》をかけることにした。君はなんだか油断がならない」

「帰りたいときは帰すと約束したでしょ」

「帰りたくなったのか」

「ここに閉じ込められていたら退屈だもの」

「放送が済んだら皆のところに戻そう」

「じゃ静かにしてる」

よし、と言って男は出て行った。鍵をかける音がして立ち去る気配があった。

聖夜は窮屈な隙間から抜け出た。

「あの野郎が若いやつらを纏《まと》めている」

怜は聖夜をドアとは反対の場所に立たせた。

「どこでテレビを？」

「家庭科の実習室ってとこさ。ここのテレビはビデオしか見られねぇ。外の大騒ぎを聞き付けて気になってな」

「それでだれかがやって来ると？」

「なに、おいらならそうすると見ただけだ。来るんなら騒ぎとは反対の方角からだ。しかし、まさかおめぇさんとは思わなかったよ。てっきりどこぞに消えちまったものと」

「敵は何人？」

「おいらが見た限りじゃ十一人」

「講堂にも二人居る」

「おめぇさんの腕でも厄介だ。一人でも居なくなりゃ騒ぎとなる。子供らにゃ甘い顔をしてるが、いざとなりゃなにをしでかすか分からねぇ連中だ」

「子供たちが隠れる場所はない？」

「そうしてからやり合うってのか？」

「全部を倒す必要はない。警察も様子を見ている。合図すれば踏み込んでくる」

「隠れ場所はどうとでもなろうが、あの子供らがそいつに従うかどうか。連中に丸め込まれている。自分を人質とは思っていねぇ」

「椿有子が言い聞かせても？」

「今度の一件を企《たくら》んだのは、たぶんあの女だ」

聖夜は耳を疑った。

「便所で鏡を前にして笑っていやがった。証《あか》しはねぇが当たっていよう。賢いやり方だ。自分を人質と思わせておきゃ、子供らを盾とせずとも逃げられる」

「それならこっちも椿有子を利用できる」

「なにをする？」

「本当の人質にすればいい。私たちのね」

聖夜は微笑んで、

「捕らえて、子供たちを解放するよう交渉する。ずっと簡単じゃない」

「万が一ってことがある。おいらの勘が外れていたときにゃ危ねぇ」

「突き止めるのが先ね。でも当たっていると思う。なにか変だった」

「それより他にねぇか」

腕を組んで怜も同意した。

「あなたはここに居て。私が椿有子を探る」

「連中はあなたを子供としか見ていない。正体をこっちから明かすのは勿体《もったい》ない」

「やるなら一緒だ」

「おめぇさん一人で大丈夫だと？」

怜は聖夜を見詰めた。

聖夜はそれに応《こた》えずドアに向かった。

鍵がかけられている。

聖夜は耳に髪が被《かぶ》らぬよう止めていたヘアピンを取って真っ直ぐに伸ばした。鍵穴に差し込んで探る。鍵はすぐに外れた。

「また鍵をしておくわね」

廊下に出て聖夜は言った。

「そのままで構わねぇ。だれかが部屋を覗《のぞ》きに来たと言えば済むこった」

それに聖夜は頷《うなず》いた。

〈大した娘っ子だ〉

聖夜が居なくなると怜は溜《た》め息《いき》を吐いた。

10

「なんとか落ち着きました」

正門前の騒ぎをテレビの画面で眺めていたところに桜小路が渋い顔をして戻った。

「なんの考えもない。いつだってあんなバカな連中が出てくるが、今夜は特別です。子供たちの命が懸かっている。もし犯人らに我々の突入と勘違いされたらどうなっていたか。成人式のバカ騒ぎとはわけが違います」

それに家族たちは憤慨の顔で頷いた。

外でたばこを喫わないか、と戸崎は恒一郎を誘った。桜小路も家族たちに心配ないと声をかけてから二人に続いた。

「テレビ局が居て助かったな。あの騒ぎがすぐに中継された。犯人もそれを見て安心したに違いない」

戸崎の言葉に桜小路が首を縦に動かした。

「犯人たちも戸惑ったんじゃないか？　あの連中、どう見たって暴走族だ。ああいうやつらに応援されたら逆効果ってもんだろう」

「金を貰《もら》ってやったと白状しましたよ」

「煽《あお》ったやつが居るわけだ。そうすりゃ派手《はで》な絵になる。ひょっとしてテレビ局かね」

「分かりません。若い女だったと言うので、あるいはそうかも知れません」

桜小路は否定しなかった。

「それが当たってたら、ひどい話だ」

「いくらなんでもそこまでするかな？」

恒一郎は首を捻《ひね》った。

「視聴率のためならなんでもやる」

「各局が同時に中継してる。一つの局のスクープにはならないでしょう」

「だったらNPOみたいな団体か？」

「それもどうか……そういう団体ならあんな連中を使わない。自分たちで堂々とやる」

「残りはただの物好きってことになるぞ。犯人に同調しても自分の顔は晒《さら》したくないってことか？」

「同調したなら犯人たちの開設したホームページに書き込めばいい。ま、ホームページにアクセスできない人間も居るから、絶対に違うとは言えないけど、だれかに頼んで伝えるのは簡単だ。あんなプラカードを拵《こしら》えて暴走族にやらせるなんて考えられない。若い女が絡んでいるならなおさらだ。その女にプラカードを持たせれば済む」

「もしかして犯人らが仕組んだのと違うか」

戸崎は思い付いた。

「水を差すような暴走族をわざわざ使うはずがない。周りの野次馬が呆《あき》れて騒ぎを見ていた。やるならもっと別の人間にする」

それはそうだ、と戸崎も認めた。

「その女というのは？」

恒一郎は桜小路に訊《たず》ねた。

「黒い帽子に黒の上下。男みたいな格好をしていたとしか。金とプラカードを渡して消えたそうです」

応じて桜小路はたばこを揉《も》み消すと家族たちの居る場所に戻って行った。

「聖夜ちゃんと違うだろうか」

「なにが？」

「だから、その女さ」

戸崎は恒一郎を見詰めた。

「なんのためにそんなことをする？」

「犯人や警察の目を逸《そ》らして侵入する気だったんじゃ？」

「………」

「彼女は今どこに？　居なくなってだいぶ経つ。あんなに怜の身を案じていたのに」

「おれたちになにも言わんでか？」

「言えば反対されるに決まってる」

うーん、と戸崎は唸《うな》った。

「彼女は普通の女性じゃない。最初から怜を救出するつもりで駆け付けたのかも」

「しかし、一人でなにが……」

戸崎は信じられないという顔をした。

「桜小路さんに伝えた方がいいかな」

「いくら剣道の達人と承知でも、簡単には信用せんぞ。彼女にそこまでする理由がない。納得させるには余計なことを付け足さなくちゃならん。第一、ただの想像でしかない」

「黙って見守れと？」

「彼女にとって藪蛇《やぶへび》となる危険性もある」

確かに、と恒一郎は吐息した。そういう行動が取れる女性と知れれば、最近の連続殺人事件との関わりまで疑われかねない。

「彼女は重い病気を抱えている。本当に具合が悪くなってどこかで休んでいるとも考えられる。もう少し様子を見てみよう」

それに恒一郎は仕方なく同意した。

そこに外からの騒ぎが伝わった。喫茶室から桜小路が慌ただしく出てきた。

「なにかまた！」

恒一郎は桜小路に声をかけた。

「首相の到着です。県警本部の屋上にヘリをつけて、たった今車でここに」

桜小路は階段を下りて行った。

恒一郎と戸崎は喫茶室に引き返した。

その頃、聖夜は真っ暗な教室に身を潜めていた。椿有子は犯人連中と学習室に居て接近ができない。なにか新しい動きでもあったのか、学習室から拍手の音や歓声が上がった。聖夜は教室の窓に忍び寄って外の様子を眺めた。ほとんどのライトが一点に集中している。聖夜は暗視スコープを目に当てた。黒塗りの車が三台ほどホテルの前に停車している。

〈首相の到着か〉

思ったより早い。それだけこの事件を重く見ているということだ。

聖夜は窓から離れ、廊下にだれの姿もないことを確かめて教室を出た。教材室に戻る。

「首相が来たわ」

椅子から腰を上げた怜に聖夜は言った。

「椿有子は出てこない。策を変えないと」

「なんか考えでも？」

「逃げる気ならいつでも逃げられたと言ったわね？」

「縄を用意してある」

「それで逃げましょう」

「他の娘っ子らはどうする？」

「連中が警戒してるのは警察の突入よ。あなたが逃げたからって人質に危害は加えない。敵は私が一緒だということを知らない。何人かを割いて捜しにかかる。そうやっておびき寄せて少しずつ片付ける。最低でも四、五人は減らしたい。警察が入り込んだわけでもないのにその数が戻らなければ敵も慌てる。それで椿有子を一人にするチャンスが巡ってくるかも。今のままではどうにもならない」

「鉄砲を持っているやつらだ。油断ならねぇ」

「子供のあなたにそれを向けると思う？」

なるほど、と怜は頷《うなず》いた。そのやり方なら人質に手出しをしないはずだ。むしろ警察に中のごたごたを悟られないようにする。

「おいらは囮《おとり》ってわけだな」

「怪我はさせない。信用して」

「おいらは構わねぇが、体は怜ちゃんのものだ。それを心得ていてくれ」

「中庭が警察と連中のどちらにも死角になっている。そこに縄を垂らして下りましょう」

「派手な旗が結び付けられている縄だ。暗がりでも目立つ。逃げたとすぐに知れよう」

怜はにやりと笑って縄を棚の上から下ろした。万国旗と分かって聖夜も笑った。

「けど、下りてしまえば、また戻るのが面倒になりやしねぇか？」

「階段から戻る。一階の窓をこじ開けるのは楽なものよ」

「おめぇさんと組んでいりゃ、なかなか面白ぇことがやれそうだ」

怜は縄を手にして先に立った。

窓から中庭に垂らした縄は五分もしないうちに発見された。窓も半開きにしてある。その知らせを受けて岡村たちが現われた。怜と聖夜は講堂の床下に潜み、通風窓の隙間からその様子を見ていた。

「おれは鍵《かぎ》をかけた。どうやって抜け出た」

岡村の苛立《いらだ》った声が響く。

「とにかく捜せ。だが校庭に出てしまったときは深追いするな。念のため校舎も見回れ」

岡村は舌打ちをして何人かに命じた。

一人が縄を伝って中庭に下りてくる。二人の男が廊下の左右に散る。あちらは校舎の捜索を受け持ったのだろう。岡村は中庭をもう一度見回してから学習室に戻って行った。

怜は通風窓の枠を慎重に押し出して外に抜け出た。手筈《てはず》は決めてある。怜は中庭の植え込みに隠れながら移動した。中庭に下り立った男がライトを照らして捜している。怜は二階の窓を見上げた。だれの姿もない。タイミングを見計らって植え込みの枝を揺する。眩《まぶ》しい明りが怜の方に向けられた。怜は身を縮めた。明りに照らされて、背中を丸めた自分の影が校舎の壁に映し出されている。

「出てこいよ。なにもしないから」

余裕の声を発して男が接近してきた。

怜は一気に立ち上がると逃れた。聖夜の待ち構えている方角である。男は慌てて追ってきた。握っているライトが揺れる。男の足は速い。怜と男の距離が狭まった。

その間に黒い影が割って入った。

男はぎょっとなった。

むろん聖夜である。

聖夜は半屈《かが》みの体勢から男のみぞおちを狙って思い切り殴り付けた。腰のバネの力が加わっているので威力が増している。男はくの字になった。聖夜の鉄拳《てっけん》が腹の真ん中に食い込んでいる。悲鳴を発する余裕もなく男はその場に崩れ落ちた。鮮やかな一撃に怜は目を丸くした。婦人警官たちに護身術を教えている聖夜である。この程度は当然とも言えるが、それにしても見事な腕だ。

聖夜は男の両腕を取って通風窓から床下へと押し込んだ。怜も床下に入る。

聖夜は男に手早く猿ぐつわを噛《か》ませ、手足を細い紐《ひも》で結わい付けた。男はまだ気絶している。よほど強烈な一撃だったと見える。

「手慣れた仕事だ。呆《あき》れるたぁこのことだ」

「なんの訓練も受けていない。素人の寄り集まりね。これだったら一人ずつやる分には問題もない」

聖夜は自信を深めていた。

「この上の講堂に二人居る。そっちを先にやっつけましょう。逃走用の車がある。あれを駄目にすれば敵も慌てる」

聖夜は講堂への上がり口を目指した。

「体の按配《あんばい》はどうだ？」

聖夜に続きながら怜は質《ただ》した。聖夜のうなじにびっしりと汗が噴き出ている。

「いつものこと。慣れている」

「気張るなと言いてぇとこだが……」

今はやり遂げて貰《もら》うしかない。


突然顔を出し、驚いた様子で用具置き場に引き籠《こ》もった怜に二人の男は仰天した。怜が逃げたことも聞かされていない。なぜこんなところに出現したのかと戸惑っている。一人が猟銃を手にして立ち上がった。聖夜は鍵穴から目を離して演壇の陰に隠れた。用具置き場のドアが乱暴に開けられた。怜が奥の壁にぴったり背中を押し付けて立っている。怪訝《けげん》な顔で男が中に踏み込んだ。聖夜は男の背後にそっと回り込み、ドアを閉めた。中が真っ暗になる。こうなると人間の動きは固まる。聖夜は白い残像を目当てに襲った。聖夜の腕が男の首に回った。男には恐怖の震えが感じ取れた。聖夜は猟銃を握っている右腕を捩《ね》じり上げた。猟銃がごとりと音を立てて床に転がる。聖夜は腕に力を込めた。男から抗《あらが》う力が薄れていく。やがて男はぐったりとなった。

「いいわよ」

聖夜は怜に言った。

怜はドアに駆け寄ると、小さな手でバタバタとドアを叩《たた》いた。ただ叩き付けるだけである。余計な口を利けば相手を警戒させる。

「どうした！　なにがあった」

残りの一人が銃も持たずに駆け付けた。

子供一人のことである。まさか倒されたとは思ってもいない。男はドアを開けた。

男の目の前には猟銃を身構えた聖夜が立ちはだかっていた。

「入りなさい」

聖夜は男の顔面に銃口を向けて命じた。

「県警の狙撃《そげき》隊。動けば撃つ」

聞いて男は青ざめた。慌てて手を上げる。

「もっと近くへ」

聖夜は促した。男が中にすっかり入る。

聖夜は男の股間《こかん》を蹴《け》り上げた。蹲《うずくま》った男のうなじを聖夜は猟銃の柄で殴り付けた。

聖夜と怜は二人の男を縛りにかかった。

聖夜は用具置き場のドアに鍵をかけ、二人の男を中に閉じ込めた。講堂には二台のライトバンが並んでいる。聖夜は背中から大型のナイフを引き抜いてタイヤを引き裂きにかかった。小気味良い切れ味だ。ライトバンの車体がゆっくり沈んでいく。

「てぇした手際だ。恐れいった」

怜は本心から口にした。

「あなたが居たからよ。相手が油断する」

最後のタイヤを引き裂いて聖夜は応じた。

「あと一人や二人はやれそうだけど、そのあとが厄介。四、五人もやられたと分かればあなた一人の仕業とは見ない」

「名乗りを上げるしかなさそうだ」

「名乗りを上げる！」

「警察じゃねぇと分からせなきゃ娘っ子らが危なくなる」

「信用すると思う？」

「警察ならこうこっそりとはやらねぇ。それに果たし状を突き付けるような真似も」

「かもね」

聖夜も小さく頷いた。いずれにしろここまで来れば後戻りができない。

講堂と校舎は渡り廊下で結ばれている。そのまま一階に踏み込める。聖夜は奪った猟銃をライトバンの下に滑らせた。

「せっかくの鉄砲を使わねぇのかい」

「こっちが使えば向こうも使う。向こうも警察の突入を恐れて滅多《めった》に発砲はしない」

理屈である。撃ち合いが起きれば間違いなく警察が飛び込んでくるだろう。それを避けたいのはむしろ岡村たちの方だ。

「どちらかを使える？」

聖夜は小型のナイフとパチンコを見せた。

「無用だ。危ねぇときは身を縮めて捕まっちまう。その方が怜ちゃんのためにも安心だ。おっかねぇ姐《ねえ》さんに引っ張り回されていたと言ゃぁ信用しよう」

武器を断わって怜は渡り廊下に足を向けた。

一階には正門と裏門を見張る二人が配備されている。二階に上がるには玄関ホールで正門を監視している男を倒さなくてはならない。

怜はわざとズックの足音を高くしてホールに近付いた。

「ごめんなさい。ごめんなさい」

泣きべその顔を拵《こしら》えて怜は歩き続けた。

止まれ、と暗いホールから声がした。

「逃げたという子だな」

猟銃を構えて男が暗がりから出てきた。

「ごめんなさい。もうしない」

「どこから来た？」

「渡り廊下を通って……講堂に居た人たちが、謝れば許してくれると言ったの」

怜は背後の渡り廊下を指差した。扉が開いている。男は一瞬怪訝な顔をした。扉の開けられる音がしなかったからだろう。

「一緒に来い。講堂を確かめる」

男は怜の細い腕を引いた。

「嘘じゃない。許してくれるって言った」

怜はその場に踏ん張った。

腕の引き合いになった。が、男の力にはかなわない。怜はずるずると引き摺《ず》られた。扉の前に達する。男は開いている扉を覗《のぞ》き込んだ。その顔面に聖夜の握った警邏《けいら》棒が叩き込まれた。呻《うめ》き声を発して男は倒れた。

「私たち、最強のコンビのようね」

聖夜に怜もにっこりとした。

11

「残りはあと九人ということね」

二階に通じる階段の真下の暗がりにとりあえず身を潜めて聖夜は口にした。

「椿有子を入れりゃ十人になる。それにおいらは講堂の二人のこたぁ知らなかった。確かな数たぁ言えねぇぜ。まだどっかにおいらの見ていねぇ野郎が居るかも」

「裏門を見張っている男はたぶん動かない。他は全員が学習室に？」

「いや、二人は常に校舎ん中を見回っている。それに、もう二人も別の部屋で小せぇテレビをずっと見守っている」

「監視カメラの映像ね」

「いま娘っ子らと学習室に居るのは椿有子、岡村、カメラを回してる野郎、それと機械を操ってる男、そして鉄砲を持っている男か」

怜は指折り数えて言った。

「警戒しなくちゃならないのは校舎の見回りと猟銃を持っている男を足した三人」

「いざとなりゃ全部が飛び出てくるさ」

「首相の到着を連中も知っている。首相は直ぐにでも対話を要求してくる。学習室からなるべく出たくないはずだわ」

「かも知れねぇな」

「慌てた様子も見せたくない。校舎の見回りの二人はゆっくり片付けられそう」

「と言って、上でやりゃ岡村らに騒ぎを聞き付けられる恐れがある」

確かに、と聖夜も頷《うなず》いた。

「おいらが一人で階段を上がる。見回りのどっちかが気付くはずだ。見付かったら下りてくる。そうすりゃ舞台を変えられる」

「学習室の連中に知らせないかしら」

「それこそあそこじゃどんな放送をしてるか分からねぇ。そこにばたばた飛び込みゃしねぇさ。たかが娘っ子一人のことだ。こっそりと下りて捕まえにくるに決まってる」

いけそうね、と聖夜は同意した。

軽やかにズックの音を立てて怜が階段を下りてきた。待っていた聖夜は怜と並んで廊下を走った。ほど近い職員室に駆け込む。続いて重い足音が接近してきた。

「さっきのパチンコを貸してくれ」

机を盾にして奥に進みながら怜は頼んだ。

「相手は二人だ。こっちも分かれる方がいい」

「危険よ。私一人でやる」

「にしても目を逸《そ》らすぐれぇはやれる」

「腹を狙って。そうすれば当たる確率が増える。結構威力があるわ」

聖夜はパチンコと弾を怜に手渡した。

「きついな。満足に引けやしねぇ」

怜はゴムを試しに引いて舌打ちした。

「大丈夫。それで十分に飛ぶ」

聖夜は請け合った。

「まったくおめぇさんは大したもんだよ」

怜は笑って聖夜から離れた。

「あまり離れないでね。助けられなくなる」

怜の頷きと同時に二人の男ががらりと戸を開けて入ってきた。天井の蛍光灯が職員室を明るくした。

「出ておいで。なにもしないから」

一人が落ち着いた声で言った。手には猟銃を抱えている。

「叱りはしない。皆のとこに戻るんだ」

広い職員室を見渡してうんざりした口調となる。机の下に隠れられては簡単に捜し出せない。

男たちは左右に分かれた。

「明りを消してくる。もしその前に見付かったらなにもしないで従って」

聖夜は怜に囁《ささや》くと腰を屈《かが》めて移動した。

「どこだ？　遊んでる暇はないぞ」

男の声に苛立《いらだ》ちが混じりはじめた。

怜はパチンコに弾を込めて待った。何度か引いているうち加減が分かってきた。

「出てくるんだ。しまいには怒るぞ」

男は手近の机を猟銃の柄で叩《たた》いた。

どんどん怜の隠れている場所に近付く。

「頑固な子だな。痛い目にあいたいのか」

二つ机を挟んで男が目の前に立っている。

怜は机の隙間から覗いた。

細い隙間一杯に男の足が見えた。

〈よし〉

怜は思い切りパチンコのゴムを引いて、その隙間から男の膝《ひざ》を狙った。角のつるりとした机なので、間違っても弾が出っ張りなどで弾《はじ》き返される心配はない。

怜は撃った。

物凄《ものすご》い悲鳴が上がった。

膝かその下の骨に命中したらしい。

「どうした！」

床に転がって呻いている男に仲間が質《ただ》した。

その瞬間――

天井の明りが消えた。

「な、なんだよ！」

慌てふためいた男の声が響く。

がちゃがちゃという音と、倒れる音が重なった。椅子につまずきでもしたのだろう。

怜は素早く位置を変えた。パチンコで撃った男の呻き声がまだ続いている。思い付いて怜は男の側に回った。明りを消すことが分かっていたので怜は片目を瞑《つむ》っていた。だから闇に慣れている。男は不様《ぶざま》に膝を抱えてのたうち回っていた。怜はパチンコを構えて男の無事な膝に狙いを付けた。

男が怜に気付いてぎょっとなった。

迷わず怜は放った。

間近で耳にした悲鳴は凄《すさ》まじかった。

〈てめぇらが悪いんだぜ〉

怜はくすっと笑って床の猟銃を奪い取るとその場を逃れた。

聖夜は蛍光灯のスイッチのところで待っていた。案の定、男が椅子を掻《か》き分《わ》けながらやってきた。なんの警戒も見られない。ただ暗がりの不安から逃れようとしている。

聖夜は一気に突進して警邏棒で男の手首を叩き付けた。猟銃が床に落ちた。この暗がりだと相手にも動転がある。恐れの心から闇雲に猟銃を発射しかねない。それを案じての先制攻撃だった。猟銃を足で蹴飛《けと》ばしてから聖夜は男と向き合った。

「お、おまえは！」

子供の影ではないと分かって男は狼狽《ろうばい》した。

無言で聖夜はみぞおちに突きを入れた。警邏棒は拳《こぶし》の何倍もきつい。男は他愛もなく崩れ落ちて床に伸びた。

聖夜は怜の助けに回った。

「心配ねぇ。起き上がれなくなってる」

怜が間近から顔を見せた。

聖夜は痛みを堪《こら》えている男の前に立った。

「眠って貰《もら》うわよ」

見上げた男の首筋に聖夜は一撃を食らわせた。男は昏倒《こんとう》した。

「どうする？」

「二人とも猿ぐつわを嚙《か》ませて机の脚に縛り付けましょう」

「直ぐに見付かりはしねぇか？」

「仕方ない。遠くへは運べない」

「だったらここの明りのスイッチをぶっ壊しちまおう。少しでも時間稼ぎになる」

「分かった」

聖夜は男を縛りにかかった。

「これで六人かい。半分近くをおめぇさんが一人でやっつけたことになるな」

残りの男は七人だ。怜は唸《うな》った。

「一人ずつ相手にできたからよ」

「おめぇさんみてぇな女ははじめてだ」

「本当の勝負はこれから」

聖夜の目は厳しかった。

「ここ以外でテレビを見られるところは？」

「となりの校長室にあったような」

「となりは駄目。階段にも近過ぎる」

「するってぇと図書室だ」

「よさそうね。隠れ場所にも困らない。この二人を始末したら図書室の方へ」

「テレビになんの用がある?」

「もう倒す相手が居ない。監視カメラを見ている連中をやれば直ぐに気取られてしまうし、第一、その場から動かないのならわざわざ襲うこともない。四人の男が居る学習室に踏み込むのは危険だわ。猟銃も持っている」

「その通りだが……」

「そろそろ首相との対話が開始される頃。その画面を見ていれば逆に連中の動きも知れる。それを見て次の方針を」

「岡村の野郎もさぞかしやきもきしていやがるだろうぜ。おいらを捜しに散ったきり一人も戻らねぇ」

「対話を延期して様子を確かめにかかるかもね。そうなってくれれば楽になる」

「だれがやったか分からねぇ。まさかおいらとは思うめぇさ。警察が踏み込んだと勘繰りゃ厄介なことに。娘っ子らがどうなるか」

「それが一番心配」

「とにかくテレビを見てからの話だ」

怜も聖夜の手伝いに回った。

一方、恒一郎たちは——

首相が人質の家族たちの居る喫茶室に顔を見せてくれたことで緊張に包まれていた。首相は犯人グループと必ず実のある交渉をすると約束してそそくさと出て行った。それでも家族らには安堵《あんど》が生まれた。

「いくらなんでも首相が来りゃ進展があるだろう。そいつを期待するしかない」

戸崎は恒一郎の肩を叩いて喫煙コーナーに誘った。好きに喫えないとなると逆に本数が増える。先の見えない苛立ちも関係している。

「やっぱりさっきのは聖夜ちゃんの仕業だと思う。あれきり姿を見せない」

たばこをくわえて恒一郎は言った。

「おれもそんな気がしてきたが、この衆人環視の中、どうやって潜り込む？　ちょいと信じられん」

「けど、失敗したらここに戻る。無事にやり遂げたってことじゃないかな」

「まさかやつらに捕まってるなんてことは」

「ない。それなら連中が公表する」

「だよな。言わんわけがない」

「もし警察の手引きをするつもりなら、桜小路さんに伝えておかないと」

「そこが悩みどころだ」

戸崎は煙を吐いて天井を見上げた。

「彼女一人の判断で決行したんだ。警察の力を頼りにしてるとは思えんがな」

「でも、聖夜ちゃんまで犠牲にできない」

「そいつは分かってる」

戸崎は暗い目で頷《うなず》きを繰り返した。

「先輩！」

呼ばれて戸崎は顔を上げた。

松室が階段の人込みを掻き分けて上がってきた。その後ろには真司の姿もあった。

「病院を抜け出てきたのか」

「当たり前だ。おれの娘だぞ」

真司は戸崎と恒一郎の前に立った。

「ま、座れ。おまえは病人なんだ」

「手術が済めばもう病人と違う」

恒一郎と入れ代わって真司は腰掛けた。

「胃潰瘍《いかいよう》で体力が落ちてる。無理すりゃ倒れるぞ。体力回復のための入院治療なんだよ」

「こんなときになに言ってる」

真司は戸崎を睨《にら》み付けた。

「来たってなにもすることがない。おれと恒《こう》ちゃんだってこうしてたばこをふかしてる。喫茶室は家族で一杯だ。胃潰瘍にはストレスが大敵だ。気持ちは分かるが病院で連絡を待て。ここは体を休める場所もない」

「たばこ」

真司は戸崎にせがんだ。

「いい気になるな。禁煙しろと言っただろ」

「もうストレスが溜《た》まってる。怜のことを考えると気が変になりそうだ。また胃潰瘍が再発したって手術すれば済むことだ」

戸崎は舌打ちしてたばこを渡した。

「なんでまたよりによって……」

真司は苛々《いらいら》とたばこに火をつけた。

「怜ちゃんのせいじゃない」

「本当に危険なやつらじゃないのか？」

「今のところはな。子供たちもおとなしく言うことを聞いているようだ」

「子供に猟銃突き付けるやつらが、なんの世直しだ。だろ？　そう思わんか」

「理屈や批判を並べたって事態は変わらん。首相の交渉が上手《うま》くいくよう祈るだけだ」

「付け上がらせるだけだ。首相なんか当てになるか。いつも言葉ばかりの男だ」

「いつものようにはいかんと首相も覚悟を決めてるだろう。助けると請け合った」

「どうやって？　突入か？」

「やっぱりこいつを病院に連れ帰れ」

案じて戸崎は松室に命じた。

「首相の交渉だけはここで見届ける」

真司は言い張った。

「聖夜さんは？ 来てると言いましたよね」

松室が戸崎に訊《たず》ねた。

「この通りの状況だ。彼女もくたびれたみたいでいったん戻った」

「どこへ？」

「どこかのホテルだろう。聞いてない」

戸崎は冷たく返した。聖夜の正体を松室には結局明かしていない。どういう理由かは知らないが突然居なくなったとしか思っていない。それは真司も同様だ。

「愛だ恋だと言ってる場合じゃねぇぞ」

「もちろんです。なに言ってるんですか」

松室は憤慨した。

「ただ、来てると聞いたから……」

「分かった。今のはおれが悪かった。こっちもこれが続いて苛ついてる」

「なにか起きたようだ」

真司が喫茶室のざわめきに腰を浮かせた。

「交渉がはじまるんだろう。ついさっきカメラの用意されている部屋に向かった」

「いよいよか」

真司はたばこを乱暴に揉《も》み消した。

首相が強張《こわば》った表情で犯人たちに対話を求める画面を、怜と聖夜も見ていた。図書室の奥の書庫に持ち込んだテレビでである。ここならテレビの光が外に漏れない。

首相の要求が一通り済んだのを見計らうように画像が割り込んできた。

椿有子の顔だった。

椿有子は紙を手にして読みはじめた。

「我々は対話を求めていません。なぜならこれは私たちの望みではないからです。私たちはあくまでも代理人に過ぎません。本当に苦しんでいる人々の辛《つら》さが我々には分かりません。そんな私たちが首相と対話してなんの解決になるでしょう。私たちは幸いに健康で、輸血を必要としていません。しかしたった今も血液が足りずに死のうとしている病人が居るかも知れません。あるいは不当な理由で解雇され、自殺を考えている家族が居るかも知れないのです。国家にはそのすべての人を救う義務がある。現在、我々の開設したホームページにはそんな悩みを持ち、苦しみに喘《あえ》ぐ人々から多くの願いが寄せられています。首相はその一つ一つに真剣に応じなさい。目を背けないでください。それがすなわち我々と対話をするということです」

椿有子はメッセージを連ねた紙から目を上げて顔を真っ直ぐカメラに向けた。

「子供たちにはきっとなにもしないでしょう。この数時間、彼らと接して私は確信しています。彼らの言いたいことが首相には分かっていただけたでしょうか？　もし本当に彼らの願い、いいえ、現在苦しんでいる人々の願いが果たされたなら……私は死んでも構いません。むしろ私が彼らのメッセンジャーに選ばれたことを誇りに思います」

椿有子の目から涙が溢《あふ》れた。

「彼らはなにも求めていませんが……もし、もしも首相がたった一人でここに来て彼らと膝《ひざ》を突き合わせて話し合いをしたいと言うのなら、彼らも喜んで応じると思います」

もういい、と岡村が画面に飛び込んできた。別の男が椿有子の腕を取って席から外させる。代わりに岡村が座った。

「余計なことを、と思ったが、悪いアイデアじゃない。本当に一人で来る勇気があれば、こっちも敬意を持って応対する。一緒にこの国をどうすればいいか考えよう」

そこで画像がとぎれた。砂嵐の画面がしばらく続いて首相の困惑した顔が映った。

SPが慌ててカメラの前に立って塞《ふさ》ぐ。

「なにが狙いなんだ」

首相の声だけが聞こえた。

「さっぱり分からん連中だ」

また画面が切り替わる。校舎の全景だ。

「椿有子が仲間だとしたら演技賞ものね」

呆《あき》れた顔で聖夜が口にした。

「首相が追い詰められた結果となった」

「なかなかやるもんだ」

怜はくすくす笑った。

「はなっから誘い込むのが狙いのくせして、いかにも椿有子の言ったことに乗っかったふりをしてやがる」

「どういうこと？」

「いきなり岡村の野郎が来いと言やぁ、なにか魂胆があってのことと睨まれる。世間の皆も、うかうかとやつらの罠《わな》に嵌《は》まるなと引き止める。しかし、まったく会う気はねぇと突っ撥《ぱ》ねておいて、椿有子が仲立ちを取る形になりゃ別だ。他意のねぇ相手と思われる。一人で行ってみせなきゃ弱腰と見られる。さらに警察を総掛かりでもさせりゃまずくなろう。せっかく岡村らに話し合う気が生まれてきたってのに首相が台無しにした。間違いなく世間はそう取る」

「そこまで計算してのこと？」

「岡村は首相をここに呼んでみせると娘っ子らに得意そうな顔で言ってたぜ。これで椿有子がやつらとグルってことが知れた。相談ずくの猿芝居ってやつだよ」

「首相が一人で来るはずがない」

聖夜は首を横に振った。

「娘っ子らの命が懸かっていることだ。一人で来いってのも、連中の立場からすりゃ当たり前の話。今頃は首相もどうすりゃ格好がつくかあれこれ相談してるこったろう」

「来るなんて有り得ない」

「おいらもそう思うが、肝の据わっていねぇ男とあとで言われるのは確かだろうな。もし首相が来ねぇことで娘っ子の一人でも殺されりゃ……その責めは首相が一人で引っ被《かぶ》ることになろう。これで岡村らが先手を取った。どうするかしっかり決めるまで下手に警察を動かせなくなったってことさ」

そしてその予測は的中した。

五分後にふたたび首相が画面に登場し、身の安全を完全に保証した上で、自分が居るホテルの方に来て貰《もら》いたいと岡村に頭を下げて訴えたのである。

家族たちには首相への失望がはっきり見られた。恒一郎も思わず吐息した。犯人側がそれに応ずるわけがない。虫のいい要求だ。

「なんで行かないんだ！」

一人が口にすると皆が同調した。自分なら行くという思いがだれの胸にもある。

「人の子の命はどうなってもいいのか！」

喫茶室は騒然となった。

「なんのための首相だ！」

「行って子供を連れ戻せ！」

画面に向けて罵声《ばせい》が浴びせられる。

あまりの騒がしさに恒一郎たちは出た。

「かえってややこしくなった」

戸崎に皆も頷《うなず》いた。

「首相が行くと言ったって周りは止める。そいつは当然でも、世間は納得しない」

「行ってくれると期待したがな」

真司は深い溜《た》め息《いき》を吐いた。

「硬派を気取ってる男だからか。見せ掛けだ」

戸崎は鼻で笑った。

「けど、首相が行って、万が一人質にでもされたら取り返しがつかない」

恒一郎に松室も同意した。

「人の命の重さに差はない。そいつが一応はこの国の建て前だろうに」

「警察や政治家たちはそう思っていないさ」恒一郎は戸崎に反論した。

「本音はそうでも、おおっぴらにゃ口にできないってことだよ。今後はマスコミがどっちを支持するかにかかってくる。椿有子も馬鹿なことを口走ったもんだ。首相が誠意を示せば解決すると見たんだろうが、おれには浅はかとしか言い様がない。あの首相の決断一つで済むのなら、日本はとっくに変わってる」

「まったく」

それには恒一郎も頷いた。

「マスコミはどっちにつく？」

真司は心配の顔で戸崎に質《ただ》した。

「我が身が大事の提案としか見ないだろう。国民を守る立場にある人間なんだぞ。その程度の覚悟がなくてどうする」

「こっちの立場に回ってくれると？」

「焦って警察に突入を命じでもすりゃ命取りだな。責任追及がはじまって国会も解散に追い込まれる。首相らは冷や汗を掻《か》いてるはずだ。精一杯の誠意を見せて、政府の対応に納得させてから強行突破の線がこれで崩れた。わざわざ足を運んだ甲斐《かい》がないどころか裏目に出た。椿有子の勇み足のお陰でな」

「こっちにすればありがたい」

真司はしみじみと言った。

「恐れていたのは突入だった」

「これでまた分からなくなった」

病院に戻れ、と戸崎は真司を促した。

むろん真司に聞く耳はなかった。

「警察に打つ手がなければ好きにやれる」

聖夜は余裕の顔に戻った。

「そろそろ宣戦布告をしましょうか」

「娘っ子らを盾にされりゃやりづらくなる」

「私たちは警察と無縁。そう言えば連中も考える。警察や政府がなんの手出しもしていないのに子供たちを傷付ければマイナスになる」

「中の様子はだれにも分からねぇんだ。警察がこっそり妙な真似をしてると言やぁ済むこった。そんなに甘いもんたぁ思えねぇな」

「子供を一人でも傷付ければ、その瞬間からただの犯罪者に変わる。それは連中も承知しているでしょう」

「そいつに賭《か》けると？」

「学習室に籠《こも》られている限り、なんの手出しもできない。賭けるしかないわ」

「だったらいっそ思い切った策に出ねぇか」

「思い切った策？」

「鉄砲を持ってるのは一人きりだ。隙を見てそいつを片付けさえすりゃこっちのもんだ」

「一人だけおびき寄せる方法が？」

「こっちから行くのさ」

「…………」

「おめぇさんの格好なら先生で通じる。歳も若ぇ。やつらが来たときから学校のどこかに隠れていたと言やぁ必ず信用する。おいらを助けたのもおめぇさんだと言えばいい。そうしてわざと捕まりゃ――」

る恐れがある。


「片付けた連中のことは？」

「知らんふりをしてりゃいい。まさかおめぇさんの仕業とは思うめぇ」

「子供たちは私が先生じゃないと知っている」

「そうか、そいつを忘れてた」

少しも危険な目に遭っていないと思い込んでいる子供たちである。教諭ではないと言い立てる恐れがある。

「なんてぇ娘っ子らだ」

怜は舌打ちして腕組みをした。

12

怜と聖夜は裏門に向かった。

裏門を固める男が猟銃を肩にして外を見張っている。まず怜が足音を立てて近付いた。

振り向いた男は怜の小さな影にぎょっとなった。仲間と思い込んでいたのだろう。

「なんだ、おまえ」

男はそれでも安堵《あんど》の顔に戻して質した。

「逃げ出したっていうのはおまえか」

それに怜は小さく頷いた。

「なにしに来た。ここから逃げる気だったか」

「あのね、給食のお姉さんも一緒」

「給食のお姉さん？」

「私を助けてくれた。それから二人でずっと図書室の中に隠れてた」

「そのお姉さんはどこに居る？」

「叱らないと約束したら連れてくる」

「学校に残っていたのか？」

「調理室のとなりの部屋で眠ってて、知らなかったの。起きたら大変なことになってたから、あちこちに隠れて……」

　男は舌打ちして、

「とにかく連れてこい」

　怜に顎《あご》で命じた。

「ホントに怒らない？　お姉さん、怖がってる。怖くないって言っても信用しない」

「いいから早く呼べ」

　分かった、と怜は反転した。

　おずおずと怜に従って現われた聖夜に男はたじろぎを見せた。美しさに対してだ。

「ずっと隠れていたって？」

聖夜は無言で頷いた。

「なんで出てきた？」

「お腹空《す》いたから」

代わりに怜が応じた。男はそれで納得した。

「待ってろ。だれかに来て貰《もら》う」

「連絡してくれたら二人だけで行けるよ」

そうか、と男は携帯を取り出した。

「岡村さんですか。おれです」

男は怜と聖夜のことを説明した。


二人は二階に上がった。

学習室の前に岡村が立っていた。

「本当に図書室に居たのか？」

岡村は厳しい目で怜を睨《にら》んだ。

「本棚の後ろ」

「だれか捜しに行かなかったか？」

「だれも」

怜に聖夜も小さく首を縦に動かした。

「なんでこの子を助けた？」

岡村は聖夜に目を動かした。

「お姉ちゃんは前にパパのお店で働いてた」

怜が応じた。

「どんな店だ？」

「上《かみ》ノ橋《はし》近くにある喫茶店です」

喫茶店と聞いて岡村の警戒が緩んだ。

それでも――

「知り合いだなんて偶然が過ぎないか？」

聖夜の顔をまっすぐ見詰めた。

「どうなんだ？　返事をしろ」

「すみません。最初から怜ちゃんを助けようと思って……居残ったんです」

「やっぱりな。そういうことか」

「お姉ちゃん、悪い人じゃないよ」

怜は岡村に食ってかかった。

「怒らないって約束したでしょ」

「居残ってしまったものはしょうがない。ただ、これから先なにがあっても知らん。教材室で二人とも静かにしていろ」

岡村は歩きはじめた。

「お姉ちゃん、お腹空かしてる」

「あとで弁当を持って行く。今は忙しい」

「首相は来るの？」

「返事はまだだ。こっちから放送する」

「皆は元気？」

「静かにしろと言っただろうに」

岡村は不機嫌な顔で制した。

岡村はドアに鍵《かぎ》をかけて立ち去った。

「あの男を人質にすればどうだったかしら」

遠ざかる足音を確かめて聖夜は言った。

「間違いなく椿有子が野郎どもの頭だ。あの野郎を盾にしても変わりゃしねぇ」

「ここに戻されたんじゃ、あまり意味がない」

「でもねぇさ。弁当を届けると言った。野郎どもの中で手が空いているのは鉄砲を持ってるやつしかいねぇ。上手《うま》くすりゃそいつがやってくる」

「よく怜ちゃんの真似ができるわね」

「年がら年中一緒なんだ」

怜はくすす笑った。

「怜ちゃんに戻ったんじゃないかと思った」

「戻らしてやりてぇとおいらも思うが……おいらにゃどうにもならねぇことだ」

「だれもがあなたのように？」

「生まれ変わるかってことか？」

「ええ」

「例の正也《まさや》って子に取りついてたやつもそうだった。結城《ゆうき》の旦那《だんな》の話じゃ、当人が気付いてねぇだけで、生まれ変わっているやつはだいぶ居るんじゃねぇかってことだ。おいらにしても怜ちゃんが赤ん坊の頃から分かっていたわけじゃねぇ。こうして出てこられるようになったのはたかだか二年ほど前のことだ」

「それまではどんな感じ？」

「どんなって……いきなり夢から叩《たた》き起《お》こされたようなもんだ。いや、こっちが夢に違いねぇと思ったたな。見たことのねぇものばかりに囲まれてる。何日かはふわふわとしてた。昨日までは確かに江戸の町に居た。わけが分からねぇってのはあのことだ」

「周りの人たちは？」

「そりゃ怪しいと見ただろうよ。うっかり口でも利きゃ正体が割れる。それでなにも言わずに何日か押し通した。結城の旦那や戸崎の旦那が居てくれたお陰で今がある。辛抱強く様子を見てくれてな。もし別のどこかで生まれ変わっていりゃどうなったものか……見世物にでも売り飛ばされていたかも知れねぇ」

「本当にいい人たちばかり」

聖夜はしみじみと口にした。

「首筋に汗がびっしり噴き出てる」

気付いて怜は案じた。

「ときどきこうなる。平気よ」

聖夜はハンカチで拭《ぬぐ》った。

「治らねぇ病と知ったときはどうだった」

「もちろんアパートに戻って泣いたわ。涙がいつまでも止まらないのが不思議だった。朝まで泣いて……私にはしなければならないことがあると分かった。限られた時間のうちに」

「今でもそう思うか？」

「まだ分からない」

聖夜は低く呟《つぶや》いた。

「時間なんぞ限られちゃいねぇ。おいらを見りゃ分かるだろうさ。この世限りと思い込んでるだけだ。それに世の中もちっとやそっとじゃ変わらねぇ。十人やそこら悪党を始末したとこで一緒だ。おめぇさんが手にかけたのは、どうせ殺されて当たり前の野郎どもだからとやかく言う気はねぇが、おめぇさんがくたびれるだけだろう」

「もっと前にあなたと会っていれば……」

「この怜ちゃんの格好だからな。江戸で会ってりゃ、口喧《くちやかま》しいじじいとしか思わなかっただろうぜ。娘っ子らにゃ嫌われてた」

「そうなの？」

聖夜は笑いを堪《こら》えた。

「血塗《ちまみ》れの死骸《しがい》ばっかり拵《こしら》えてる人形師だ。薄気味悪がって寄り付きもしねぇよ」

「なぜそんな人形を？」

「音羽《おとわ》屋の親方に頼まれて芝居で使う生首や骸骨《がいこつ》を作ってからだ。大受けしたのが病み付きになった」

「あなたの作った人形を見てみたい」

「尾張《おわり》の殿様が面白がってごっそりと買い上げてくれたが、あいつはどうなったものか。結城の旦那に聞いてみたが、耳にしたことはねぇそうだ。一代限りの酔狂で、蔵の奥にでもしまわれちまったに違いねぇ」

「勿体《もったい》ない」

「尾張の殿様にゃ変わり者が多くてな、大昔にゃ広い庭に東海道の五十三次をそっくり作らせたお人も居る。おいらが見させて貰ったのは名残でしかねぇが、できた当初は宿場の町並みまで数を合わせてたってんだから大したもんだ。辿《たど》るだけで半日はかかったらしい。馬鹿馬鹿しいが贅沢《ぜいたく》の極みってやつだ」

そこに足音が聞こえた。

二人は神妙な顔付きに戻した。

「皆のとこに来い。放送がはじまる」

若い男が顔を覗《のぞ》かせて怜に命じた。

「怜ちゃん一人だけ？」

聖夜は男を素早くチェックした。猟銃は手にしていない。

「あんたは警察への隠し玉さ」

薄笑いを浮かべて男は怜を促した。

「来るなって言ってたくせに」

椅子から立ちながら怜は口を尖《とが》らせた。

「ずっと居なけりゃ親が心配する。顔を見せてやるだけだ。余計なことは言うなよ」

「言ってやる。お腹が空《す》いたって」

「なんでおまえだけ面倒をかけるんだ」

男は乱暴に怜の腕を取った。


すでに放送の準備はできていた。カメラを前にして襟元を整えていた椿有子が、学習室に入った怜をちらりと横目で見た。苛立《いらだ》ちが感じ取れた。犯人側でなければ有り得ない表情だ。知らぬ顔で怜は同級生たちの並ぶ席に向かった。逃げたことを聞かされていない同級生たちは笑顔で怜を迎えた。

「首相が来るかも知れないって」

となりの子供が嬉《うれ》しそうに耳打ちした。

「テレビがおじちゃんたちの味方についてる。首相も困ってるみたい」

「いい気なもんだ」

つい怜は口にした。彼女は怪訝《けげん》な顔をした。

「バカじゃないかって言ったの。あいつら悪いやつらだよ。私は知ってる」

「いいじゃん。こうしてテレビに出られるんだもん。私たち、得してる」

しー、と岡村が唇に指を当てて鎮めた。

「最初は君たちを映す。手を振ったりして元気な姿を見せてやるといい。だけど騒いだりしちゃいけない。はしゃぎ過ぎると皆が同情してくれなくなる。君たちは一応ぼくたちの人質ということになってるんだからさ」

わっと子供たちが沸いた。

「首相が来るか来ないかは半々だ。だらしないね。ぼくらを怖がってる。こんなに優しいお兄さんたちだってのに」

「おじちゃん、おじちゃん」

何人かが囃《はや》し立てた。岡村は苦笑した。

そこに携帯の呼び出し音が鳴った。

岡村は携帯をポケットから出して耳に当てた。すぐに眉《まゆ》を曇らせる。

「とにかく戻れ。間もなく放送だ。探すのはそれが済んでからだ」

それで怜は納得した。猟銃を持っていた残り一人の姿が見当たらない。居なくなった仲間を探しに出ているのだろう。岡村は子供たちに背を向けて携帯のボタンを押した。だが繋《つな》がらないようでポケットにしまった。消えた仲間にかけたと思われる。そこはそつのない聖夜が手を打ってある。縛り付けるときに男らの携帯の電源を切っておいたのだ。椿有子がちらりと岡村に目をやった。岡村が小さく首を横に振ったのを怜は見逃さなかった。

〈惜しいことをした〉

猟銃を持った男が一人で出たのならたやすく片付けることができたはずである。岡村らは武器を持っている様子がない。今のような策を用いることなくあっさりと終わらせられたかも知れない。

「あなたたちの中で……」

椿有子が椅子から腰を上げて言った。

「パパやママが亡くなった人は居ますか」

椿有子は子供たちの前にやってきた。

怜は手を上げた。母親が居ないのは同級生のだれもが知っている。

「寄せられたメールの中に、亡くなったパパを帰して欲しいという小学生のものがあったの。これからそのメールを読むつもりだけど、そうしながらおなじ境遇の子を人質にしていてはおかしいでしょう。私が頼みました。あなたは放送が済んだら帰して貰《もら》える」

「嫌！　皆と残る」

怜は慌てた。

「どうして？」

「首相と会いたい」

同級生らがどっと笑った。

「差別よ。ママなんかとっくの昔に死んじゃったんだから。もう寂しくなんかない」

「じゃあテレビでパパと話す？」

「駄目だ。その子は危ない」

岡村が割って入った。

「私が側についています。マスコミはこの子の境遇をとっくに知っているわ。あのメールを読んでそのままにすればどうなると思うの」

椿有子の言葉に岡村は詰まった。

「本人が帰りたくないと言うなら、この子を出してきちんと対応しないと」

「パパとなにを話す気だ？」

岡村は怜に目を動かして質《ただ》した。

「いい人たちだって言えばいい？」

「やっぱりまずい。無理にでも帰す」

「帰したら、向こうでもおなじことを言う」

「解放したんだから、おれたちはいい人だ。どんどん言ってくれ。遠慮せずにな」

岡村はにやついた。

「じゃ、なんて言えばいいの？」

怜は必死の声で訊《たず》ねた。

「お姉ちゃんは帰してくれないんでしょ。だったら怜も残るよ。可哀相だもん」

「自分一人は帰してくれると言ったけど……仲間をこのままにして帰れない。そう言うなら残してもいい」

岡村に怜は即座に頷《うなず》いた。

「私のとなりに座ってちょうだい」

椿有子は怜を誘った。

「お姉ちゃんて、だれのこと？」

同級生の一人が首を傾げて訊《き》いた。

「給食のお姉ちゃん。私たちを助けようとして学校の中に隠れていたの」

子供たちはざわついた。

「もういい。そろそろはじめるぞ」

猟銃を持った男が戻ったのを見て岡村は手を叩《たた》いた。子供たちはすました顔になった。

「その子のメールはあなたが読む？」

椿有子はとなりに座った怜の耳に囁《ささや》いた。

〈ふざけやがって……〉

怜は椿有子と目を合わせないようにした。

13

岡村たちの放送がはじまった。

椿有子のとなりには怜が座っている。

見守っていた恒一郎は思わず声を上げた。

真司も身を乗り出して画面に見入る。

「月岡怜ちゃんです」

椿有子が複雑な顔で紹介した。

「彼らのホームページに寄せられたたくさんの願いの中に、医療事故で亡くなったパパを生き返らせて欲しいという小学二年生の女の子のものがありました。痛々しさに胸が締め付けられます。でも残念ながらそれはだれにもできないことです。私たちはその子が早く元気を取り戻して力強く生きていくことを願うだけです。ここに居る怜ちゃんも数年前に病気でママを失いました。彼らはそれを知って怜ちゃんは人質から解放しようと決めました。今紹介した女の子の気持ちを思えば、おなじ境遇の怜ちゃんをこのままにしておくことはできません」

やった、と真司は顔を輝かせた。

戸崎が真司の肩を叩く。

「でも、怜ちゃんは残ると言い張りました」

見ていた家族たちにどよめきが起こった。

「怜ちゃんのパパ。見ていますか？」

もちろん、と真司はテレビに頷いた。

「見ていたら、怜ちゃんが今手にしている携帯に電話してください」

椿有子は番号を何度か繰り返した。

復唱しつつ真司は携帯のボタンを押した。

通じたらしく怜が携帯を耳に当てた。

「パパ？　パパなの」

怜の声がテレビから聞こえた。

が、真司の携帯は通じていない。話し中のツーツー音が聞こえるだけだ。真司は画面に目をやった。怜はだれかと話している。

怜の不審な様子に気付いて椿有子がその携帯を耳に当てた。椿有子の顔色が変わった。

「あなたは今をなんだと思っているの！　恥を知りなさい」

椿有子は乱暴に電話を切った。また呼び出しがあったようで椿有子が出た。

怒りの顔で椿有子はすぐに切った。

「これが日本人です」

椿有子は唇を噛《か》み締《し》めて、

「両方とも若い声のいたずら電話でした。私が番号を口にしたのがいけなかったようです。私は……とても悲しい。ここに人質になっている子供たちのことをどのように考えているのでしょうか。父親と話そうとしている怜ちゃんの気持ちがなぜ分からないのでしょう。怜ちゃんのパパ、ごめんなさい。怜ちゃんのパパしかかけてこないと思い込んだ私がバカでした。今も電話は鳴り続けています。別の方法を考えますので怜ちゃんのパパはもう少し待ってください。またいたずら電話だったら、泣き出してしまいそうです。日本人はどうしてこんなに愚かになってしまったんでしょう。成人式のたびごとに繰り返される、大人への尊敬がまったく感じられない愚行を見るのと一緒です。私は……私は……」

椿有子の目から涙が流れ落ちた。

家族たちの視線が真司に集まった。

真司は溜《た》め息《いき》を吐いて携帯をしまった。

「話にならんな。ひどいもんだ」

岡村が泣き続けている椿有子に代わって画面に登場した。

「首相も見ていただろうが、こんな真似をするバカたちを生み出したのはあんたに責任があるんだぞ。大人への尊敬がないと彼女は言ったが、そもそも尊敬に値する大人がこの国にいったいどれだけ居る？　どっちもどっちだとおれは思わんね。だらしない大人が悪いに決まってる。医療事故にしても過ちを認めて慰謝料を払えば済むって問題じゃないだろう。患者は病院を信頼しているからこそ命を預けてるんだ。ただの殺人よりもっと罪は重い。資格停止ぐらいで済まされることと違うんだ。なぜ殺人犯として扱わない？　殺意がないからといって罪に変わりはない。それとも医者は特別なのか？　医師会が政治家に莫大《ばくだい》な献金をしてるせいか？　こんな腐った世の中だからおれたちはこういうことをしてるんだよ。残念ながら放送は取り止めだ。呆《あき》れてものも言えん」

　ぶつっと画面が消えた。

家族たちは悲痛の声を発した。自分の子供たちが無事かどうかこれでは分からない。

「せっかく帰すと言ったってのに」

真司はがっくりと肩を落とした。

「もしかしてあいつか！」

気付いて真司は恒一郎と戸崎を睨《にら》んだ。

「そうなんだな。怜なら帰ると言う」

「ここではよせ」

戸崎は耳打ちした。

「ふざけるな！　なんの権利がある。怜はおれの子だぞ。あいつの勝手にさせてたまるか」

「外に出よう」

恒一郎は真司の腕を取って喫茶室から強引に連れ出した。

「他の家族の子供たちは戻らないんだ。気持ちは分かるけど、ここはこらえないと」

恒一郎は静かに言い聞かせた。

「いたずら電話をしてきたやつを取っ捕まえてぶん殴ってやりたい」

真司は泣きそうな顔で返した。

「元気そうな顔をしていたじゃないか。心配ない。やつらだって傷付けやしない。そいつをやれば終わりだと分かっている」

戸崎に真司は目を瞑《つむ》って頷いた。

そこに慌ただしく桜小路が階段を駆け上がってきた。桜小路は恒一郎たちを認めて、

「カメラを設置してある部屋に来てください」

真司を促した。

「連中からの要請です。別の携帯の番号を教えてきました。今度はこっちの映像を流して向こうと交信します」

分かった、と真司は桜小路に続いた。

「皆さんはここでお待ちを」

桜小路は振り向いて恒一郎たちを制した。

「真司一人じゃ不安だ」

戸崎に恒一郎も吐息した。

「相手がセンセーだと分かってる。それをわきまえてやり取りすりゃいいが……」

「動転してるせいと思われるでしょう」

松室に、どうかなと戸崎は舌打ちした。

「だけど真司さんの言う通りだ。センセー一人じゃどうにもならない。戻ってくれば別の策の立てようがあるかも知れないのに」

聖夜の侵入を知らない松室は首を捻《ひね》った。

「おまえさんがおなじ立場なら、いそいそと舞い戻るか？　仲間を見捨ててな」

「それは大人の判断でしょう。怜ちゃんは子供だ。センセーもそこを考えないと」

松室は戸崎に言った。

「とにかくここはセンセーを信じるしかない。なにか目論見《もくろみ》があってのことだろう」

戸崎はたばこに火をつけた。


「もうすぐ電話が来る」

岡村は怜に携帯を突き出した。

「今度は電話だけだ。なぜここに居残ることにしたか、ちゃんと説明するんだぞ。首相に会いたいとか、くだらないことは言うな」

「大丈夫。ちゃんとやる」

怜は携帯を受け取って待機した。

「皆が無事でいるかどうか家族が気に懸けているだろう」

岡村は子供たちに目をやった。

「この子がパパと話し終えたら、一人ずつ代わって、自分の名前と元気なことを教えてあげるんだ。声だけだが全国に伝わる」

それに子供たちは嬉《うれ》しそうな返事をした。

やがて携帯の呼び出し音が鳴った。

「もしもし」

「怜か！　怜だな」

真司の声が怜の耳に響いた。受話音が最大に設定されている。岡村も聞いていた。

「元気か。どうしてる」

「元気。平気よ」

「戻ってくるんだ。ママも天国で心配してる」

真司の必死の顔がテレビに映し出されていた。岡村はにやにやとして画面を眺めた。

「友達と居る。皆で頑張ってるもん」

「嘘だ。怜はそういう子じゃないだろ！」

真司は声高となった。

「脅かされてるのか！　違うならいますぐ戻ってきなさい。勝手なことは許さないからな」

「ごめんなさい。怜一人じゃ戻れない」

「なに言ってる！　状況を分かってるのか」

「ごめんなさい、ごめんなさい」

怜は謝り続けた。岡村が携帯を奪った。

「もういいだろう」

「ふざけるな！　おれの子を返せ」

「あんた大人気ないぜ。他の子はどうなってもいいってのか」

「そんなことは言ってない」

「言ってるのと一緒だ。それにこっちはちっとも脅かしてやいない。一人帰すぐらいなんでもないことだ」

「だったら帰せ！」

「だから当人が決めたことだと言ってるじゃないか。帰りたいと言えばすぐに帰す」

「もう一度怜と話させろ」

「悪いが、怜ちゃんはあんたに叱られて泣いてる。おれたちの仕業と思われたら迷惑だ。側にこの放送の責任者が居るな？　これから他の子たちが全員無事を知らせる。手にしている携帯の音がちゃんと聞こえるよう準備させるんだ。そのあとに、我々の開設したホームページに寄せられた願いをいくつか読み上げて貰《もら》う。どれを読むかはこちらで指示を出す。こっちで読むつもりだったが、その方が公正だろう。子供たちが話している間に決めておく。アナウンサーの手配もしておけ」

岡村は一方的に言って、側で待ち構えていた女の子に携帯を手渡した。そして机の上の紙の束に目を通した。ホームページからプリントしたものである。十二、三枚を選んだ岡村は真向かいのホテルにファックスするよう配下に頼んだ。

「どうするの？　もう放送しないの」

怜の声で岡村は振り返った。

「おまえのパパ、変じゃないか？」

岡村は鼻で笑った。

「勝手なことするなって、怒鳴る場合じゃないだろうに。似た者親子ってやつか」

「用が済んだらお姉ちゃんのとこに行く」

「ま、勝手には違いない。首相に会いたいから残るんだからな。皆に聞かせてやりたいよ」

「お姉ちゃん、お腹空《す》かせてる」

「好きに弁当を持って行ってやれ」

うるさそうに岡村は返した。

「教材室には鍵《かぎ》がかかってる」

そうか、と気付いて岡村は猟銃を手にしている男を目で呼んだ。怜の思惑《おもわく》通りだ。

「教材室まで連れて行け」

岡村はポケットから鍵を出して投げた。

「パパと話したよ」

怜は陽気な声で先に入った。聖夜は椅子から腰を上げて怜を迎えた。その目が弁当を持つ男に向けられる。右手には猟銃が握られている。怜が聖夜の腿《もも》を軽く叩《たた》いた。

「ほら、約束のお弁当」

怜が指差した。聖夜は軽く頭を下げて男に近付いた。男には少しも警戒がない。

聖夜は男の指が引き金にかかっていないことを確かめた。男は弁当を突き付けた。

「ありがとう」

と言いざま聖夜はその左腕の手首を強く捻った。急所である。男は声も上げられず腰を屈《かが》めた。聖夜は左足で思い切り銃身を蹴《け》り飛ばした。猟銃が床に転がる。あとは心配がない。聖夜は左腕を取ったまま男の背後に回り込んだ。男の腕が激しく捩《ね》じ曲げられる。苦しさに男は床に膝《ひざ》をついた。首筋が丸見えとなる。聖夜は体重を乗せて首筋に肘鉄《ひじてつ》を食らわせた。男は不様《ぶざま》に伸びた。

「なんにも言わずとも話が通じる」

怜は猟銃を拾い上げてくすくす笑った。

「にしても、惚《ほ》れ惚《ぼ》れとする腕だぜ」

「このまま踏み込む？」

猟銃を受け取って聖夜は身構えた。

「今はまずい。子供らが親に電話してる。そんなとこに飛び込みゃ大騒ぎとなろう。下手すりゃ警察がやってくる。おいらたちのことがすっかり知れてしまう」

「じゃ、どうする？」

「いっそのこと、裏門の見張りを片付けちまおうか。岡村たちはまず出てきやしねぇ」

「そいつの猟銃さえ奪ってしまえばこちらのものね。あとはなんとでもできる」

聖夜も同意した。たとえ隠し持っているにしてもナイフがせいぜいだろう。見張りをそのままにしておけば岡村たちを制圧しても撃ち合いになる可能性が残される。

「さっき会った見張りは油断してる。近付いても銃を向けやしねぇだろう」

怜は促した。

聖夜は倒れている男の口と手足にガムテープを巻き付けた。


一階に通じる階段は二ヵ所ある。

岡村たちの居る学習室の前を通らずに済む。

難無く二人は一階に下りた。

暗い廊下の先に男の影が見える。

打ち合わせ通り怜は駆け出した。聖夜は角に身を隠す。男の不審な声が廊下に響いた。

「お兄ちゃん、上に来てちょうだいって」

怜は叫びながら男に近付いた。

「なにかあったのか？」

「今、放送中。早く早く」

怜は男の腕を引いた。

「離れるなと言われてる」

「首相が来るって。だから学習室に集合なの」

「ホントか！」

男は笑いを洩《も》らして携帯を取り出した。

「だめ。放送中だって言ったでしょ」

そうか、と男は頷《うなず》いてポケットに戻した。

「こっちこっち。急いで」

怜は反転して急ぎ足となった。

男も慌てて怜に続いた。

階段の手前で男は腹に衝撃を受けた。男はぐえっと呻《うめ》き声を発した。暗がりから聖夜が猟銃を振り回したのだ。

「銃を捨てなさい」

銃を持ち替えて聖夜は男の額に銃口を押し当てた。苦痛の顔で男は聖夜を見詰めた。

「こうして額に押し付けているのは音を消すためよ。小さな音しかしない」

その意味を察して男は震えた。

「そっと床に置いて。それで死なずに済む」

男は何度も頷くと猟銃を静かに置いた。

「首謀者は椿有子ね。そうでしょ」

それにも男は観念した顔で頷いた。

14

聖夜は暗い教室の床に口と手足をガムテープで封じられて不様に横たわっている男を見下ろした。

「これで学習室には残り三人」

「武器を持った者はもういないはず」

「と思うが……別んとこに籠《こも》りっきりの二人についちゃ分からねぇ」

「中継とモニターの監視をしてる連中ね」

「持っちゃいなかったはずだが、半々だ」

「猟銃を手にして踏み込めば制圧できる。でもそこに異変が起きればすぐにバレる。ないのに賭《か》けて続けるしかないんじゃない？」

「そのまま岡村たちのとこに飛び込むって手か」

怜はここにきて迷いを見せた。

「大した道具は持ってねぇにせよ、子供らを盾にされりゃ厄介だ。仲間のほとんどが倒されたと知りゃ自棄《やけ》にもなろう」

「本当の狙いはなに？」

聖夜は屈み込むと男に質《ただ》した。

「大声を上げればどうなるか分かってるわね」

言い聞かせて聖夜は口のガムテープを剝《は》がした。男は荒い呼吸を繰り返した。

「そもそもあなたたちは何者？」

「おまえらこそ、なんなんだ？」

男は聖夜と怜を睨《にら》み付けた。

「子供を人質にしての立て籠りは重犯罪よ。狙撃《そげき》隊に撃ち殺されても仕方ない。動機は無縁。そこまで分かっていてのことでしょうね」

「……………」

「死を覚悟していたとは思えないけど」

「生きててなにが面白い」

男は吐き捨てるように口にした。

「毎日コンビニの弁当食って、暇潰《ひまつぶ》ししてるだけだ。なにもかも嫌になった。違うか？」

「やってみて、満足してる？」

「してるさ。日本中が大騒ぎだ」

「子供たちや家族のことは考えなかった？」

「最初から殺す気はない」

「それで自分が許されると思っているのね」

「なんとでも言うがいいさ」

「警察と撃ち合う勇気もなかったんでしょう」

「なってみなきゃ分からないことだ」

「私には分かる」

「おまえ、本当に何者なんだ？」

男は不審の目を聖夜に向けた。

「椿有子と岡村に私たちの覚悟を見せ付けてやりましょうか」

聖夜は銃口を男の胸に押し付けた。

「あなたみたいないい加減さなら、あなたの死体を見ただけで腰砕けとなる。自分たちのしたことがなんなのかも分かっていない」

「お、おれたちは皆の代弁者だ」

怯《おび》えた様子で男は言い立てた。

「皆、言いたいことがあるくせに我慢してる」

「言いたいことってなによ？　なにもできない自分のだらしなさ？　自分のことにしか興味がないあなたが国になにを望むの？」

「なにかしたいんだよ！　けど、なんにもさせてくれねぇじゃねぇか」

泣きそうな顔で男は喚《わめ》いた。

「どうせなにもできねぇんなら、大真面目に人の橋渡しをするってのもカッコいいと岡村先輩が言った。上手《うま》くやりゃ国中の弁護士がおれたちの味方に回る、と」

「そうしてなにを得るわけ？」

「知らねぇよ。けどスカッとする。万が一警察が踏み込んできたら武器を捨てて降伏する。そういう約束ではじめた。おれたちは捨て駒だ。それでも国は少し変わる」

「岡村がそう言って仲間を説得したのね」

「ああ。信じてくれ。おれたちゃ子供を痛め付ける気なんかない」

「他愛のない連中だわ」

呆《あき》れた顔で聖夜は怜に目を向けた。

「これなら警察にあとを任せてもいいんじゃないかしら。見張りを片付けたことに気付かせれば入って来る。私たちはその隙を見て逃げ出せばいい」

「そいつぁどうかな」

怜は首を捻《ひね》った。

「危なくねぇ仕事と思わせるために岡村がそう言っただけかも知れねぇ。そう簡単に諦《あきら》めるかどうか……」

「けれどもうほとんど武器もない」

「野郎はそいつを知らねぇ」

「だったら教えてやるしかない」

「こっちからか！」

「今の状況を私たちが伝えれば間違いなく警察は動く。勝ち目がないことも分かるでしょう。こちらの説得に応じるかも」

「なんて掛け合うんだ？」

「投降よ。それが一番の選択だわ」

うーん、と怜は唸《うな》った。

「子供たちの居る場所でやり合いたくない。最悪の場合でも彼らを誘い込める」

「なるほど、そいつが狙いか」

怜も納得して同意した。

「岡村の番号を教えて」

聖夜は男の持っていた携帯を手にした。

「なにがあった」

岡村はすぐに電話に出た。

「全部片付けた」

「…………」

「逃走用の車も使えない。空気を抜いたわ」

「だれだ？」

「合図一つで警察が突入する」

「そんなことをすりゃどうなるか分かってるのか？　だれだと聞いている」

「仲間の携帯が通じなくなっているでしょう」

「なんの話をしてる？」

「残っているのは五人だけよ」

聖夜はわざと椿有子を数に入れず伝えた。

「交渉したいの」

「そんな手には乗らん。首相はどうなった」

「外とは関係ない。嘘と思うなら一階の見張りに連絡を取ってみればいい」

聖夜は電話を切った。

三十秒もしないうち呼び出し音が鳴った。

「これで分かったでしょう」

聖夜の声に岡村は言葉を失った。

「警察とは違う。警察ならとっくにそこへ踏み込んでいる」

「なんの交渉だ？」

「悪い話じゃない。あなたたちの顔が立つようにする。だから決着をつけましょう」

「どう顔を立ててくれる？」

「子供たちに少しの怪我でもさせれば、あなたたちはおしまい。分かっているわね」

「どうかな。時と場合による」

「強がりは無駄よ。その度胸があって？」

「おまえ、さっきの女か？」

「私も警察の介入は望まない。運が良かったと思うのね。怜ちゃんが関わっていなければ好きにやれた。殺しには馴《な》れている」

「ふ、脅しか」

「そう思うなら、勝手にすればいい。私はあなたの仲間を殺してここから逃げる。猟銃の音で警察が迷わず突入するでしょう」

「…………」

「いいのね。私は怜ちゃんさえ救えばそれでいい。話はそれだけ」

「ま、待て。なにが望みだ？」

「校長室で待っている」

聖夜は一方的に伝えて携帯を切った。

「殺しに馴れてるって？」

聖夜の足元に転がっている男が目に不安を浮かべて見上げた。

「どういう……意味だよ」

「おめぇらにゃ分からねぇ世界があるってことだ」

怜が屈《かが》んでくすりと笑った。

男はぎょっとして怜を見詰めた。

「こいつが済んでも警察に余計なことを口にしねぇこった。なんの得にもなりゃしねぇ。岡村がこっちの話に乗るのを祈っているがいい。野郎が妙な真似に出たときゃどうなるか……仲間らはおなじように縛り付けてある。始末するのになんの手間も要らねぇ」

「…………」

「生きてたとこでなにもできねぇと言ったな。だったら引導を渡すにも気にしねぇで済む」

「おれは……誘われただけなんだ」

「おいらに言い訳されてもな……」

苦笑いで怜は腰を上げた。

「はじめたのはおめぇらだろうに」

「殺さないでくれ。頼むよ」

男はめそめそと泣き出した。

聖夜は男の口をまたガムテープで封じて怜を促した。

「行きましょう」

二人は校長室のドアが見える暗がりに身を潜めて待った。階段をいくつかの影が下りて来た。猟銃を持った岡村と椿有子、そしてカメラマンの男の三人だった。三人は足音を忍ばせて校長室に接近する。他に人影は見当たらない。

「撃ったことがあるの」

　聖夜は三人の背中に声をかけた。

　三人は廊下に身を屈めた。

「銃を持って来いとは言わなかった」

「撃ってみろ。こっちには人質がある。椿有子を死なせてもいいのか」

　岡村が余裕を取り戻した声で返した。

「そうしなさい。かえって好都合」

「なんだと！」

「検死でだれが撃ったか分かる。あなたたちを片付けても過剰防衛にはならない」

「よし、それならやってやる」

　岡村は猟銃を椿有子に向けた。椿有子は悲鳴を発して身を縮めた。

「甘く見るな。おまえのせいでこの女は死ぬ」

「だからどうぞ。仲間と承知の上よ」

　聖夜は冷たく微笑んで、

「あなたが仕組んだことでしょう」

　椿有子に暗がりから言った。椿有子は激しく首を横に振った。

「甘く見ているのはあなたたちの方。発砲すれば警察が必ず踏み込んで来る」

「なにをどうしろと言うんだ？」

「手に持っている猟銃を床に置きなさい。そして余計な男は消える。あなたと椿有子だけ校長室に入る。それに同意するならあなたたちの顔の立つような策を与える」

「まさかそいつを信じろとでも？」

「信じるしかないわね。ここで騒ぎになればどうなるか分からない。武器を持っていた八人は片付けた。きつく縛り付けてある。頼りになる仲間はもう居ない」

「たった一人でやったってのか」

「どうするの。ここで撃ち合ってもいいのよ」

「よしなさい！」

反射的に猟銃を身構えた岡村を椿有子が慌てて制した。

「こっちにはまだ子供らが居る。せっかくここまでやり遂げた。もう一歩だ」

「子供たちは駄目。最初からの約束でしょ」

「そいつが身のためだ。悪いようにゃしねぇ」

怜の声に二人は身を強張《こわば》らせた。

「こっちにも警察の前にゃ出たくねぇわけがある。子供らを無傷で戻すってんならあとは文句がねぇ。好きにやりゃいいだろう」

「おまえ、だれだ？」

岡村は暗がりに目を凝らした。

「怜ちゃんの体に厄介になってる者さ」

「厄介になってる？」

「今はどうでもいい。どうする気だい？」

怜は暗がりから姿を見せた。岡村と椿有子は目を丸くした。

「便所でおめぇさんが笑っているのを見たぜ」

椿有子は蒼白《そうはく》となった。

「このあとどう始末をつける気だったか知らねぇが、もうよかろう。今んとこだれも怪我してやしねぇ。引き返すことができように」

「話を聞きましょう」

椿有子に仕方なく岡村は猟銃を投じた。

「二階に戻ってろ。なにもしないで待て」

岡村は仲間に命じた。

「子供たちになにかすれば二人の命はない」

聖夜の付け足しに男は吐息して頷《うなず》いた。

「さて、どんな策を与えてくれる？」

校長室のソファで向き合った岡村は観念した顔で聖夜に訊《たず》ねた。

「あなたたちに寄せられた願いや要求は？」

「あっちでアナウンサーが読み上げている」

「そのあとは？」

「首相と私が話し合う予定でいた」

椿有子は素直に口にした。

「もちろん変わりはしないでしょう。けれどだれの心にも残る。それがはじまりとなる」

「おめぇさんはいいとして、そっちはどうなんだ。なんのために手助けを？」

怜は岡村を見据えた。

「この人に、おれがだらだらと生きてきたことを気付かされたんだよ」

「そういう男にゃ見えねぇな」

「その言い方はやめろ。寒気がする」

「なにをして食っている？」

「小さな番組制作会社に居た」

「なるほど。そいつは嘘じゃなかったわけだ」

「この世は腐っているが、嫌いじゃない。金さえありゃ好きにやっていける。だが、その金がなくなると終わりだ。だれ一人見向きもしなくなる。そんな国に生きている。おれの居た会社も潰《つぶ》れた。とりあえずなにもすることがなくなった。朝昼晩とカップラーメンを食っているうち腹が立った。おなじようなやつが周りにゃいくらも居る」

「だからってなにもこんな真似を」

「退屈だったと言や満足か」

「話を先につけましょう」

聖夜が割って入った。

「願いや要求は公開した。目的の半分以上は達成されたことになるわね」

聖夜に椿有子は小さく頷いた。

「子供たちを引き連れて投降しなさい」

「それが得な策だと言うのか！」

岡村は目を吊《つ》り上《あ》げた。

「私たちは存在しなかったことにする」

聖夜の言葉に二人は顔を見合わせた。

15

「おまえら、何者だ？」

もう一度岡村は訊《き》いた。

「ひょっとしたら助かったかも知れねぇ子供さんをなくした悔しさはよく分かる」

岡村には応ぜず怜は椿有子を見詰めた。

「二度と起こしちゃならねぇという思いも、な。だが、そのためにおめぇさんがお縄になっちゃ、極楽に居るお子がどう思う？　極楽でおめぇさんを待っていたって、会えやしなくなっちまうじゃねぇか。おめぇさんはよかろう。その覚悟ではじめたんだろうからな。しかし子供が可哀相だ。なんの罪もなしに死んだ上、おっかさんとも二度と会えねぇ」

「天国なんて……」

はっきり動揺を浮かべつつも椿有子は首を何度も横に振った。

「魂ってやつは本当にあるぜ」

怜は真面目な顔をして、

「おいらがその証《あか》しだ」

「………」

「と言ったって簡単にゃ信じやしなかろうが、さっきも口にしたように、この怜ちゃんの体は借り物だ。本当のおいらは江戸の回向院《えこういん》の門前町で生人形《いきにんぎょう》を拵《こしら》えていた泉目吉《いずみめきち》ってもんだ。なんの具合かおいらも分からねぇが、気が付いたらこっちの時代に紛れ込んでいた」

「馬鹿な。くだらん」

岡村は鼻で笑った。

「おめぇにゃどう思われようと構わねぇ」

怜も笑って、

「だが間違いなく魂があるってことをこの姐《ねえ》さんに教えてやりたかったのよ。死んで終わりとはならねぇんだ。すぐにだれかの体を借りて生まれ変わるのか、魂のまましばらく過ごすのか、そいつはおいらにも見当がつかねぇ。おいらだってもしかすると怜ちゃんの前に何人かの体を転々としていたのかも知れねぇ。たまたま怜ちゃんの身に似たようなことが起きておいらは目覚めた。そいつを考えりゃ、おめぇさんのお子だって……」

「生まれ変わっていると！」

「あるいは極楽でおめぇさんを待っているか、だ。消えてしまわねぇものなら、そういうことになる」

「あの子がどこかで生きている……」

椿有子の目から涙がどっと溢《あふ》れた。

「たわごとだ」

岡村は呆《あき》れ返《かえ》った。

「この子がただの小学生だと思う？」

椿有子は岡村に目を向けた。

「証拠を見せろ。言葉だけじゃ分からん」

「おめぇのような野郎にゃなにをして見せたって無駄ってもんだ。なんならおめぇのその指を切り刻んでやってもいいんだぜ。商売柄、血には馴《な》れてる。怜ちゃんなら怖がっておめぇの側にも寄れねぇだろう」

ぎくっと岡村は身を強張らせた。

「このことを承知なのはわずかしか居ねぇ。表に出たくねぇと言ったのもそのためだ。おいらのことが世間に知れりゃ必ず騒ぎとなる。怜ちゃんにゃなんの関わりもねぇんだ。このままそっとしといてやりてぇ」

「どうだかな。怪しいもんだ」

「それだったら、おいらたちが全部片付けて警察に引き渡すのがたやすかろうに。おめぇが子供らに言ってたように、それでおいらたちは褒められて世間の評判にもなる」

「そうよ。姿を消す理由なんてない」

椿有子は信じたようだった。

「こっちの女はなんだ？　ただの女と違う」

岡村は聖夜に目を動かした。

「あいにくとこっちの正体は明かすことができねぇ。おいらの相棒としか言えねぇな」

「やっぱり生まれ変わりか？」

「あなたの携帯を貸して」

聖夜は猟銃を岡村に突き付けて言った。

「なにをする？」

「いいから早く」

本気と察して岡村は携帯を取り出した。

怜が奪って聖夜に手渡す。

聖夜は手早く着信履歴を点検した。怜は岡村の様子を盗み見た。岡村に揺れが見られる。

「携帯からじゃないものがある。それもこの二時間の間に三回。見張りの仲間とは違うわね。東京の番号だわ」

「東京？　だれ」

椿有子は怪訝《けげん》な顔をした。

「すぐに分かる」

躊躇《ちゅうちょ》なく聖夜はボタンを押した。

岡村は落ち着かなくなった。

「もしもし、そちら『ドールズ』ですか？」

出た相手に聖夜は適当な言葉を発した。もちろん違う。

「この番号のはずですけど」

聖夜は正確な番号を口にした。

「おかしいわ。失礼ですけど、そちらはどなたさまでしょうか」

名乗っている相手の声が怜にも聞こえた。

どうも、と詫《わ》びて聖夜は携帯を切った。

「思いがけない大物と繋《つな》がった。あなた、小石川竜兵《こいしかわりゅうへい》とどういう関係？」

聖夜は岡村を冷たく見据えた。

「小石川竜兵？　だれなの」

椿有子は首を傾げた。怜もおなじだ。

「右翼団体になにか揉《も》め事《ごと》があれば必ず出てくる弁護士。政界の大物とも繋がっている。今の番号は小石川の事務所のものだった」

「岡村君、どういうことなの？」

椿有子は目を丸くした。

「知らない。電話には出ていない。自分の手柄にしようと思って、間に立とうとしたんじゃないのか」

「なんでおめぇの番号をそいつが知ってる」

怜に岡村はうっと詰まった。

「二時間前からと言やぁ、おめえが教える前のことだ。無縁の者が知るわけはあるまいに」

「岡村君、あなた、まさか……」

ふてぶてしくたばこをくわえた岡村に椿有子は迫った。

「なにかあったら弁護を引き受けてくれるかと相談に行った。それだけのことだ」

「どうして話してくれなかったのよ！」

「嘘ね」

くすくすと聖夜は笑った。

「わざわざ小石川竜兵のところに行く必要なんてない。第一、あの男はあなたのような者を相手にはしない。小石川と取り引きしに出掛けたんでしょう」

「なんの取り引きだ」

岡村は煙を天井に吹かした。

「今度のことで首相の頼り無さが世間に伝わった。辞任問題に発展する可能性がある。党内には首相追い落としを画策している派閥もある。小石川はまさにその一派とつるんでいる。としたら狙いは明白だわ。小石川たちにとって今度の事件はありがたい話。ましてや小石川とつるんでいる大物が首相の代わりに解決すれば文句がない」

「なんていうことを！　本当なの」

椿有子は聖夜の説明に青ざめた。

「あとのことなんてどうでもいいと言ったじゃねぇか」

岡村は声高となった。

「あんたは政府に皆の本当の願いを突き付けてやりゃそれでいいと言ったろ」

「…………」

「あんたの望みは果たしてやった。あとはおれがなにをしようと、あんたにとやかく言われる筋合いはない。小石川もあんたが本気でやるつもりだと知って乗ってきた。お陰でおれたちは小石川を頼りにできる。首相が退陣しようと、後釜《あとがま》がだれになろうと知ったこっちゃない。保険だよ、保険」

「それでわざと首相を突き放したのね」

椿有子の目に絶望の色が浮かんだ。

「いくらで手を打った？」

怜は厳しい目を岡村に注いだ。

「そんな腐った根性の野郎がただでこの姐さんの手助けに回るはずがねぇ。はなっからそっちに話を持っていきゃ金になると踏んでのことに違いねぇ」

「知らん。勝手に想像してりゃいい」

「あなたって、そういう人だったの！」

椿有子は岡村の頰をぶった。

「あんたも甘い女だ」

ぶたれても気にせず岡村は冷笑した。

「人の心配をする前に自分の心配をしなくちゃならん。この世はそういう人間ばかりだ。あんたはもう先が見えた身だから、こんなくだらんことを思い付いたんだろうが、本気でおれが同情したと思うのか？　こんな馬鹿なことに大金を捨てる間抜けばばあとしか見ちゃいなかったよ。しかしあんたほど世間に顔と名が売れていりゃ使い道がある。そう思ってくっついていただけだ」

「なんてことを……私はなんという愚かなことをしでかしてしまったんでしょう」

椿有子はその場に泣き伏した。

「どうも妙な按配《あんばい》になってきた」

それに聖夜も複雑な顔で頷《うなず》いた。

「これでおあいこというやつだな」

岡村は薄笑いを浮かべた。

「生まれ変わりというやつ、信じてやるよ。その代わり、おれもそっちの弱味を握ったことになる。その女だってどうせ叩《たた》けば埃《ほこり》の出る体なんだろう。面倒を避けたいなら手を引け。警察に気取られずに逃げる手助けくらいはしてやろう」

「そして小石川とかいう野郎のいいようにさせる気か」

「だれも損をしない話だ。もっともおれたちは一年やそこら刑務所に押し込められるかも知れないがな」

「その一年を棒に振っても釣が来るほどの報酬を得られるということね」

「そっちの妄想に過ぎん。もっとも、これだけ体を張った仕事だ。なにか楽しみでもなきゃやれんのも確かだ」

「おめぇはなんでも自分の都合のいいようにしかものを考えねぇたちのようだな」

怜はにやりとして、

「弱味を握られたままこっちが放って置くとでも思ったか？　この場でおめぇを撃ち殺したって構やしねぇ」

聖夜に目配せした。聖夜は平然と銃口を岡村の顔に向けた。

「この姐《ねえ》さんにゃもうおめぇを庇《かば》う気なんぞ少しもなかろう。おいらたちのことを警察に告げ口なんぞしねぇ。そうでやしょう？」

涙顔を上げて椿有子は頷いた。

「幸いにこの姐さんは人質で、おめぇが下手人と思われてる。簡単な話じゃねぇか。望みは果たした。あとは仲間の命乞《いのちご》いを願って一人で責めを負う。ますますいい話にならぁ。おめぇに親が居るなら、さぞかし喜んでくれよう。立派な倅《せがれ》だったとな」

岡村は蒼白《そうはく》となった。

「どうせ仲間らはおめぇの企《たくら》みを知るまい。この姐さんがすっかり聞かせてやりゃ目が覚める。姐さんの言う通りに事が運ぶ。それで一件落着ってやつだ」

「ま、待て。本気で言ってるのか」

岡村は銃口から顔を外して続けた。

「あんたらのことはなにも言わん。約束する。それに、言ったって信じやしない」

「小石川からの報酬は？」

聖夜が鼻の頭に銃口を押し当てた。

「い、一億だ」

「それで首相を追い落とせるなら安いものね」

「おれには大金だ」

「貰《もら》うのはお金だけ？」

聖夜は引きがねの指に力を込めた。

「出所したら選挙に……それは小石川の方から持ち掛けてきた」

「その一億の金でということ？」

「ああ。もう全部話した。隠しごとはない」

「いいように操られているだけ」

聖夜は岡村を睨《にら》み付けた。

「殺しゃ小石川って野郎ばかりが得をする。一億の金も払わずに済む」

銃口を向けたままの聖夜を怜は制した。

「相手は弁護士よ。言い訳には馴《な》れている。こいつがなにを言おうと通じない」

「小石川って野郎はいまどこに居る？」

怜は岡村に質《ただ》した。

「盛岡に着く辺りだ」

観念した顔で岡村は白状した。

怜と聖夜は思わず顔を見合わせた。

「田辺大士郎《たなべだいしろう》まで駆け付けました」

桜小路が恒一郎たちを喫煙コーナーに誘って耳打ちするように伝えた。

「田辺大士郎が！」

恒一郎たちは驚いた。首相とは派閥が異なるが、元首相で政界の元老的立場にある。

「首相では埒《らち》が明かないと見て腰を上げたんでしょう。本部もどう対処していいものか慌てふためいています。犯人らと膝詰《ひざづ》め談判をすると息巻いているとか」

「あのおっさんならやりかねんな」

戸崎は吐息した。

おお、と喫茶室から歓声が上がった。

田辺大士郎の到着を伝える映像がテレビに流れたのである。その自信たっぷりの顔に家族たちは期待を寄せている。

「一緒に居る男は？」

政治家でも秘書でもなさそうな、それでいて見たことのある男が並んで歩いている。

「小石川竜兵。有名な弁護士です」

桜小路の返答に、なるほど、と思い出した恒一郎だったが、

「なんで弁護士が？」

首を捻《ひね》った。

「法的な優遇措置を餌にする気かも知れませんな。やつらだって刑務所は怖い」

「そんな手が通じる連中とは思えんがね」

戸崎は嫌な顔をして、

「かえって事態を悪化させなきゃいい」

「力較べなんかしている場合じゃない」

恒一郎も不安に襲われた。

16

「そういうこと」

聖夜は椿有子の説明が終わると、今の話に嘘はないと請け合って目の前に縛り付けている岡村に視線を動かした。聞かされた二人は信じられない顔で互いを見やった。監視カメラの確認と中継を受け持っていた男たちだ。

「あなたたちはこの男の道具にされていた」

「岡村さん、本当なのか！」

一人が岡村の襟首を乱暴に摑《つか》み上げた。

「どうすればいいか考えるのね。私たちは席を外す。岡村と組んで小石川竜兵を頼っても構わない。そのときは私がまた相手となる。銃がこっちにあるのも忘れないで」

わざと聖夜は仲間だけにして校長室を出た。怜もとことこと付いてくる。

「ややこしくなってきやがった」

近くの教室に入り、小さな椅子に腰掛けて怜は舌打ちした。

「岡村の野郎を見限るのは間違いねぇだろうが、もっとたちの悪いやつらが向こうに居る。そいつらをどうするかだ」

「小石川竜兵と田辺大士郎の弱味なら私が握っている」

「弱味？　なんでおめぇさんが」

「二人とも殺すつもりでリストに含めていた男たち。大物過ぎてあとに回していた」

「なるほど。とっくに調べ済みってわけか」

「中継のラインはこちらが確保している。あのファイルがここにあれば公表できるけど」

「おめぇさんの鞄《かばん》に詰まってたあれか。そいつはどこに置いてある？」

「盛岡駅のコインロッカー」

「なら話は簡単だ。そいつを警察に引き渡しゃお縄となる」

「無理よ。それくらいで逮捕できるなら私がわざわざ手を下す必要なんてない」

「せいぜい脅しのタネに使えるようなもんか」

「けれど、無数の人間が見ているテレビで公開すれば二人は間違いなく失脚する」

「おめぇさんが行かずにその鞄を引き取ることたぁできるのかい」

「鍵《かぎ》を紛失したと言ってロッカーのナンバーを口にすれば駅員立ち会いのもとで開けてくれる。中にこういうバッグが入っていて、中身はフロッピーディスクだと前もって説明すればね。身元がしっかりしている人間ならなんの問題もない」

「戸崎の旦那《だんな》なら文句はあるめぇ」

「もちろんでしょうけど、それをどうやって頼むの？」

「月岡の旦那の携帯においらが電話を入れる。そうして頼めばすぐだ」

「こっちに届ける工夫は？」

「堂々と来て貰うのさ。子供らは元気でいるが、外の連中にゃ分からねぇ。さぞかし親御らが案じているこったろう。戸崎の旦那は医者だ。何人かを引き連れて子供らの様子を見たいと申し入れさせる。椿有子なら拒みはしねぇ。それで椿有子の心証もよくなる」

「警察は絶好の機会と見る」

「戸崎の旦那に言って、そういうことのねぇように念押しするが……とりあえずは子供の様子を見てと考えそうなもんだがな。医者も一緒なんだ。無理押しはするめぇ」

「投降の用意をさせておく方がいい。そのときはいっさい抵抗せずに警察に従う、と」

「二人に手出しができなくなるぜ」

「仕方ない。今は解決が先」

「おめぇさんを逃がすのもむずかしくなる」

「私のことなら心配しないで。学校は広い。いくらでも隠れる場所はある。明日になれば職員も含めて多くが出入りする。それに紛れるのは面倒じゃない」

「田辺や小石川をこっちに誘い込む。そのときに戸崎の旦那にも来て貰おう。偉いやつが居りゃ警察も滅多《めった》な手を打つめぇ」

「それはそうかも」

聖夜も頷《うなず》いた。元首相を盾にして強行突破を実行するとは思えない。

「戸崎の旦那にゃ一着余計に白衣を持ってきて貰う。そいつを着ておめぇさんが堂々とここを抜け出すって寸法だ」

「看護師に化けるわけね」

聖夜はにっこりとした。

「そろそろ戻るか。今の策が成るか成らねぇかは椿有子らの覚悟にかかってる。上手《うま》くやりゃ岡村一人に責めを負わせるだけで済ますことができるかも知れねぇぜ」

「まさか。いくらなんでも」

さすがに聖夜は首を横に振った。

「岡村次第だ。そいつも野郎と話し合う」

自信ありそうに怜は口にした。


「田辺氏の呼び掛けに連中が応じました」

恒一郎たちの控えている喫茶室に桜小路が姿を見せて進展を報告した。家族たちは思わず歓声を上げた。拍手も沸き上がる。

「十五分後に直接会っての対話が行なわれます。良い方向に進むことを願っております」

さらに喫茶室は盛り上がった。

立ち去ろうとした桜小路を恒一郎と戸崎は呼び止めた。手早く望みを言う。

「先生が行かれるとおっしゃるんですか」

戸崎の申し入れに桜小路は目を白黒させた。

「テレビ画面で見るだけだ。家族も内心では気を揉《も》んでいる。おれと女性の看護師だけなら連中も招き入れるんじゃないかな。あれほど子供たちの無事を保証している連中だ」

「しかし……危険です」

「看護師たちからの申し出だ。看護師の数を多くすれば時間もかからない。十分やそこらで子供たちの体調を診断できる」

「分かりますが……上がなんと言うか」

桜小路は逡巡《しゅんじゅん》の表情を浮かべた。

「なにか企《たく》んでいるわけじゃないだろうな」

戸崎は桜小路に迫った。

「対話を切っ掛けに踏み込む気だとか」

「それはありません。田辺氏が絶対にそれはするなと命じました」

「だったら上に話を通して欲しい。おれたちの使命は人命の尊重だ。子供たちの様子をぜひともこの目で確認したい。すでに看護師たちも待機している。連中と交渉して、それが駄目なら諦《あきら》める。これは医療に携わる者の義務だ。黙って見ているわけにはいかない。体調の優れない子は引き取ってこないと」

「話だけはしてみます」

頷いて桜小路は階段を下りて行った。

恒一郎と戸崎は安堵《あんど》の息を吐いた。交渉さえしてくれれば、あとは問題ない。

「しかし、彼女とセンセーの二人だけで、よくやったよ。まだ信じられん」

戸崎に恒一郎も大きく首を縦に動かした。


十五分後。

戸崎は十数人の看護師を引き連れて正門前に並んでいた。報道陣のカメラが何重にも取り囲んでいる。それを掻《か》き分《わ》ける格好で田辺大士郎と小石川竜兵が現われた。全部のカメラが二人に向けられる。

「皆さんの勇気にこちらも力づけられた」

田辺大士郎はカメラを十分に意識した笑顔で戸崎の手をしっかり握った。

「必ず解決させてみせる。やり方はともかく、あの若者たちの国を思う心は大事にせんとな」

田辺大士郎は犯人たちも見ているのを承知で柔らかな物言いをして校庭に歩を進めた。野次馬から声援が飛び交う。

「我々が先に。危ないですから」

「心配要らん。卑劣な若者たちではなかろう」

田辺大士郎は笑って先頭に立った。戸崎はそれで田辺が犯人たちと通じている確信を得た。内心では半信半疑だったのである。

校舎の玄関から二人の男が出て迎えた。

銃は手にしていない。

「お二人は校長室の方に。子供たちの診断を先にということになりました」

構わんよ、と田辺は鷹揚《おうよう》に了承して、

「この者たちに断じて手出しは許さん。善意を無にするようなら君らは終わりだぞ」

厳しく付け足した。

一人が田辺と小石川を案内して行く。

残りの一人は二階の階段を上がった。

学習室の前には椿有子を真ん中に大勢の子供たちが出ていた。怜の顔もある。

「戸崎のおじちゃん！」

怜が駆けて戸崎にすがった。

戸崎はこっそりと怜の手にフロッピーを握らせた。廊下の暗がりでだれも気付かない。

「診断の必要はない」

椿有子の後ろから岡村が進み出て言った。

看護師たちはざわついた。

「病院でゆっくりして貰《もら》う。我々の役目は終わった。君たちの勇気に敬意を表し、我々はたった今子供たちを解放して投降する」

看護師たちは歓声を発した。

「だったら田辺さんたちは？」

戸崎は怜に命じられた質問を浴びせた。

「最初から二人を罠《わな》に嵌《は》めた。二人にはそのために来て貰った。皆には二人に悟られないよう裏口から出て貰う。先生と看護師の何人かは居残ってくれ。二人は歳だ。これからのことに仰天して心臓発作でも起こされる心配がある」

「なにをする気だ？」

それは戸崎も詳しく聞かされていない。

「あの二人を嵌めるために、わざと仲間に引き入れた。彼らはこの事件が起きることを前々から知っていた。それを全国民に伝える。それがおれ個人の最終目的だ。他の仲間はついさっきまで知らずに居た。あんたらを受け入れる気になったのはそれもある。きちんとマスコミに真実を伝えて貰うためだ」

看護師たちは笑顔で請け合った。

「時間がない。もたもたしていると二人ばかりか警察も動き出す。椿さん、あなたには申し訳ないことをした」

岡村は皆の前で深々と頭を下げた。

「子供たちを引き連れて親たちのところへ戻してやって下さい。あなたが先導すれば警察も安心して迎え入れる」

「分かったわ。任せてちょうだい」

椿有子は岡村に手を差し伸べた。岡村も握り返した。岡村の仲間たちが銃を廊下に置く。

「皆さん、行きましょう。笑顔でね」

椿有子に言われるまでもなく子供たちはにこにことしていた。

「ちょっと待って。おしっこ」

怜がトイレを目指すと笑いが起きた。

トイレには聖夜が待っていた。

「こいつで間違いねぇんだな」

怜は二枚のフロッピーを手渡した。丸の中に田と小の文字が記されてあるラベルを確かめて聖夜は微笑んだ。

「ここまできて岡村が裏切る気遣いはなかろうが……全部見届けてから戸崎の旦那《だんな》と一緒に戻りゃいい。白衣に着替えてな」

「外の騒ぎが二人に伝わることはないわね」

「大丈夫だ。校長室のテレビはこっちの流すものしか映らねぇようにしてある」

「岡村はちゃんとやり遂げた？」

「あの野郎も必死だ。田辺と小石川が頼りにならなくなりゃ、自分で自分の身を守るしかねぇ。見せたかったぜ。おいらでさえ、あの野郎が本気で二人を騙《だま》しにかかったんじゃねぇかと思ったほどだ。役者顔負けだ。看護師たちゃすっかり信じた。警察に捕まっても野郎はあの筋立てを最後まで押し通すに違いねぇ。それで世間から喝采《かっさい》を受ける。多少の牢屋《ろうや》暮らしも苦にならねぇってもんさ」

「あなたは大変な策士ね。これで私たちのことも岡村は絶対に口外しないし、椿有子も被害者で終わる」

「年の功ってやつだ。それもこれもおめぇさんが連中を片付けてくれたからのことよ」

怜は片目を瞑《つむ》ってトイレを出た。

「よくやってくれた、センセー」

擦れ違う怜に戸崎が囁《ささや》いて肩を叩《たた》いた。

犯人の投降と子供たちの解放で喫茶室がどっと沸き返った瞬間——

テレビにいきなり田辺大士郎と小石川竜兵の顔が大きく映し出された。二人はなにも知らない様子で校長室のソファに腰掛けている。明らかに隠しカメラの映像である。

「お待たせしたね」

どこからか声がした。二人の目が校長室のテレビに向けられる。テレビには岡村の顔が見られた。

「そっちに行くつもりだったが、なにかと手間取って抜けられない。そっちの声だけは聞こえる。もう少し待ってくれ」

「なんだ、その無礼な口利きは」

小石川竜兵が声を荒らげた。

「子供らの診断なんぞ放って早く来い。こっちはそれほど暇な身じゃない」

「ちょいと面白い資料を入手したから、退屈凌《しの》ぎに見ていて貰おうか」

画面が切り替わってパソコン画面の大写しとなった。細かい文字が並んでいる。たちまちそれが田辺大士郎に関するデータと分かる。闇献金の金額やら公共工事の指定に関与したものやらが詳細な日時とともにびっしりと記入されている。驚き慌てた田辺の叫びが聞こえる。と同時に今度は小石川竜兵のブラックファイルが掲示された。

「き、貴様、なんのつもりだ！」

小石川が喚《わめ》き散らした。

「なんのつもりも、はじめからこれが目的であんたらを嵌めたのさ。こうでもしなきゃあんたら大物をおなじ土俵に上げることなんかできない。椿有子の知名度を利用すりゃあんたらが話に乗ってくると踏んだ。その通りの結果となって大満足さ。これで今度の事件の本当の黒幕がだれか国民が知ることになる」

「馬鹿な！　こっちは貴様の話に付き合ってやっただけだぞ」

「はい。それで結構。あんたらは気付いていないようだが、とっくに事件は解決したんだよ。おれの仲間はすでに子供たちを解放した。おれはあんたらのようなやつらがこの国を駄目にしてると示したかったんだ」

「子供らを解放しただと！」

「そう大声にならなくとも聞こえる。近頃の隠しカメラの性能はいい」

「か、隠しカメラ！」

「さっきから全国民がこの様子を眺めている。今のファイルもおれたちのホームページで見られるようにしてある。話はこれでお終《しま》いだ。おれはこれから自首しなくてはならん。あんたらをどういう目でマスコミが迎えるか楽しみだな。首相との対話には断固として応ぜず、田辺大士郎とだけ交渉するという筋書きを話してみせたときのあんたらの喜んだ顔が忘れられないよ。若造に足をすくわれた思いだろ？　あんたが約束した一億の礼金のこともちゃんと警察に言う。

「それでもあんたらが黒幕じゃないと言い張れるつもりかい」

岡村は豪快に笑い飛ばした。

警察官やSPに守られる形で田辺大士郎と小石川竜兵が校舎から出てくる。

恒一郎と松室は食い入るようにその画面を見ていた。カメラはすべて田辺たちに集中し、その背後の戸崎や看護師らには目もくれない。小さくぼんやりと映っている。が、すべてを承知の恒一郎には看護師に混じっている聖夜の姿がはっきり見極められた。

警察官に連行されている岡村に対して野次馬から拍手が送られた。岡村は途中から堂々と胸を張って歩いた。英雄としての道を貫く覚悟が恒一郎には見て取れた。

その恒一郎の袖《そで》をだれかが引いた。振り向くと真司の傍らに立ち並ぶ怜だった。

「お帰り」

恒一郎は涙を堪《こら》えて怜に言った。

「早く帰りやしょう」

屈《かが》んだ恒一郎に怜は耳打ちした。

「一服したくて仕方がねぇ」

怜は煙管《キセル》を持つ仕種《しぐさ》をした。

導きの道

1

「もう、たいがいにしろ。酒がまずくなる」

戸崎《とざき》は「ドールズ」の店内のあちこちにカメラを向けて盛んにフラッシュを焚《た》いている松室《まつむろ》に呆《あき》れた顔で言った。

「見え見えなんだよ。聖夜《せいや》ちゃんを撮りたいなら、ちゃんと頼んだらどうなんだ」

「な、なに言ってんですか」

松室はカメラのファインダーから目を外して戸崎に食ってかかった。

「見てりゃ分かる。何枚かに一枚は聖夜ちゃんに戻る。気付いてないと思ったら大間違いだ。どうしてそう姑息《こそく》なんだろうね。世間的に言うならなんの不足もない青年医師だろうに。もっと自信を持て。まるでストーカーと変わらんぞ。だから女の子が敬遠する」

「そんな……絶対に違います」

松室は口を尖《とが》らせた。恒一郎《こういちろう》と怜《れい》は笑いを堪《こら》えた。聖夜も小さく肩を揺すらせている。

「なにが違う。急にカメラなんぞ持ち出して」

「それも違う」

「じゃなんだ?」

「先輩は知らないでしょうが、ぼくは高校時代に写真部に所属していました。だから急に持ち出したなんてことはないです」

「初耳だ」

「医大に入ってから止めていましたからね」

「なんでだ？」

「レントゲンとか断層写真を見ているうちに、なんだか馬鹿馬鹿しくなって」

「そりゃわけの分からん話だな」

「片方に命に関わる写真がある。それに較べたら、という意味です」

「まさに松室先生じゃなきゃ思い付かん発想だ。しかしまぁ、納得できんこともない」

戸崎はくすくす笑って認めつつ、

「けど、そいつはデジカメだろう。おまえさんが高校生だった頃にはまだ普及していない」

「だから面白くてカメラ熱が戻った」

「現像しなくて済むし、すぐ見られる」

「そういうことじゃなく……」

松室は撮影したばかりの画像を手元で再生して探した。やがて一枚を選び出す。

「これですよ。はっきり見える」

松室は皆の前にカメラを差し出した。皆は小さな画面に目を注いだ。黒い板壁に白い染みのようなものが見える。松室は拡大した。

「オーブか」

恒一郎の言葉に松室は頷《うなず》いた。白い毬《まり》がいくつか空中に浮かんでいる。さらに拡大すると毬には綺麗《きれい》な幾何学模様が見られた。

「なんだこいつは？」

戸崎は板壁に目をやった。毬などどこにも見当たらない。

「人間の魂じゃないかと言われている」

恒一郎の説明に戸崎は苦笑いした。

「本当ですよ。つい先日テレビでこの特集が放映されていた。見ませんでしたか？」

「ガキ相手の番組なんぞ暇でも見やしない」

「埃《ほこり》がフラッシュに反射しての現象だろうと結論づけてたけど、こんなの、写真に熱中してた頃には一度も出たことがない。デジカメの構造にも関係があると言ってましたが、不思議でしょうがなかった。その番組ではオーブの撮影の仕方も紹介していた。それでデジカメを買う気になったんです」

「物好きだな」

戸崎は鼻で笑って水割りを嘗《な》めた。

「確かに写る。レントゲン室なんて怖くなるくらい出ますよ」

「で？　正体はなんなんだ」

あまり興味ない顔で戸崎は質《ただ》した。

「やはり埃だろうとは思いますが……百パーセントそうだとは断言できない。だからこうしてデータを収集してるとこです」

「この店はなんで出やすい？」

「暗い背景。板間なので埃が立ちやすい。人の出入りが頻繁にある。そういう条件が当て嵌《は》まる。寺もそうでしょう。法要のあとの記念写真に見られることが多かったんで、人の魂じゃないかと思われはじめた。けど、それは関係ない。単なる条件の一致です」

「埃って言うが……こんなに大きいか？」

戸崎はあらためて画像を見詰めた。板の幅から思えば二、三十センチの直径となる。

「そう見えるだけで、実際はレンズの間近に浮かんでいる埃のようです。本当に埃ならね」

「信じられんな。フラッシュに反射すると言うが、フラッシュなら大昔から使ってる。なんで昔の写真には出なかった？」

「サービスサイズの小さなプリントが大半だったから見落としたというのがあるかも。今はパソコンでどんどん拡大して眺める」

なるほど、と戸崎は頷いた。

「それにオカルト否定論者に言わせればフィルムカメラとデジカメは根本的に違うとか」

「どこが違う？」

「デジカメはフィルムを用いない。ＣＣＤというやつが色を記号化して記録するんです。だから理論的にはレンズから入り込むすべてのものを記録することになるとか。フィルムの場合は撮影の状況によって失われる情報もある。分かったような分からないような理屈だけど、記録方式がまったく異なるのは確かです。別物ならフィルムカメラで撮影できなかったものが写ってもおかしくない。そこまでは問題ないですが……これがなにかとなるとさっぱりだ。暗い場所で懐中電灯をつけると無数の埃がきらきらと浮かび上がりますよね。あれに限りなく似てるから、たぶんそうだとは思うけど……」

「そいつを突き止めてなにかプラスになることでもあるのか？」

「もちろんですよ。仮に埃じゃなく人間の魂ならどうなります？　死後の生命の実証ができることになるじゃないですか」

「そんなのは目吉《めきち》センセーで実証済みだ」

「けど、秘密にしておかなくちゃならない。オーブみたいにはっきりしていない」

「言いたいことは分かったが、こうやって暗がりにちょこちょこっとカメラを向けて写るようなもんが人間の魂とは思いたくないね。それじゃあまりにも尊厳がなさ過ぎる」

「それは先輩のただの感傷でしょう」

松室は参ったという顔をした。

「他にも写ってるのか？」

「と思います。部屋に戻ってパソコンに取り込んでみないと分かりませんが、一つ写っていればば、たいがい何個も見付かる」

「これ、どうやれば全部見られる？」

戸崎はデジカメをあちこちいじくった。

松室は手に取って再生の方法を教えた。拡大もボタン操作で簡単にできる。

どれ、と戸崎は腰を据えて画面に見入った。

「なんかミイラとりがミイラになった感じだ」

恒一郎は戸崎の水割りを新しく拵《こしら》えた。

「まったくだ。今夜はせっかく聖夜ちゃんの『ドールズ』への復帰祝いだってのに、来てみりゃ真司《しんじ》は商店会の会合で遅くなるって話だし、松室は祝いそっちのけでこんなことしてる」

戸崎はぶつくさ言いながら画面の呼び出しと拡大を繰り返した。

「やっぱりオーブってのはこじつけだろう」

戸崎は上目遣いで松室を見やった。

「なんで聖夜ちゃんの写真だけきちんと構図が取れてるんだ。おれなんか頭半分とか腕だけの写真がある。なんの愛情も感じられん」

「そ、それはですね」

松室はウインナを必死で飲み込んで、

「先輩がぼくの隣に居るから……別に先輩を撮影したんじゃなく、先輩の方で入り込んだんです。撮影するならちゃんとしますよ」

「怪しいもんだ。それに聖夜ちゃんのやつは他のに較べてきちんとピントも合ってる」

「板壁だけだとオートフォーカスが効きにくいだけです。正面の顔にはちゃんとピントが合う。

カメラが勝手にしてることです」

「だが、おまえさん写真部に居ただけのことはあるな。これなんか映画女優だと言っても通じる。雰囲気が出てるよ」

戸崎は恒一郎に聖夜の画像を見せた。

「ホントだ。ブロマイドで通用する」

恒一郎は感心した。背にしているカウンターの奥の棚に並べられているグラスがきらきらと輝いてシャンデリアのようだ。聖夜ははにかんだ顔ながら、きりっとしている。長い髪が天井から吊《つ》り下《さ》げた行灯《あんどん》照明の柔らかな光を受けて淡い輪郭を作っている。聡明《そうめい》そうな瞳《ひとみ》が涼しく爽《さわ》やかだ。

「もっとぼけ味を出したかったんですけどね。デジカメだとどうしても限界がある。今度公園でも撮影させて貰《もら》うかな」

松室に聖夜は微笑みで応じた。

「やった！　言ってみるもんだ」

松室ははしゃいだ。

「結局それじゃねぇか。なんか馬鹿馬鹿しくなってきた。オーブなんて見当たらん」

戸崎は舌打ちして水割りを口に運んだ。

「確かに上手《うま》いよね」

恒一郎は何枚もの聖夜の写真を眺めて言った。こんなに元気そうな顔なのに、と余計なことを考えてしまう。松室は彼女の病気のことをまだ知らない。だから素直に撮影できる。

「あっしにもひとつ」

怜が小さく頭を下げた。

恒一郎は聖夜の陽気な笑いの写真を選んでアップにしてから怜にカメラを手渡した。

「へえ、こいつぁ大した腕だ。まんまでさ」

怜は写真と聖夜を見較べた。

ボタンを押すと引きの画像に切り替わる。

「ん？」

怜は怪訝《けげん》な目をした。

「どうした？」

恒一郎は画面を覗《のぞ》き込んだ。

「こっちの部分を大きくするにゃどうしたらいいんで？」

怜は聖夜の右手の暗がりを指で示した。

「なんか妙なものが見えやした」

「どれ」

恒一郎は怜の指差した部分を拡大した。

お、と恒一郎は思わず声を上げた。

慌てて聖夜の背後に目をやる。だが、カウンターの中にはむろんだれも居ない。

「やだな。寒気がしてきた」

「二人の男と女でやすね」

怜は平然と画像を見詰めていた。ぼんやりとだが、間違いなく聖夜の背後に二人の男女が立ち並んでいる。

「今度は心霊写真か」

戸崎は吐息して怜からカメラを奪った。

「なんなんです？」

聖夜が不安な顔をした。

「いかにも。本物の心霊写真だ」

戸崎は唸《うな》った。松室も覗いて仰天した。

「撮影するとき見えなかったのか？」

「全然。信じられないなぁ」

松室は眉《まゆ》をひそめた。オーブと違って薄気味が悪い。二人の男女は悲しそうな目で正面を向いている。

「心配しないでいい。これは自縛霊ってやつだろう。『ドールズ』に憑《つ》いてるのさ。ここは明治に建てられた蔵だからな。自縛霊の三人や四人憑いてたっておかしくはない」

戸崎は聖夜の不安を吹き飛ばした。

「けど、この格好そんなに古くない」

松室はしげしげと眺めて口にした。

「おまえさんがオーブの撮影だなんて妙な真似をするからだ。言わんこっちゃない」

「見せてください」

聖夜が戸崎に手を差し出した。

「あんまり気持ちのいいもんじゃないぞ。陰気臭い。いかにも幽霊って感じだ」

言い聞かせて戸崎はカメラを手渡した。

画面を見るなり聖夜は固まった。

「だろ。なんか訴えてるみたいだ」

戸崎に聖夜はなにも応じなかった。

目が画面に釘付《くぎづ》けとなっている。

「そんなに怖がる歳でもないだろうに」

戸崎は笑った。笑うしかない。

「この二人……父と母です」

聖夜に皆はぎょっとした。寒気がする。

「きっとそう。間違いない」

「聖夜ちゃんのご両親て……君が小さかった頃に事故で亡くなったんだったね」

「ええ。私が六歳のとき」

恒一郎に聖夜は頷《うなず》いた。

「ちゃんと顔を憶《おぼ》えているの？」

「写真がありますから」

ああ、と恒一郎は納得した。当然の話だ。

「父と母はいつもこうして私の側に？」

聖夜は松室に訊《たず》ねた。

「さあ……そう言われても」

松室は小首を傾げた。

「それともここが盛岡だからかしら」

聖夜はまた両親の画像に目を戻した。

「なにか私に言いたいことが？」

聖夜の目からいきなり涙が溢《あふ》れた。

「どうして欲しいのママ」

「両親のことだ。案じることはないさ」

恒一郎は優しく声をかけて、

「それより、盛岡だから、というのは？」

首を捻《ひね》った。意味が分からない。

「二人が死んだのはこの盛岡なんです」

え、と恒一郎は目を丸くした。

「てっきり東京で亡くなったとばかり」

「家族旅行の最中でした。事故のことはよく憶えていない。でも……私が盛岡に来ようと思ったのにはそれも関係が……どうせなら盛岡がいいと思ったんです」

なるほど、と恒一郎は大きく頷いた。正也《まさや》一人が彼女の目的ではなかったのだ。むしろ先に盛岡が聖夜の頭に浮かび、それから正也へと結び付いていったとすれば了解できる。

「そういう因縁があったというわけか」

戸崎も恒一郎とおなじ頷きをした。

「親御さんらが呼び寄せたのかも知れねぇな」

怜は神妙な顔で言った。

「なにかを知らせてぇ顔をしていなさる」

「私もそう思う。偶然とは思えない」

聖夜はカメラを強く握り締めた。

「とんでもない夜になった」

戸崎は水割りを一気に呷《あお》った。

「ぼくのせいじゃないですよ」

松室は額の汗を拭《ぬぐ》って弁明した。

「いいえ、私は嬉《うれ》しいんです」

聖夜は松室に礼を言った。

「盛岡に来たお陰でこういう写真が……」

それに皆は静かに頷いた。

2

「聖夜ちゃん、ちょっといいかな」

翌日の午後、恒一郎は「ドールズ」に上がるとカウンターの中に居る真司に声をかけた。

「見せたいものがあるんだけど」

「なんですか？」

カップを拭《ふ》いていた聖夜は首を傾げた。

「いいよ。どうせ暇な時間帯だ」

真司はあっさり頷いた。詳しい理由など訊《き》きもしない。そこが真司のいいところだ。

「今日は妙に途切れず客があって昼休みもまだだった。一時間くらいゆっくりしてくりゃいい。

恒一郎が美味《うま》いもん食わしてくれる」

それに恒一郎も笑いで応じて外に誘った。

恒一郎と聖夜は上《かみ》ノ橋《はし》を渡ると左に折れて公会堂に向かった。その地下に盛岡でも一、二を争う古い歴史を持つレストランがある。味も一流だが、静かな店で落ち着ける。香雪《かゆき》が仙台から来たときは必ずここで食事する。

「いいとこですね」

『公会堂多賀《たが》』の個室に案内されると聖夜は喜んだ。はじめて来たと言う。地下なので窓がない。それが心を静めてくれる。

「ここのフランスパンがお勧めだ。いくらでもお替わりできる。中がふわふわでさ。スープにそれだけでもいいんだけど、それだと店に悪いから、ちゃんと頼もう」

恒一郎はメニューを聖夜に手渡した。

「いつも食べるのは？」

「タンシチュー」

「じゃ、それにします」

聖夜はメニューを見ずにテーブルに置いた。

「最初からパンは多めにね」

恒一郎に店の女の子はにっこり笑って部屋から出て行った。

「さっき高松《たかまつ》の市立図書館に行ってきた」

恒一郎は内ポケットからコピーを取り出しながら話に入った。

「お客さんに柳田国男《やなぎたくにお》の全集を届けに出掛けたついでてね。あそこには岩手日報《いわてにっぽう》の創刊時からのマイクロフィルムがある。県立図書館と違って利用客が少ないんで楽に探せる」

「もしかして父と母の?」

聖夜の目に緊張が走った。

「余計なことだと思ったけど、ちょっと気になったんだ」

「気になったって?」

「昨日の写真。センセーも気にしていた。なにかご両親が君に言いたいことがあるんじゃないか、と。それで、どんな事故だったのか知りたくなった」

「……そうですか」

「なにもなければ言わないつもりでいた……でも、なんだか変だ」

「変て?」

聖夜は恒一郎を真っ直ぐ見詰めた。

「君は事故のことをどれくらい知らない」

「ほとんど知らない。思い出したくないことだったし……」

「日報の記事を目にしたこともないわけだ」

ええ、と聖夜は暗い顔で認めた。

「辛《つら》い思いをするかも知れない。読みたくなければこのまま破り捨てる」

「父と母の写真は?」

「載ってない。文章だけだ」

だったら、と聖夜は手を差し伸べた。その指が細かく震えている。

「事故は朝の十時ちょっと過ぎ」

「朝？　夜中じゃなかったの」

コピーを受け取った聖夜は目を丸くした。

「おかしいよ。そんな時間に中学生たちが酔っ払い運転だなんて……もっとも記事にそう書いてあるから間違いない事実なんだろうが」

聖夜はそれに溜《た》め息《いき》を一つ吐いて記事に目を通した。大事故だったようで大きな扱いだ。事故現場の写真も掲載されている。

すぐに聖夜の目に涙が溢れた。両親の名を記事に見付けたせいに違いない。

「事故現場は高松付近のバイパス。今とんかつの『むら八《はち》』のある辺りだ。君ももちろん知っているはずだが、あの辺りのバイパスの道幅は広い。四車線以上ある。そんなとこで対向車が食《は》み出してきたって、普通なら楽々と躱《かわ》せるし、そもそも食み出るってのが信じられない。二十一年も前のことなんだ。車の数が今とまるで違う。十時過ぎなら渋滞も関係ない。パンクでもしていきなりってのならまだしも、記事のどこにもそれらしい記述はない。あくまでも酔っ払い運転だ」

「雨によるスリップでもないみたい」

「そう。事故はどんな状況で起きるか分からない。警察も事故と断じているから疑ってもしょうがないとは思うけど、どうしてこんなことがと首を捻りたくなる」

「こんな事故とは思わなかった……」

　聖夜は記事から目を上げた。その表情には明らかな戸惑いが見られた。

「君のご両親はこれを訴えたかったんじゃないのかって思った」

「ただの事故なんかじゃないと？」

「家族旅行の最中って言っていたけど、東北一周かなにか？」

「いいえ。盛岡が目的だったと思う。ずっと周りからそう教えられてきたわ」

「それならこんな時間にどこに向かう気だったんだろう」

「どこって？」

「小岩井《こいわい》農場とは別の方角だ。市内から遠ざかっている。普通は青森方面を目指していると思う。ま、十和田《とわだ》湖も考えられるけどね」

「分からない。そんなこと考えもしなかった。私は市の中心で事故に遭ったとばかり」

「盛岡を出る気じゃない限り通らない道だ」

「そう言われても、私には……」

　聖夜は小さく首を横に振った。

「二十一年前となると厄介だろうが、全然無理というわけでもない。現にこの事故を引き起こした中学生たちは生きているに違いない」

　思いがけない話だったようで聖夜は絶句した。目がテーブルのあちこちに動く。

「君が知りたいと思うならね」

「でも、どうやってその子たちを？」

「桜小路《さくらこうじ》さんに事情を打ち明ければ、たぶん手助けしてくれる。事故を担当した警察官だってまだ県警に居る可能性がある。それに君の周りにも当時の状況を詳しく承知の人が居るんじゃないのか？　それをしてこなかったのは君が耳を塞《ふさ》いできたからだろう」

「そうかも」

聖夜はこっくりと頷《うなず》いた。

「それをしたところで君のご両親が戻ってくるわけじゃないけど……」

「知りたい。本当のことを知りたい」

聖夜はまた記事に目を戻した。

「君のおとうさんが大学の教授だったのにも驚いた」

「大学と言ってもカトリック系の小さな学校」

「なにを教えていたの？」

「神秘学だとか。私には理解できない世界」

「日本でそういう特殊な分野を専攻してる人って珍しい。惜しかったな」

「若い頃はローマに何年か。そこでママと知り合ったの。ママは声楽を勉強に行っていた」

「そんな二人を中学生が飲酒運転で葬り去ったというわけだ」

恒一郎はやり切れない思いになった。事故は無差別といっても心底惜しまれる。

食事を終えて聖夜を「ドールズ」まで送り届けた恒一郎は、その足で医大に向かった。

午後の診療を済ませた戸崎は医局でのんびりしていたらしく、即座に地下のレストランまで下りてきた。

「どういうもんかね」

話を伝えると戸崎は躊躇《ためらい》を見せた。

「そりゃ頼めば桜小路のとっつぁんも手助けしてくれるだろうが、捜し当てて会ったとして互いに嫌な思いをするだけじゃないのか。それでなにが得られる？　仮に幸福そうな親子を見付けて、わざとぶつけてきたのが真相だと分かっても、なにも変わらん。それだって酔っていた上での過ちと言えるだろ」

「なんでその中学生たちは酒を？」

「朝に飲んでたんじゃなく、夜から徹夜で飲んでいたのさ。なんてことはない」

「なんの不思議とも思わないわけだ」

「ぐでんぐでんだったからこそ、あの広い道路で対向車線を食《は》み出たと取れる」

「それならこっちにも分かる。蛇行運転している車が前方から来たら注意する。避《よ》ける余裕があるはずだ」

「事故ってのはどれもそんなもんだろう。あのときこうしてりゃ、とか、もう少し時間がずれてればと思う。偶然の重なり合いが事故となる。聖夜ちゃんの父親がなにかに気を取られて前方を見ていなかったとも考えられる」

「そう言われれば返す言葉がないけどね」

認めて恒一郎はコーヒーを啜《すす》った。

「桜小路のとっつぁんに相談するのは、もう少し様子を見てからにした方がいい。聖夜ちゃんが親戚《しんせき》や両親と親しかった人間に詳しく状況を聞いてからだ。確かにその中学生らは酷《ひど》いやつらだとおれも思うが、もう二十年以上が過ぎている。その上、一応は罪を償った身だ。慎重に対処しないと」

「たった一年、少年院送りになっただけでね」

なにが罪の償いだと恒一郎は思った。

「殺人や強盗とは違う。事故だ。それに中学生ならそれが妥当な処罰じゃないのか」

「殺人と一緒だよ。車も盗んだものだった」

「ずいぶん熱心だ」

「なにもなきゃ幽霊になって出てこない」

「あの写真か……そりゃそうかもな」

戸崎も複雑な顔となった。

「勘に過ぎないけど、ただの事故と思えない」

「ただの事故じゃなきゃなんだ？」

「だから詳しく調べたい」

「当時の調書なんてのは残ってるもんかね」

「無理だろうと聖夜ちゃんが言っていた」

「そうだろうな。二十一年前のことだ」

戸崎は舌打ちしてたばこを抜き出した。

そこに松室が写真を手にして現われた。

「先輩はここだと教えられて」

「金魚の糞《ふん》みたいにおれのあとだけ追わんでくれ。看護師たちが陰でなんて言ってるか知ってるか。おれたちはホモだと思われてる」

恒一郎は思わず声にして笑った。

「いや、半分マジでさ。おれとこいつで並んで歩いていると看護師たちが顔を下に向けて通り過ぎる。笑いを堪《こら》えてるんだ」

「そうじゃないからぼくは平気ですけどね」

「噂ってのは甘くねぇぞ。この噂のためにおれが教授になれなかったら一生恨んでやる」

「そんな話があるわけ?」

「いつかの話だ。身辺整理が大事でな」

戸崎はにやりとして恒一郎に返した。

「それよりこいつを見てくださいよ。それで先輩を探してたんです」

松室は写真をテーブルに置いた。

「よせよ。昨夜の心霊写真じゃねぇか。まさか聖夜ちゃんにプレゼントする気でやったわけじゃなかろうな。だとしたら悪趣味だ」

戸崎は眉《まゆ》をひそめて遠ざけた。

聖夜の両親がぼんやりと写っている。

「悪趣味ですかね？　聖夜さん嬉《うれ》しがっていたじゃないですか」

「あれは、おまえさんに、気にするなという意味で言ったんだ。だれが幽霊の写真を喜ぶ。だからおまえさんは女心が分からないって言うんだよ。呆《あき》れたもんだ」

「こまったな。見せちゃまずいですか」

「当たり前だ。すぐに破いちまえ」

「これ、ただの心霊写真じゃないみたいなんですよ。悲しそうな顔に見えるだけで、本当は幸運の守護霊なのかも」

「聖夜ちゃんが幸運な子だって？」

病気を承知の戸崎は松室を睨《にら》み付けた。

「おまえさんのこじつけだ」

「違いますよ。ほらここんとこ」

松室は写真の上を指でなぞった。

「ね、どうしたって十字架に見えるでしょう。これを発見したんでプリントしたんです」

「十字架だと？」

戸崎は真面目な顔に戻して写真を眺めた。

恒一郎も一緒に覗《のぞ》き込む。

ぼんやりとした白い炎のようにも見える両親の背後に、いかにも十字架と思《おぼ》しき黒い影が浮かんでいる。指摘されないと板壁の濃淡が生み出したものと見過ごしてしまいそうだが、明らかに十字の形を成している。

「なんだろう？」

恒一郎は首を傾げた。戸崎も頷く。

「神の守護としか思えない。いつもこうして二人が聖夜ちゃんを守っている」

松室は得意そうな顔で断じた。

「おれには不吉なもんに見えるね」

戸崎は否定して、

「なんだか聖夜ちゃんを天国に招いている感じだ。でなきゃ警告だな」

唸《うな》ると腕を組んだ。

それは恒一郎もおなじだった。

「なんの警告です？」

松室はおろおろとして訊《たず》ねた。

「嫌なことが起きなきゃいい」

戸崎はゆっくりとたばこの煙を吐き出して、「いずれにしろ聖夜ちゃんには見せるな」

松室に念押しした。

「あっしには、はりつけの木に見えるが……」

3

苦笑しつつ怜も十字架の形を認めた。

学校帰りに怜の立ち寄った恒一郎の店には客が一人も居ない。だから平気で話せる。

「なんでだと思う？」

「さて……そう言われても」

怜は小首を傾げて茶を啜った。

「いずれにしろ、聖夜ちゃんの両親の遭ったのはただの事故じゃない。センセーの睨んだ通りだったよ」

「あの子も調べを願ってるんで？」

「ああ。完全に夜の事故と思い込んでいたようだ。朝の十時と知ってびっくりしていた」

「飲んだくれは夜も昼も関係ねぇ。明るいうちからぐでんぐでんになってるやつも珍しくねぇが……中学生となりゃ、ちょいとね」

「戸崎さんは、事故を起こした側にも人権ってやつがあるから今になって蒸し返すのはどうかと反対した」

「確かに二十一年てのは相当な昔だ」

怜は軽く吐息して、

「若気の過ちってこともある。戸崎の旦那《だんな》の言い分もわかるが……」

「なにか引っ掛かる。だろ?」

「でなきゃ幽霊も出やしねぇ」

怜は手にしている写真に目を落とした。

「しかし、警察の協力なしにこれ以上は調べられない。相手は中学生だ。記事には学校名もなく少年AとBとしか書かれていない」

「あの子の方からなにか手掛かりは?」

「親戚に詳しく訊ねてみると言ったが……盛岡とは無縁の人たちだ。どれだけ記憶しているか疑問だな。その当時でも警察が中学生たちの名を口にしなかった可能性がある」

「轢《ひ》き殺《ころ》した相手でもですかい」

「殺人事件で、何度となく裁判が繰り返されたのなら別だが、事故とあっさり決着がついた。名を聞いても覚えているかどうか」

「となりゃ、いかにも厄介だ」

「中学校を虱潰《しらみつぶ》しに当たる手も考えた。けど、プライバシーの問題で拒否されそうだ。おれが学校の立場でも簡単には教えない」

「でしょうねぇ」

「やっぱり桜小路さんに事情を伝えて調べて貰《もら》うしかないんじゃないか?」

「まだはじめたばかりでさ。あの子も縁者に訊ねてもいねぇ。そいつを受けてからでもようございやしょう」

「そうなんだが……期待できないぞ」

「あの子に思い出させるって手もある」

「無理だ。すっかり忘れている」

「松室の旦那の術ならどうです？」

「催眠療法か？」

「大した腕だ。前も効き目があった」

正也に施したときのことである。

「聖夜ちゃんが嫌がるんじゃないか？　忘れたというより、思い出したくないことだ」

「むろんあの子次第でしょうが……気にしてるのはあの子もおなじだ」

うーん、と恒一郎は唸った。

「なにが起きたか見当もつかねぇ。早くから警察を巻き込んじまうと面倒なことにもなりかねやせんぜ」

分かった、と恒一郎も頷《うなず》いた。と言っても聖夜が拒めば強制はできない。

「ところで――」

と怜は思い出したような顔で、

「大学ってのはそんなに暇なもんで？」

「なんの話だ？」

「家族旅行ってことだが、夏休みでも連休でもなさそうだ。車で東京からっていうと、どうしたって三、四日は潰すことになる。そいつが気になりやして」

なるほど、と恒一郎も認めた。普通の会社とは違う。休みは比較的楽に取れるにしても、法事とか婚礼とか、欠けられぬ用事でもない限りそれをするとは思えない。大学なら長い休みが年に何度もある。聖夜たちが盛岡を訪れたのはその期間中ではない。

「なにかのついでの家族旅行ってことか」

「たぶんそうだと思いやす」

「大学教授だ。盛岡で講演でも頼まれたか」

「それなら分かりやす」

怜も得心した。

「バイパスを走っていたのだって、講演先に向から途中だったのかも。たとえば真っ直ぐ青森方面に向かうと啄木《たくぼく》記念館がある」

「トラックてのももう一つ合点がいかねぇ」

「中学生らが盗んだ車か」

「どうせ盗むんなら、もちっと扱いやすいやつにする」

「なけりゃしょうがない。そこまで考えはじめたらきりがない」

「相手が小せぇ車なら怪我程度で済んだかも」

「殺す気で車を選んだってのか」

いくらなんでも、と恒一郎は苦笑した。

「むしゃくしゃして、手当たり次第に人を殺そうとする若ぇやつがいくらも居る世の中だ。分かりませんぜ。最初《はな》っからそのつもりでトラックに決めたんだとすりゃ……」

「事故じゃなく殺人だ」

「それで一年の罪ってのは軽過ぎまさ」

「しかし……警察が気付きそうなもんだ」

「ですね。そうに違いねぇ」

怜もすぐに疑いを退けた。


聖夜の勤務時間は夕方の六時までで、あとは真司一人が切り盛りする店となる。

「あら」

恒一郎の店を階段から覗《のぞ》いて聖夜は笑顔となった。怜の姿を見付けたからだ。

「どうして二階に顔を見せなかったの」

聖夜は怜に声をかけた。

「早く家に帰れと月岡《つきおか》の旦那に叱られる」

「そうか。センセーね」

聖夜は頷いて店に足を踏み入れた。

「気になるんで居残っていた」

「なにが？」

「おめぇさんのことさ。ま、上がりねぇ」

怜は店の奥のキッチンに誘った。恒一郎は店のカーテンを閉じはじめた。まだ閉店には早いが、店主一人の店なので営業時間の不規則なのは客の方も理解してくれている。

「親戚《しんせき》への連絡は？」

恒一郎は聖夜に質《ただ》した。

「まだです。あ、お茶いれますね」

「いいよ。さっきまで二人で飲んでた」

腰を浮かせた聖夜を制して恒一郎も椅子に座ると向き合った。

「君が構わないなら、早く詳細を知りたい」

「だれに訊《たず》ねればいいか迷っていて……」

聖夜は困った顔をした。

「君が盛岡に居ることを親戚のだれにも伝えていないのか？」

ええ、と聖夜は首を縦に動かした。

察して恒一郎は口にした。

「だったら皆が心配してるだろう」

「そんな親戚ならどんなにいいか」

聖夜は寂しそうに笑った。

恒一郎には返す言葉がなかった。その通りだ。それなら両親を一度に失った六歳の娘を養護施設に預けたりはしない。

「君が嫌ならおれが電話しようか？」

「なんて？」

「理由はいくらでもつけられる。中学生の犯罪が騒がれている。こっちはフリーのライターで、その事例をあれこれ調べているうちに君のご両親の事故を知ったとでも言えば信じてくれるさ」

「母方の親戚はいずれも宮崎で、父方は名古屋。そのときに盛岡に来たとしても二、三日で引き返したと思います」

「詳しいことをあまり知ってはいないと？」

「訊《き》いてみないと分からないけど」

たぶんそうだと聖夜は付け足した。

「親父さんの仕事仲間とかは？」

怜に聖夜も頷いて、

「諏訪《すわ》の小父《おじ》さんという人がいたの。ときどきケーキやお人形を持って会いに来てくれた。父の親友だったと聞いている。あの小父さんだったらたいていのことを分かっていると思うけど……十五年近くも会っていない」

「大学の同僚?」

恒一郎は身を乗り出した。

「分からない。東京を離れることになったと言って最後に会いに来てくれたのは私が小学校のとき。離れる理由もちゃんと説明して貰《もら》ったんでしょうけど……」

「もし同僚なら大学に問い合わせてみれば簡単に突き止められる」

「でも……亡くなっているような……」

「どうして？」

「また来ると約束してくれたのにそれから一度も。約束を破るような小父さんじゃなかった」

「外国とかなら有り得るだろう？」

「外国？」

「君の父上が教えていた大学はカトリック系だったんだろ。イタリアとかアメリカの大学に移ったとも考えられる」

「けれど、手紙さえ貰っていない」

「だとすると違うか」

恒一郎は溜《た》め息《いき》を吐いた。

「養護施設に入れてくれたのも諏訪の小父さんだったような気がする」

「気がする？」

「施設のシスターたちとても仲がよかった。会いに来てくれているうちに、と思っていたけど……逆だったかも知れない。小父さんがあそこを選んでくれたのかも」

「それなら施設に訊けば消息が分かる」

そうね、と聖夜は声を弾ませた。

「なんでこれまで一度もそいつを?」

しなかったのか、と怜は質した。

「見捨てられたんだと思っていたの」

聖夜は泣きそうな顔を笑いで隠した。

怜と恒一郎は静かに頷《うなず》いた。


「いろいろとあったようだ」

聖夜が恒一郎から携帯電話を借りて外に出ると怜はしみじみ呟《つぶや》いた。

「そうなんだろうな。聖夜ちゃんがシスターたちに訊けなかったのも分かる。見捨てられたとなると心の拠《よ》り所《どころ》を失う」

「やはり死んだと見るのが……筆不精にしても電話一本で済むこった。二人の親を失った娘のことを心配しねぇはずがねぇ。どこに居たって連絡ぐれぇはしてきましょう」

「その人が駄目となるとお手上げか。さすがに二十一年前となるときついな」

「縁者も冷てぇ。たった一人も手元に預かろうと言うやつが居なかったとは」

「まったくだ。考えられない」

「そういう身だからこそ、ああいう強ぇ娘になったんでしょうねぇ」

「聖夜ちゃんは変わったよ」

「ですかい」

「センセーと会ってからさ」

「あっしにゃそう見えねぇが」

「変わった。幸福そうに感じる」

「だといいが……先の短ぇ身だ」

「あのままだったらどうなっていたか……」

「そりゃ旦那《だんな》方のお陰でしょう。承知しながらお上に教えねぇでいてくださる」

「怜を助けに行ってくれたんだ。当たり前だ」

「その前のこってすよ」

「正直言うと……聖夜ちゃんが消えてからも迷っていた。あれで良かったのかってな。しかし、間違っていなかった。今の聖夜ちゃんを見ていると心底から思う」

そこに聖夜が当惑の様子で戻った。

「なにか分かった？」

恒一郎に聖夜は暗い顔で頷いた。

「死んでいなさったか」

先回りして怜は言った。

「こんなことってあるのかしら」

聖夜は何度も首を横に振り続けた。

「信じられない」

「信じられないって、なにがだ？」

放心した様子の聖夜に恒一郎は苛立《いらだ》った。

「諏訪の小父さんも事故で亡くなっていた」

「…………」

「最後に私に会いに来てくれた直後……」

「どうしてそれを知らなかった！」

「わざと教えてくれなかったの。私が悲しむだろうと思って。でも……ひどい」

聖夜は言って唇を嚙《か》み締《し》めた。

「いつかは小父さんが会いに来てくれるのを楽しみにしていた。それだけを励みに生きていたのに……今になって教えられても……」

聖夜の目から涙が溢《あふ》れた。

「それは、ただの事故なのか？」

胸騒ぎを鎮めて恒一郎は詰め寄った。

「ただの事故なんかじゃない」

涙顔で聖夜ははっきりと断じた。

「そんな馬鹿な話、あるわけがない」

「だから、どんな事故だった？」

「運転していた車が崖《がけ》から落ちて……でも」

「でも？」

「岩手県なのよ。小父さんが死んだのも」

「岩手県！」

恒一郎は絶句した。

「警察がそうだと言っても、絶対に信じない。偶然なんかじゃない。きっとなにかある」

「そのお人が岩手に来た理由は？」

怜は聖夜を落ち着かせて問うた。

「分からない。諏訪の小父さんはアメリカの大学に行くことになっていた。だから私のところに別れの挨拶《あいさつ》に……」

「外国に出掛ける前に岩手にわざわざ足を運んだってわけかい」

こっくりと聖夜は頷いた。

「どうやら途方もねぇ裏がありそうだ。なんだか薄ら寒くなってきやがった」

怜はぶるっと身震いして恒一郎を見やった。

4

その夜、「ドールズ」に戸崎と松室も集まった。恒一郎から聞かされる話に二人は絶句し戸惑いを浮かべた。真司もさすがに今夜は六〇年代ポップスの音量を下げている。

「確かに偶然とは思えなくなってきたけどね」

戸崎は思い出したように水割りのグラスを手にして口に運んだ。

「その背後にあるもの、ってなるとさっぱりだ。小説なんかじゃ事故に見せ掛けた殺人てやつが大流行《はや》りだが、現実はそんなに甘くはないだろう。それなら警察が要らなくなる。二件とも事故と断じられる根拠があったのと違うか？　二人の繫《つな》がりにしたって関係者から耳にしたはずだ。それでも警察はただの事故と見做《みな》した」

「つまり、やっぱり偶然だと？」

恒一郎は戸崎を見詰めた。

「岩手が重なっているのはさすがに妙だが」

「変だよ。警察が事故と判断するしかなかったのは、二人がなにをしに岩手まで足を運んだのか突き止められなかったからじゃないか？　だから現場だけの判断となる」

「岩手に足を運んだ理由を突き止めるとなにが変わる？」

「場合によっては殺人の動機が見えてくる。殺すだけの動機を持っている相手が居るなら、見方ががらっと変わる。どんなに巧妙に見せ掛けていても怪しい、と」

「しかし、最初のやつは中学生の起こしたことだぞ。考えられるか？」

「それこそ犯人の狙ったことかも知れない」

「わざと中学生を殺し屋に仕立てたってのか」

戸崎は有り得ないという顔をした。

「諏訪さんが崖から落ちたのは岩泉街道《いわいずみ》。聖夜ちゃんたちが事故に遭ったのは上田《うえだ》のバイパス。真っ直ぐ青森方面に向かって高松から右折すると岩泉街道に出る。事故ばかりじゃなくそこにも共通点が見出《みい》だせる」

なるほど、と真司は大きく頷いた。

「聖夜ちゃんの父上も、その諏訪という人物も岩泉に用があったということか」

戸崎は唸《うな》った。

「方面というだけで岩泉かどうか分からないけど」

「龍泉洞《りゅうせんどう》は立派な観光地だ。車で来たのなら足を運んでも不思議じゃないさ」

岩泉と決め付けた口調で戸崎は言った。

「諏訪という人物が親しかった友人の亡くなった場所に行こうとしたのだって特に——」

「聖夜ちゃんの両親が亡くなったのはバイパスだ。偲《しの》ぶ気持ちが仮にあったとしても、事故現場に花を捧《ささ》げるのが普通だ。目的地までは行かないだろう」

そりゃそうだ、と戸崎はすぐに認めた。

「納得はできるが、どうやって調べる？」

真司はせっかちに話を進めた。

「どこに行こうとしてたか、それを知る者は恐らく居ない。岩泉方面というだけで他に手掛かりはない。しかも二十年以上前のこととときた。桜小路さんにでも相談するしかない」

「警察はまずい。第一、警察もそんなに暇じゃない。面倒な顔をされちまう」

真司に戸崎は反対した。聖夜に警察の注意が向けられて藪蛇《やぶへび》となる恐れもある。

「本当に居ないかな？」

「だれが？」

と戸崎は恒一郎に目を向けた。

「岩手に来た目的を知る人物が、だよ。聖夜ちゃんの父上と諏訪氏の二人と親しかった人間がまだ居るのかも知れない」

恒一郎は聖夜を見やった。

「居たかも知れないけれど、私には……」

聖夜は小さく首を横に振った。

「六、七歳頃のことだものな」

無理はない。恒一郎は吐息した。

「この盛岡の教会はどうです？」

怜が恒一郎の袖《そで》を引いた。

「聖夜ちゃんが世話になっている教会か」

「大昔のことだ。今居るお人らはなにも知るめぇが、その頃に居たお人ならひょっとして……たいがい土地に詳しい者に道順を訊《き》く。行き先ぐれぇは聞かされた可能性がありやす」

皆はなるほどと頷《うなず》いた。

「訊かれたにしても、きちんと憶《おぼ》えているかどうかは当てになりやせんがね。やってみて無駄にゃならねぇ」

「あの教会なら有名な神父が居たな。二十年くらい前もあの神父だったはずだ」

そうそう、と戸崎に真司も首を縦に動かした。名は出てこないが恒一郎も知っている。

「シモンズ神父なら今は仙台に」

聖夜の口にした名に皆は頷いた。

「相当な高齢だろ。元気なの？」

「たぶん。一年に何度かは盛岡に来られるとか。でも私は会ったことがありません」

「いきなり行って会ってくれるだろうか」

「教会はいつでもだれのためにも扉を開けています」

聖夜はくすくすと笑った。

「だったら明日にでも仙台に行ってこよう」

「扉を開けてたって留守ってことがあるぞ」

「もちろんそれを確かめてからにする」

戸崎の心配を恒一郎は追いやった。

「ただの直感に過ぎませんけど」

松室がおずおずと口にした。

「深入りは避けた方がいいんじゃないかと」

「…………」

「さっきからなぜか背筋がぞくぞくとしてるんですよ。聖夜さんが知りたい気持ちも分かるけど、それでご両親が生きて戻るわけじゃない。なんだか不吉な予感がする」

「おいおい、こいつはおまえさんに端を発したことだぞ。いまさらなんだ」

戸崎は呆《あき》れた顔で松室を睨《にら》み付けた。

「余計な写真を撮影しなきゃ、なにもなく呑気《のんき》に酒を飲んでたとこだぞ」

「だから責任を感じて……事故じゃなきゃどうなります？　聖夜さんの両親の他にもう一人死んでいる。なにが起きるか……」

「見逃せってのか？」

「先輩だって、さっきまで遠い昔のことだと」

「おれは事故って思ってたから無駄な詮索《せんさく》は止《よ》せと言ったんだ。事故でないなら犯人を野放しにしていることになる。まるで違う話だ」

「危ない目に遭うかも知れないのに？」

「センセーが来て以来何度も経験済みだ」

うへ、と怜は首を縮めた。

「おまえさんのような事なかれ主義者が増えたからこの国が駄目になった。政府がなにをしたって、自分にゃあまり関係ないと見過ごしちまう。一票の重さが実感できんせいもあるが、そいつに政治家どもが付け込んでるんだぞ。おまえさんのお陰で逆にこっちはやる気が出てきたよ。この裏になにがあるか、徹底的に見届けてやろうじゃないか。明日はちょうど休みだ。おれも仙台に行く」

張り切って戸崎は言った。

「いいよ。それだけのことで」

恒一郎は断わった。大した収穫は期待できそうにない。

「そうか。恒《こう》ちゃんは香雪さんとデートか」

「そんなつもりはないけど」

「だったら行く。牛タンも食ってきたい」

なんだ、と皆はがくっときた。

「日曜だ。センセーも連れて行こう」

「あっしもですか」

怜は微笑んだ。

「真司と松室と聖夜ちゃんは大事な仕事がある。それでいいよな？」

戸崎は真司に了解を取った。

「牛タンをたっぷり土産に買ってきてくれ」

真司は諦《あきら》めた口調で応じた。

「神父の連絡先は分かる？」

慌ただしくなって恒一郎は聖夜に質《ただ》した。

「盛岡の教会に訊けばすぐに」

聖夜は恒一郎の差し出した携帯のボタンを押して確認した。それで知れたのはシモンズ神父個人ではなく仙台の教会のものである。

「遅くないかな」

九時半が近い。

「教会に時間なんて」

聖夜は躊躇《ためら》わず電話した。

もちろん当人ではない。聖夜は出た相手にシモンズ神父の明日の予定を問い合わせた。幸いに居るという返事らしかった。恒一郎もひとまず安心した。なんの用件かと訊かれたようで聖夜は曖昧《あいまい》に二十年前の盛岡時代のことでお伺いしたいことがあると伝えた。

「神父さまが側に居るみたい」

聖夜は恒一郎に低い声で教えた。

「もし出られたらどう言えば？」

替わろう、と恒一郎は手を伸ばした。当事者では言いにくいこともある。

「盛岡のどなたですか？」

流暢《りゅうちょう》なのに明らかに日本人ではない言葉が、恒一郎が替わった途端に耳に届いた。

「こちらも替わりました。もしかしてシモンズ神父さんでしょうか」

「そうです」

「盛岡で古書店をやっている結城《ゆうき》恒一郎という者です。夜分申し訳ありません」

「コショテン？」

「古本屋です。上ノ橋の近くに店を開いています。ヒノヤタクシーの斜め向かいです」

ああ、と神父は場所を理解した。

「実は二十一年前の交通事故について神父さんにお訊きしたいことがありまして」

「………」

「金森毅《かなもりたけし》さんの名にお心当たりはございませんか。そちらの系列の大学で教授をなさっていた方です」

「カナモリ！」

分かったらしく神父は絶句した。

「もしもし、どうかなさいましたか」

「あなたカナモリさんのなにを調べていらっしゃるのですか」

神父は詰問に近い言い方をした。

「話したくありません。それでは」

神父は恒一郎の返答を待たずに一方的に通話を切った。恒一郎は戸惑った。

「どうした？」

察して戸崎が詰め寄った。

「分からない。急に電話を切った」

「なんで？」

「だから、分からない」

「別に恒ちゃんが失礼な言い方をしたわけじゃない。どういうことなんだ？」

「ひどく慌てた様子だった。聖夜ちゃんの父上の名も間違いなく知っている。ただの関係じゃない。でなきゃ名前なんて覚えていないさ」

二十一年も昔のことである。

「今になってなにを慌てる？」

戸崎は盛んに首を捻《ひね》った。

「会って訊くしかないよ」

「会ってくれると思うか？」

「電話じゃおなじことの繰り返しになる」

「じゃ必ず居る早朝に押し掛けよう」

「私もご一緒させてください」

聖夜が割り込んだ。

「それがいいかも知れん」

戸崎は即座に同意した。

「実の娘と分かれば神父もきっと……電話を切ったのは恒ちゃんが何者か分からなかったからだ。警戒されたのさ」

「なんだか『エクソシスト』みたいな展開になってきた。薄気味悪い」

松室は暗い顔をして、

「写真に十字架が現われたり、教会関係者ばかり絡んでる。変ですよ」

「想像力の働かせ過ぎだ」

戸崎は苦笑いした。

「ここは岩手だぞ」

「岩手だからってなんです？」

「そういう話が似合わん土地だと言っている。あ、でもないか。県南にゃ隠れキリシタンの伝承が結構残されてるな」

「隠れキリシタンは関係ないと思うけど」

「そうなったらそうなったで考える。ここでぐだぐだ言ったってしょうがない」

「そうなったらって……そうなれば相手はなんだと思ってるんです？」

「知らん。だからくだらん想像だって」

うるさそうに戸崎は松室を退けた。

「目の前の事実を探るしかないだろ。相手が神父だろうとおなじだ」

「また鳥肌が立ってきた。見てくださいよ。さっきからこれだ。嫌だなぁ」

松室は腕を捲《まく》って戸崎に示した。

「霊感は強い方なのか？」

「さあ……こんなのははじめてです」

「自分で妙な想像して鳥肌を立ててるだけだ。霊感なんて、そんなもんだ。自分一人で怖がってるんだ」

戸崎は松室の腕を指で弾《はじ》いた。

「どうするかは神父の話を聞いてからでも間に合う。もっとも神父がちゃんと話をしてくれるかどうか、だがな」

戸崎に恒一郎も頷《うなず》いた。思い出してみると神父には動揺より怯《おび》えの方が強かったような気がする。

「大勢で押し掛けるより、この子とあっしだけの方がよくありませんかね」

怜に恒一郎と戸崎は目を合わせた。

「女子供だ。まさか警戒はしねぇでしょう」

いかにも、と戸崎は同意した。

5

恒一郎の運転するワゴンは昼前に仙台市街に入った。車には怜、聖夜、それに戸崎の三人が同乗している。まず目当ての教会を目指し、もう間もなくというところで恒一郎はファミレスの駐車場に車をとめた。和食からピザまでなんでも揃っている店だ。

「おれ一人だけ欠食児童みたいだ」

特大のとんかつ定食を注文して戸崎は苦笑した。怜はざる蕎麦《そば》、聖夜はホットミルク、そして恒一郎はコーヒーというオーダーだ。

「牛タン定食にするかと思った」

恒一郎に怜と聖夜も頷いた。

「こんな店で食えるか。とびきり旨《うま》い専門店を知ってる。牛タンは夜さ」

「また肉を食うわけ」

「ま、自分でもそろそろ気をつけなきゃいかんと思ってるがね。血糖値が怪しくなってる。辛うじて境界線上に踏みとどまってるが、油断すると立派な糖尿病の仲間入りだ」

「全然油断してるよ」

「旅に出たときくらいは勘弁してくれ」

「そりゃ戸崎さん自身の問題だからね」

「なんだ、案外冷たいやつだ」

「注意したくても二十四時間戸崎さんの側には居られないもの。相変わらず夜勤のときは大盛り焼きソバにカツサンド二皿なんて無茶してるようだし」

「密告者は松室だな」

「羨《うらや》ましい。私なんてとても……」

聖夜は驚きながら小さく首を横に振った。

「注文はするけど、全部平らげてるわけじゃない。恒ちゃんには何度も言ってるが、目で満腹にさせてるのさ。自宅じゃ冷蔵庫に必ずなにかあると思うから空腹にならん。なにもないと途端に腹が減ってくる。精神的な飢餓感だな。その上、夜勤だから寝ちまうわけにもいかん。夜は永い。それでとりあえずカツサンドなんかをさり気なく机の上に置いておく。これでいつでも食えると思うと安心する。しかし、こいつは糖尿病予備軍の顕著な徴候でもある。分かっちゃいるけどやめられない、ってやつ」

戸崎は聖夜に長々と弁明した。

「二皿は余計だよ」

「松室みたいな野郎が侵入して遠慮なしに食って行く。医局は解放区だからな。それで用心のため二皿にするようになった。あいつらは優しい戸崎先輩が好意で夜食を用意してくれていると自分勝手に解釈してるらしい。こっちもサンドイッチぐらいのことで喧嘩《けんか》をしたくない。大人げないじゃないか」

「だから二皿がすでに大人げないって」

聖夜は声を立てて笑った。

「じゃあ、夜の牛タン以降は節制しよう」

「やっぱり食べる気だ」

「せっかく仙台まで来てるんだぞ」

「ひどい。この人は仙台に来た目的をまったく忘れてる」

「いや、そうじゃなく」

「冗談だよ。かえってその慌てぶりを見たら心配になってきた」

「安心しろ。役目は心得てる」

戸崎は請け合った。最初は怜と聖夜の二人だけでシモンズ神父に会うことにしていたのだが、それだと警戒はされないものの、軽く見做《みな》されて面会を断わられる可能性がある。岩手医大附属病院の勤務医である戸崎が同行すれば重みと安心感が増すに違いない。

「連絡を取らんでもいいのか？」

運ばれてきたとんかつ定食のゴマを勢いよく擂《す》りながら戸崎は言った。

「昼までは教会に居ると言っていたからね。電話をすれば逆に断わられる恐れがある」

「神父の方も訪ねてくると予想してるかも知れん。逃げてなきゃいいが」

「昨夜の怯えは、たぶん突然のことだったからだ。それにこっちがなぜ調べているかも知らない。聖夜ちゃんがきちんと名乗れば向こうだって納得する」

「松室の言い種《ぐさ》じゃないが、冷静に考えると尋常じゃない。二十一年前のことだぞ。仮に派手《はで》な幽霊騒ぎがあったにせよ、そんなに怯えやしないだろう」

「幽霊騒ぎ?」

「たとえばの話だ。そんなことでも二十一年てやつは怖さを忘れさせるに十分な年月だ。よほどのことがあったとしか……まさかとは思うが、教会内部の犯行じゃなかろうな」

恒一郎たちは思わず目を合わせた。

「亡くなった二人ともその教会の系列大学で教えていた。なにか激しい対立でもあって二人が教会関係者に殺されたと考えれば神父の怯えも当然だろう。闇に葬ったはずの事件が蒸し返されることになる」

「いくらなんでも」

聖夜は否定した。恒一郎も頷く。

「神父が犯人だなんて言ってやしない。ただ犯行の手助けをした可能性はある。行き先や予定を漏らした、とかね。現場はシモンズ神父が受け持っていた岩手なんだ」

「神父はだれからも尊敬されている人です」

有り得ない、と聖夜は付け足した。

「キリスト教は教義の違いを理由に平気で弾圧や抹殺を重ねてきた歴史がある」

うーん、と恒一郎は唸《うな》った。まったく考えもしなかったことだが、聖夜の父親が神秘学の研究者だったというのが気に懸かる。神秘学には魔術の研究も含まれる。もしその延長で悪魔崇拝に至れば、まさにキリストの教えの反逆者となるのだ。この現代に、いかになんでも魔女狩りのようなことはないと思うが、断言はできない。世界には宗教のために自爆テロを行なう人間がいくらも居る。日本人が宗教の重さを理解していないだけである。

「参ったな。こっちまで怖くなってきた」

「どうしてそうなるの」

聖夜は呆《あき》れた顔で恒一郎を見詰めた。

「本当に、まさかとは思うけど……シモンズ神父が慌てて電話を切ったのも事実だ。絶対に変だったよ。ただの恐れとは違う」

恒一郎はポケットから携帯電話を取り出すと席を立った。

店の外に出て教会の番号を押す。

電話に出た相手の返答は意外なものだった。


「急な用事で盛岡に出掛けたって！」

戸崎はあんぐりと口を開けた。

「嘘じゃないと思う。名乗りもせずに神父の予定を訊《たず》ねたらそう言われた」

「信じられんな。仙台まで来て無駄足か」

戸崎はがつがつとんかつを切り分けた。

「しかも出掛けた先が盛岡ときた。どういうことになってる」

「盛岡の教会になにか当時の資料でも残されているんじゃないのかな」

「……………」

「急に不安になって始末しに戻ったとか」

「ヤバいな。瓢簞《ひょうたん》から駒かい」

「もう一つ考えられるのは……思い直しておれを訪ねる気になったかだ。昨夜の電話で店とおれの名を神父に教えている」

「その場合、先に電話をしてくるだろう」

「こっちだってしていない。電話じゃ話せないことはいくらでもある」

「いずれにしろ聖夜ちゃんの親父さんの一件で神父が動き出したのは確かだ。ちょいと真司に電話してみろ」

促されて恒一郎はその場でボタンを押した。

真司はのんびりとした声で出た。

「神父と入れ違いになった。神父は盛岡に出掛けたらしい」

え、と真司は戸惑いの声を発した。

「ちょ、ちょっと待てよ。だったら今の客、もしかして」

「来たのか！」

「年寄りの外人だ。おれが来る前から店の前に立ってた。おまえの店が休みなんでがっかりしてたみたいだった。コーヒー飲んで出てったばかりだぞ」

「シモンズ神父だ。間違いない」

「けど、なんで神父がここに？」

「追いかけられないか？」

「無理だ。今ったって五、六分は過ぎてる」

「分かった。とにかく引き返す。もしもう一度訪ねてきたら引き止めていてくれ」

慌ただしく恒一郎は電話を切った。

恒一郎は大きな吐息をした。

「牛タンは諦《あきら》めるしかなさそうだ」

戸崎はとんかつを次々に頬張った。

「もうよしましょう。迷惑ばかりかけてる」

聖夜は困った顔で恒一郎を見詰めた。

「松室さんの言う通りだわ。なにが分かっても父と母は戻らない」

「そういうわけにはいかんさ」

ナプキンで口を拭《ふ》きながら戸崎は遮った。

「神父が恒ちゃんのとこに来る気になったってことは、少なくとも教会内部の犯行説が薄れたってことだ。ゼロと断定はできないが、そんなに堂々と姿を見せるとは思えん。盛岡の教会に連絡して、聖夜ちゃんの名で神父に会いたいと言えば大丈夫のような気がする」

「もっとびっくりしないかな」

恒一郎は危ぶんだ。神父に聖夜の存在をまだ明かしていない。

「もう分かっているだろう。聖夜ちゃんはその教会の宿舎に寝泊まりしてるんだぞ」

「居ると思わなきゃ訊ねもしない。神父の方もたぶん秘密にしている」

「子が親のことを知りたがってなにが悪い。神父も反対に納得するはずだ」

「電話してみます」

聖夜は決心した様子で頷《うなず》いた。

どうやら神父は真っ直ぐ恒一郎の店を訪ねたものらしく、盛岡の教会にまだ立ち寄ってはいなかった。そもそも教会は神父が盛岡に来ていることさえ知らなかった。もし姿を見せたときは恒一郎の携帯にかけてくれるよう伝言したものの心許《こころもと》無い。神父が拒んでそのまま立ち去れば、ふたたび入れ違いとなる。

「今日ぐれぇやきもきしたこたぁなかった」

車に乗り込むと怜は苦笑いした。

「周りにわんさと人が居る。まさか話に混ざるわけにゃいかねぇ」

「センセーはどう思う?」

恒一郎は助手席の怜に訊ねた。

「なんとかそのお人に会えりゃいい。それだけでさ。あれこれ頭を働かせても見当がまるで……」

「内部の抗争説ってのが大外れで、教会になんの弱味もないとしたら、だ」

後ろの席から戸崎が身を乗り出して、

「もっと妙なことにならないか？」

「………………」

「二人の死を事故と信じたのなら神父がなにかを恐れるはずがない。もし他殺と見たなら、なんでその時点で大騒ぎしなかったんだ？　自分たちの仲間が殺されたんだぞ。警察になにか訴えそうなもんじゃないか」

「確かに言える」

「この裏には騒ぎにできなかったよほどの事情がある。と言って内部の抗争ではなさそうだ。それなら二十一年が過ぎたにしろ恒ちゃんに打ち明けようとはしない」

「おれに打ち明ける？」

「わざわざ訪ねる理由が他にあるか？」

「まぁ……ね」

「教会の恥を晒《さら》すことになる。こっちに詰め寄られたらまだしも、電話一本貰《もら》ったくらいで、しかも自分から来て白状はせんさ。残りは外部との抗争だ」

「たとえば？」

「よくは知らんけど、イスラム教とか新興宗教との対立はしょっちゅう耳にする」

「そういう相手が中学生たちを洗脳して交通事故を起こさせたと？」

「おれも半分以上は信じちゃいないがね」

「なんだ」

「それくらい不可解ってことだ。神父の気持ちもよく分からん。怯《おび》えるからには、その事件と深く関わっていたはずだ。だったら聖夜ちゃんの存在も承知している。どうしてこれまでに一度として聖夜ちゃんに接触してこなかったんだ？　気の毒な娘と思うのが人情ってやつだぞ」

「累が及ぶのを避けたんじゃねぇですかい」

怜が戸崎に目をやって口にした。

「子供まで巻き込むことはねぇ」

「私……なにも知らずに生きてきた」

聖夜は暗い目をして呟《つぶや》いた。

「まだなにもはっきりしたわけじゃ」

「父と母、そして諏訪の小父《おじ》さんは殺された。どうして今になってそれが……」

聖夜の目から涙が溢《あふ》れた。今、とは聖夜の死期が近いことを意味している。恒一郎も聖夜の胸の裡《うち》を察して辛《つら》い思いに襲われた。知らない方が幸せだったとも言える。

「しなくちゃならねぇことがまだあるってことさ」

怜は聖夜を振り向いて頷いてみせた。

「おめぇさんが盛岡に来たことで蔵の扉の鍵《かぎ》が開いた。皆さんも力になってくださる」

そうだ、と戸崎は聖夜の肩を叩《たた》いた。

「とにかく神父に会えるよう祈ろう。でなきゃなにもはじまらない」

恒一郎はワゴンの速度をさらに上げた。

仙台と盛岡の距離を今日ほど痛感したことはなかった。

6

盛岡の南インターを下りたところで聖夜は教会に電話をかけた。

「神父さまが教会の方にお見えに！」

聖夜の弾んだ声に恒一郎たちは安堵《あんど》した。入れ違いになったら、と案じていたのである。

「分かりました。向かいます」

聖夜は頷いて電話を切った。

『肴町《さかなちょう》の『車門《しゃもん》』で知人と待ち合わせを。ついさっき出掛けたばかりだから間に合うんじゃないかと」

その店は「ドールズ」と同様に蔵を改装した喫茶店だ。歴史は『車門』の方が遥《はる》かに古く、盛岡の観光名所化している。

「知人なら三十分やそこらは居ると思うが、念の為電話を入れといた方がいい」

「そうだな。アニキに番号を聞く」

恒一郎は戸崎に同意して聖夜の渡した携帯を手にした。真司は同業なので『車門』の主人と付き合いがある。

番号はすぐに知れた。今度は恒一郎が携帯のボタンを押した。シモンズ神父はまだ着いていない。こちらの名を言えばきっと分かる、そう信じて恒一郎は伝言を頼んだ。どんなに遅くとも三十分以内には到着できる。盛岡まで訪ねてきたくらいだから待っていてくれるだろう。

「さてと……鬼が出るか蛇が出るか」

戸崎は一安心の顔でたばこをくわえた。

「怖いことを言わないでよ」

苦笑しつつ恒一郎は車を発進させた。南インターで下りたのは正解だった。ここから肴町なら渋滞に巻き込まれても知れている。

「『車門』は懐かしい」

近くのデパートの駐車場に車を入れて店を目指すと戸崎は嬉《うれ》しそうな顔で口にした。

「真司が『ドールズ』をはじめてからとんと御無沙汰《ごぶさた》してる。学生時代にゃ三日に一度は通ってた。チョコパフェが美味《うま》くてね」

駐車場からわずかに歩いただけで店が見える。

「待っていてくれてるかな」

恒一郎は時計を眺めて足早となった。

「居るさ。二十分と過ぎちゃいない」

戸崎に聖夜も頷いた。

二階に居ると教えられて恒一郎たちは狭い階段を上がった。おなじ蔵でも「ドールズ」の四分の一程度の広さだ。が、それだけにこぢんまりとして落ち着く。

神父は二階の隅の席に一人ぽつねんと座っていた。足音が聞こえたはずなのに恒一郎たちには目もくれず聖書を読んでいる。

「シモンズ神父さんですね」

恒一郎が声をかけると神父は少し驚いた顔で見上げた。四人という数が意外だったようだ。

聖夜は笑顔で挨拶《あいさつ》した。

「ご用はもうお済みですか」

「まだ来ません。あなたが？」

「昨夜お電話した結城です」

「私も電話をかけてみます。あなた方は隣の席にどうぞ」

神父はそう言って椅子から腰を上げた。電話は一階にある。神父は手摺《てすり》に摑《つか》まりながら慎重に階段を下りて行った。

「付き添いなしに一人で盛岡に来たのか」

戸崎は神父の弱っている足腰を案じた。

「顔色も青ざめてた。大丈夫かね」

確かに、と恒一郎も認めた。

「あの体でわざわざ盛岡まで来てくれた。感謝しないといかんが、よほどのことってことでもあるな」

「こちらもあまりきつく訊《き》かない方が……神父さま、首筋に汗をびっしり」

聖夜は言って小さく吐息した。

「心臓が悪いのかも知れん。汗を搔《か》く時節じゃない。無理がたたったのかも」

戸崎は真面目な顔となった。

「様子を見てきます」

聖夜は座ったばかりの席を立った。

やがて聖夜は神父を守るようにして戻ってきた。神父は恒一郎に微笑んだ。

「いかがでした?」

「分かりません。家は出たそうです……彼の家はこの近くです。だからこの店にしたのに」

神父は暗い目で応じた。

「お時間は取らせません。ご友人がいらっしゃる前に少しお訊きしてよろしいでしょうか」

こちらの方へ、と神父は席を勧めた。

「彼女は金森毅さんの娘さんです」

「カナモリの!」

神父は目を見開いて聖夜を見詰めた。

「確かセイヤと言う名前でしたね」

今度は聖夜が驚く番だった。

「とても可愛いお嬢さんでした。そうですか。こんなに大きくなりましたか」

神父は顔をくしゃくしゃとさせて聖夜に腕を伸ばした。聖夜はしっかり握った。

「彼女たちはよく盛岡の教会に？」

察して恒一郎は質《ただ》した。

「はい。教会の宿舎に泊まりました。とても仲のよい親子でした。思い出します」

「では事故のあった日も？」

「皆で見送りました。まさかあんなことになるなんて……許してください」

神父は聖夜に頭を下げた。

「私が引き止めればよかった。私の一生の後悔です。私の信仰の足りなさです」

「それは……どういう意味ですか？」

恒一郎は戸惑いを覚えた。日本語の遣い間違いとも思えない。

「セイヤはそのためにこの盛岡に？」

恒一郎を無視して神父は聖夜に訊《たず》ねた。

「忘れなさい。いけません」

神父は盛んに首を横に振った。

「近付いてはいけない。カナモリを悲しませることになります」

「分かるように説明してくださいませんか」

恒一郎は神父を鎮めた。神父の目には怯《おび》えが見られ、息も荒くなっている。

「言えません。セイヤと知ってはなおさらです。私を信じなさい。言えるのはそれだけ」

神父は震える手で水を口にした。

「私の……」

思い切った顔で聖夜は神父を見詰め、

「私の命はもう永くありません」

「…………」

「ここに居る皆もそれを知っています」

「本当ですか」

神父は恒一郎と戸崎に目を動かした。無言で戸崎は頷《うなず》いた。

「私はあの日の事故の記憶をすっかりなくして……だから知りたいんです。父と母がどうして亡くなったのか」

聖夜の目に涙が溢《あふ》れた。

「諏訪の小父《おじ》さんのことも大好きでした。その小父さんが亡くなっていたことも私は知らなかったんです。どうかお願いします」

聖夜は神父に頼み込んだ。

「セイヤは病気なのですか？」

神父は恒一郎を見やった。

「彼は岩手医大に勤務する医師です」

恒一郎は戸崎を神父に紹介した。

「そうですか」

それで納得したのか神父は溜《た》め息《いき》を吐いて、

「神さまはなぜこの親子にばかり試練を与えられるのでしょう」

首に下げていた十字架を握り締めた。

「神父はもちろん奇跡を信じられますよね」

恒一郎に神父は怪訝《けげん》な目をした。

「これをご覧になってください」

恒一郎は松室の撮影した写真を手渡した。

「聖夜ちゃんの後ろに」

「カナモリ！」

神父は思わず声を発した。

「私たちはこの写真を見て、その事故がただの事故と違うのではないかと思ったんです」

「カナモリがなにかを訴えていると？」

「もっと注意をすると十字架も見えます」

恒一郎は写真の上を指でなぞった。おお、と神父は写真を凝視した。なにかに気付いて写真をテーブルに戻す。神父はフランス語でなにやら呟《つぶや》いた。

「どうされました？」

表情に恐怖を見てとって恒一郎は緊張した。

「よしなさい！　すぐに捨てなさい」

言いつつ神父は写真を乱暴に引き裂いた。

「あなたたちはなにも知らない。あのときとおなじことが起こります」

いきなり神父は立ち上がった。

「待ってください！　それではなんのことか」

恒一郎は神父を必死で引き止めた。

「この写真は生きている。あなたたちを見ているのです」

神父の額には汗が噴き出ていた。立ち去ろうとした神父の膝《ひざ》が崩れた。神父は床に勢い良く倒れ込んだ。

「神父さま！」

慌てて聖夜が助けにかかった。

「おれが診る。下手に動かすな」

戸崎が叫んで神父を仰向《あおむ》けにさせた。神父の目がぎろぎろと動いている。

「またおまえか」

神父のものとは思えない太い声が出た。その目は怜に向けられている。怜はぎょっとして神父を見下ろした。

「駄目だ。危ない。救急車を呼んでくれ」

神父の口から泡が吹き出ている。戸崎は緊急の心臓マッサージをはじめた。

「なにしてる！　死んじまうぞ」

戸崎は恒一郎を怒鳴りつけた。


神父は岩手医大附属病院の救急センターに向かう車の中で息を引き取った。

恒一郎はその連絡を戸崎から受けた。恒一郎のワゴンも救急センターを目指している。聖夜は嗚咽《おえつ》を堪《こら》えた。

「教会の方に知らせてくれと言っている」

それに聖夜はぼんやりと頷いた。

「思いがけねぇことになった」

怜も信じられない顔をしている。

「私のせい」

聖夜は口元をしっかり結んだ。でないと泣き出してしまいそうなのだろう。

「私さえ盛岡に」

「しつこく迫ったのはおれだ。君じゃない」

恒一郎はそれ以上を遮った。

「ただごとたぁ思えねぇ様子だった」

怜は前を睨《にら》んで座席に胡座《あぐら》をかいた。

「それにあの言葉」

「神父の最期の言葉か？」

「あっしの聞き間違いじゃねぇなら、こっちに目を向けて、またおめぇかと言いやした」

「………」

「いってぇなんのことで？」

「おれに分かるわけがない。あの状態だ。ただのうわ言じゃないのか」

「またおめぇ、ってのは聞きやしたね？」

「ああ」

「声もすっかり別物で」

「呼吸困難だった。普通じゃなくなる」

「理屈はつけられそうだが、あの目ははっきりとおいらを睨み付けていやしたぜ。それまでは居ることさえ気にしちゃいなかったのに」

「だからうわ言としか思えない」

「こいつを見てからでさ」

怜は握っていた手を広げた。びりびりに破られた写真を怜は持ち帰ってきていた。

「写真の方がおれたちを見ているとか言っていたな。それもなんのことだか」

恒一郎は何度目かの溜め息を吐いた。神父から結局なに一つ聞き出せずじまいだった。

「くっつけるのが厄介だ」

怜は膝の上に写真の断片を並べていた。

「松室君に頼めばまた大きくプリントしてくれる。心配ない」

「そうか。無駄な手間をかけるとこだった」

怜は苦笑いして写真を片付けた。

「神父さまの言う通りかも知れない」

聖夜が呟いた。

「私たちにおなじことが起きる、と。皆さんをそんな目に遭わせることはできない」

「おなじことってなんだ？　交通事故？」

恒一郎は無意識に速度を緩めた。

「考え過ぎだ。あの様子だと神父も相当に関わっていたはずだ。なのに神父にはなにも起きなかった」

「けど、死にやした」

怜に言われて恒一郎はぞくっとなった。

「遅いか早ぇかの違いだけでさ」

「神父は心臓の発作だ。聖夜ちゃんの両親たちとは違う」

「たまたまのことだと言いやすんで？」

「そうとしか思えないだろ。神父はおれたちの目の前で倒れたんだぞ。手に掛けた相手が居るわけじゃない」

それには聖夜も同意した。

「あのお人はだれを待っていなさったんですかね。そいつが気に懸かる」

「だれって……盛岡の知人だろ。神父は盛岡に永く暮らしていた。知人はいくらも居る」

「こんなときにのんびり昔話を？」

「焦っていたのはこっちで神父じゃない」

「じゃねぇでしょう。旦那《だんな》の電話で慌てて盛岡まで出向いてきたんですぜ。それにおいらたちを見たら急いで電話に走った。今度の一件に関わりのある相手と見るのが当たっていそうだ」

恒一郎は唸《うな》るしかなかった。言われてみればそんな気もする。

「教会に知らせるついでにそれも訊《たず》ねます」

聖夜は携帯をバッグから取り出した。

7

恒一郎が戻ったのは深夜だった。聖夜は教会に居残っている。二階の「ドールズ」はとっくに閉店のはずなのに、音楽が下まで流れていた。恒一郎は階段を上がった。

「今まで付き合ってたのか。ご苦労さん」

戸崎と松室が恒一郎に軽く手を上げた。こんな深夜だというのに怜の姿もある。

「聖夜ちゃん、すっかり責任を感じたらしくてさ。教会の皆に謝り続けだった」

恒一郎は怜のとなりに座った。無言で真司がウィスキーのソーダ割りを作りはじめる。恒一郎の好みだ。

「無理ないですよ。目の前で亡くなれば」

松室は言って吐息した。

「おまえさんがあの場に居りゃ、聖夜ちゃんよりずっと責任を覚えたぞ」

「なんでです？」

松室は戸崎へと目を動かした。

「発作が起きたのはあの心霊写真を見てからだ。あれで死ぬほどのショックを受けたんだ」

「そんな……そう言われても」

松室は身を縮めた。

「明日は教会に行って花くらい捧《ささ》げるんだな」

「その方がいいでしょうか？」

松室は困った顔で恒一郎に訊ねた。

「冗談だよ。まったく生真面目なやつだ」

戸崎は苦笑してウィスキーを飲み干した。

「しかし、あの写真においらたちの見落としていたなにかがあったのは確かでさ」

怜に恒一郎も大きく頷《うなず》いた。

「明日はもっと大きくプリントしてくれ。コントラストに強弱つけたやつも何枚かな」

戸崎は松室に命じた。

「神父が待ち合わせしていた相手だけど」

「分かったか？」

戸崎は自分のグラスにウィスキーを注ぐ手を止めて恒一郎を見詰めた。

「神父に頼まれて電話番号を調べた事務員が居た。相手の名は門屋《かどや》源次郎《げんじろう》。珍しい名字なんではっきり記憶していた。おれも電話帳で確認した。住所は鉈屋町《なたやちょう》。そこなら『車門』にも近い。神父も言ってただろ。相手は近くに家があると」

「なら間違いない」

戸崎は首を縦に動かした。

「ちょ、ちょっと待て。門屋源次郎！」

真司が慌てた。見る見る顔が青ざめる。

「なんか鳥肌が立ってきたぞ」

「どうした？」

戸崎は眉《まゆ》をしかめた。

「夕方に事故で死んだって連絡を受けたばっかりだ。そんな偶然があるか？」

言って真司はぶるっと体を震わせた。

「なんでアニキがその人を知ってる」

「おれは知らない。その息子が肴町でイタリアンレストランをやってる。それで飲食店組合の方から知らせが」

「それで会いに来られなかったってわけで」

怜は唸って腕を組んだ。

「待ち合わせをしていた二人がおなじ頃合に死んだってことになりまさ」

「おれも鳥肌が立ってきた」

戸崎は腕を捲《まく》って見せた。

「門屋さんて人はなにをやってた人？」

恒一郎は真司と向き合った。

「だから知らんって。会ったこともない」

「盛岡の人かい？」

「いや。息子の本籍地は岩泉。それで龍泉洞の水を店の自慢にしてる」

岩泉と知って恒一郎と戸崎は目を見合わせた。

「だんだん繋《つな》がってきたな。やっぱり聖夜ちゃんの親父さんは岩泉に向かう途中で」

「おれもそう思う」

恒一郎は断じて椅子に深く腰を沈めた。

「岩泉になにがある？」

真司は怯《おび》えていた。

「くそっ。まるで口封じみたいじゃねえか」

戸崎は舌打ちして続けた。

「調べようとすると次々に人が死ぬ」

「でも神父は先輩たちの目の前で死んだんでしょう。どう考えても偶然としか」

松室に戸崎は押し黙った。

「事故って、どんな？」

恒一郎は真司に訊ねた。

「詳しくは聞いてない。車に轢《ひ》かれたとだけ」

「知っていそうな人は居ないかな」

「こんな時間だぞ」

真司は口にしてすぐに、

「少し待て。分かるかも」

携帯を取り出すとボタンを押した。訃報《ふほう》を耳にして駆け付けた知り合いが居ると言う。

門屋源次郎は南大通りを横断中、速度を緩めずに飛び込んできたワゴンに轢かれて亡くなっていた。運転していたのは四十代の主婦。居眠り運転だったらしい。身元を示すものをなに一つ所持していなかったので確認に手間がかかり、家族に知らされたのは二時間近く過ぎてからだった。

「轢いたのは、ただの主婦か」

戸崎は今夜何度目かの舌打ちをした。

「むろん暴力団組長の女房でも主婦ってことになるんだろうからな。まだ分からん」

「事故じゃないとでも？」

松室は目を丸くした。

「二人もだなんておかし過ぎると思わんか」

「そりゃそうだけど、その人が神父と待ち合わせしてるってのをだれが知ってるんです。家族と教会の事務員ぐらいじゃないですか」

「この際、理屈は関係ない」

戸崎はぎろりと松室を睨《にら》み付けた。

「絶対にこいつは偶然じゃない。ひょっとしたらその事務員がだれかの送り込んでいたスパイって可能性だってある」

「無茶ですよ。それを言うなら神父が電話番号を調べさせたのだって偶然のことでしょう」

「おれの勘がそう言ってるんだ。そもそもこいつはおまえの撮影した心霊写真からはじまったことだ。理屈なんか無視してかかれ」

「心霊写真はそうだとしても他は違います。勘だなんて目茶苦茶だ」

「怜ちゃんの中に目吉センセーが同居してるのを理屈や科学で説明できるか？　目には見えないが確かにセンセーは居る。そいつと一緒だと言ってるんだよ。今はおれたちに説明ができないだけで、これは紛れもない殺人だ」

なるほど、と恒一郎と怜は頷いた。

「強力な催眠術のようなものかも知れん。キーワードを心の奥底に刷り込まれていて、それを聞いた途端に心臓発作が起きる、とかな。これなら理屈をちゃんとつけられる」

「門屋さんの方はどうです？　神父から連絡があったら車に飛び込めとでも？」

「いちいちうるさいやつだ」

戸崎は松室のしつこさに呆《あき》れた。

「偶然じゃないなんて信じたくないんですよ。もしそうならこっちも危ない」

「…………」

「だれがどこで狙っているか分からない。敵はぼくらのことを間違いなく知っている」

「ぼくらは少年探偵団、だってか」

「先輩！　いい加減にしてくださいよ」

「ここに聖夜ちゃんが居りゃ呆れられるぞ」

「聖夜ちゃんのためにも言ってるんです。もう手を引くべきだ」

「おれもそうした方がいいと思う」

真司は松室の側に回った。

そこに店の電話が鳴った。真司が出る。

「聖夜ちゃんからだ」

真司は恒一郎に受話器を突き出した。

「門屋源次郎さんて方、亡くなっていました」

代わった恒一郎に聖夜はいきなり言った。

「知ってる。君の方はそれをどうして？」

「気になったので遅くに悪いと思ったけれど電話してみたんです。そうしたら」

「通夜の最中か」

「ええ。これから伺うことにしました」

「門屋さんの家にか！」

「私一人では……付き合ってくれませんか」

「いいけど、なにか？」

「奥さまが神父さまのことをよくご存じで。神父さまも亡くなられたと伝えたら驚いて」

「だろうな。ほぼおなじ時間だもの」

「なにか聞けるかも知れません」

「門屋さんは岩泉の人らしい」

「………？」

「君のお父さんや諏訪さんが行こうとしていた町だと思う」

聖夜の息を呑《の》み込む気配が伝わった。

「迎えに行く。そこで待っててくれ」

恒一郎は念押しして電話を切った。

「おれも付き合うぞ」

戸崎は張り切って腰を浮かせた。

「止《よ》した方がいいって言ってるのに」

松室はがっくりと肩を落とした。

「心配は分かるが、ここまで来て引き下がれるか。聖夜ちゃんが頑張ってるんだぞ」

「じゃ、ぼくも」

「見知らぬ人間が通夜にぞろぞろ押し掛けたら迷惑ってもんだろう」

戸崎はあっさり松室を退けた。

恒一郎と戸崎は途中で聖夜を拾って鉈屋町の門屋の家に向かった。住所でだいたいの見当はつけてある。大きな酒蔵のある辺りだ。

「けど、どこまで話ができるもんかね」

戸崎は近くになると小首を傾げて、

「亭主が死んだばかりだ。いくら神父もそうだからといって、喋《しゃべ》る気になるかな」

「なぜ亡くなったか、知りたいはずです」

聖夜は請け合った。

「それはこっちだって知りたいことだ。向こうに訊《き》かれても答えようがないぞ」

それは、と応じようとした聖夜だったが、その目に通夜を示す高張り提灯《ぢょうちん》が見えた。

「あの家か」

恒一郎は車を手前に止めて眺めた。

古いがなかなかの屋敷である。屋根付きの立派な門だ。花の形をした笠《かさ》の門灯が懐かしい色で闇をぼんやり照らし出している。

「ここ……来たことがある」

聖夜はその門灯を見て呟《つぶや》いた。

「きっとそうだわ。憶《おぼ》えている」

「門屋源次郎って人が岩泉行きの窓口だとしたら訪ねても不思議じゃないな」

頷《うなず》きつつ恒一郎は駐車場所を探した。


通夜の席はひっそりとしていた。古い建物で、座敷の広いのが余計にそう感じさせた。遺体に手を合わせて間もなく、恒一郎たちは奥の応接間に案内された。洋風の落ち着いた空間である。座敷の声も聞こえてこない。

「お香典まで頂戴《ちょうだい》いたしまして」

やがて門屋の妻がやつれた顔で現われた。

しどろもどろに恒一郎は挨拶《あいさつ》した。

「私、このお宅に伺ったことがあります。二十年以上も昔のことです」

門屋の妻が椅子に座ると聖夜は口にした。

「は？」

門屋の妻は怪訝《けげん》な目をして聖夜を見た。

「金森毅をご存じでは？　私の父です」

門屋の妻は大きく目を見開いた。

「やっぱりご存じなんですね」

「あの……私、今日のこと主人からなにも。シモンズさんとひさしぶりに会うとだけで」

門屋の妻の目は落ち着かなくなった。

「父はなにをしに岩泉に出掛けたのでしょう」

聖夜の言葉に門屋の妻は身を強張《こわば》らせた。

「ご承知でしたらぜひ教えてください。私、あのときの事故の記憶がまるでないんです」

「なにも？」

門屋の妻は聖夜の顔を凝視した。

「どうして父と母がこの岩手で死んだのかも。それで神父さまにお訊きしようと。でも……その前に神父さまはお亡くなりになって」

ほうっ、と門屋の妻は肩で息を吐いた。

「お願いします。どんな些細《ささい》なことでも構いません。なにかご存じでしたら」

聖夜は頭を下げて懇願した。

「このお方たちはあなたとどういう？」

門屋の妻は警戒の目で恒一郎たちを見た。

「一緒に調べてくれている人たちです」

「なぜ？」

「なぜ、と言われても」

聖夜は返事に詰まった。

「大事な仲間だからです。一人では無理だ。二十年以上も昔のことですから」

恒一郎に門屋の妻は得心した様子で、

「もしかして新聞社の方たちではないかと」

「違います。信じてください」

「門屋の家の恥になることなので……」

「と言いますと？」

胸の動悸《どうき》を抑えながら恒一郎は訊《たず》ねた。

「でも……あなた方に信じていただけるかどうか……今は門屋の本家とは無縁になりました
し」

門屋の妻にはまだ迷いが見られた。

「無縁とは？　本家と縁が切れたとかいう話ですか？」

「いいえ。困りましたねぇ」

門屋の妻は恒一郎たちから目を逸《そ》らした。

「お願いします。この通りです」

恒一郎はテーブルに両手を揃えて頼んだ。

「狐《きつね》憑きというものをご存じかしら？」

門屋の妻は覚悟した口調で質《ただ》した。

恒一郎は自分の耳を疑った。

「そうでしょう。信じられないわよね」

それが当たり前という顔を門屋の妻はした。

聖夜は真っ直ぐ門屋の妻を見据えていた。

8

「狐憑きですって？」

松室は思いがけない顔で恒一郎を見詰めた。

「門屋さんの奥さんの言葉だ。聞いた感じじゃ悪魔憑きと思ったけどね」

恒一郎はウィスキーのソーダ割りを手にしながら返した。さっきは飲む前に聖夜から電話があったので、今夜はじめての酒だ。

「狐憑きたぁ穏やかじゃねぇや」

怜は首を横に振って昆布茶を啜《すす》った。

「岩泉にある門屋源次郎さんの兄の家、つまり門屋の本家だが、そこにかつて狐憑きの騒ぎが起きた。病死や事故が相次いで、一年やそこらのうちに五人が亡くなったらしい。それで門屋源次郎さんがシモンズ神父に相談を持ち掛けた。二人は前々からの友人だった。神父は、手助けできるかどうか分からないが、その方面の専門家に調べて貰《もら》えるよう手配すると約束した。その専門家というのが聖夜ちゃんの父親だった」

「なんの専門家です？」

「神秘学、つまり悪魔学さ」

「聖夜ちゃんの父上はエクソシスト！」

松室は驚きの目を聖夜に向けた。

「いや、悪魔憑きかどうか見極めるだけで悪魔《あくま》祓《ばら》い師とは違う。ただの研究者だ」

「だったらなんでわざわざ？　見極めるぐらいならシモンズ神父でも間に合う」

「神父の来訪は本家が受け付けない、と門屋さんが断わったんだ」

「自分から相談しておきながら？」

「よほど困り果てての相談だったんだろう」

「なぜ本家は受け付けない？」

真司が割って入った。

「別の宗教を昔から信仰している。神父と知れればその場で追い返されてしまう」

「人が何人も死んでいるってのにか」

「おれもそう思うけどね。しかしシモンズ神父は納得した。自分の教会に別の宗派の人間がずかずか入り込むのを想像したんだろう。そこで神父は聖夜ちゃんの父上なら、と思い付いた。系列の大学で教えてはいるが、研究者であって神父ではない。それならと門屋源次郎さんも頷いた。それが発端だ」

恒一郎は喉《のど》の渇きをソーダ割りで癒《いや》した。

「聖夜ちゃんの父上がどこまでその話を信じたかは分からない。それでも引き受けた。ちょっとした学術調査ぐらいの気持ちだったかも知れない。家族を引き連れてきたんだからね。そうして父上は門屋源次郎さんの家を訪ね、シモンズ神父の居る教会の宿舎に泊まり、翌日、岩泉に向かう途中で事故に遭った。門屋さんの奥さんから聞けたのはそこまでだ」

「肝心の狐憑き騒ぎの方は？」

松室は納得のいかない顔をした。

「自然消滅した、と言っている」

「いつ？」

「関係があるかどうか分からないが、諏訪さんが亡くなって間もなくらしい」

「どういうことです？」

「おれも奥さんに訊ねたが、時期がそうだったと答えるだけで繋《つな》がりは不明だ。やはり諏訪さんも門屋さんの家を訪ねたと言う」

「分からないな。聖夜ちゃんの父上も諏訪さんもなにもしていない。なのに狐憑きの方は自然消滅？　そもそも狐憑きってのが実際にあったものかどうかも曖昧《あいまい》だ」

「奥さんは見ている。当時十二歳だった姪《めい》が庭から屋根に跳び上がったのをね」

「………」

「あまりの怖さに腰が抜けそうだったとか。そうだよな。大きな屋敷の屋根だ。高さは三メートル近くある」

「なのにいつの間にか消滅？」

「別のところに移っただけで、本当は違うかも知れないとも言っている。けど、恐ろしくて頭から追いやっているのだとか。そりゃそうだろう。自分たちが頼んだことで聖夜ちゃんの両親と諏訪さんが亡くなっている。もう無縁だと思い込みたいのさ」

「別のところってのはなんです？」

「手を引けと言ったわりに熱心だな」

戸崎は松室を揶揄《やゆ》した。

「嫌でも気になるじゃないですか」

「箱神《はこがみ》さまを信仰してるのはおよそ二十軒だ。そのうちのどこかに移ったんじゃないかと奥さんは疑ってるんだよ」

戸崎は吐息を交えて教えた。

「箱神さまってのは？」

「きっと訊《き》くと思った」

戸崎はにやにやとした。

「奥さんは盛岡の人なのでよく知らない」

代わりに恒一郎が応じた。

「聞いた限りでは遠野《とおの》のおしらさまみたいなものだ。寺や神社を持たず、秘仏というかご神体を納めた筥《はこ》を信者たちが一年ずつ交替で守り続ける。その筥を預かっている家がその年の神官の役目を勤める」

「それで箱神さまですか」

「ただなにを神としているのか正体は知れない。その習慣が千年近く続いている」

「まさか！」

「奥さんの話だ。箱神さまと一緒に大きなつづらも預けられる。それにこれまでの記録が綴《つづ》られているという」

「聞いたことないですよ」

「知らないことは世の中にごまんとあるさ。秘密にしていればそれも当たり前だ」

うーん、と松室は唸《うな》った。

「問題は、これからどうするかってことだ」

戸崎は真面目な顔で皆を見渡した。

「おれと恒ちゃんの腹は決まったが、相当に覚悟しなくちゃならん」

「岩泉に行くってことですか」

松室は緊張を浮かべた。

「神父も門屋さんも死んだ。手掛かりはもうない。行くしかなかろうに」

「病院の方はどうするんです」

「おれが休んだって代わりの医者が居る」

「どうしてそこまで？」

「恒ちゃんと聖夜ちゃんだけ行かせる気か」

「…………」

「正直言っておれも怖くなった。が、こっちが手を引けば済む話じゃなさそうだ。だったら飛び込むしか手がないだろうさ」

「あっしもお供を」

怜に真司はぎょっとなった。

「怜ちゃんの体をお借りしている立場でわがままは言えねぇと百も承知ですが、なんとかお許しなすっておくんなさい」

怜は真司に頭を下げた。

「どうすりゃいい？」

真司は恒一郎に助けを求めた。

「センセーが居てくれれば心強い。けど、怜はアニキの子だ。アニキが決めてくれ」

「ならおれも行く」

「明日は様子を探るだけだ。任せろ」

戸崎は真司を制した。

「危なくなったら連絡する。そのときは桜小路に事情を話して援護に駆け付けてくれ。電話ぐらいじゃ県警も動いてくれん」

「悪魔憑きですよ。県警が動くかな」

松室は小首を傾げた。

「だからおまえさんと真司とで説得しろ」

「またぼくは居残りですか」

松室は慌てた。行く気だったらしい。

「おまえさん、半信半疑だろ」

「え、いや、なんて言えば」

「半端なやつは要らん。合理的解釈なんかを探し求めてるうちにこっちがやられる」

「信じますよ。信じればいいんでしょ」

「いいから留守を守ってくれ。真司一人じゃこっちも気になる。それにいきなり二人も医者が抜けりゃさすがに迷惑をかける」

「日帰りですか？」

「そのつもりだが、様子次第じゃどうなるか」

「まともな宿があったかなぁ」

「あるさ。岩泉は観光地の一つだぞ」

「岩泉病院には金子《かねこ》が居ます」

「おまえさんと仲がよかった金子か」

「そうです。脳神経外科に勤務を」

「なにかあったら頼りにする」

「午前中に連絡を取っておきます」

「いや、いい。かえって縛られる。行くのは門《かど》という地域で町からはだいぶ離れている」

「あいつは空手部でした」

「そんなのが役立つ相手ならいいけどな」

戸崎は苦笑いで受け止めた。

明日は朝が早い。

怜はそのまま恒一郎のところに泊まることになった。

「アニキがよく許してくれたな」

恒一郎は店の棚から狐憑《きつねつ》きの本を探して枕元に持ってきた。すぐには眠れない。

「またおめぇか、って声がどうにも耳からはなれねぇ。怜ちゃんにゃ申し訳ねぇが、一緒に行かずにゃいられねぇ気になりやした」

「センセーが一番の頼りだ」

「そうなりゃいいが。事故じゃねぇとしたら途方もねぇ相手ですぜ」

「分かってる」

「どう考えても分からねぇ」

「なにがだ？」

「なんでこっちの動きを知ってやがるのか、ですよ。いくら化け物でも世の中のことをそっくりお見通したぁ思えねぇ。お陰で嫌なことまで考えちまった」

「嫌なこと？」

「もしかして化け物はあの娘っ子ん中に潜んでいるんじゃなかろうか、ってね」

「聖夜ちゃんに！」

「おいらたちのだれか、ってことはねぇや。おいらたちはそもそもあの娘っ子の親父さんが岩手で死んだってことも知らなかった。それに神父はあの娘っ子の前で死んでる」

「なに馬鹿言ってる。聖夜ちゃんは謎を探ろうとしているんだぞ。当たっているなら、自分の首を絞めるようなもんだ」

「当人が気付かずにいるってことも。あっしのことを怜ちゃんが知らねぇようにね」

「本当に、嫌な想像だ」

「違うとすりゃ……あの写真でやしょう」

「………」

「あの写真からことがはじまった。神父も言ったじゃねぇですか。この写真は生きてると」

言って怜は枕元に写真の断片を散らばせた。

「こいつだ」

怜は断片の一つを抓《つま》んで恒一郎に渡した。

「板壁の節穴と思ったが、それにしちゃ大き過ぎる。さっき板壁を探して見たが、そんな大きな節穴はどこにもありゃしなかった」

言われて恒一郎は断片をスタンドに近付けて目を凝らした。

「人の目玉みてぇに見えませんかい？」

「確かに」

恒一郎は唸り声を発した。こっちをじっと見詰めているように感じる。なにやら不気味だ。

「この切れ端じゃ写真のどこに写っていたもんか分からねぇが、皆が見落としていたとはとても思えねぇ。それが奇妙なんで」

「なにが言いたい？」

恒一郎は布団に胡座《あぐら》をかいて向き合った。

「人の顔ぐれぇのでかさですぜ。見逃すはずがねぇ」

「はじめは写っていなかったと言いたいのか」

「神父が驚いたのは、たぶんこれでしょう。こいつがおれたちのことを見ていると言いたかったんじゃねぇですかい」

「ただの写真だ。考え過ぎだよ」

「けど、旦那《だんな》もあっしも、たった今までこいつを見た覚えがなかった」

「これだけだからだ。きっとなにかの一部分だ。上下の向きだって分からない。本で読んだが、人間の脳ってやつは複雑なようで単純だそうだ。白い点が三つ、三角の形に並んでいると、それを顔として認識する。二つ並んでいるのを目。一つを鼻とか口に当て嵌《は》める。すると自然に顔の輪郭が浮かびはじめる。ない輪郭を勝手に脳が作り出すんだ。心霊写真の大半はそうらしい。だれか一人が顔じゃないかと言い出すと、他の人間にも見えてくる」

「しかし、こいつは一つの丸でさ。旦那のおっしゃることとは違いましょう」

「センセーが最初に目だと言った。それでおれにもそうとしか見えなくなった」

「今はもう目玉にゃ見えねぇと？」

「いや、見えるよ。そのように脳に刷り込まれちまったからな」

そこに電話の呼び出し音が響いた。恒一郎はどきっとした。十二時を回っている。

慌てて出ると、相手は松室だった。

「すみません。寝てましたか」

「センセーと口論の最中さ」

「明日じゃ間に合わないと思って」

「例の写真。大きくプリントしようと思ってパソコンで眺めてたら、変なのを発見したんです。前には全然気付かなかった」

「なんの話？」

「店のカウンターのところに大きな目玉みたいなやつが浮かんでいるんですよ」

「…………」

恒一郎は思わず受話器を投げ出しそうになった。怜も布団から出て側に居る。

「もしもし、どうしました？」

「たった今、その目玉のことで口論していた」

「じゃあ、前からこいつが？」

「なのにおれたち全員が見逃していた」

「見逃すなんて……はっきり写ってます。そんなの有り得ない」

「センセーは……あとから出現したと言っている。その目玉がずっとおれたちを監視していた、とね」

「変なこと言わないでください。ぼく今たった一人で医局に居るんです」

「だったら見に行く。きちんと確かめたい」

ここから医大の附属病院まで歩いて十分とかからない。怜も頷《うなず》いて支度にかかった。

9

救急センターの窓口のところまで松室は迎えに出てきていた。

「同僚が戻ったんで医局だと話しにくいかと思って。プリントしたのを持ってきました」

松室は恒一郎と怜の先に立って歩いた。

松室の案内したのは入院患者の身内が使用する休憩室だった。

「職員用のもあるけど、ここだとだれにも気付かれずに昼寝ができる」

笑って松室は畳に座らせた。

「飲み物もありますよ」

松室は白衣のポケットから缶コーヒー二本と緑茶を取り出した。怜は緑茶を受け取った。

「嫌な感じだ。あんまりじっと見詰めない方がいいです。なんか頭がくらくらする」

松室はレントゲン写真を入れる紙袋から写真を抜き出して恒一郎に手渡した。

「お」

目玉はすぐに目についた。怜も覗《のぞ》き込む。

「ね、有り得ないでしょ。こんなのを全員が見落とすわけがない」

確かに、と恒一郎は頷いた。カウンターの奥に大きな渦のようなものが浮いている。

「気のせいだろうけど、動いてるみたいだ」

松室は写真から目を逸《そ》らして言った。

「こいつとはちょいと違いやすね」

怜は持参した写真の断片と見比べた。断片の方はもっと目玉に似ている。

「動いた！」

恒一郎は、わっとのけ反った。

「こっちを見た。間違いない」

どれ、と怜は写真を奪って睨《にら》み付けた。

が、なんの変化もない。

「くそ。おいらにゃ姿を見せねぇってことか」

怜は渦を小さな親指で押し付けた。

「どういうことだと思います？」

松室は生唾《なまつば》を呑《の》み込みながら訊《たず》ねた。

「写真が生きてるなんて……」

「戸崎さんの言葉を借りれば、理屈なんて無意味ってことさ」

「でも、有り得ないですよ」

そこに何人かの慌ただしい足音がした。

一人の足音が真っ直ぐ向かってくる。

「もしもし、菊池さん？　菊池浩一《こういち》さん」

軽いノックと同時に訊ねる声がした。

「いや、ぼくだ。どうかした？」

松室は立ち上がってドアを開いた。

「松室先生！　どうしてここに」

若い看護師が目を見開いた。後ろにもう一人の看護師と老婦人が立っている。

「なにかあった？」

「ええ。さっきまでいらしたはずの菊池浩一さんが急に見えなくなって」

「患者さん？」

「いいえ……お嬢さんがつい先程お亡くなりになりました」

「それは……ご愁傷さまでした」

松室は老婦人も身内と見て頭を下げた。

「まさかとは思うんですけど……」

看護師は口ごもった。

「ここじゃないと思うな。ずっと静かだ」

松室は隣りの休憩室に目を動かした。

が、在室を示す札が出ている。

看護師がそっとドアを叩《たた》いて様子を窺《うかが》った。

なんの返事もない。看護師はさらに叩いた。

「菊池さん！　失礼します」

叫んで看護師はドアを開けた。

あ、と看護師はその場に立ち尽くした。

男が中で血塗《ちまみ》れとなって倒れている。

「菊池さん！　しっかりして」

二人の看護師が部屋に飛び込んだ。

「大丈夫。まだ息があります！」

看護師が松室を振り向いて伝えた。

「自殺か！　すぐに救急センターに知らせるんだ。急げ！　ぐずぐずするな」

松室も狭い部屋に入った。一人の看護師が入れ代わりに出て知らせに走る。

「なんでこんな真似を！」

松室は血が噴き出している首筋を手で押さえた。勢いからして切ったのはほんの少し前のことと思われる。松室には信じられなかった。自分たちの居た部屋とは薄いボードで仕切られているだけだ。気配くらい感じそうなものである。菊池の腕がばたばたと動いた。なにかを探している。その指が脇に落ちていた果物ナイフをしっかり握り締めた。怪訝《けげん》な顔で眺めていた松室はいきなり足で乱暴に弾《はじ》かれた。松室は肩から壁に叩き付けられた。看護師は身を縮めた。首筋から血を激しく噴き出しながら菊池は荒々しく立ち上がった。ナイフを手にして部屋から広いロビーに出る。

「浩一！　どうしたの」

老婦人は冷たい目でぎろりと睨み付けられ、へたへたとその場に尻餅《しりもち》をついた。

「姿が見たいと言ったな」

菊池は薄笑いを浮かべて怜を見下ろした。

ナイフを真っ直ぐ突き付けて怜に迫る。

「逃げろ！」

恒一郎が横から菊池に体当たりした。

菊池は自分の血に足を取られて横転した。恒一郎も血溜《ちだ》まりに転がった。

「いつでも来い！　殺してやる。待ってるぞ」

菊池は怜に喚《わめ》き散らした。

「やめろ！　なにしてる」

部屋から飛び出た松室が菊池の腕を必死で掴《つか》んだ。菊池は暴れた。恒一郎も手伝う。

やがて菊池はぐったりとなった。

恒一郎はナイフを菊池からもぎ取った。

「離れてろ！　まだ安心できない」

近付いた怜を恒一郎は追い払った。

「なんとか助けられるみたいです」

一時間後。家に戻っていた恒一郎に松室が安堵《あんど》の声で連絡してきた。

「大変な目に遭いましたね。彼の母親がくれぐれも謝ってくれと」

「いや、謝るのはむしろこっちかも」

「と言うと？」

「巻き込んでしまったかも知れないってことだ。彼は姿を見せると一直線にセンセーを狙ってきた。たまたまおれたちの近くに居たんで利用されたとも考えられる」

「………」

「ナイフを持っていたからには娘さんを亡くしたショックで自殺するつもりでいたのも確かだろうが、操る側が欲しかったのはそのナイフだ。君には聞こえなかったようだけど、センセーの望み通りに姿を見せたと言った」

「彼が！」

「ただ襲わせるとあとが面倒になる。それで先に喉《のど》を切らせたんじゃないか？　センセーを刺してから彼が死ねば全部が曖昧《あいまい》となる」

「そんな馬鹿な！」

「あの写真が敵の目になっている可能性がある。焼き捨てた方がいい」

「焼き捨てるくらいで済むと？」

「センセーを連れて行くべきかどうかも悩んでいる。敵は完全にセンセーをマークした」

「と言うより手を引くべきだ。そうしてください。さっきのことで桜小路さんが来ました。恒一郎さんと怜ちゃんがこんな時間になぜ病院に居たのかしつこく訊ねられました」

「なんて答えた？」

「怜ちゃんが食中毒らしかったんで薬を服《の》ませて、とりあえず休憩室で様子を見ていたと」

「信用したか？」

「たぶん。彼と恒一郎さんたちはなんの関わりもありませんからね。でもこれ以上なにか続けば怪しまれる」

「怪しんでくれる方が助かる。いざというときにすぐ岩泉まで駆け付けてくれる」

「まだそんなことを！」

「危険は承知だが、今回はなんとか防げた。敵の力に限界があることが分かった」

「おなじことが起きたらどう責任を取るつもりなんです？」

「責任？」

「そうじゃないですか。恒一郎さんが言ったように敵が彼を操ったとしたら、彼への責任はどうなるんです？　自殺する気だったから構わないとでも？」

「そんなことはない」

恒一郎は受話器を手に首を横に振った。

「助かりそうだからいいものの、死んでいればその責任の半分以上はぼくらにある。きっと彼はあの間際まで眠っていたはずです。なんの物音もしなかった。自殺を断念していたことだって有り得る」

「悪いが……考えもしなかった」

恒一郎は素直に認めて吐息した。その通りである。迂闊《うかつ》に動けばまた彼のように無縁の人間を巻き込んでしまいかねない。

「けど……ここまではっきりしたからには捨て置くことなんてできないぞ。第一、手を引いたところで向こうは必ず仕掛けてくる」

それには松室も押し黙った。

「行くしかありやせん」

やり取りに耳を澄ましていた怜が恒一郎のパジャマの袖《そで》を引いた。

「待ってる、と言いやした。そう口にしたからにゃ岩泉までは邪魔に入らねぇ気でしょう」

「信用できると思うか？」

「あっちにゃあっちの目算があるのかも。引き寄せる方が力を出せるんじゃねぇですかね」

「だったらまずいだろう」

「行かなきゃさっきみてぇなことが繰り返されるだけでさ。覚悟のしどころだ」

「聞こえたか？」

恒一郎は松室に訊《たず》ねた。

「そういうことなら、ぼくも行きます」

「………」

「桜小路さんも変に思う。そのぼくが岩泉から助けを求めればすぐに来てくれる。説得するよりずっと早い。違いますか？」

「分かった。出発は七時だ」

「ちょうど夜勤が終わる時間だ。医大まで迎えに来て貰《もら》えますか」

「いいけど、夜勤明けだと辛《つら》そうだ」

「なにもなければ眠っていられます」

松室は電話を切った。


「様子を探るだけじゃ済みそうにないな」

恒一郎は布団から半身を起こしてたばこを喫った。目が冴《さ》えて眠れない。ごそごそ体を動かしていた怜も起きて胡座《あぐら》をかいた。

恒一郎は怜にたばこを勧めた。

「いただきやす」

怜は笑顔で口にくわえ火をつけた。

「鬼退治の呪文《じゅもん》を書いた本はあるけど、読むだけでどこまで通じるものか……盛岡に陰陽師《おんみょうじ》が居るなんて聞いたこともないしな」

「そもそも祈禱師《きとうし》の唱える呪文なんてのはなんにでも通用するもんですかい？」

「さあ」

「日本の狐や狸ならなんとかなりそうだが、外国の狐に呪文が分かるたぁ思えねぇ」

「だな」

恒一郎はくすくす笑った。

「分からねぇのは、神父があの娘っ子の父親を頼りになると見たことでさ」

「専門家だと言っただろ」

「どっちの？　教会っていや異国のもんだ」

「だよ。聖夜ちゃんの父上は西洋の神秘学を専門にしている」

「だからそこですよ。いくら異国の方が偉ぇからといって、この国の狐や狸まで簡単に退治できるもんですかね。どんなに効き目のある呪文でもおいらにゃさっぱりだ」

「なにを考えてる？」

「神父はあの通りすぐに死んじまったんでなにも聞き出せやしなかったが、神父は異国の呪文が効く相手と見極めたんじゃねぇんですかい？　それであの娘っ子の父親に目星をつけた。そう見るのが自然でやしょう。ただの狐憑《きつねつ》きなら祈禱師を当たれと言う」

「岩泉は岩手でも山奥だぞ。西洋の悪魔なんて、ちょっと信じられないけどな」

「けど旦那《だんな》もおっしゃっていたじゃねぇですか。狐憑きとは別物みてぇだと」

「話を聞いた感じだけだ」

「念の為、そっちの用意もしていく方が安心てもんでさ」

「そっちの用意と言われても……聖水ぐらいしか思い付かないぞ。銀の弾丸なんてこの国じゃ調達しようがない」

「そいつは効き目があるんで？」

「狼男にはな。冗談だ」

「銀の箸《はし》なら古道具屋に行きゃ見付けられる。心臓に捩《ね》じ込んでやりゃ一緒だ」

「伝説だ。本当かどうか分からない」

「なにも持たねぇよりましだ」

「銀の箸か……なんだか心細くなった」

「聖水ってのはどこに行けば？」

「教会だ。聖夜ちゃんに言えば持ってきてくれる」

「塩はどうです？　魔物を寄せ付けねぇと昔から言われてる」

「悪魔にはどうかな？　向こうの映画じゃあまり見たことがない」

「向こうと限ったわけじゃねぇ。用心のために持って行きやしょう。重いもんじゃねぇ」

「そんなんで本当に勝てると思うか？」

恒一郎は不安に襲われた。

「なんでか知らねぇが、向こうもこっちを怖がってる。だからこうしてちょっかいを出してくる。でなきゃ相手にもしねぇ」

「だといいが」

本心から恒一郎はそう思った。

10

「六人乗りのワゴンだからいいが、そんな調子で役に立つのか」

戸崎は、最後部の座席を一人で占めて早々と眠る体勢となった松室に軽い舌打ちをした。

盛岡を出たばかりだ。助手席には聖夜。真ん中の座席には戸崎と怜が仲良く並んでいる。

「熱の下がらない患者が出て大変だったんですよ。ほとんど寝ていない」

「だったらついてこなきゃいいのに」

「岩泉まで二時間近く眠れる。大丈夫です」

「そんな甘い敵と違う」

夜中の出来事を知らされて戸崎は警戒を強めていた。聖夜も頷《うなず》いた。

「足手纏《あしでまと》いになるようなら車に残すぞ」

振り向いた戸崎はすでに松室が目を瞑《つむ》っているのを見て苦笑いした。

「夜中のことを真司に伝えなくて正解だった。知ればセンセーをきっと引き止めたぞ」

戸崎はたばこをくわえて恒一郎に言った。

「あの写真を通して我々を監視していたなんて信じられん。本当に偶然じゃないのか？」

「あのやり方で神父と門屋源次郎さんは殺された。間違いない」

恒一郎は断じた。戸崎はまた舌打ちして、

「なのにこっちにはなんの武器もないときた。銀の箸がないかとさっき電話で言われたときゃ頭がくらっとしたぞ。おまけに車の中にゃ天然塩の袋が三つも積まれてる」

「聖水と十字架もあります」

聖夜が笑顔で戸崎を振り向いた。

「そんなのが効く相手かね。信者である聖夜ちゃんには申し訳ないが」

「どうすれば？」

恒一郎は訊ねた。

「少し前に大型の日曜大工の店を見掛けた。引き返して武器になりそうなものを買うってのはどうだ？　つるはしやナイフもきっと置いてある」

「逆に危ない。相手はこっちの力を利用しかねない」

「しかし、塩を振り撒《ま》くだけで勝てるとはとても思えんがな」

それに恒一郎は押し黙った。

「猟銃なら金子が持ってますけど」

むっくり起き出して松室が口にした。

「盛岡に遊びに来たときに自慢してた。岩泉病院に移ってから手に入れたとか」

「ちゃんと許可を受けたやつか」

「当たり前でしょう。なに言ってるんです」

「借りられるのか？」

「それは当人でないと。だから金子にも一緒に来て貰えばいい」

「こんな話、信用すると思うか？」

「信じなくても、あいつなら面白がってついてくると思いますよ。戸崎先輩まで同行してて、車に塩の袋が三つもあれば驚く」

「どうする？」

戸崎は恒一郎の肩を叩《たた》いた。

「まずいと思う」

恒一郎は首を横に振って続けた。

「戸崎さんは昨日の様子を見ていないからね。猟銃を操られたらそれこそお終《しま》いだ」

「マジで花咲かじいさんにならなきゃいかんのか」

「うめぇことを言いなさる」

怜は声にして笑った。灰と塩の違いだ。

「神のお力を信じるしかない」

聖夜は真面目な目で呟《つぶや》いた。

「急に空が暗くなってきた」

恒一郎は左手に見える岩手山《いわてさん》の頭上に広がる黒雲を不吉なもののように見上げた。

「天気予報じゃ快晴のはずなのに」

「まさかあの雲まで敵の仕業と言い出すんじゃなかろうな」

戸崎に恒一郎は無言で首を捻《ひね》った。

岩泉は地図の上で見ると盛岡より心持ち北東の方角に当たる。距離はおよそ百キロ。三陸海岸にほど近い山間《やまあい》の町だ。盛岡を出れば曲がりくねった山道が延々と続き、百キロといっても二時間以上はたっぷりかかる。

それに土砂降りが重なった。

中間地点辺りの早坂《はやさか》高原に達したのは一時間半後のことだった。

眠いと言って断わった松室をそのままにして恒一郎たちはレストハウスに飛び込んだ。

「参ったな。傘でも買わんと」

戸崎は肩や袖《そで》の雨粒を乱暴に払い落とした。たった十数歩駆けただけでこうなる。車の屋根を叩く雨音が勢いの凄《すご》さを示している。

「まったく、なんだってんだ」

ぶつぶつ言いながら店内に入ると、それを聞き付けた店の者も頷いて、

「崖崩《がけくず》れの恐れがあるそうです。ニュースでやってましたよ」

「岩泉方面？」

恒一郎は椅子に腰掛けて質《ただ》した。

「ここから国道にぶつかるまでの間です」

水を用意しながら男は応じた。

「なんか嫌な感じがしてきた」

戸崎に怜も小さく首を縦に動かした。

「なんでもかんでも結び付けりゃ弱気ととられそうだが……とにかく異常だよ」

コーヒーを啜《すす》りながら戸崎は窓の外を見た。

「どんどん激しさを増してる。盛岡はあんなに晴れ上がってたんだぞ」

「けどまさか。天候まで支配できるんならこれまで無事で済むはずが……」

「楽しんでいたんじゃないのかね。恒ちゃんから聞いたが、センセーは相手がこっちを恐れているようだと言ったそうじゃないか。そいつが当たっていることを祈る」

「もし崖崩れに巻き込まれれば……」

「ただの事故さ。今までみたいにな」

戸崎に皆は思わず目を見合わせた。

「面と向かってやり合ってのことなら諦《あきら》めもつくが、崖崩れは勘弁してもらいたい。相手の正体も知らず死ぬことになる」

戸崎はたばこを深く喫った。

「今日のところは出直した方が賢明かな」

恒一郎に聖夜は暗い目となった。

「おなじことの繰り返しになりやすぜ」

離れた席の客を気にしつつ怜は反対した。

「野郎の仕業なら次もまた仕掛けてくる。この雨が野郎と無縁なら、あとはこっちの運次第ってことでしょう。崖崩れにちょうどぶつかるなんてのは滅多《めった》にねぇこった」

「なるほど、繰り返しか」

戸崎は煙を吐き出して頷いた。

「言えてるな。怯《おび》えてちゃいつまでも岩泉に近付けん。カタをつけちまおう」

思い付いたように戸崎はテーブルのメニューを眺めてカツカレーを注文した。

「食う気になってきた。恒ちゃんはステーキにしないか？　テキにカツってやつだ」

「遠慮しとく」

笑って恒一郎はコーヒーをまた頼んだ。

聖夜は安堵《あんど》の顔に戻った。

「具合でも悪くなったか？」

怜は聖夜に小声で質した。額に汗が見える。

「少しだけ。車に酔ったみたい」

「無理するな、と言いてぇとこだが、今日行きてぇのはおめぇさんだろ」

そう、と聖夜はきつく唇を結んだ。

「薬を服《の》みに、でしょう」

席を立ってトイレに消えた聖夜に怜は案じ顔で口にした。

「いいのかな。このまま岩泉に向かって」

「あの娘っ子の選んだ道でさ」

怜は恒一郎に目を動かして言い聞かせた。

「車に酔ったんじゃないだろう。たぶん薬の服み過ぎのせいだ。どれだけ調子が悪いのか……当人が訴えない限りこっちには分からん」

戸崎は辛《つら》い顔となった。

「なにしろ強い子だ。気力で踏ん張っている」

「戸崎さんの看立《みた》ては？」

「検査をさせてくれないからなんとも……半年から一年……入院を受け入れればの話だが」

「だから動けるうちにってことか」

恒一郎は吐息して天井を見上げた。

「おれたちの選択はこれでよかったのかね」

戸崎は自信なさそうに言うとカツカレーをゆっくり口に運んだ。

「警察病院に収容された方が気持ちを楽にできたかも知れん。死ぬと分かっている病気と一人で戦うのはとてつもなく大変なことだ」

「一人ではねぇでしょう。こうして戸崎の旦那《だんな》や結城の旦那が見守ってくださっている」

「苦痛を鎮めてやることもできん」

「この世の中にゃ体の痛みなんぞより苦しいことがいくらもありますよ。あの娘っ子は変わった。旦那方のお陰でね」

「消防車が来た」

恒一郎は駐車場に目をやっていた。

「危険な箇所の巡回です」

店の者も気付いて恒一郎に教えた。

「あの消防車について行けば安心だ。万が一のことがあってもすぐに助けてくれる」

恒一郎に戸崎はにやりとして頷《うなず》いた。

前を行く消防車も慎重に山道を走っている。

この豪雨でワイパーも息絶え絶えに感じられる。擦れ違うのがやっとの細い道だ。先導する形の消防車が頼もしく思える。

「これだと岩泉到着は昼近くになりますね」

缶コーヒーを飲みながら松室は唸《うな》った。

「なんでこうなるんだろ。地球温暖化のせいですか。ノアの大洪水みたいだ」

「静かにしてろ。恒ちゃんの気が散る」

戸崎は松室を睨《にら》み付けた。

「ゆっくり走ってる方が崖崩れに巻き込まれる危険が増すでしょう」

「寝てろ。そうすりゃ岩泉に着く」

「すっきりと目が醒《さ》めた。大丈夫です」

「この雨を面白がってるようだな」

「崖崩れのニュースが流れると、たいがい車がそれに巻き込まれているじゃないですか。あれっていつも不思議な気がする。そんなに交通量が多そうじゃない場所なのに。広い範囲って言ったってせいぜい三十メートルやそこらだ。車ならあっという間に抜けられる。変だと思ったことはないですか?」

「変と思うのはおまえさん一人だ。車が巻き込まれたから全国ニュースになる。他に何百と起きてる崖の崩落はただ通行止めの措置が取られるだけのことだ」

「そうか。そうだったんだ」

ぼりぼりと松室は頭を掻《か》いた。

「だから医者の世間知らずと馬鹿にされる」

車が急に速度を落とした。

「消防車が止まった。崖崩れかな」

恒一郎は前方に目を凝らして停止した。

豪雨の中に消防署員たちが飛び出す。

恒一郎たちの乗るワゴンの後ろから前に出ようとした車を消防署員が制止した。五、六台がいつの間にか繋《つな》がっている。

消防署員が恒一郎の脇の窓ガラスをノックした。恒一郎は少し開けた。

「石が何個か落ちてるんですよ。調べる間、待機していてください」

「危険な状態？」

「通れるとは思いますけどね」

言って消防署員は他の車に向かった。

「なんともなさそうに見えるがな」

戸崎は樹木の生い茂る斜面を目で確かめた。が、斜面を流れる水は滝のごとく道路に降り注いでいる。

「こんなとこに止まるからかえって危ない目に遭うのと違いますか」

松室に恒一郎も同意した。早く抜けてしまう方が安全に思えてならない。道路に溢《あふ》れた水が茶色く見えるのも気に懸かる。土砂が混じっているからに相違ない。しかし消防署員たちはプロだ。それくらい承知している。

「急いでバックしてください」

別の消防署員が駆けてきて命じた。

この雨の中、細い山道でのバックはきつい。

恒一郎は後続の車に目を配りながらそろそろと後退した。苛立《いらだ》つほどの鈍《のろ》さである。

ずん、と重い響きと揺れの両方を感じた。

「ヤバい。来やがった」

戸崎は身を強張《こわば》らせた。

消防車の前方に、一瞬にして土砂が積もっている。道を塞《ふさ》ぐほどの量ではないが、高い場所から落ちたので衝撃が伝わったのだ。

消防署員たちはしばらく様子を窺《うかが》っている。

「まずいぞ。通行止めにでもなりゃ引き返すしかない。ここは一本道なんだろ」

戸崎に言われるまでもなく恒一郎はカーナビで検索にかかった。少し戻ったところになんとか迂回《うかい》の道が見付かった。けれど林道のレベルだ。本道でさえこの狭さなのだからどんな状態か見当もつかない。

「崖崩《がけくず》れって、あっけないもんだな」

松室はまだ信じられない顔をしていた。

後続の車から何人かが降りて確かめに行く。

「無理だ。すぐには通しゃしない。別の道があるならそっちに回る方が早い」

戸崎は恒一郎を促した。

「でもどんな道なのか……」

「カーナビに載ってるんだ。車の走れる道だろうさ。集落もあるようだし」

カーナビを覗《のぞ》き込んで戸崎は請け合った。

「今じゃ林道も立派なもんだ。酷《ひど》いときは、それこそ諦《あきら》めて盛岡に戻ればいい」

それで恒一郎の決心もついた。

「果たしてこいつが野郎の仕業かどうか」

怜は崩れた現場から目を離さずに言った。

11

怖いぐらいの道が続く。

左側は深い崖で、道幅は三メートルあるかないか。もちろん対向車と擦れ違うことなど不可能だ。もし来ればバックでかなりの距離を戻らなくてはならない。

「本当にどっかに着くんだろうな」

戸崎は心細い顔で前方を睨んでいた。自分が運転しているわけではないのに、しっかり見ていないと不安に襲われる。

「引き返すこたぁできませんぜ」

怜に戸崎は頷いた。自殺行為となる。

「対向車のないのが救いだ」

恒一郎は本心から口にした。この山道に入ってから二十分近く経つ。なのに不思議と出会わない。

「土地の連中はこの山道の怖さを承知してるんだろう。この豪雨の中に踏み込んでるのはおれたちぐらいのもんじゃないのか」

戸崎はたばこに火をつけた。

「峠さえ越せば集落に出られそうだけど……喫茶店なんかありそうにないな」

恒一郎はカーナビを睨んで言った。この速度では国道に出るまで一時間以上はかかりそうだ。休んで雨の様子をみたい。

「家はありやしょう。頭を下げりゃ茶くれぇ恵んで貰《もら》えやすよ」

「昔とは違う」

恒一郎は苦笑した。

「確かにな。昔だったら特に怪しみもせず見知らぬ客を受け入れた。田舎の家の戸はいつも開け放たれていたもんさ。いつの間にかどこもしっかり鍵《かぎ》をかけるようになった。訪問セールスのしつこさが原因かね」

戸崎はたばこを喫って続けた。

「街中の公衆便所がめっきり減っている。公園ぐらいにしかない。便意を催したらどうするんだ？　昔は適当な家に飛び込んで、便所を貸してくれと言えばそれで済んだが、今は違う。つくづく暮らしにくくなった」

「パチンコ屋かホテルのトイレですかね」

松室も真面目な顔で応じた。

「おまえさんは自律神経失調症だからな。結構深刻な問題だろう」

「深刻ってほどのものじゃないけど」

「人が人を信用できない世の中でいったいなにができる？　根本が間違ってる気がするよ」

「元気になってきましたね」

「なにがだ？」

戸崎は松室を振り向いた。

「先輩が、ですよ。そういうことを言いはじめると気合いが入る」

「当然のことを言っている。助け合いの精神が大切だ、なんて言ってるが、子供たちにゃ、見知らぬ人間と口をきくなと学校や親が教育してる。いろんな事件がある。仕方のない部分もあるが、そういう子供らが大人になって、他人を信じられると思うか？　子供時代の教育ってのが最も大事なものなんだ。おれたちの子供の頃は、見知らぬ人間にも親切にしろと言われたぞ。今じゃ道を訊《き》いたって子供らがばたばたと逃げて行く」

「そこまで極端じゃないでしょう」

「訊いたことがあるのか？」

「ないけど……いくらなんでも」

「そうなってるんだよ現実は。道を訊くのが子供に近付く一番簡単な方法だ。親もそこを口を酸っぱくして言い聞かせる」

「そうか。そうですね」

松室も認めた。

「毎日凶悪な事件が起きてる。こんな時代じゃそうやって防衛線を張るしかないのかも知れんがな。なんだか寂しい気にもなる」

戸崎はたばこを揉《も》み消した。

山間《やまあい》の小さな集落が下り坂の途中で目についた。恒一郎は思わず安堵《あんど》の息を吐いた。

「今日はもうあそこに泊まりたい気分だな。宿があればの話だけど」

戸崎もほっとした口調だった。

「まだようやく半分ですもんね」

その先に雨で霞《かす》んで真っ黒に見える屏風《びょうぶ》のような山を眺めて松室は舌打ちした。

「これで、先は崖崩れで通れないなんて言われたらアウトだぞ。引き返すのはごめんだ」

戸崎に皆は無言で頷《うなず》いた。

「しかし、こんな場所によく人が暮らしてますね。信じられない」

松室はウィンドーに額を押し付けるようにして山間を見下ろした。

「この辺りは林業が主産業だ」

「そりゃそうだろうけど、ぼくは無理だ」

戸崎に松室は吐息で応じた。

「昔はともかく、今は衛星放送が見られる。どうせ引き籠《こ》もりのおまえさんなら平気だよ」

「どこに出るにしてもこの道を運転しなくちゃならない」

「最悪の日に来たからそう思うだけだ」

「開業しろと勧めてるんですか」

「生き神さまみたいに扱われるぞ」

「七、八軒の屋根しか見えない。こっちが飢え死にしてしまう」

「まったくな。病人がわんさと居ないと医者の暮らしは成り立たん。因果な商売だ」

戸崎は複雑な顔をした。

道沿いにある家の前に恒一郎は車を停めた。茅葺《かやぶ》きの大きな民家である。

聖夜と怜が豪雨の中に飛び出て玄関を目指した。二人なら警戒されない。

車が停まったのを見ていたらしく老婆が先に玄関の戸を開けて待っていた。

「あんた方は？」

腰の曲がった老婆が聖夜を見上げた。

「岩泉に向かう途中です。早坂高原の先の道が土砂崩れで閉鎖になって」

「そりゃまぁ大変な目に遭いなすったね」

老婆は得心した。

「申し訳ありませんが、少しお宅で休ませていただけませんか？　雨が酷くて」

「ええよ、茶ぐれぇ差し上げるべぇ」

老婆は車に目をやりつつ頷いた。

「ありゃま、金子先生のお知り合いだかね」

老婆は松室に茶をいれながら驚いた。

「金子先生のお知り合いだとよ」

老婆は囲炉裏の前でにこにこと胡座をかいている老人に教えた。耳が遠いようで曖昧な顔で何度も頷く。

「去年、この人が金子先生にお世話になってなぁ。会ったらよろしく伝えてくんろ」

「このお家にお二人だけですか？」

松室は座敷を見渡して訊《たず》ねた。

「倅《せがれ》夫婦と孫は町に買い物に出掛けた。こったな雨になって戻りに難儀するべぇ」

「どっちの道で岩泉まで？」

恒一郎は温かな茶碗《ちゃわん》を手にして質《ただ》した。

「おめぇさん方がこれから行きなさる道さ」

「きつい道ですか？」

「どっちも似たようなもんだが、この雨じゃあな。気いつけて行きなされよ」

「門というところまで行くんです」

「それだば、ほんの手前で道が行き止まりになっただな。えらい遠回りになって気の毒だ」

「門屋《かどや》さんというお宅ですけどね」

「もちろん知っちょる。あの辺りの大地主たい、知らん者はいなかろう」

「珍しい神様を祀《まつ》っているとか」

「ほう、それは聞いちょらんなぁ」

老婆は小首を傾げた。

「そういうことに詳しそうな人をご存じじゃありませんか？」

「神様についてかね？」

「ええ。あるいは土地の伝説とかでもいい」

「そう言われても、さっぱりじゃ。わしら炭焼き以外のことはなんにも知らんで」

「狐憑《きつねつ》きが出たとかいう噂は？」

「ああ、だいぶ昔の話じゃろう」

それにはしっかりと頷いて、

「門屋さんとこのちっちゃな娘に狐が憑いたといって騒ぎになってな。二十年も前じゃろか。それでも百年も昔の話とは違う。そったなことはあるめぇと大川《おおかわ》の青山《あおやま》さんらが調べたりしておった……そうじゃ、あの青山さんならいろんなことをよく知っちょる」

老婆は口にして首を縦に動かした。

「その青山さんという方は？」

「わざわざ東京からこっちに移ってきてくれた先生じゃ。もう七十近い歳やけ、元気にしなさっているか分からんけの。大川の小学校に行って訊けばすぐ分かるじゃろ」

「大川というのはどの辺ですか」

「岩泉の町に向かう途中じゃ」

老婆は言って皆にまた茶を勧めた。

ようやく雨の勢いが弱まってきた。

恒一郎たちは老婆に見送られて出発した。

「生きてりゃいいが」

「生きてるでしょう、まだ七十前ですよ」

戸崎の心配を松室は笑い飛ばした。

「殺されていなければいいって意味だ」

そうか、と松室は押し黙った。

「大丈夫じゃないかな」

恒一郎は前方から目を離さずに言った。

「五、六年前に見掛けたと言うんだから。事件から十五年くらい過ぎてる。危険人物と看做《みな》されなかったはずだ」

「それを言うなら神父も一緒だ。ここに来て邪魔になりそうな人間を始末にかかってる」

うーん、と恒一郎は唸《うな》った。

「けど、あの写真は燃やしやしたぜ。野郎の目はもうねぇ。おいらたちがどこに向かうか見当もつかねぇでしょう」

怜に恒一郎は大きく頷いた。

「その先生にゃ申し訳ないが、敵の力の見極めができる」

「どういう意味？」

戸崎に恒一郎は怪訝《けげん》な目をした。

「もしこの数日間で不自然な死に方をしていたら、紛れもなく敵の仕業ってことだ。そんな偶然なんかがあるわきゃない。敵はおれたちの先々すべてを見通している。そのときは……残念だが諦《あきら》めるしかない」

「…………」

「盛岡に戻って桜小路のとっつぁんに相談する。おれたちだけでは無理だ」

「あの写真、もうないからなぁ」

目玉の動く写真である。あれを見せれば多くを説明せずに済む。

「ぼくもファイルから削除してしまった」

悔しそうに松室が口にした。

「皆で申し立てりゃ得心してくれやしょう」

怜は請け合った。

「でも、警察で退治のできる相手かしら」

聖夜は危ぶんだ。

「警察が駄目ならこっちはもっとだ」

戸崎は苛々《いらいら》とたばこを手にした。

「武器が通用しない、ということです」

「本当に塩や聖水が効くと？」

「分かりません」

聖夜は素直に返した。

「だったらどうすればいい？」

「効くかどうか試してみないと」

「効かなかったら全滅だ」

戸崎は厳しい目となった。

「逸《はや》る気持ちは分かるが、効き目の分からんものに頼って立ち向かうのは無謀だ。策の立て直しをすべきだ。その青山先生ってのが不自然な死に方をしていたときはな」

そうですね、と聖夜も了承した。

「が、ぴんぴんしていたら話は別だ。敵は万能じゃない。この雨だってただの自然現象かも知れん。一気に攻めにかかる」

「青山先生ってのが——」

松室が割って入った。

「敵にとってなんでもない人物なら最初から警戒しませんよ。元気で居ても敵の力を推し量る材料にはならないのと違いますか」

「またそうやって水を差す」

戸崎は松室を睨《にら》み付けた。

「むろんそいつはおれたちが会ってからの判断だ。そのくらい心得てるよ」

「こっちの判断と敵の判断は別かも」

「おまえさん、なにが言いたい？」

「ぼくの見間違いかも知れないけど……ついさっきまでカーナビの画面に今の集落の名が見えていた」

「それがどうした？」

「今はないんですよ」

松室はカーナビを指し示した。

皆が覗《のぞ》き込む。

「本当だ。確か竹林《たけばやし》とかいう名だったな」

戸崎は恒一郎に拡大地図を表示するよう促した。が、拡大してみてもその一帯は空白で曲がりくねった道があるだけだ。

「だいたい、七、八軒の家で集落って言えますかね。それも不思議だった」

「皆が見ていたわけだから、見間違いってことはないよな？」

戸崎は皆に確認を取った。皆が頷《うなず》く。

「カーナビの画面からその地名ばかり消えちまうなんてことは有り得ん。いや、あるかも知れないが、その不具合の瞬間に遭遇するなんてのは百万分の一くらいの確率だ。こいつをどう考えるか、だ。ひょっとしたらおれたちは幻を見たのかも」

「…………」

「敵の罠《わな》に嵌《は》められたってことさ。集落があると知っておれたちは迂回《うかい》する気になった。もしなにもない山道なら尻込《しりご》みして盛岡に引き返した可能性がある」

「でも、現実に集落はあった。集落と呼べないほどの規模だけれどね」

恒一郎に聖夜も頷いた。

「本物だったんだろうか？」

「なにが？」

「あの集落だよ」

「なに言ってんだよ。ちゃんとあった」

「幻ってのは超リアルだぞ。脳がそのように思い込む。触れば硬さや重さもある」

「そんな馬鹿な！　あの婆さんまで？」

恒一郎には信じられなかった。

「適当な場所でUターンしよう。そいつを確かめずには一歩たりとも前に進めん」

「いや、結城さんの言う通りです。あの老婆が幻だなんていくらなんでも。金子のことまで知っていたじゃないですか」

「おれはなんとしても確認したい。今日は朝から妙なことが続き過ぎる」

「あっしも戸崎の旦那《だんな》の気の済むようにするのが一番と思いやすぜ」

怜の言葉に恒一郎は背筋の冷たくなるのを覚えた。

12

いくらなんでも、という思いで恒一郎は細い山道を引き返した。自分は断じて眠ってはいなかったし、囲炉裏の火の温《ぬく》もりや、振る舞われた茶の味もしっかり憶《おぼ》えている。なにより一人ではない。車に同乗している皆が一緒なのだ。それが幻だったはずがない。

「これがもし、先輩の言う通りだったとしたら……現実なんてなんなんだって疑いたくなる。やっぱり有り得ないでしょう」

松室に恒一郎も同意した。

「最初におかしいって言いはじめたのはおまえさんだろうに」

戸崎は松室を睨み付けた。

「ぼくはただ単純に変だなと思っただけで、先輩のように突拍子もない想像はしない」

「相手は好きに人間を操れるやつなんだぞ。だったら幻なんてたやすいことだ」

「けど、限度ってものがありますよ」

「じゃ集団催眠はどうだ？」

「あれはそれぞれの意識にイメージを吹き込むだけのやり方だ。海が見えますね、と言われて皆が頷くけど、それぞれが見ている海は別物です。ある人間には伊豆《いず》の海が見え、他の人間は沖縄の海を見ていたりする。さっきみたいに皆がおなじものを見るなんて……」

「どんな婆さんだった？」

「は？」

「さっき会った婆さんさ」

「どんなって言われても」

松室はぼりぼりと頭を掻《か》いた。

「ついさっきのことだろうに」

「いや、ごく普通の農家の婆さんなんで」

「眼鏡はかけていたか？　もんぺの柄はどうだった？　頭に手ぬぐいをしてたか？」

戸崎は矢継ぎ早に質《ただ》した。

「ちょっと待ってくださいよ。先輩はわざと混乱させてるんでしょ」

「なにをだ？」

「だって穿《は》いてたのはもんぺじゃなく普通のスカートだったでしょう」

その言葉に皆は顔を見合わせた。

「おれはもんぺだと思ったが」

戸崎は小首を傾げた。

「あっしもでさ。絣《かすり》のやつだった」

怜は自信を持って口にした。

「私は……憶えていない。鼻の脇にあった大きな黒子《ほくろ》ははっきり浮かんでくるのに」

「黒子なんてあったかい？」

恒一郎は思わず聖夜を見詰めた。

「あったでしょ。ここのところに」

聖夜は自分の鼻の脇を指で示した。

「やっぱり怪しくなってきた」

戸崎は深い吐息をして、

「おれも恒ちゃんとおなじだ。黒子なんか見ていない」

「冗談じゃないぜ」

恒一郎は山道に車を停めた。

「もっと互いに確認し合おう」

「行って見れば分かることだ。あの家があそこになきゃ幻だったと決まる」

「戸崎さんは怖くないわけ？」

恒一郎は呆《あき》れた顔で戸崎を見やった。

「あと五分も走れば着くんだぞ。ここであれこれ言うより早い」

「早い遅いの話じゃないよ。茶請けに旨《うま》い沢庵《たくあん》まで出して貰《もら》ったじゃないか」

「それはちょっと記憶にないな」

戸崎は眉《まゆ》をひそめた。

「沢庵、出たよな？」

恒一郎は他の皆に確かめた。

皆は頷いたものの、恒一郎が詳しく質すとそれぞれに微妙な差があった。沢庵を入れた碗《わん》の模様が違っていたり、沢庵ばかりではなく胡瓜《きゅうり》の漬物もあったという類《たぐい》である。それに、不思議なことに思い出そうとすればどんどん曖昧《あいまい》になっていく。

「夢と一緒だ」

戸崎はまた吐息して、

「実際の体験と違うから細部を忘れる。これはどうやら幻と断定してよさそうだ」

「面白《おもしれ》ぇことになって来やがった」

むしろ怜は笑いを浮かべた。

「こんなこたぁ生まれてはじめてでさ」

「あれが幻だったとして……」

恒一郎はまだ半信半疑ながら、

「やつの狙いはなんだったんだ？」

「そりゃ青山って先生のことでしょう」

怜に戸崎も頷いた。

「皆が青山って先生のことだけはしっかり憶えている。会わせてぇに違いねぇ」

「そしてどうする？」

「あっしに訊《き》かれても……野郎の考えだ」

「会わないのが正解ってことだな」

「それはどうかな」

戸崎は首を横に振った。

「さっきのが幻だったとおれたちは気付いた。だったら素知らぬふりで敵の手に乗るってのも策の一つだ。まさか敵も幻が発覚するとは思っていないだろう。そこまで計算済みなら、そもそも幻を見せる意味がなくなる」

「分かるけど……そんなやつを相手にして勝てるなんて思えなくなってきた」

恒一郎は弱音を吐いた。

「まず本当に幻だったかどうか確かめるのが先だ。行ってみよう」

戸崎は恒一郎を促した。

やがて車は山間《やまあい》を見下ろす場所に達した。

恒一郎は速度を緩めて盛んに吐息した。

「行くまでもない」

戸崎は道幅の広いところで停止させた。

「間違いなくあそこだ」

戸崎は窓越しに眺めた。民家の屋根など一つも見当たらない。細い道の両側には雨に煙る草原が広がっている。

「信じられないよ」

恒一郎はがっくりとハンドルに額をつけた。

「全部幻だったなら、おれたちはあのなにもない原っぱに立っていたわけ？　それならどうして雨に濡《ぬ》れなかったんだろう？　こんなに酷《ひど》い雨なんだぜ」

「たぶん、おれたちは車から一歩も外に出なかったんだろうな。集落の屋根を見たあたりから幻の世界に誘い込まれたんだ」

「今が幻じゃないって保証は？」

ん？　と戸崎は恒一郎を見た。

「だってそうじゃない。幻から醒《さ》めたって実感が全然ないよ。あのまま続いてる。この景色でさえ幻かも知れない」

「むずかしい問題だな」

戸崎は唸《うな》って腕を組んだ。

「頬をつねると痛いですけどね」

松室は何度も繰り返した。

「夢は痛さも味も感じる。そんなのは証拠にならん。本当に間抜けなやつだ」

戸崎はしみじみと口にした。

「死なねぇのが夢のありがてぇところだ」

「と言ってこの中のだれかを崖《がけ》から突き落としてみるわけにもいかん」

「ひょっとしてこいつが野郎の狙いかも知れませんね」

怜は首を捻《ひね》りつつ続けた。

「これが続けばこっちの頭がおかしくなる。崖から車ごと飛び降りてしまいたくもなる。これまで野郎に操られて死んだ連中はこんな具合だったんじゃありませんかね」

「厄介なことになってきた」

戸崎は皆を見渡した。

「夢から無理に起きようとしたことはないか」

戸崎は松室に質した。

「何度もありますよ」

「そのとき、どういう風にしてる？」

「うわーっ、うわーって叫んで、必死に目を開ける努力をします」

「ここで皆でやりたくはないな」

それに聖夜はくすくす笑った。

「十中八九、今は現実だと思うが……さっきのリアルさを考えると今が幻の延長じゃないと断言はできん。こうなったらおれが得意としてる最後の手段を試みるしかない」

思い切った顔で戸崎は言った。

「最後の手段……ですか」

松室は繰り返した。

「幻なら外に出たって雨に濡れることもない。おれは外に出て小便をする」

「なんですそれ」

松室はあんぐりと口を開けた。

「聖夜ちゃんの見ている前で小便するのは格好悪いが、それが夢から醒める一番の方法だ。小便は生理的なもんだから現実に引き戻してくれる」

「つまり寝小便てことですか？」

「心配ない。ちょいと漏らす程度でいつも終わってる。その冷たさで目が醒める」

「なんか……最低の方法ですね」

「そんなこと言ってる場合じゃねぇだろ。小便を完全にしきって、それでも目が醒めないときは今が現実とはっきりする」

「先輩の言ってること自体、すでに夢の中みたいだ。異常な会話としか思えない」

「なにがなんだか分からなくなってきたんだよ。まさか敵がさっきのことを幻だったと気付かせてなんの得があるかと思っていたが、センセーの言葉で自信を失った。確かにこれが続けば気が狂いそうになる。それが敵の本当の狙いなのかも知れん。こうなったら恥も外聞もない。聖夜ちゃんの前でもおれは小便をしなくちゃならない」

戸崎は車のドアを開けて激しく降り続いている雨の中に飛び出した。

「先輩！　どうかしてますよ」

松室が案じて車から飛び出た。

「この通り雨や風を感じるじゃないですか」

「それはおまえさんの言葉であって、なんの証明にもならん」

「じゃ先輩は感じないんですか」

「何度も言っただろう。夢は超リアルだってな。雨や風はおれも感じるよ」

戸崎はズボンのファスナーを下ろした。

下腹に力を入れて小便を無理に出す。

はじまると小便はとめどなく出た。


びくり、と戸崎は目を開けた。

咄嗟《とっさ》に状況が飲み込めなかった。

戸崎は周りを見渡した。

皆がシートに凭《もた》れて死んだように眠りこけている。

ざわざわと寒気を感じた。

車は見知らぬ山道に停止している。

「おいっ」

戸崎は運転席の恒一郎の肩を乱暴に揺り動かした。

「恒ちゃん、起きるんだ!」

その声に恒一郎はぱっと目を開けた。

「え? なにこれ」

恒一郎はぎょっとなった。

「夢だったんだよ。おれたちゃずっと夢の中に居たんだ」

戸崎は怜や聖夜を次々に起こした。

「信じられないですよ」

松室は愕然《がくぜん》となった。

「だって、たった今、ぼくは先輩と外に出ていたじゃないですか」

それに恒一郎たちも頷《うなず》いた。

「おれが小便すると言ったのを皆が知ってるのか?」

戸崎こそ信じられない思いだった。

「つまり、おれたちゃ全員がおなじ夢を見せられてたってことだな」

「まさか本当に小便で現実に引き戻されるなんて……先輩、大丈夫ですか?」

「なにがだ?」

「寝小便」

「ぎりぎりで目が醒めた」

「あの集落が目についたあたりだ」

恒一郎は山間《やまあい》を見下ろして言った。空は晴れ上がって美しい景色が広がっている。

「念のためにもう一度小便してみる」

戸崎は厳しい顔をして外に出た。

今度は楽々と小便が出る。

し終えて戸崎はしばらく待った。

なんの変化もなければ膀胱《ぼうこう》の圧迫もない。

「よし。今度は絶対に現実だ」

戸崎は確信を抱いた。

皆も車から降りた。風が心地良い。

「あのまま目が醒めなきゃ、おれたちどうなっていたんだ?」

戸崎に恒一郎は返事ができなかった。

「この坂道だ。ライトも消えてる。もし別の車が来たら追突されて崖に転がり落ちてしまったに違いない。それが敵の作戦か」

ぶるっと戸崎は震えた。

「となると、青山という先生はなんの関係もないのかな」

「分からん。十年も歳をとっちまった気分だ」

戸崎はたばこをくわえて火をつけた。

「確かなのは、とてつもない敵を相手にしてるってことだ」

「引き返すのが賢明だと思います」

聖夜もさすがに諦《あきら》めた顔となった。

「その結論はまだ早い。青山という先生が存在するかどうか確かめてからだ」

戸崎はたばこを捨てて揉《も》み消した。

「好きなようにされて、おめおめ引き下がるわけにゃいかん。意地を見せてやる」

戸崎に怜も大きく首を縦に動かした。

13

狭い山道が、それこそ果てしなく続く。空の晴れ渡っているのがありがたい。この道は釜津《かまつ》田《だ》という集落に通じているはずだ。そこで岩泉に向から県道に出られる。とりあえず目指している大川は岩泉の手前にある。

「県も大したもんだ」

激しく揺れる車の中で身を硬くしながら戸崎は言った。

「こんな山ん中に道を通してどうする？　きっと車も一日に一台や二台しか通らん」

それに怜も頷いた。

「一生ごめんという道だ。Uターンすることもできない」

慎重にハンドルを切る恒一郎の額には冷や汗が噴き出ている。大型のワゴンなので道幅の余裕はわずかしかない。

「盛岡を出発してもう三時間だ。信じられんな。普通ならとっくに岩泉に着いてる。なのにおれたちゃこんな山ん中に迷い込んでる」

戸崎は深い溜め息《いき》を吐いた。

「県道に出ればあとは三十分くらいでしょう」

松室は戸崎に缶コーヒーを差し出した。

「やつにはおれたちのこの状況が見えているのかな？」

缶コーヒーを受け取って戸崎は言った。

「ぼくにはなんとも……」

松室は盛んに首を捻《ひね》った。

「やつが用いていた目はもうない。様子を見守るのと幻を見せるのはまったく別物だ。もしかするとやつにはおれたちがどこでなにをしているか分からんのかも知れんぞ」

「だったら安心ですけどね」

「そこで青山って男だ」

戸崎は思い付いた顔で口にした。

「なぜやつはおれたち全員に青山という男の存在を刻み付けた？」

「さあ……」

「こっちのプラスになるようなことをすると思うか？　おれには信じられん」

ですよね、と松室も同意した。

「それなら、なんだと？」

恒一郎は戸崎に目を動かした。

「やつの目的はおれたちをこの山ん中に誘い込み、幻を見せて殺すつもりだった。しかしもしくじったときはあとが厄介となる。おれたちはどんどんやつの懐に近付いている。青山はやつが用意した保険なんだよ。仮に青山がやつに操られているとしたら、青山の目はそのままやつの目となる」

あ、と皆は顔を見合わせた。

「考えられやすね」

怜は唸《うな》って、

「どうしたっておれたちゃ青山って男のとこへ行く。利口な手でさ」

「青山は二十年ほど前にやつの調査をした。そのときから青山はやつに取り込まれているのかもな。本人に自覚があるかは分からんが」

「接触しない方がいいってことか」

恒一郎は戸崎に言った。

「むずかしいとこだ」

戸崎は腕を組んだ。

「素通りすればやつの警戒が強まる。強行策に出られる方が怖い。半々の賭《か》けとなるが、反対にやつの目を利用するという手もある」

「どうやって？」

恒一郎はまた振り向いた。

「半々ってのは、やつがこっちの心まで読み取れるかどうかだ。もし青山が単にやつの目の代わりだとしたら混乱させられる」

「面白ぇとは思いやすが」

怜は片方の眉《まゆ》をびくりと動かして、

「野郎は体も操れる。鉄砲でも持って待ち構えていりゃどうなります？」

「いきなりやるとは思えん」

戸崎は首を横に振った。

「おれたちが訪ねたからには、正体が気付かれていないと思い込む。やつにしてもおれたちがこれからどう動くか知りたいはずだ」

「決め付けは危険ですよ」

松室は危ぶんで続けた。

「向こうがどう出るかもそうだけど、本当に青山がやつの目かどうかもあやふやだ」

「それ以外に考えられんだろう。さっきの幻はやつが自在に拵《こしら》えたもんだ。やつにとって都合のいいことしか持ち出さん」

「そうだとぼくも思います。けど恐ろしいじゃないですか。敵と承知で向き合うなんて」

「ここまで来てなんだ。怖いだと？」

戸崎は呆《あき》れた。

「怖いですよ。当たり前でしょう」

「そんなことで胸を張るな」

戸崎は苦笑して、

「相手は七十近い年寄りだ。いざとなってもこっちが勝つ。化け物じゃない。やつが目を借りているだけに過ぎん」

「もし……もしもその青山がやつだったとしたら？」

「なにを言う」

「やつは門屋の本家から居なくなったと言っていた。青山に乗り移っている可能性だって」

「いくらなんでも……」

言いつつ戸崎はぼりぼりと頭を掻《か》いた。

「考えられないことじゃない。やつは青山という男と会ってるんだ。正体を探られないためには、正体を探ろうとしている相手に乗り移るのが一番簡単な方法でしょう」

「参ったね」

戸崎はしげしげと松室を見詰めて、

「臆病《おくびょう》も度を越せばとんでもない想像に結び付く。そこまでは思い付かなかった」

「それが当たっているなら、やつは自分に会いに来いと誘ったことになる」

恒一郎は舌打ちした。

「青山は小学校の教員だ。乗り移って子供らに毎日勉強を教えてたって言うのか」

やはり違う、と戸崎は否定した。

「乗り移れる相手は他にいくらも居る。疑われたら別の人間に移れば済むことだ。わざわざじいさんを選ぶ必要はない」

「そのときはまだ五十前後でしょう」

松室は口を尖《とが》らせた。

「だとしてもさ。悪魔なんだぞ。一時的に乗り移ったかも知れんが、すぐに抜け出て楽な暮らしをしてるって」

「説得力あるな」

思わず恒一郎は笑った。聖夜も頷《うなず》く。

「怖けりゃ車で待っていろ」

戸崎は松室ににやついた。

「会って青山になにを言うんです?」

「出たとこ勝負だが、今日のところは大事を取って岩泉に泊まるとでも言っとこう。それでやつの方も油断する」

「それだけ?」

「あとは向こう次第だな」

「幻についてはどう説明を？」

「説明？」

「幻から醒《さ》めたからぼくたちはこうしてまた山道を辿《たど》っている。なのに幻の中でインプットされた青山を訪ねるのは不自然だ」

「そういうことになるか？」

「どうしてぼくたちが訪ねてきたか、真っ先に青山が問い質《ただ》すでしょう」

「だから、見せられた幻の中で」

戸崎も混乱しはじめていた。

「率直に言うしかないよ」

恒一郎は少し考えて言った。

「幻の中でなぜかあなたの名を知らされた、とね。実在するかどうか確かめたかったのと、やつを倒す手掛かりでも得られればと思って訪ねたと説明すれば嘘にはならない」

「それでいい。完璧《かんぺき》だ」

戸崎は力を得た顔となった。

釜津田までようやく下りられた。

県道がやたらと広く感じられる。

これまでの難儀が嘘のように大川にはあっという間に到着した。道沿いに屋根の連なる小さな集落だ。小学校もすぐ見付かった。

やはり青山は元気で暮らしていた。

しかも小学校に隣接した家だという。

問い合わせた小学校の駐車場に車を置いて恒一郎たちは赤い屋根の家を訪ねた。在宅なのは電話で確認している。

家の前には青山と思われる老人が待っていた。背筋の伸びた矍鑠《かくしゃく》とした老人である。つい先年奥さんを亡くして一人暮らしだと小学校の人間から聞かされている。

「わざわざ盛岡からお越しだとか」

青山は挨拶《あいさつ》して中に入るよう促した。

今のところ不審はまったく感じられない。

通された部屋も綺麗《きれい》に片付いている。

壁一面の本棚には郷土史料が目立つ。

青山が茶の支度をしてくれている間、恒一郎は熱心に本のタイトルを眺めた。商売柄どうしても本に気持ちが動く。

「珍しい本がたくさんありますね」

茶を運んできた青山に恒一郎は本心から言った。田舎の愛書家のレベルを超えている。

「それで、なんの御用ですかな」

茶を勧めながら青山は皆の顔を見渡した。

「先生は門という集落の門屋さんというお屋敷をご存じでいらっしゃいますね」

恒一郎に青山は見る見る強張《こわば》った。

「そこに起きた狐憑《きつね》つきをお調べになったとか」

「だれからそれを？」

青山は警戒の顔となった。

「それが……なんと説明すればいいのか」

「全員がおなじ夢を見たんですよ」

戸崎が身を乗り出して続けた。

「門屋さんの屋敷に向かう途中でね。その夢の中で先生の名を聞かされた。あまりに不思議なことなので、先生が本当に実在する方なのか気になった。それでこうして……」

「なんで私の名が？」

「それはこっちが聞きたい。実を言うと我々も二十年ほど前に先生がお調べになった狐憑きを追いかけているんです。ただ古い話なので詳細がほとんど分からない。あるいはこれが神の啓示というやつかも知れない」

「急にそういう話をされても」

心底青山は戸惑っているように見えた。

「それになぜあなた方があの狐憑きを？」

「盛岡で何人か死にました。門屋源次郎さんをご存じじゃありませんか？」

「あの人が亡くなった？」

恒一郎に青山は目を丸くした。

「警察はただの交通事故として処理しましたが、我々は違うと思っている。殺されたんです。門屋さんを轢《ひ》いた主婦はきっとなにかに操られていた」

「なにかに……」

「たぶん先生がお調べになっていた相手です」

「大昔の話だ。今になって言われても」

青山はしきりに首を横に振った。

「居るか居ないかの話をしているんじゃありません。やつは間違いなく居る。こうして来たのもそのためです。我々はやつを倒す方法を知らない。もしなにかご存じであればぜひとも教えて下さい。お願いします」

恒一郎は頭を下げた。

「私はなにも知らん。居ると知っているだけだ。退治できるならとっくにしている」

「やつと会ったんですか？」

「ああ」

青山はぶるっと身震いして認めた。

「どんなやつでした？」

恒一郎は畳み掛けた。

「あの子は……蔵に閉じ込められていた。私が行ったときは布団にくるまって寝ていた。顔は見ていない。近付こうとしたらなにかに体を持ち上げられて床に叩《たた》き付けられた。それきり一歩たりとも近寄れん。まるで見えない分厚い壁があるようだった。途端に恐ろしくなって私は逃げ出した。あの子はなにやら呪文《じゅもん》を唱えていた。聞いたことのない言葉だった。それが私の知っているすべてだ」

「そのことをだれかに？」

「言えなかった。言えば殺されると思った」

「その子からは抜け出たと聞いていますが」

「そうらしい。だが、よくは知らん」

青山は怯《おび》えた顔で目を伏せた。

「箱神《はこがみ》についてお調べでは？」

「悪いが……もう帰ってもらいたい」

青山は顎《あご》を上げて恒一郎を制した。

「二度と関わらんと決めている。あなた方の役には立てん。勘弁してくれ」

「先生はそのおつもりでも、やつの方は違う」

「…………」

「夢はやつが我々に見せたものです。その中に先生の名が出てきたということは、やつがまだ先生のことを忘れていないということだ」

「そう言われても私には……」

青山の声は弱まった。

「我々は今夜岩泉に泊まります。もしお気持ちがお変わりのときはまた出向きます」

「どこの宿に？」

「まだ。決まったらご連絡を」

恒一郎は皆に目配せして腰を上げた。

「やつに操られている風には見えなかった」

歩きながら戸崎は小首を傾げて、

「見込み違いだったか」

「まだ分からない。いつもやつはぎりぎりまで身を隠している。そうやってやつは何百年と生き長らえてきたんだ」

恒一郎は疑いを捨てずにいた。

14

恒一郎たちは左方向を示す門への標識を素通りして岩泉の町に入った。なんの策もないまま門の集落に向かうのは無謀と悟ったのである。青山が敵の目の役割を果たしているなら、それを利用する手もある。

宿は鍾乳洞《しょうにゅうどう》で名高い龍泉洞近くにあるホテルに決めた。温泉という文字を見てのことだ。

「まだ時間はたっぷりある」

三時間くらいは休憩しようと戸崎は言った。だれも異存はない。体がくたくたになっている。

皆はそれぞれの部屋に散った。

怜は恒一郎とおなじ部屋だ。

「これからどうなるんだか」

風呂《ふろ》に入るため浴衣《ゆかた》に着替えた恒一郎はたばこに火をつけて天井を見上げた。

「戸崎の旦那《だんな》がこの宿のことを教えりゃ動きがあるかも知れませんぜ」

怜も小さめの赤い浴衣を着ている。

「アニキに連絡しておくか」

思い付いて恒一郎は宿の電話を手にした。

呼び出し音が二度鳴らないうちに真司が出た。気にしていたのだろう。

「やっと岩泉に到着した」

と聞いて真司は呆《あき》れた。盛岡を出て五時間近くも過ぎている。恒一郎は宿の名を伝えた。

「怜も側に居る。代わろうか」

「なんでこんなに時間がかかった？」

「崖崩《がけくず》れで途中の道が塞《ふさ》がれた。大回りしなくちゃならない羽目に遭った」

「本当にそれだけか？」

「心配ない。皆この宿でのんびりしてる」

「のんびりって、いい気なもんだ」

「そっちに変わったことは？」

「ない。団体客で忙しい」

「夕方までここに居る。また電話する」

「夕方まで？」

「昼は目立つからね。たぶん門に向かう」

「危険じゃないのか？」

「慎重にやる。敵の怖さも知っている」

それで真司も安心したようだった。

恒一郎は電話を切った。

「風呂に行かんか」

戸崎がドアを開けて声をかけた。

「松室センセーは早速お昼寝さ。風呂に入る気力もないらしい」

「徹夜の勤務明けだものな」

「車ん中で三時間は寝てる。臆病《おくびょう》なくせして妙なとこで図太い」

確かに、と恒一郎はタオルを取った。

「青山老人にも連絡しといた」

「反応は？」

「さっぱりだ。よく分からん」

舌打ちして戸崎は風呂を目指した。


夕方。

宿に松室の同期で岩泉病院に勤務している金子がやってきた。

「突然でびっくりしました」

金子は戸崎に挨拶《あいさつ》した。

「迷惑をかけたくなかったんだが、この辺りに詳しいおまえさんが唯一の頼りでな」

戸崎は金子に皆を紹介した。

「猟銃は？」

松室が質《ただ》した。

「車に積んであるけど」

事情をよく聞かされていない金子は戸惑いながらも頷《うなず》いた。

「おまえさん、幽霊とか悪魔ってのを信じてるか？」

戸崎はいきなり口にした。

「幽霊はともかく、悪魔を信じている日本人なんて居やしないでしょう」

「外国にゃ居るかも知れんと？」

「なんの話です？」

「そいつが日本に渡ってきた。この岩泉を本拠にしてる」

「馬鹿な。なに言ってるんすか」

金子はげらげらと笑った。

「こっちは中学生の子供じゃないぞ。大の大人がこうして顔を揃えてのことだ」

「嫌だな。真面目な顔で」

「真面目な話だ。だから猟銃が要る」

「…………」

「ほらな。信じやしないと言っただろ」

戸崎は松室に目を動かした。

「冗談なんだろ？」

金子も松室を見詰めた。

「何度か命を狙われた。おれだって冗談であって欲しいと願ってる」

松室に金子は言葉を失った。

「しかし……そんなこと言われても」

金子は盛んに首を横に振った。

「って、本当にマジかよ」

「箱神って言葉を耳にしたことは？」

恒一郎に金子は小さく頷いて、

「遠野のおしらさまみたいなやつじゃ？」

「それをだれから？」

「だれからって……自然に、ですね。結構有名なんじゃないですか」

「それが悪魔だ」

「箱神が？」

「と言うより、それを信仰する人々によって守られてきた。その人たちだって悪魔とは知らずに信仰していたんだろう」

「どうしてそれが分かったんです？」

金子の口調は真剣なものに変わった。

「何人もがそれに関わって亡くなっている。彼女の両親もそうだ。だれもが事故や病死に見せ掛けられてのことだ。それで警察も不審を抱かない。昨日一日のうちでも二人が殺され、一人が重傷だ」

「昨日一日で！」

「我々が箱神の正体を突き止めようとしたからだ。やつはきっと聖夜ちゃんをずっと監視していたに違いない。だから動きが知れた」

「だったら今だって！」

「ない、とは言えない。戸崎さんが君に迷惑をかけたくないと言ったのはそれもある」

「いったいどんなやつなんです！」

金子は戸崎に目をやった。

「本物の悪魔だ。まだ姿は見てないが、映画なんかとおなじだ。力を持っている」

「猟銃で倒せますか？」

「清めの塩とか聖水より安心できそうじゃないか。勇気が湧いてくる」

「聖水なんてどこから！」

「聖夜ちゃんは教会の関係者だ」

うーん、と金子は唸《うな》った。

「猟銃を貸してくれるだけでもありがたい」

「撃ったことは？」

「ないけど、簡単なもんだろう」

「当てられっこないです。甘いもんじゃない」

「縁日の射的は得意だったぞ」

「猟銃が通用するなら……おれがやります」

「信じる気になったか」

「でなけりゃおれは頭が変になった五人を目の前にしてることになりますからね。そっちの方が確率が低い」

あははは、と戸崎は笑った。

「あいつは金子のことも知っていた」

松室に金子はぎょっとなった。

「ぼくたちの心を読んでのことだろうけど、見せられた夢に金子のことが……」

「どんな夢なんだ」

金子は松室に詰め寄った。

「夢に出てきた老夫婦のうち、じいさんの方が金子の世話になったと言った。去年入院でもした口振りだった」

金子は首を捻《ひね》った。

「夢だ。その夢を現実と思わせるためにあいつが作り上げた話さ」

「それにしたってなぜおれの名を？」

「表札には真岡《まおか》とありました」

聖夜に恒一郎も思い出して頷いた。

「真岡！」

金子は目を丸くした。

「心当たりでも？」

「大ありですよ。真岡のじいちゃんなら去年確かに入院していた。脳梗塞《のうこうそく》でね」

驚いたのは恒一郎たちの方だった。

恒一郎はその老人の特徴を質した。

体付きから風貌《ふうぼう》までだいたい合っている。

「どういうことなんだ？」

恒一郎に皆も首を捻った。

「実在の人物を登場させたって、おれたちは知らない。手が込み過ぎてるよ」

「そのおじいちゃんは今も元気で？」

聖夜が金子に訊《たず》ねた。

「もちろん。門という地域に」

皆は思わず顔を見合わせた。

金子にはまだ門の地名を口にしていない。

「その、門ってのが悪魔の隠れ場所なんだよ」

戸崎に言われて金子は青ざめた。

「あの老夫婦が現実に居るなら、やつと深い関わりがありそうだ。リアリティのある夢を作り上げるためにはそれなりの材料が要る。見たことがなきゃ海の色も分からん。よく知っている人間を登場させたのと違うか？」

戸崎に皆は大きく首を縦に動かした。

「ちょ、ちょっと待ってください。真岡のじいちゃんは決して怪しい人間じゃ」

金子は慌てた。

「関わりがあるということだけで、別に仲間とか言ってるんじゃない。もしかしたら隣に住んでいるだけかも。やつは十五年ほど前に姿をくらました。発覚しそうになった失敗に懲りて息を殺している。派手《はで》に動いてやつを誘い出すしかないと思っていたが、ひょっとすると重大な手掛かりになるぞ」

戸崎は髪を掻《か》きむしった。

「じいちゃんの家なら知っていますよ。救急車で迎えに行ったことが」

「焦るな、焦るな」

戸崎は自分にも言い聞かせるよう制した。

「と言って、どうすりゃいい？」

策が思い浮かばず戸崎は恒一郎に言った。

「やっぱり行って確認するしかないよな」

恒一郎は吐息を交えて応じた。

「皆でぞろぞろ行くわけにはいかんぞ」

「さっきの箱神の件だけど」

恒一郎は金子と向き合った。

「もしかしてそのじいさんから聞いたとか」

「ええっと、どうだったかな」

少し考えて金子は、

「そう。そうだったかも。妙に頼りにされて病室でずいぶんいろんな話を……間違いない。じいちゃんから聞かされた」

「なら安心だ」

「………？」

「やつが自分から口にするわけがない。もし箱神に興味でも持たれれば厄介になるだけだ」

「理屈だな。これでじいさんは白となった」

戸崎も請け合って、

「としたら訪ねたって危険はなさそうだ」

「本当に隣近所だったら？」

「一《いち》か八《ばち》かだ」

「ここまで来て勿体《もったい》ない」

「あの――」

金子が口を挟んだ。

「訊《き》くことが分かっているなら私が行っても構いません。私なら自然でしょう」

「親戚《しんせき》でもないのに、夜に医者が出入りするのは不自然だ。村の皆が気にする」

「救急車ならしょっちゅうですよ。若い連中が町に移り住んで年寄りだけの家が多い。車の運転ができないからすぐに呼ばれる」

「救急車で行くつもりか」

戸崎は呆《あき》れ返《かえ》って、

「呼んでもいない救急車が来たら向こうも仰天するだろう」

「間違いだったと謝れば済むことです。ついでに診察して行こうと言えばじいちゃんも喜んで中に入れてくれる」

「ずいぶん呑気《のんき》な話だ」

「けど、正解かも知れない」

恒一郎は乗り気となった。夜中にこそこそしている方が怪しまれる。

「金子さん一人では……私も行きます」

聖夜が名乗りを挙げた。金子ではなにも訊き出せないと見てのことである。看護師の格好をしていればごまかせる。

「だったら運転はおれが」

恒一郎に戸崎は仕方なく承知した。

そこに部屋の電話が鳴り響いた。

恒一郎が受話器を取り上げた。

青山からのものだった。

恒一郎はぞくっとした。

「多少はお手伝いできるかも知れません」

青山は低い声で言った。

「そのままにはしておかれんですね……私だけ目を瞑《つむ》っていれば済むことじゃない」

「ありがとうございます」

「ただ私には足がない。明日でよければバスでそちらまで伺います」

「とんでもない。我々が行きます。今夜、夕食を済ませてからで構いませんか？」

了承を取り付けて恒一郎は電話を切った。

「今夜はまずかったんじゃないのか？」

戸崎は口を尖《とが》らせた。

「戸崎さんたちは青山老人と会ってくれ。もし老人がやつの目になっているなら好都合だ。その時間を狙っておれと聖夜ちゃんは真岡のじいさんを訪ねる」

「そういう作戦か」

戸崎も納得した顔となった。

「ようやくこれで先手が取れる」

恒一郎の胸は弾んだ。

15

「何度も行き来している場所なのに……」

金子は救急車の助手席で暗い道を睨《にら》むようにして呟《つぶや》いた。運転は恒一郎がしている。

「今夜はなんだか怖い」

それに恒一郎と金子の間に挟まって座っている看護師姿の聖夜も頷《うなず》いた。

「こんなとこに悪魔が隠れ住んでいたなんて信じられないですよ」

「まあね」

「祟《たた》りの噂なんかも聞いたことがない」

「そりゃそうだろう。やつは身を潜めているんだ。気付かれるような真似はしない。二十年前の騒ぎはむしろやつにすれば失敗だ。憑《つ》いた相手が幼い子供だったからコントロールが利かなかったのと違うか？」

「そしてなにを狙ってるんです？」

「狙うって？」

恒一郎は金子に目を向けた。

「だから、目的です」

「目的って言われてもな……」

恒一郎も首を捻《ひね》った。

「ただ隠れているんじゃ意味がない」

「たとえば神と戦う準備を密《ひそ》かに進めているとかってか」

恒一郎は苦笑して、

「映画なんかだとそうだろうが、そいつは我々人間の分かりやすい解釈に過ぎないんじゃないかな。やつと我々は人間と動物以上にかけ離れている。なにを考えているか想像もつかない。目的なんてものが果たしてやつにあるものかどうか」

「でも隠れているにはなにか理由が……」

「時間の概念だって分からない。何千年も生きているなら十年や二十年はやつにとってのほんの一瞬かも知れないじゃないか。やつはちょっと居眠りしているだけかも知れない」

「そんなやつを相手にして本当に勝てますか」

金子は危ぶんだ。

「やつはこっちを恐れている」

「まさか」

金子は否定した。

「でなきゃここまでしつこく関わってはこないさ。もしもやつが象で、我々が蟻だとしたら気にせず好きにさせる。少なくとも我々は蜂程度にうるさい存在であるのは確かだ。だったらきっと倒せる可能性だってある」

「なるほど。蟻なら放っておく」

金子は大きく頷いた。

「途方もない力を持っているのは間違いないが、実態は案外弱かったりして」

「どうかしら……」

聖夜は恒一郎を見詰めた。

「すべての動植物の進化は自分の身を守るために生じたものだ。砂漠や高山に咲く花は乏しい水を確保するために葉を厚く、堅くさせていった。特殊に見える進化のほとんどに明確な理由が認められる。その理屈がやつにも通用するなら本体は反対に酷《ひど》く軟弱とも考えられる。ま、希望的観測だけど」

「…………」

「やつはいつだって人に憑いて心を操る。自分は決して表に出てこない。もしかすると自由に動き回れない体ということも」

「悪魔は確か山羊《やぎ》みたいな姿じゃ？」

金子が口にした。

「たいがい幻だろ。やつが怖がらせるため生み出した幻想なのかも」

「そう説明されると」

金子は得心した様子で、

「いかにも、って気がします。地獄の鬼だって、あんなのが現実に居るとは思えない」

「人がなにに怯《おび》えるか……やつはそれを敏感に察知して幻を武器にする。たった今思い付いたことだけど、もしかしてやつは本当にどこか傷でも負って動けない体となっているんじゃないのか。それでこの岩泉の山奥から抜け出すことができないでいるのかも。人に憑くことはできるから、魂だけは日本全国どこへでも行けるんだろうけどね。肝心の本体はここに縛り付けられてしまっている」

「それが……箱神《はこがみ》！」

聖夜は目を輝かせた。

「有り得る」

恒一郎は自分で言って吐息した。

「これまで箱神なんて単なる象徴でしかないと見ていたが、それこそやつの本体ってことも」

「真岡のじいちゃんの話じゃ三十センチくらいの小さな神像だと」

金子は盛んに首を横に振った。

「真岡さんは実際にその目で神像を？」

「いや、包帯みたいなものでぐるぐる巻きにされてた、と。ずいぶん昔の話です」

恒一郎と聖夜は思わず目を合わせた。秘仏が布で包まれているのは珍しくもないが、なんとなく不気味な符合に思われる。

「その箱神は今どこに？」

聖夜は落ち着かなくなった。

「分からない……門屋の本家からどこかに移されてしまった。しかも一年ごとに転々としている。もちろん門屋の本家を訪ねて問い質《ただ》せば分かるとは思うけど、簡単に教えてくれるものかどうか。彼らにすれば大事な神だ」

「悪魔だと正体を伝えてもですか」

金子が言った。

「すぐに信用するわけがないだろ。その間にこっちの動きがやつに知られてしまう。なんとか自分たちだけで突き止めるしかない。やつに察知されれば勝ち目がなくなる」

「けど、どうやって！」

金子は声を荒らげた。

「いったん引き返そう」

恒一郎は門の集落を目前にしてブレーキを踏んだ。救急車が乱暴に停止する。

「ようやく正体の見当がついた。ぎりぎりまで妙な騒ぎを引き起こしたくない。どんなに言い訳してもやつの注意を引く恐れがある」

二人の意見を待たず恒一郎はUターンした。

「真岡さんと自然に会う手段は？」

恒一郎は金子に質した。

「明日でいいならなんとか。精密検査をずっとしていない。連絡すればたぶん病院まで足を運んでくれるでしょう。迎えの救急車を出すと言えばもっと確実です」

「そのやり方が安心だ。ぜひとも頼む」

恒一郎は金子に頭を下げた。

恒一郎は戸崎に連絡した。

まだ青山の家に向かっている途中のはずだ。

そう願うしかない。

「今どこ？」

すぐに電話に出た戸崎に恒一郎は慌ただしく質した。

「もうちょいだ。あと五分ぐらいかな」

「戻ってきて欲しい。落合《おちあい》ってとこで合流しよう」

「戻れ？　いったいなにがあった？」

「なんとなくやつの正体が摑《つか》めてきた。仮説が当たっているなら、もう青山さんの手助けも要らなくなる。やつの目玉となっているかも知れない青山さんと会うのはむしろマイナスだ。その相談がしたい」

「やつの正体ってのはなんだ？」

「会ってから話すよ」

考え過ぎとは思ったが、戸崎たちは青山と近い場所に到達している。電話のやり取りが筒抜けになりそうな気がした。

「分かった。落合っていうと岩泉から門と大川の方角に分かれる分岐点だな」

戸崎は了解した。

落合には恒一郎たちが先に着いた。

十分もしないうちに松室の運転するワゴンがやってきた。怜の姿も見える。

恒一郎たちは広いワゴンに乗り込んだ。

「青山さんにはなんて？」

「怜ちゃんが急に腹痛を起こしたんで宿に引き返して置いてくると電話した。遅いんで明日にしようかと言ったが、向こうは何時でも構わない、と」

「怪しいそぶりは？」

「ない。もっとも電話だからどうかね」

「箱神こそやつの本体だと思う」

恒一郎の言葉に戸崎はきょとんとした。

「そんなの前から分かっていることだろ」

「象徴じゃなく、本物ってことさ」

「………？」

「箱神は包帯でぐるぐる巻きにされているらしい。こっちが単純に神像と思い込んでいただけだ。そうじゃなくて本物がその包帯に包まれている可能性が高い」

「なんでそう思う？」

「やつは人を巧みに操るだけで決して正体を見せない。この岩泉から千年も動いていないというのも不思議だ。ただ身を隠すなら他にいくらも場所がある。もしかしたら身動きできない状態なんじゃないか？　あれほどの力を持っているやつなんだ。こっちの介入がうるさいと思うなら、さっさとここから出て行けばいい。それをしない理由は一つしかない。やつはここに縛り付けられている」

「それで箱神か！」

「魂は自在に飛べても本体はそうは行かない。だからやつも我々を恐れているのさ。でなきゃ考えられないだろ？　我々全員におなじ夢を見させることができるやつが、たいした武器も持たない我々の接近を気にするなんて」

「恒ちゃんの言う通りだ」

戸崎は大きく首を縦に動かした。

「オズの魔法使いと一緒で、本体はとても弱いやつなのかも知れない」

「オズの魔法使いって、そうなのか？」

戸崎は恒一郎を見詰めた。

「気弱なただの手品師さ。機械や手品のトリックを用いて偉大な魔法使いになりすましていた。身を守るためにね」

「やつの力は本物だ。トリックとは違う」

「それでも本体はたかが知れている。この考えが的中してるならやつを倒すことができる。箱神を探し出して退治すれば済む」

「探し出せるアテは？」

戸崎は身を乗り出した。

「それで引き返してきた。やつはたぶん全身を目にしてこっちの動向を探っている。夜中に救急車が行けば怪しまれる。真岡さんとは明日会うことにした。金子君がなんとか手筈《てはず》をつけると言っている。門屋の本家への接近も避けた方がいい。奇襲作戦だけがやつを倒す唯一の方法だ」

「それじゃ確かに青山と会っても意味がないな。やつに操られているなら絶対に箱神のありかを口にはしないだろうし、こちらの心底を読まれてしまう恐れがある。操られていない場合でも、箱神がどこにあるか知っていそうにない。二十年も箱神の問題に耳を塞《ふさ》ぎ続けてきた男だ」

「けど箱神を守り通してきた家の名ぐれぇは調べ上げたんじゃねぇですかね」

怜が口を挟んだ。

「真岡のじいさんが承知ならありがてぇが、そんなにたやすく運ぶとは思えねぇ。門にある家を全部当たるわけにゃいきませんぜ。そうしているうち必ずやつに気取られる」

「やはり青山さんに会う方がいいと?」

恒一郎は眉根《まゆね》に皺《しわ》を寄せて質した。

「ものは考えようってやつでさ。もし青山のとっつぁんが野郎の手下なら、もちろん箱神がどこに置かれているか言いっこねぇ。が、真岡のじいさんもなにか知っていて、そいつと突き合わせりゃ面白いことになる。真岡のじいさんの方に名が出て、青山のとっつぁんが口にしなかった家が怪しいってことになりやしょう。ま、それほど簡単に運ぶたぁ思っていやせんがね」

「まさに妙案ってやつだな」

戸崎は唸《うな》った。恒一郎も頷《うなず》く。

「賭《か》けてみるだけの価値はある。もし積極的に教えてくれるようなら青山がやつに操られてはいないと断定できる。頼りになる味方を一人増やすことにもなるぞ」

「その見極めが難問だ」

恒一郎は思わず吐息した。

「見誤れば敵を懐ろに入れることに……」

「裏の裏を掻《か》くってこともありやすからね」

怜も認めた。こちらを信用させるために箱神を守るすべての家をあっさり口にすることも有り得るのだ。それから一つに絞り込むには時間がかかる。それを見越して手札を全部さらさないとも限らない。

「やつに睡眠薬が効くと思うか？」

戸崎が思い付いた顔で松室に質《ただ》した。

「と言うより、おまえさんの得意とする催眠術だよ」

「じょ、冗談じゃないですよ」

松室は慌てた。

「無理でやしょう」

怜は否定した。そんなたやすい相手と違う。

「しかし、いくらやつでも睡眠薬で眠りこけた人間を動かせるとは思えん。まず薬で半分眠らせて、それから催眠術をかければ分からんぞ。試してみて損はない」

「かかったふりをすることだって――」

「なんでもかでも疑ってかかれば前に一歩も進まん。もし成功すりゃ一発でやつの居場所が知れる。今夜でけりがつく」

戸崎に恒一郎は腕を組んだ。

「これだけの人数が居る。やつの目を盗んで睡眠薬を飲み物に混ぜるのは簡単だ。睡眠薬なら幸い救急車に常備してある。これも一つの神の啓示とは思わんか？」

うーん、と恒一郎はまた吐息した。

16

「ついてくるんじゃなかった」

松室は青山の家が近付くと不安そうな顔で呟《つぶや》いた。運転は恒一郎、戸崎は助手席で黙々とたばこを吹かしている。怜と聖夜は金子の運転する救急車に移り、ゆっくり後ろを走っている。怜が急な腹痛と偽って時間をずらしたわけだから一緒に行くのはおかしい。青山への催眠術が完全にかかったことを確認してから踏み込む手筈となっている。

「知りませんからね。ぼくの催眠術なんていい加減なもんだ。女の子の本心が知りたくて習っただけなんだから」

「これまで結構成功させてる」

戸崎は松室の訴えを無視して、

「それに睡眠薬の手助けもある。自信を持て。おまえさんならやれるよ」

「相手はただの人間じゃない」

「青山のとっつぁんはただの人間だ」

「悪魔に操られているかも知れないでしょ」

「それでも人間に変わりはあるまい。だったら睡眠薬も効くし催眠術にもかかる」

「なんで先輩はいつもそう楽観的なんですか」

松室は深い溜《た》め息《いき》を吐いた。

「おれにゃなにもできん。おまえさんを励ましてやることぐらいしかな」

「本当に悪魔が憑《つ》いていて、催眠術に失敗したら大変なことになりますよ。こっちの企《たくら》みにやつも気付く。いきなり火を吹いたりしかねない」

「操ってるだけだぞ。青山のとっつぁんにそんな力があるわきゃなかろう」

「そう我々が思い込んでるだけじゃないですか。無事という保証はどこにもない」

「いつものことだが、もちっと根性を据えられないのか？　こっちが手を引いたってやつの方が許しちゃくれん。やるしかないんだ」

「そりゃそうですけど……ころころと作戦が変わるんで心の準備がまだ」

「ありったけのポケットに塩を突っ込んでいてもまだまだ足りないか」

「悪魔とやり合うなんてはじめてだ」

「だれもさ」

「そう……ですよね」

松室はまた吐息して心を落ち着かせた。

「最初の解剖実習の日を思い出せ。嫌でも覚悟を決めなくちゃならん」

「ぼく……その日は」

「そうか。卒倒したんだったな」

げらげらと戸崎は笑って、

「それでも踏み越えて今は立派な医者だ。だろ。たいていなんとかなるもんだ」

「なんか、やれそうな気がしてきた」

自分に言い聞かせるように松室は口にした。

「心配するな。無理はさせん。おまえさんの判断でいい。やれそうだと思ったら試してみろ。青山のとっつぁんに怪しい素振りがあったときはなにもせず引き上げる」

「それでいいんですか？」

「口から火を吹くとは思わんが、ここで全部をパーにしたくない」

それに恒一郎も同意した。

「気が楽になった」

松室は笑みを洩《も》らした。

「明日でもよかったのに」

青山はそれでも嬉《うれ》しそうに三人を迎え入れた。テーブルにはノートや本が置かれている。

「あの頃に纏《まと》めたものですわ。お役に立てればいいんだが」

「あ、それは我々が」

茶の支度に腰を上げた青山を恒一郎は制した。台所はすぐとなりだ。急須《きゅうす》や茶碗《ちゃわん》が流しの側に並べられている。青山は特に不審も浮かべず恒一郎の好意に甘えた。いい、と今度は戸崎が恒一郎を制して台所に向かった。

「箱神を実際にご覧になったことは？」

台所の戸崎に目を動かしている青山に恒一郎は質した。青山の目が恒一郎に注がれる。

「厨子《ずし》は何度も。神像の方は残念ながら見せては貰《もら》えなかった。一年に一度しか扉を開けることが許されておらんとか。箱神の譲り渡しの日だね。それだって布を解くのは厳禁とされている。中に納められているのを確かめるだけのことだ。布に手を触れられるのは門屋の本家ばかりと定められている」

「でも遠野のおしらさまのようなものだとか」

「私もそう聞いている。門屋の主人も否定はしなかった。箱神の方がおしらさまより起源はずっと古い。あるいは福にあやかろうとして遠野で真似をしたのかも知れんね」

「そんなにはっきりとした福が？」

「門屋の本家の歴史はそれこそ箱神の歴史と重なっている。その間、ずっと栄えてきたわけだから福と言ってもいいだろう」

「代々の庄屋《しょうや》は別に珍しいことでも」

「珍しくはないが、そういう家にはたいがい憑き物の伝説や噂が残されている。出雲《いずも》地方のおさきとかね」

なるほど、と恒一郎は頷《うなず》いた。

「私はもともと座敷わらしに興味を抱いてあれこれ調べておったんですよ。遠野の座敷わらしは可愛らしいものだが、むしろそれの方が珍しい。岩手の他の地域のそれはもっと不気味で恐ろしい。何メートルにも伸びる細い蛇のようなものであったり、空を飛び回る真っ黒な煤《すす》のようなもんだったり……あんなのと同居するのは堪《たま》らない。だからこそそれを我慢すれば福を授かる。金持ちになるのは大変なことだ。きっと神様の方で人間を試しているんだろうね」

青山は言って眉《まゆ》をしかめた。

そこに戸崎が茶を運んできた。戸崎は恒一郎に小さく目配せした。睡眠薬を青山の茶碗に投入したという合図だ。

礼を言って青山は茶碗を受け取った。

「いづな、おさき、狐憑き、座敷わらしは、呼び名こそ違え、おなじものと私は考えていた。もちろん箱神もだ」

青山は茶を旨《うま》そうに飲んで、

「いまどき狐憑きが、と最初は信じなかったが、箱神を守り続けている家と知って調べるつもりになった。まさかあれほど恐ろしい目に遭うとは思わずにね」

「箱神は何軒の家で守り続けているのです？」

茶をすっかり飲み干した青山に恒一郎は質問を重ねた。

「二十軒ほどと聞いた。そこがおさきさまなどとはちょっと異なる。富は独占したがるものだろう。分け合うのは不思議だ」

青山は小首を傾げた。

「それらの家が分かりますか？」

「すべてではないが、だいたい突き止めた。このノートに纏めてある。もっとも箱神を譲り渡す順番は秘密らしくて調べ切れなかった。それが分かれば今はどの家が厨子を守っているか見当もついてくるんだが」

「助かります」

恒一郎はノートを手にして捲《めく》った。

「歳だね。すっかり眠くなってきた」

青山は笑って頬をぺたぺた叩《たた》いた。

「ではそろそろおいとまを」

恒一郎はノートから目を上げた。

「いやいや、遠慮なく」

青山は目を細めた。しっかりと瞼《まぶた》を開けていられなくなったようだ。

「ひさしぶりのお客でこっちも楽しい」

「虫が入ってきたみたいですよ。青山さん」

松室が真上の蛍光灯を見上げた。青山も額を上げる。眩《まぶ》しい光の中に虫を探す。

「ほら、あの傘の中に」

言われて青山は光を見詰めた。

「かさこそと動き回ってるじゃないですか」

ああ、と青山は頷いた。

「いまどき珍しい。なんて虫だろ」

「カナブンかね」

青山の目は蛍光灯から離れない。

効きました、と松室は戸崎に囁《ささや》いた。

「虫なんて居るか？」

「だから効いたんです」

松室は頬を紅潮させて戸崎に言った。

「大した腕だ」

ぼうっと蛍光灯を見ている青山を眺めて戸崎は唸《うな》った。こっちの話が青山には聞こえていないようだ。恒一郎も信じられない顔をした。時間が止まったような気がする。

「これからいろいろ質問していいですか」

松室に青山は顔を向けて頷いた。

「さ、なんでもどうぞ」

得意気に松室は恒一郎を促した。

「その前にセンセーたちを呼ばないと」

恒一郎は携帯を取り出した。

怜たちが顔を見せても青山は胡座《あぐら》をかいた姿勢で目を瞑《つむ》っていた。

「さてと……緊張するな」

恒一郎は青山の正面に座った。

「青山さん、聞こえますね？」

松室に青山は小さく首を縦に動かした。

「質問には安心して応じてください。青山さんの知っていることしか訊《き》きませんからね」

はい、と青山は低く応じた。

怜と聖夜は思わず顔を見合わせた。

「あなたの中にだれかが居ると思ったことはないですか？」

恒一郎はいきなり核心を衝《つ》いた。曖昧《あいまい》な質問だと曖昧な答えしか戻らない。

「ある……今も居る」

青山はぼそりと返した。

「だれです？」

「分からん」

「いつから？」

「ずっとだ……ときどきやってくる」

「やってくる？」

「そういう気がする。自分が自分でなくなるようだ。知らない場所に立っていたりする」

「なんだと思います？」

「だから、私には分からん」

「箱神と違いますか？」

ぴくぴくと青山の瞼が動いた。

「ずっとと言われましたね。具体的には何年くらい前からなんです？」

「二十年……にはなるな」

「それなら箱神を調査した辺りだ」

「箱神……かも知れん」

青山は認めた。

「箱神はなにをさせるんです？」

「ただの夢とも思えるが……いや、夢だろう」

激しく青山は首を横に何度も振った。

抵抗があるようだ。

「青山さん、安心していいんですよ」

察して松室が青山の背中をさすった。

「ここに居るのは皆あなたの仲間ですから」

そうか、と青山は微笑んだ。

「きっと夢でしょう。その夢の話を教えてください。青山さんも気持ちが軽くなります」

うんうん、と青山は松室に頷いて、

「何人かこの手で殺した」

目を瞑ったまま両手を顔の近くまで上げた。

「どんな人たちを？」

「あんた方のように調べ回る連中だ」

「どうやって殺しました？　夢だからなんでもできてしまうよね」

心持ち身を退《ひ》きながら松室は質《ただ》した。

「崖《がけ》から突き落としたり、鉈《なた》で頭を割ったり、生き埋めにしたり……いろいろだよ」

青山の口の端に笑いが見られた。

恒一郎はぞわっとした。

「夢だから警察に捕まらなかったんだね」

松室はごくりと唾《つば》を呑《の》んでから訊《たず》ねた。

「死体が見付からなければいい。私を訪ねてきたことなどだれも知らない。そういう連中は黙っていても私のところに回される」

「回される？」

「ああ。いつの間にか私の前に居るんだ。気が付くと私が殺している。どうしてそういう奇妙な夢を見るのかね」

青山は小首を傾げた。

思わず恒一郎たちは吐息した。青山は箱神に操られ、これまで何人も殺してきたのだ。殺された連中は自分たちと同様、青山を訪ねるよう幻を見せられたに相違ない。だれ一人として目の前の老人が自分を殺すなど想像しない。不意を襲われれば終わりだ。

しかし……

青山に罪はない。操られているだけだ。

「夢ですよ。夢。忘れなさい」

松室もそれを思ってか同情した。

「どういうもんかね……」

青山はまた薄笑いを見せて、

「気持ちがええんじゃよ」

「…………？」

「神様にでもなった気分でな。偉い学者かも知れんが、糞生《くそ》意気な口を利く。ああいう連中を生き埋めにすると気が晴れる。おいおいと泣きながら死んで行く。教授に嫌われて東京を追われた私の悔しい気持ちなど分かるまい。ずっと若いくせに私を馬鹿にする」

「夢なんでしょう？」

松室は青ざめつつ口にした。

「夢なのが残念だ。本当にやつらの頭をぶち割ることができれば面白いだろうに」

ほへほへ、と青山は笑った。

「どうやらまずいことになってきやがった」

怜は腰を上げた。

「中で野郎の力が強まってきたんじゃ？」

「な、なんなんです！」

金子が怜を見詰めて怯《おび》えた顔をした。怜をただの子供としか思っていなかったのだ。

気にせず怜は青山に塩を振《ふ》り撒《ま》いた。

青山は、がくんと首をうなだれた。

「と、戸崎さん！　この子は？」

「そんな話はあとだ！」

戸崎は金子を制して青山の様子を見守った。

17

青山の体の震えは止まらない。

怜は塩を袋から新たに掌《てのひら》に盛り上げると青山の前に立った。青山は口を大きく開け、涎《よだれ》を垂らしながら怜を見上げた。怜は臆《おく》せず青山の口の中に塩を投じた。家を揺るがすような絶叫が響き渡った。青山は必死に喉《のど》を掻《か》きむしっている。松室と金子は怯えた顔でじりじり後退した。

「例の水を！」

怜は聖夜に叫んだ。聖夜は慌てて腰を上げて怜に聖水を詰めた瓶を手渡した。

「どうすりゃいいんだ？」

怜は瓶を握って聖夜に質した。

「ふりかけるだけ。悪魔なら退散する」

「効きゃいいが」

「待て！」

戸崎が瓶の蓋《ふた》を取った怜を制した。

「ここにやつを出してしまえば、こっちの策とばれてしまうぞ。いいのか？」

戸崎は言って恒一郎に目を動かした。

「こうなっちまったからにゃ仕方ねぇ」

怜に恒一郎も吐息して同意した。

戸崎もそれで覚悟を決めた。

「いきやすぜ」

怜は腕を高く振り翳《かざ》した。

松室は戸崎の背後に身を隠した。

怜が思い切り聖水を青山の顔にふりかけた。

また絶叫が青山の口から発せられた。

青山の腹が蛙の腹のように膨れた。

皆は驚きの目で腹を見た。

膨らんだ腹が波打つように動いている。なにかが中に潜んでいる。

「ど、どうなるんです」

松室は戸崎の腕を摑《つか》んで喚《わめ》いた。

「知るか！　来るなら来い」

戸崎は青山を睨《にら》み付けた。

「しぶてぇ野郎だ」

怜は青山の腹にまた聖水を浴びせた。

青山は畳に仰向《あおむ》けになると手足をばたつかせた。顔面に汗が噴き出ている。腹の膨らみがさらに大きくなった。青山の口から緑色の汁がどろどろと溢《あふ》れ出る。青山の目は白目だけとなっている。

「死んでしまうわ！」

もう一度聖水をかけようとした怜を聖夜が止めた。耳を貸さず怜はふり撒いた。

青山の痙攣《けいれん》がいきなり止まった。仰向けの姿勢のまま、頭と踵《かかと》を支えにして弓のように反り返る。と思う間もなく、青山の体がぐらりと動いて十センチほど宙に浮いた。

さすがに怜もたじたじとなった。

どうなるか見守るしかない。

青山の体はじわじわと上昇する。

「知らないよ。ぼく、知りませんよ」

松室は戸崎に取り縋《すが》った。

青山は畳から一メートルの高さに静止した。

青山の意識はなさそうだ。

その青山が空中で激しく噎《む》せ返った。

青山は、かっと目を開けて怜を睨み付けた。

なにかを言おうとして口を開く。

その口からチョコレート色した煙のようなものが噴出した。煙よりも粘り気がある。それは天井へと盛り上がり、そこで渦を巻いた。渦が天井一面に大きく広がる。

青山の体が畳に放り投げられた。

「出やがったか」

怜は攻撃に備える姿勢となった。

と言っても聖水の瓶だけが頼りである。

ぐるぐると渦を巻くその動きが次第に緩くなっていく。色も少しずつ薄れていく。

怜はあちこち見回した。

窓のわずかの隙間から外に流れている。

「ちくしょう、逃げる気か」

怜の言葉と同時に煙は霧散した。

「逃げられてしまいやしたぜ！」

怜は声を張り上げた。

それこそ催眠術をかけられていたように天井を見上げていた皆は、はっと我に返った。

「どこに消えた？」

恒一郎は信じられない顔をした。

「窓の隙間から出て行きやがったんでさ」

「なにもせずにか？」

「ただくっついていたんでしょう。あの煙が野郎の本体じゃねぇ」

それに頷《うなず》きつつ恒一郎は溜《た》め息《いき》を吐いた。

「青山さん、青山さん！」

聖夜は屈《かが》んで青山の体を揺り動かしていた。

青山はやがて意識を取り戻した。

ぼんやりした顔で皆を見上げる。

なにが起きたか分からない様子だ。

「大丈夫ですか？」

伸ばした恒一郎の腕を青山はしっかり摑んで半身を起こした。怜や聖夜が居ることにも驚いた顔をしない。と言うよりなんの記憶もないようである。

「どう……したのかね？」

青山は不安な目で恒一郎を見詰めた。

「具合はいかがです？」

「別に……なんともない」

「先生には箱神が憑《つ》いていたんです」

「…………」

「もう出て行きました。安心です」

「箱神が私にか……」

思い当たることがあったのか青山はゆっくりと頷いた。青山の目には涙が見られた。

「二度とはさせません。その前にやつを退治する。心配は無用です」

恒一郎は何度も青山の背中をさすった。

「やはり……そうじゃったのか」

青山の声と肩は震えていた。

「先生だけが頼りです。やつが今どこに祠《まつ》られているか心当たりはありませんか」

青山は顔を上げて恒一郎と向き合った。

「いや……分からん」

やがて青山は悔しそうに首を横に振って、

「回り順は聞かされておらん。全部を当たってみるしか方法はなかろう」

「先生のノートには二十軒の名が記されています。前の事件からおおよそ二十年が過ぎた。だったらまた本家に戻されているのでは？」

「二十年……そうか、それなら！」

青山の目が輝いた。

「なにか？」

「それなればだいぶ絞られる。一巡すれば厨子《ずし》は一年ほど門屋の裏山に埋められると耳にした。そしてまた門屋の本家からはじめられる。もしかすると厨子は裏山に埋められているのかも知れん」

「なんでまた裏山に？」

胸の弾みを抑えながら恒一郎は訊《たず》ねた。

「垢《あか》を取り除くのじゃと聞いた。いずれにしろそういう慣わし」

「そこにありゃ面倒がなくなるな」

戸崎も張り切った。人の家にずかずか踏み込まずに済む。

金子がばたばたと台所に走った。

激しい嘔吐《おうと》の音が聞こえた。

つられるように松室もトイレを探す。

今になって恐怖が二人を襲ったと見える。

「念の為だ。今夜は青山さんを岩泉の病院に移す方がいい。一人残せばまたなにが起きるか分からん」

戸崎に恒一郎も頷いた。


「金子のやつ、すっかりパニクってた」

戸崎は前を進む救急車を見ながら笑った。

救急車には青山と金子、聖夜が乗っている。

「無理もない。悪魔ばかりかセンセーの出現だ。そりゃ驚くわな」

「なんかふらふら走ってる。大丈夫ですかね」

松室は案じた。センターラインからしょっちゅう食《は》み出る。対向車のないのが幸いだ。

「野郎に操られてのこととしても、何人も殺してる。どうするおつもりで?」

助手席から怜は戸崎を振り向いた。

「おれにはなんとも言えん。警察は悪魔の仕業だなんて認めない。そこが問題だ。きっと極刑になる。そいつを思えば――」

「青山先生に罪はないよ。箱神を相手にすればおれたちのだれもがああなる可能性が」

恒一郎は運転しつつ断じた。

「同感だがね。殺された側の方も考えてやらんと。行方不明のままなんだぞ。知った以上、手を打たなくちゃなるまい」

それに恒一郎は深い溜め息を吐いた。

「心神喪失ってとこでケリをつけるしかなかろう。あの青山のとっつぁんと殺された連中にはなんの繋《つな》がりもない。とっつぁんの記憶だって曖昧《あいまい》だ。裁判官も戸惑うだろう」

「知らないふりをして盛岡に帰るわけにはいかないよな」

恒一郎も諦《あきら》めた口調で言った。

「それよりこっちが盛岡に帰れる保証があるもんかどうか」

戸崎は自嘲《じちょう》の笑いを漏らして、

「厨子ん中で身動きのできない体にしても、やつはこっちを待ち構えている。不意を襲うことにはならん」

「日をあらためるのがいいのと違いますか」

松室は弱気になっていた。

「どうせやつは土の中に封じられてる」

「裏山に埋められてるかどうか分からん」

「でも、そこになければどうせなにもできない。おなじことでしょう。わざわざこんな夜中に行かなくても」

「とっつぁんがどうなったか、その目で見たばかりだろうに。やつは簡単に人を操る。こっちの策を察して場所を移しかねん。そうなったらまたゼロからのスタートだ。それどころかやつはおれたちの命を狙う。一人一人じゃやつの攻めを逃れられんぞ」

「そりゃそうかも知れませんけど……」

「だから廚子が掘り出される前にやるしかない。埋められてないかも知れんが、もし埋められていりゃ今夜が最大のチャンスだ」

「なんで先輩は怖くないんです？」

松室はしげしげと戸崎を見やった。

「まるで映画のヒーローみたいだ」

「おれだって怖い。ここで諦めて一人になるのがな。皆一緒だから踏ん張れる」

「………」

「逃げたのはやつの方なんだ。塩と聖水が効くのも分かった。勝ち目は大いにある」

そうか、と松室は何度も頷いた。

「無理に、とは言わん。金子と岩泉の病院で待機していろ。どうせ金子の猟銃は無用だ」

「行きますよ。ここで引けば先輩に一生奴隷扱いされる」

松室は口を尖《とが》らせた。

「だったら青山のとっつぁんは金子一人に任せよう。救急車を停めて聖夜ちゃんをこっちの車に移そう。おれたちまで岩泉の病院に行くことはない。それこそ時間の無駄だ」

戸崎に恒一郎は同意してクラクションを鳴らした。救急車が気付いて速度を落とす。

救急車が停まると戸崎は車から飛び出た。

「方針を変えた。おれたちはこのまま行く」

聖夜は承知してドアを開けた。

「警察の応援を頼む方がいいでしょう」

金子は不安な顔で口にした。

「知り合いが大勢居ますから」

「悪魔退治を手伝ってくれ、とか？」

戸崎は首を横に振った。

「この目でちゃんと見た。説明すれば分かってくれますよ」

「じゃ、やってくれ。当てにしないで待っている。裏山の捜索だ。こっちもすぐには見付けられんだろう」

「だから土地に詳しい警察の方が——」

「時間が惜しい。もうすでにやつに操られてだれかが掘り出しているかも知れん」

「私も行こう」

青山が名乗りを挙げた。

「あの裏山には何度か登っておる。この暗さだと案内がないと危険じゃ」

戸崎と聖夜は顔を見合わせた。

「心配ない。これまでとはまるで違う」

青山は胸に手を当てて請け合った。

「あやつはもうこの中に居ない」

「助かります。それなら後ろの車に」

「ちょ、ちょっと待ってください」

金子は慌てた。

「おれ一人で警察に？　それこそ信用してくれない。だれか一緒じゃないと」

「警察はどうでもいい。病院に戻れ」

「ここまで付き合わせて、そりゃないでしょう。なら、おれも行きます」

「煙みたいなやつに猟銃が通じるか？」

「皆で警察に駆け込めばなんとかなる」

「巻き込んですまなかった。引き返せ」

戸崎はバタンとドアを閉めた。

「行きます。さ、乗って」

金子は聖夜と青山を促した。

「おれは帰れと忠告したぞ」

戸崎は金子に念押しして車に戻った。

「青山のとっつぁんが道案内すると申し出た。金子も覚悟を決めてついてくるとさ」

戸崎は皆に説明してから舌打ちして、

「よくもまぁ命知らずが揃ったもんだ。七人の侍、ってか」

たばこを乱暴にくわえた。

「確かに七人だ」

恒一郎はにやりとした。

「七人の侍ってのは？」

怜は小首を傾げた。

「勝ち目がないと知りながら戦さをはじめた大馬鹿野郎たちさ」

戸崎にまた松室は泣きそうな顔をした。

18

門の町はすっかり寝静まっている。

まだ十時を過ぎたばかりなのに、道路には猫一匹見当たらない。

恒一郎たちの前を走る救急車が狭い脇道に入った。すぐに緩い坂道となる。

「門屋の本家ってのはあれかな」

戸崎が右手に見える大きな屋敷を示した。

「でかいが、普通の家だ。なんとなく時代劇に出てくるような家を想像してたぜ」

それに皆も頷《うなず》いた。

「町並みも他と変わりない。こんなとこに悪魔が何百年と隠れ住んでいたなんて信じられんよ」

「外国映画だと町の入り口に槍《やり》で突き立てた髑髏《どくろ》なんかがありますもんね」

「何年前の設定だ」

戸崎は松室を笑い飛ばして、

「しかし、その口利きだとおまえさんも覚悟を決めたようだな」

「決めるしかないじゃありませんか。金子まで頑張ってくれている」

「それでいい。大手術を直前に控えた患者の気持ちを思えばたいがい乗り越えられる。おれたちの周りにゃそうして死の恐怖と戦っている人間がいくらも居るんだ。しかも自分じゃなにもできない。もっと怖いと思うぞ」

「本当だ。そういうことですね」

松室は頷きつつ吐息した。

「そういうやり取りを聞いてると」

恒一郎は運転しながら呟《つぶや》いた。

「医者っていう職業が羨《うらや》ましく感じる。こっちはただ古い本を売り買いしてるだけだ」

「でもなかろう。目吉センセーがやってきて以来、恒ちゃんは難儀続きだ」

うへ、と怜は戸崎の言葉に頭を掻《か》いて、

「申し訳ねぇこって」

恒一郎に謝った。

「気にすることはない。お陰で恒ちゃんやおれたちも退屈な思いをせずに済んでいる」

戸崎は怜の肩を叩《たた》いた。

「停まった」

前を行く救急車に合わせて恒一郎は車を道の脇に停めた。聖夜と青山が降りてきた。

「ここから先は歩きだ。車では行けん」

青山が近付いて恒一郎たちに言った。

「あの車は？」

恒一郎は救急車の前に別の車が停止しているのを見付けた。

「知らん」

「なにもないとこだ。こんな夜中に用事があるとは思えませんけどね」

恒一郎に青山も暗い顔で認めた。

「もしかするとあいつがだれかを操って厨子《ずし》を掘り出させようとしてるんじゃ？」

「だとしたら急がんと」

青山の言葉に皆は車から飛び出した。

「好都合だな」

戸崎は張り切っていた。

「なんでです！　もし掘り出されれば大変だ」

松室は言いつのった。

「車がここにあるってことは、確かにやつがこの山に居るってことだ。勝ち負けはともかく、やりやすくなった。廚子が人の家にあれば厄介だ」

「…………」

「入れ違いになったらまずい。おまえさんと金子はここに残れ。もし前の車の持ち主が戻ったらクラクションを鳴らして知らせろ。操られているのはただの人間だ。猟銃が通じる。そいつで威嚇して逃がさないようにしろ」

「無関係の人間だったら？」

「迷いは命取りになるぞ。謝るのはあとでもできる。とりあえずはその線で行け」

分かりました、と松室は同意した。

「承知しているだろうが、よほどのことがない限り発砲するなよ。そいつに悪魔が憑《つ》いていたと警察に納得させるのはむずかしい」

「でも、それならどうすりゃ？」

「なんとか捕まえて救急車のベッドに縛り付けろ。手足を固定するベルトがついてる。身動きが取れなくなりゃ悪魔も抜け出る」

「そっちの方が怖そうだ」

「それまでには引き返す。大した山じゃない」

戸崎は松室に請け合った。

「すぐ戻ってくださいよ。ぼくと金子だけじゃ自信がない」

「そのときはきっと仇《あだ》を取ってやる」

「そんな問題じゃ——」

「冗談だよ。心配するな」

戸崎は勇気づけて恒一郎たちを促した。

山には風が渦巻いている。

たぶん偶然なのだろう。そう思いたい。

「なにか目印のようなものは？」

恒一郎は先導する青山に質《ただ》した。

「ない。そんなものを作れば無縁の者に掘り出される恐れがある。もちろん忘れぬよう太い木の下とか、埋めた者は頭に刻み込んでおるじゃろうがの」

「それなら探すのは無理でしょう」

「この道が示している。これは門屋の者がつけたもの。三日に一度は箱神に祈る」

青山の足取りに少しの迷いもない。

「こいつを見てくだせぇ」

怜の声に恒一郎は振り向いた。

しゃがみ込んで土を眺めている。

「新しい足跡だ。下駄《げた》ですぜ」

「下駄？」

屈《かが》んで恒一郎も見詰めた。皆が集まる。

「よほど慌てて出てきたんでしょう。この刻限だ。家の者に気付かれねぇよう裏からこっそり抜け出たのかも。庭下駄をつっかけてね」

「確かに庭下駄みたいだ。幅が狭い」

恒一郎も認めた。

「この山は門屋の持ち山。厨子を埋めた場所も門屋の者だけが承知。となると来ているのは門屋のだれかということになりそうじゃ」

青山は先を急いだ。道はまだ続いている。

「あの子供はなにかね？」

青山は並んだ恒一郎に低い声で訊《たず》ねた。

「普通の子とは思えないが」

「生まれ変わりというのを聞いたことは？」

「あの子がそうだと？」

青山はぴくりと眉《まゆ》を動かした。

「江戸の生人形《いきにんぎょう》師泉《いずみ》目吉が生まれ変わって私の姪《めい》の中に……信じられない話でしょうが」

「悪魔がこの世に居る。なにを聞かされたとて驚きはしないが……生まれ変わりか……」

「頼りになる男です」

「皆それを知っているわけだ」

「もちろん。今日居る皆は、ですけどね」

「生人形と言えば見世物だな」

「よくご存じですね」

「若い時分は民俗学にかぶれておった。生人形は民俗学とも違うが……」

「詳しいことはあとで」

「どう説明すればいいか分からんが……」

「なんです？」

足取りの遅くなった青山に恒一郎は質した。

「あの子のことを知っている気がする」

「…………」

「それも、ずいぶん昔に」

「目吉センセーの方ですか？」

「だから不思議だ」

「箱神の記憶かも知れません」

「とは？」

「別の人間に憑いたときに、そういう風に取れる言葉を口にしたことが」

言われて青山は不安な顔となった。

「二十年も憑かれていたわけじゃからな」

やがて青山はぽつりと呟《つぶや》いた。

「これからいったいどうすればいいのか……」

「先生に責任のあることでは」

それに青山は首を横に振り続けた。


道は急に開けた。と言うより道はそこで終わっている。青山は辺りを見回した。

「ここですか？」

「古い石仏があったはずだが」

「あいつでしょう」

叢《くさむら》を怜が示した。仏の頭が見える。

「間違いない。案内された覚えがある」

青山は断じて石仏に近付いた。

「悪魔に石仏か。似合わないな」

戸崎は首を傾げた。

「なにもない山に頻繁に登れば怪しまれる。それで石仏を据えたと耳にしておる」

青山に戸崎も得心した。

「こっちに新しい下駄の跡が」

怜は石仏とは反対の叢に分け入った。

「やはりこっちですぜ。掘った様子がある」

「遅かったか」

戸崎は舌打ちして怜の傍らに立った。

掘ったばかりの穴が見えた。

「くそっ、だったらどこに消えた」

戸崎は叫ぶと辺りに目を凝らした。

「どこかに隠れていておれたちをやり過ごしたとしか思えん。一本道だ。松室と金子が危ないぞ」

「下った下駄の跡は見当たりやせんでした。まだこの近くに潜んでいるんじゃ？」

怜に促されるようにして聖夜が探しはじめた。懐中電灯で地面を照らす。

「あっちよ」

聖夜は藪《やぶ》を指で示した。道とは別の方角だ。

「出てきやがれっ」

怜はその方角に思い切り塩を投じた。

次々に投じながら藪を掻《か》き分《わ》ける。

悲鳴とも呻《うめ》きともつかない声が上がった。

その声を目当てに怜は塩をぶち撒《ま》けた。

黒い影がいきなり立ち上がって逃れた。

聖夜が懐中電灯の光を向ける。

光の中に浮かび上がったのは女だった。

シルクらしいすべすべしたパジャマ姿だ。

その痩《や》せた腕には厨子《ずし》が抱えられている。

「逃がしゃしねぇぞ」

怜は聖夜と二人で包囲にかかった。恒一郎と戸崎もそれに加わる。

女は怯《おび》えた目で怜たちを見渡した。

「てめぇがその箱ん中に居て身動き取れねぇのは分かっている。年貢の納めどきとはこのことだ。覚悟するんだな」

怜はじわりじわりと女に迫った。

若くて美しい女である。

「おめぇさんに言ってるんじゃねぇ。その野郎に誑《たぶら》かされてるだけだ。箱を地面に置きな。あとはこっちで始末する」

「おまえごときになにができる」

怯えていた娘の顔付きが一変した。

「私の前でがたがたと縮み上がっていたのはだれだ？　忘れてしまったようだな」

娘は怜を見下ろして薄笑いを浮かべた。

「なんの話だ」

怜は睨《にら》み返した。

「もう一度地の底に引き摺《ず》り込んでやる。二度と戻ってこられんようにな」

怜は青ざめた。

「思い出したか」

「て、てめぇ！」

「消えろ。おまえの方こそ余計者」

娘は怜に腕を突き出した。

怜はがくんと膝《ひざ》からその場に崩れた。

「センセー！　どうした」

恒一郎は慌てて駆け寄った。

怜は口から泡を吹いて痙攣《けいれん》していた。

「なにが起きた！　しっかりしろ」

「この世に居てはならぬ者が消えただけ。おまえらもこの者のようになる」

娘は哄笑《こうしょう》した。

恒一郎は怜の肩を激しく揺さぶった。

怜の痙攣はまだ止まない。

恒一郎は絶望に襲われた。

19

「おまえが私の父と母を殺したのね」

聖夜は娘の笑いを制するように睨み付けた。

「一緒に殺せば面倒もなかったな」

娘はまた薄笑いを浮かべて、

「人とは愚かなものだ。なぜ死に急ぎたがる」

「…………」

「もっとも、おまえは放っておいてもじきに死ぬ。保ってせいぜい一月か」

さすがに聖夜は青ざめた。

「診てくれていた洋介《ようすけ》はどうした？　ちゃんと別れを済ませたか」

聖夜は目を丸くした。

「楠本《くすもと》洋介。あれは立派な医者となる。二年後にはおまえのことなど忘れて結婚するぞ」

「それなら安心だけど」

聖夜は微笑んで、

「おまえなんかに先を見通す力などない。そう思わせて人を迷わすだけ。未来が見えるなら、おまえは今ここに居ないはず。とっくに逃げている」

聖水の瓶を握り直して身構えた。

「人間ごときになにができる」

娘は動ぜずに返した。

「うるさくなったから誘い込んだに過ぎぬ」

「そんなひ弱な娘の体を借りて？」

聖夜は思い切り瓶を振った。

娘は慌てて避《よ》けた。

無意識に顔を庇《かば》った手に聖水がかかった。

娘は苦痛の声を発した。

娘の手に水膨れができている。

「試してみただけよ」

聖夜は自信を持った。

「痛がっているのはこの女だ」

娘はくすくす笑った。

「なんの罪もない女を殺せるか？　これまでの殺しとは違うぞ」

「今度は命乞《いのちご》い？」

「ではやってみるんだな」

娘は両腕を広げて前に一歩踏み出した。

聖夜は躊躇《ちゅうちょ》なく腕を振った。

今度は娘の首筋を聖水が襲う。

娘は絶叫した。

白い首筋が見る見る焼《や》け爛《ただ》れていく。

「哀れな女だ。嫁にも行けなくなる」

娘は面白そうに首筋に手をやった。ずるずると皮が剝《む》けていく。

「気付いたときにだれを恨めばいい？」

娘は剝けた皮を抓《つま》んで聖夜に突き付けた。

「おまえのせいだと教えておこう」

口にした途端、娘の表情が変わった。

娘は目の前の聖夜を認めて怯えた。

「だれ！　ここはどこ」

聖夜はたじろいだ。体が固まる。

「あなたたち、なんなの？」

娘は戸崎と青山にも目を動かした。

「もうよかろう」

娘はまた冷たい目に戻して、

「これで女の目にもおまえらが刻まれた。好きにいたぶればよい」

聖夜を挑発した。

「罪もない者たちを手に掛けてきたのはおまえの方でしょう」

聖夜は大きく腕を振り上げた。

「待て！」

戸崎が後ろから叫んだ。

「今なら捕らえられる」

戸崎はじりじりと脇に回った。

「そんなやわな相手じゃない」

聖夜は首を横に振った。

「彼女は操られているだけだ」

戸崎は塩を手にして娘と対峙《たいじ》した。

「青山！　なにをしている」

娘の目が光を放った。

反射的に青山が飛び出た。青山の手には太い枯れ枝が握られていた。

青山は戸崎の頭をそれで殴り付けた。

戸崎は一瞬にして昏倒《こんとう》した。

青山は娘を守る形となった。

聖夜は数歩引き下がった。

青山の目はとろりとしている。

「また操られたのね」

「うるさいから誘い込んだと言ったはず」

娘が代わりに答えた。

「案内したのはこの青山だ」

娘に青山は大きく頷《うなず》いた。

「…………」

聖夜から自信が薄れていった。

「騙《だま》されるんじゃねぇぜ」

不意に怜の声が聖夜の背中にかかった。

「いつもの手だ」

振り向いた聖夜に、口の泡を手で拭《ぬぐ》いながら近付く怜の姿が見えた。恒一郎も並んでいる。

聖夜は安堵《あんど》の息を吐いた。

「大丈夫？」

　傍らに立った怜に聖夜は質《ただ》した。

「罠《わな》なら、もちっとましな野郎を道具に使うだろう。青山のとっつぁんはたった今こいつの術にかけられたんだ」

　怜はじろりと娘の顔を見上げた。

「この娘っ子の中に居るうちゃなにもできねぇから、そうやって誑《たぶら》かす」

「貴様！」

　娘は怜に吠《ほ》え立てた。

「懲りずにまたやるつもりか」

「また？」

　娘の言葉に聖夜は怜を見詰めた。

「ああ。こいつとは因縁がある。子供時分においらとおふくろを捨てて家をおん出た親父の中に居据わっていやがった。まさかこの野郎だとは思いもしなかったぜ」

「目吉さんの父親に！」

「親父も好きで家をおん出たんじゃねぇ。この野郎に憑《つ》かれたせいよ」

　怜は憎々しげに娘を睨《にら》み付けた。

「さっき倒れたのは？」

「おいらはこの野郎に殺された」

「………」

「そいつを思い出したからさ」

「なぜこの世に甦《よみがえ》った」

娘は怜に質した。

「恨みを晴らせと仏が手助けしてくれたんだろうぜ。おいらもたった今分かった。なんでおいらがここに居るかがな」

怜は晴れ晴れとした顔をして、

「おめぇさんとも」

聖夜に言った。

「たまたま出会ったんじゃねぇ。おいらとおめぇさんはこの野郎を片付けるために遣わされたんだ。仏の導きってやつだ」

「ほざくな！」

娘は喚《わめ》き散らした。

青山が枯れ枝を振り翳《かざ》して怜を襲った。

恒一郎がその間に割って入った。

丸めた背中でその攻撃を受ける。

太い枯れ枝が真ん中から折れて飛んだ。

聖夜は素早く回り込んで青山の手首を捻《ひね》った。青山は悲鳴を上げて枯れ枝を手放した。

聖夜はみぞおちに拳《こぶし》を食い込ませた。

青山はその場にずるずると崩れ落ちた。

恒一郎は痛みを堪《こら》えて背を伸ばした。

「これで邪魔者はなくなった」

怜は唇を結んでいる娘と向き合った。

「この前は親父と思って油断した。今度ばかりは容赦しねぇぜ。親父の分の恨みも晴らしてやる」

「おまえの親父はこの青山と同様、人殺しを楽しんでいたぞ」

「親父じゃねぇ！　てめぇがだろう」

怜は塩を思い切り天に投じた。塩が雨となって娘の頭上から降り注ぐ。娘は慌てて身を縮めた。顔を下にして防ぐ。

怜は恒一郎に目配せした。

二人は左右に分かれて互いに娘を一周した。

その手には塩の袋が握られている。

娘はぎょっとして立ち上がった。

「どうだ！　これで逃げられやしめぇ」

怜は胸を張った。

娘の周りには塩の輪ができている。

「こんなものが効くと思っているのか」

娘は嘲笑《あざわら》うと平気な顔で塩を踏み付けた。

下駄《げた》が激しい勢いで燃えだした。

足の燃える嫌な臭いがする。

娘はそれでも塩の輪から軽々と抜け出た。

怜はがっくりと肩を落とした。

「言っただろう。苦しむのは娘だけだ」

娘は残忍な笑いを見せた。

が――

怜は厨子《ずし》がまだ塩の輪の中にあることに気付いた。忘れるわけがない。

「本体は抜けられねぇってことだな」

怜に娘は青ざめた。

「かえって好都合だ。その娘っ子を追いやりゃ楽々とてめぇを捕らえることができる」

慌てて娘は塩の輪の中に戻った。しっかり厨子を抱える。

「得意の術はどうした？　口先で騙くらかすしか能がねぇのか」

怜は勇んで前に進んだ。

いきなり娘は怜に腕を伸ばした。

もう少しで掴《つか》まるところだった。

娘は腕を縮めた。

腕からぶすぶすと煙が出ている。

「危ねぇ」

怜は自分の油断を叱った。

「どうなってる？」

ようやく戸崎が意識を取り戻した。

「箱神を結界の中に閉じ込めた」

恒一郎に戸崎はあんぐりと口を開けた。

「そこから動けないのか」

戸崎はふらふらしながら腰を上げた。

「それで、なにしてる？」

睨み合っている怜と娘を眺めて戸崎は不審な顔をした。

「そいつを思案中でさ」

怜は小さな吐息をした。

「下手にやりゃ娘っ子を殺しかねねぇ」

それに娘は派手《はで》な笑いを立てた。

「こうなったら急ぐこともねぇや。ここはじっくりやるのが賢いやり方だ」

「おれと恒ちゃんとで組み伏せる」

戸崎に恒一郎も頷《うなず》いた。

「なにをしでかすか知れやせんぜ。この野郎はそいつを待っているのかも」

戸崎と恒一郎は顔を見合わせた。

「どうも気に入らねぇ」

「なにがだ？」

恒一郎は怜を見やった。

「こんなにあっさり捕まえられたってことがですよ。この野郎は嘘が上手《うめ》ぇ。なにか他の企み《たくら》があるような気がする」

「私ならなんとか」

聖夜が名乗りを挙げた。

「彼女にもなるべく傷付けないようにする」

「逸《はや》る気持ちは分かるが、ここまできてしくじるわけにはいかねぇ」

怜は聖夜を鎮めた。

そこに戸崎の名を呼ぶ声が聞こえた。

松室のものである。

こっちだ、と戸崎は応じた。

「無事ですか！」

安心した松室の声が返った。

「なんで上がってきた！」

戸崎は松室の姿を認めて叫んだ。

「門屋さんの人が来てくれました。金子は下で見張りを続けてます」

そう知って戸崎は動転した。

「まずいことになっちまった」

怜も身を強張《こわば》らせた。自分たちの目の前には門屋の娘と思われる女が居る。ばかりか箱神を守り続けてきた家である。

〈面倒なことになるぜ〉

怜は内心で舌打ちした。

20

「にしても、なんだって門屋さんが？」

恒一郎は小首を傾げた。

「分かりません。ぼくらが見張っているところにやってきた」

松室は頼りなく応じた。

「娘の姿が見えなくなって、ここと見当をつけたんだろう」

「なぜそれが箱神と関係があると？　我々の動きはだれにも知られていない」

恒一郎は戸崎に言った。

「あいつが操ってるんじゃねぇですかい」

怜は結界の中の娘を睨《にら》み付けた。

「すると門屋の人間もやつの仲間か！」

戸崎は声を荒らげた。

「もともと箱神を守ってきた連中でさ」

「有り得るな。油断するな」

戸崎は舌打ちして、

「なんでそんな人間をここまで案内した！」

松室を叱り飛ばした。

「しかし──」

恒一郎は困惑の顔で、

「敵ならどうして松室君たちの前に？　ここまでの道も知っている。不意を衝《つ》く気ならこっそり近付けばいい」

いかにも、と怜も頷いた。

「あいつが不安な目をしている」

聖夜が怜に耳打ちした。

怜は娘に目を動かした。

聖夜の言う通り娘は目をぎらぎらさせて体を左右に揺らしている。

「どういうこった？」

怜は眉間《みけん》に皺《しわ》を寄せた。

「どうすれば？」

松室は戸崎と恒一郎に決断を求めた。

「どうにもならん。出たとこ勝負だ」

戸崎は暗がりに目をやった。

人影が坂道を上がってくる。

人影は結界の中の娘を認めたらしく、その場にぎくりと固まった。

「申し訳ない。こういうことになってる」

戸崎は前に進み出て謝った。

「我々は盛岡の門屋源次郎さんの知り合いです。シモンズ神父の関わりでね」

「そんなことはどうでもいい！」

相手は戸崎に声を張り上げた。

「なんでこんなことが起きた！」

「いや、だからこれにはいろいろと──」

「その娘は死んでるんだぞ！」

「…………？」

「昨日死んで病院から戻された。斎藤《さいとう》さんとこの娘だ」

「あんたの娘さんとは違うのか！」

戸崎は仰天した。

「今夜は通夜をやってた。床からその娘が居なくなって大騒ぎになってる。それでまさかと思いつつここにやってきた。こんなことができるのは箱神さましかいねぇ」

「くそっ、また騙《だま》されていたか」

戸崎は娘を振り返った。

娘は虚《うつ》ろな目で薄笑いを浮かべている。

「こっちはてっきりあんたの娘さんかと」

「なにが起きてるのか説明しろ」

暗がりから現われた男が戸崎に詰め寄った。

五十代後半に見える。たぶん今の門屋本家の当主で源次郎の甥《おい》と思える。

「守り続けてきたあんたには信じられない話かも知れないが、箱神は神や仏と違う。悪魔だ。やつのせいで何人も死んでいる。ここに居る彼女の両親も殺された。金森毅さんだ。聞き覚えはないか？」

「嘘言うな！　箱神さまはなに一つ悪いことなんかせん。さっさとここから出て行け。ここは家の私有地だぞ。聞かねぇなら警察を呼ぶ。どっちが怪しいやつだ！」

男は携帯を取出して上蓋《うわぶた》を開けた。

「呼んでくれ。その方が簡単だ」

戸崎は怒鳴り返した。

「警察がどんな風に思うか楽しみだ。あんたが言ったように、この娘が本当に死人ならな。利口なやつだ。警察が駆け付ければ娘から離れて死人に戻すだろうが、それでも娘の死体がなぜここにあるか説明がつかない。厄介になるのはあんただ」

「運んで来たのはおまえらだ。警察はそう見る。それ以外に考えられん」

「やっぱりこいつに操られてきたんだな」

「なに言ってる！　なんで箱神さまがおれを操る。警察の前で談判しよう」

男は携帯のボタンに手をかけた。

「よしなさい！」

聖夜が飛び込んで腕を払った。携帯が宙に飛んだ。聖夜はその携帯を摑《つか》み取った。

「なにする！」

「あなたたちがこいつを守り続けてきたせいで両親を失った。邪魔はさせない」

聖夜は携帯を戸崎に投げ渡した。

「いや——」

怜はにやりとして、

「呼んで貰《もら》った方がいいかも知れねぇぜ」

聖夜を落ち着かせた。

「どうして！」

「野郎のことだ。確かにこの娘っ子から離れるに違いねぇ。が、そうなりゃ厨子《ずし》を守る者が居なくなる。楽々と奪い取れるってもんだ。そっちの方が肝要だ。警察なんぞあとでいくらでも言い訳できる」

あ、と皆は顔を見合わせた。

「そういうことよ」

怜は憤怒《ふんぬ》の顔をしている娘と向き合った。

「厨子を守る気なら、てめぇは警察の前でもそうやって踏ん張るしかねぇ。暴れ回る死骸《しがい》を目にして警察がどう思うか楽しみだ」

「貴様！」

娘は怜に襲いかかった。が、結界の壁に阻まれて悲鳴を発した。結界から突き出た腕が見る見る焦げていく。

「よし」

と勇んで戸崎は一一〇番を押した。

「まだだ！」

恒一郎は慌てて携帯を切らせた。

「なんでだ？」

戸崎は恒一郎に質《ただ》した。

「この娘さん、本当に死んでいるのか？」

恒一郎は疑わしい目を娘に注いだ。

「今夜は通夜の最中だったと」

「それはこの人が言ったことだ。我々はこの娘さんがどこのだれかも知らない」

「死人だってのは嘘だと？」

「結界から無理に出たときに体が燃えた。火膨れができたのをその目で見たただろ。死骸なら火膨れなんてできないんじゃないかな」

言われて戸崎は絶句した。

「こいつのことだ。死骸を操るくらいはやれるかも知れない。けど、細胞まで生きたままの状態に戻せるもんだろうか」

「し、しかし」

戸崎は男に目を動かして、

「なんのためにそんな嘘をつく？」

「嘘じゃない。これは斎藤のとこの娘だ」

男も声高に言い立てた。

「いくら箱神の力の凄《すご》さを分かっていたって、本当に死人を操るのを見れば恐ろしくなるのが当たり前だ。なのにこの人はちっとも怖がっていない。おかしくはないか？」

「それはそうだが……妙な嘘をつく理由が思い当たらん。自分の娘なら娘でいいだろうに」

戸崎は盛んに舌打ちした。

「死骸がこうして動き回っていれば警察もこっちの味方についてくれるけど……もしこの娘がこの人の娘だったとしたら？　我々は娘の誘拐犯として即座に逮捕される。どんな言い訳も認められない」

恒一郎の言葉に戸崎は青ざめた。

「でも──」

松室が割って入った。

「それだったら最初から警察を連れてくればいいじゃないですか」

「そんな余裕はたぶんなかったんだ」

恒一郎は娘を睨《にら》み付けた。

「我々によって結界に封じ込まれるなんて思いもしなかったんだろう。それですぐにこの人を呼び寄せた。警察と合流させる手もむろん考えたに違いないが、その前に厨子を奪われる恐れがある。時間稼ぎがなによりこいつには必要だった」

「時間稼ぎなら自分の娘でも構わん理屈だろ」

戸崎はまだ半信半疑でいた。

「この人の娘なら警察を呼ぶ気になるか？　死人と聞いたからこっちもその気になった」

「………」

「そもそもなんでこの娘は下駄《げた》を履いているんだ。死人への思い遣《おもや》りをこいつがするとでも？

それよりどうしてわざわざ目立つ死人を選んだのか分からない。通夜の場には大勢の目もある。操るにはリスクが大き過ぎる。第一、悪賢いこいつが、こうして結界の中でなにもしないはずがないだろう」

「ちくしょう、どっちなんだ！」

戸崎は娘に喚《わめ》き立てた。

「そんな透け透けのパジャマってのも不自然だ。身内がそんな格好の娘を平気で大勢の目に晒《さら》させるとはとても思えない」

「旦那《だんな》の読みが当たっておりやしょう」

怜も恒一郎に同意した。

「胸まですっかり見えている。親心を思えば有り得ねぇ話だ」

「よく見抜いたな」

娘は憤怒の形相を一変させて笑った。

「だがもう手遅れだ。警察にはここへ来るよう連絡させた。間もなく駆け付ける。そうなれば捕まるのはおまえらだ。この娘には、おまえらに無理に連れてこられたと哀れっぽく言わせよう。なにを口にしたとて警察はおまえらのことなど信じまい」

「この野郎！」

結界の中に踏み込もうとした怜の腕を聖夜が取って引き止めた。

「やってみるがいい。こっちはここから出られんが、この中ならいくらでも力を示せる」

娘は挑発するように怜を見下ろした。

「あの音……パトカーのサイレンじゃ？」

松室に皆は耳を澄ませた。

風の音に混じってサイレンが聞こえる。

「どうする？　今を逃せば機会を失うぞ。親の仇《あだ》を討ちたいのではなかったか」

娘は聖夜を嘲笑《あざわら》った。

「その通りよ」

聖夜は躊躇《ちゅうちょ》なしに結界の中に飛び込んだ。

わずか二メートルほどの直径しかない結界のはずだったのに、聖夜は巨大なドームの中に立っていた。聖夜の身を案じる恒一郎や戸崎たちの声が遠くから聞こえた。

「来たか」

どこからか箱神の声がした。

聖夜はドームの中を見渡した。白い壁と思えたが、よく見るとその壁は何千何万という人間の体で作られていた。白い腕が蠢《うごめ》き、生気のない顔が聖夜を見詰めている。

「私なら、ここだ」

聖夜はドームの天井を仰ぎ見た。

聖夜は眩《まぶ》しさに眩暈《めまい》を覚えた。

光の中心に長い角を生やした山羊《やぎ》に似たものが胡座《あぐら》をかいて浮いている。

「おまえにはどう見えているかな。馴染《なじ》んだ悪魔の姿か」

言って箱神はげらげらと笑った。

「我が身の小ささを思い知らされただろう」

「私よりおまえの小ささをね」

聖夜は臆《おく》せず返した。

「警察をあてにする悪魔。おまえなどそんなものでしかない」

「でぇじょうぶか！」

いきなり怜が現われた。

「どうしてあなたが！」

「言ったはずだ。おいらとおめぇはこいつを退治するために仏から遣わされたんだとよ」

「馬鹿！　怜ちゃんを死なせる気」

聖夜は絶望した。もう簡単には戻れない。

「おめぇさんばかり死なせるわけにゃいかねぇだろうに」

怜は笑顔で返して箱神を探した。

「おい、箱神ってのは野郎のことか？」

聖夜の見上げる中空には地獄の閻魔《えんま》としか思えない異形の者が浮いていた。

21

「閻魔気取りかよ。地獄で裁かれるとすりゃおめぇの方だろうに」

怜は動ぜず箱神を睨み返した。

「閻魔気取り？」

聖夜は怜を見詰めた。

「そのまま じゃねぇか。金ぴかの衣を纏《まと》っていやがる。閻魔を知らねぇか？」

「あれは悪魔よ。角が生えている」

「角？　角なんぞどこに」

怜は箱神を見上げた。

「違うものに見えているのね」

聖夜は察した。そう言えば箱神は、おまえにはどう見えているかなと笑った。聖夜には悪魔に見えて怜には閻魔と映っているのだ。

「壁に埋め込まれている人間たちは？」

聖夜は怜に質《ただ》した。

「壁なんぞどこにある？」

怜は辺りを見回した。ここはどこかの岩山の頂上である。それも雲が下に見えるから相当に高い。遮るもののない中空に眩しい夕日に照らされて閻魔が浮いている。

「離れない方が安全よ。私たちはまるで別の光景を見せられている。私が居るのはドームなの」

「なるほど、そういうことか」

怜も得心した。箱神の拵《こしら》えた幻だ。

「しかし、やつの居場所は一緒だろう」

怜は閻魔を顎《あご》で示した。

その先に悪魔を認めて聖夜も頷《うなず》いた。

「なら周りの景色がどうだろうと構やしねぇ。野郎をとっ捕まえて痛め付けるだけだ」

「私たちは生身？」

聖夜は不安を浮かべた。

「と思うがな」

怜は聖夜の腕を取った。手応《てごた》えがある。

「でも、結界の輪は小さかった。腕を伸ばせば箱神を摑《つか》めるくらいに」

「………」

「全部が幻なら私たちはなにもできない」

「幻だろうとなんだろうと、おれたちが野郎の間近に居るのは確かだ。離魂病《りこんびょう》でも体は動く」

「離魂病？」

「夜中にふらふらと歩き回る病だ」

夢遊病と分かって聖夜は首を縦に動かした。

「幻の中に居たって体を動かせるってことだ。ここまで来て諦《あきら》めるわけにゃいかねぇ」

怜は前に進み出た。岩のごつごつとした感触が足に伝わる。

「手が届かずにどうやって捕らえる」

閻魔は怜を見下ろして哄笑《こうしょう》した。


「どうなってる？」

戸崎は口をあんぐりと開けて恒一郎を振り向いた。恒一郎も立ち尽くしたままだ。

制止する間もなく怜が聖夜に続いて結界の中に飛び込んだのである。

が――

たちまち怜の体は聖夜と同様に固まって動かなくなった。狭い結界の中に箱神が体を借りている娘と聖夜、そして怜が銅像のごとく立ち並んでいる。

「駄目だ！」

恒ちゃんまで、と戸崎が肩を摑んだ。

「おなじことになるだけだ」

「けどこのままじゃ」

恒一郎は焦った。

「死んだわけじゃない。呼吸してる」

戸崎は聖夜と怜を観察して重ねた。

「結界の中に入ってもあいつには近付けん」

「なぜ？　こっちには結界が無縁なのに」

「あいつの世界ってことだろう。落ち着け。ここでしくじればセンセーと聖夜ちゃんが危なくなる」

「今だってなにが起きてるのか」

「逃げる気か！」

戸崎はじりじり後退しはじめた門屋に気付いて声を張り上げた。松室が慌てて道を塞《ふさ》ぐ。

「すっかり話して貰《もら》うぞ」

戸崎は門屋の襟首を捩《ね》じり上げた。

「あの娘はあんたの子だな」

それに門屋は怯《おび》えた顔で頷いた。

「そんなことよりパトカーの音が」

どんどん大きくなっている。松室は落ち着かない顔で戸崎に言った。

「まずいことになりますよ。それこそこの娘の誘拐犯にさせられかねない」

「だったらさっさと手を打て！」

戸崎は松室に怒鳴り返した。

「手って……どんな？」

「下に行って金子と合流しろ。パトカーを見掛けたら挑発して逃げ出せ。パトカーは救急車を追いかける。時間稼ぎをするんだ！」

「そんな……無茶だ」

松室は青ざめた。

「救急車の中にアルコールが積んである。そいつを飲め。パトカーに捕まったらへべれけに酔っ払ったふりをしろ。誘拐犯にされるよりずっといい」

「医者の資格を取り上げられてしまいます」

「運転するのは金子だ。おまえさんが酔っ払って金子を脅し付けていたことにすりゃいいだろ。飲酒運転にはならん。上にバレたとしても、せいぜい医大を追い出される程度だ」

「程度って……勘弁して下さいよ」

松室は泣きそうな顔をした。

「センセーと聖夜ちゃんの命が懸かってるんだぞ！　なにが大事なんだ。悪魔とやり合ってるときにクビの心配か。おまえさんが嫌ならおれがやる。この男を逃がさんようにしろ。あとは恒ちゃんの指示に従え」

「わ、分かった。やります」

松室はしゃんとなって戸崎に応じた。

「派手《はで》に騒いで逃げればいいんでしょ」

「三十分はここに警察を近付けるな」

「もし……パトカーが一台じゃないときは」

「あの音は一台だ。請け合う」

はい、と松室は頷いて坂を駆け下りて行った。戸崎はやれやれと息を吐いた。

「アルコールって、消毒用の？」

「死ぬほどまずい」

戸崎はくすっと笑って、

「金子の猟銃を捨てさせろ！」

影の小さくなった松室に叫んだ。

松室が立ち止まって了解の手を振る。警察に猟銃が見付かればまずい展開となる。

「やつの術が薄れてきたようだな」

戸崎は門屋に目を動かした。放心状態のようになっている。

呻《うめ》き声が近くで上がった。

青山だった。戸崎と恒一郎は警戒した。

「なにが起きたのかね」

青山は胡座《あぐら》をかいて恒一郎に質した。

どうやら青山も箱神から解放されたようだ。

恒一郎は青山の手を取って立たせた。

「この人は？」

青山は門屋を怪訝《けげん》そうに見詰めた。

「門屋さんのご主人です。箱神がここに呼び寄せた。もうなにがなんだか」

恒一郎は溜《た》め息《いき》をしながら結界に目をやった。青山は輪の中に固まっている三人を認めて絶句した。

「また迷惑をかけたらしい」

青山は恥じ入った顔で恒一郎に謝った。

「箱神の術です。この人と一緒だ」

気にせず恒一郎は結界に近付いた。

怜は拳《こぶし》を握り締めて娘を睨《にら》んでいる。さっきから瞬《まばた》き一つしない。

「箱神の方も動かんのか？」

青山はまじまじと娘を凝視した。

「センセーと聖夜ちゃんに術をかけるのが精一杯なんでしょう。それであなた方への力が弱まった。もう心配ない」

「文恵《ふみえ》！」

と背後から悲痛な叫びが聞こえた。

戸崎を振り切って門屋が駆けてきた。

「なんで文恵がここに居る！」

門屋は恒一郎に喚《わめ》き散らした。

「箱神の仕業です。娘さんもあなたも箱神に操られていた」

門屋は目を丸くした。

「そ、それでこの人らは？」

門屋は怜と聖夜を指差した。

「ずいぶん昔に狐憑《きつねつ》きと騒がれたお嬢さんが居ましたね。彼女のことですか？」

いいや、と門屋は首を横に振って、

「私の妹だ」

「そのときに東京から大学の先生を呼んで調べて貰うことにした。覚えていますか」

ああ、と門屋は曖昧《あいまい》に頷《うなず》いた。

「その先生が死んだことは？」

「車の事故じゃなかったかね」

「そうです。背の高い彼女はその亡くなった先生の娘さんです。事故のときも同乗していた」

門屋はぎょっとして聖夜を眺めた。

「し、しかし……その娘さんがなんでこんなとこに？」

「事故じゃなかったんですよ。あなたの娘さんに今乗り移っている箱神がしたことだ。箱神はあなたが考えているような守り神じゃない。外国から渡ってきた悪魔だ。あなた方はずっと騙《だま》されてきた」

門屋は絶句した。

「その先生を紹介した神父です。神父もつい最近箱神に殺された。それこそあなたのお身内の門屋源次郎さんが亡くなられた日に」

「いきなりの話で信じられないでしょうか」

いや、と門屋は首を傾げた。

「シモンズ神父のことは？」

「………」

「だれもが薄々と承知しておった」

いや、と門屋はまた口にして、

「が、怖くてだれも手が出せん。昔のままに続けるしかなかった」

ぶるぶると体を震わせた。

「………」

「妹が首を吊《つ》って死んだときだって……首が千切れそうになっていた。まるでだれかが下から引っ張ったみたいにな。皆、知っておったんじゃ。だれがしたことか」

門屋の目から涙が滴り落ちた。

「それでもだれ一人口には出せん。それを言えば次は自分が妹のようになる。妹が死んだのはお厨子《ずし》を壊そうとしたからだ」

「そんなことがあったんですか」

恒一郎は肩で大きく息を吐いた。

「あんた方にはどうにかできるのか？」

門屋は低い声でおずおずと訊《たず》ねた。

「我々はずっとやつに狙われてきたんです。だからここにやってきた。倒せるかどうか分からないけど、やるしかない。やらなきゃこっちが殺される」

「あの子供は？」

門屋は怜を見やった。

「なぜか箱神を知っている。江戸時代にやつと戦ったことがあるそうです」

「………？」

「説明している暇はない」

戸崎が割って入った。

「どうするかが先決だ。思い切った手に出るしかなさそうだ」

「なにをすると？」

「この結界を破っちまったらどうだ？　そうすりゃやつが外に飛び出す。センセーたちへの力が弱まるんじゃないか？」

「けどそれだとやつを取り逃がすことに」

「やつのことより二人をこのままにはできん。下手をすりゃ殺されちまうぞ」

確かにその通りだが、恒一郎は唸《うな》った。ここで逃がせば取り返しの付かないことになりかねない。結局は全員が殺される。

「くそっ、なんだって飛び込んだりした」

戸崎は二人の軽率さに舌打ちした。

「儂《わし》が行く」

青山が覚悟を決めた顔で前に出た。

「箱神も動けないでいる。厨子を奪い取る」

「そこまで近付けるかどうか」

恒一郎は制した。

「ただ人数を増やしてしまうことになるかも」

「やってみなくては分からんじゃないかね」

「信じないわけじゃありませんが、青山さんでは不安なんです」

恒一郎は吐息してからはっきり口にした。

「あなたや門屋さんはやつに操られやすい。やつがあなたを逆に利用する可能性がある」

それに青山は押し黙った。

「試すとするなら、このおれだ」

恒一郎に戸崎は慌てた。

「確かに、やってみなくちゃ分からない」

恒一郎は戸崎の伸ばした腕を掻《か》い潜って結界の中に勢い良く飛び込んだ。

22

恒一郎は自分の目を疑った。

とりあえず怜を、と腕を伸ばしながら結界に飛び込んだはずなのに、重いカーテンを押し開けたような感触のあとに恒一郎の目の前に展《ひろ》がっていたのはなにもない闇だったのだ。動悸《どうき》を鎮めて恒一郎は見渡した。いや、完全な闇ではない。目が馴《な》れはじめると無数の星々がちかちかと瞬《またた》いている。どこかの高原にでも立っているのだろうか。白い銀河が滔々《とうとう》と天に流れている。美しい。が、夜空に見入っているときではない。怜と聖夜はどこにいる？　恒一郎は目を地平に転じた。

〈…………！〉

恒一郎の首筋にどっと冷や汗が噴き出た。

自分の足元にまで銀河が流れていたのだ。

地平などない。

恒一郎は宇宙の中に浮かんでいた。

妙に腕が白い。

恒一郎は目を近付けて確かめた。

思わず息が止まりそうになる。

恒一郎の体は銀色の宇宙服に包まれている。

〈幻想だ。やつの術に取り込まれている〉

恒一郎はヘルメットを両手で叩《たた》いた。

思い切り声を発しても幻想は消えない。

恒一郎は怖さを感じた。

星こそ見えるが、他になにもない宇宙だ。

そこに自分一人だけ浮いて漂っている。

「出てこい！　どこなんだ」

恒一郎は喚き散らした。

「旦那《だんな》も来てくださったんで！」

いきなり怜が姿を現わした。

怜も小さな宇宙服を着ている。怜はくるくると回転しながら恒一郎に腕を差し出した。

安堵《あんど》を覚えつつ恒一郎はその手を取った。

「聖夜ちゃんは？」

「私ならここ」

後ろから聖夜の声がした。

「旦那にゃどう見えていなさるんで？」

怜が質《ただ》した。

「どうって……宇宙だろう」

「それぞれが別の世界を見せられているの」

聖夜は恒一郎の前にふわりと回り込んだ。

「別の世界って、どういうことだ？」

恒一郎は首を傾げた。

宇宙に放り投げられたなど有り得ない、と分かっていても、確固たる世界に思える。

「旦那は山を登ってきなさった。おいらたちはどっか高い山のてっぺんに居る」

「センセーにはそう見えているのか！」

「私は不気味なドームの中。悪魔の姿をしたあいつがあそこに見える」

聖夜は頭上を指差した。

「あれは馬の首星雲だろう」

見詰めて恒一郎は口にした。馬の横顔に似た闇の周囲に無数の星が集まって白い輪郭を拵《こしら》えている。と思った途端、馬の首が正面を向いて恒一郎を哄笑《こうしょう》した。

「どうなってる！」

恒一郎は悲鳴を必死で堪《こら》えた。

「近付いてとっ捕まえてやりてぇが、おいらにゃ無理だ。野郎は空の高みに浮いてやがる」

怜は悔しそうに言った。

「私も。ドームの壁は攀登《よじのぼ》れそうだけど、やつはドームの中空に胡座《あぐら》をかいている」

「こっちだってそうだ」

「近寄れやせんか？」

「とてつもなく遠い。銀河の彼方《かなた》だ」

「遠くはねぇ。野郎の目くらましですよ」

怜の言葉に恒一郎はしっかりと見詰めた。

何百万光年も離れているように思える。

「狭い結界の中のことですぜ」

怜は恒一郎の腕を引いた。

もう一度恒一郎は凝視した。

「駄目だ。どうしても自分の頭を切り替えられない」

恒一郎は首を横に振った。

「宇宙の中なら、泳げる？」

聖夜が恒一郎に訊ねた。

ああ、と恒一郎は頷《うなず》いた。

腕を軽く動かすだけで体が前に出る。

「私を連れて高く上がってみて」

聖夜は恒一郎の腰に腕を回した。

恒一郎は足で宙を掻《か》いた。聖夜が歓声を発した。二人はゆっくりと上昇した。

「ドームの天井にぶつかる。十分よ」

聖夜は恒一郎の腰を引いた。

恒一郎はそこに静止した。

怜が下から二人を見上げている。

「センセーも連れてこなくちゃ」

聖夜は下降するよう恒一郎に言った。

「自分で泳いでこれるはずだぞ」

恒一郎は首を捻《ひね》った。ただ手足を軽く動かすだけでいい。

「私たちの世界は違う。泳ぎ回れるのは恒一郎さんだけ」

また怜と合流して聖夜は微笑んだ。

「恒一郎さんが来てくれて道が開けた。私たちだけではなんの手も打てなかった」

「けど、とてもあそこまでは行けない」

「私たちの世界では近い場所に居る。今も少しの上昇で天井に頭がぶつかりそうになった」

「本当にそんな単純なことか？」

恒一郎には信じられなかった。

「旦那が増えたせいで野郎の術の力が弱まってきているんでさ」

なるほど、と恒一郎は得心した。結界の外でも青山や門屋への術が解けている。

「三人なら勝てるかも知れやせんぜ」

「近寄れたって、なんの武器もない。素手であいつとどうやって戦う？」

「奇妙なのは——」

怜は馬の首星雲を睨《にら》んで、

「野郎がさっきから少しも動かねぇことだ」

ホント、と聖夜も同意した。

「たぶん厨子《ずし》の中に納まっているせいでしょう。それで身動きが取れねぇんじゃ？」

「あれが厨子か」

「だとすりゃ、娘ん中に潜んでいた野郎の魂は別のどっかに隠れている」

怜は広い宇宙を眺め渡した。もっとも怜の目には別の世界が見えているのだろう。

「無理だ。おれには星しか見えない」

「私にも」

聖夜は吐息した。ドームの壁には何千何万という裸の人間たちが蠢《うごめ》いている。あの中の一人に紛れ込まれていたらとても探せない。

口にした怜も同様だった。

自分の立つ山頂には無数の岩が転がっている。動いているものは数羽の鷲《わし》だけだ。

「ありゃあなんに見えます？」

怜は飛び回る一羽の鷲を指し示した。

恒一郎と聖夜の目がその位置に動く。

恒一郎には銀河の中心と見えている。

「あ」

恒一郎はそこになにか動くものを見付けた。

「人工衛星だ」

豆粒ほどの人工衛星が星に紛れてゆっくりと移動しているのである。

「おめぇさんの方はどうだ？」

顔を輝かせて怜は聖夜に質した。

「居たわ！」

聖夜も声を発した。

小さな子供が、壁に埋め込まれた人間たちの手足を支えにしながら這《は》い伝っている。

「やっぱりな」

怜はにやりと口元を緩めた。

「なぜ襲ってこない？　見ているだけか」

恒一郎は怜を見やった。

「あっしにゃなんとも」

「そうか！」

恒一郎は一人頷いた。

「二人だけじゃなく娘の体も固まっていた。狭い結界の中だ。こっちが腕を伸ばせばすぐに厨子に手が届く。それを恐れて全員の動きを封じたんじゃないのか」

「その術に野郎まで巻き込まれていると？」

「少しずつ近付いてきている」

聖夜は子供を睨んだまま口にした。

恒一郎は目を戻した。

確かに人工衛星はこちらを目指している。

「これがあいつの作戦だ！」

恒一郎は気付いた。

「わざと厨子の本体を見せてこっちの注意を引き付ける。その隙にじわじわと接近して襲うつもりだ。あいつの動きが鈍いのが幸いした。でなきゃとっくにやられている」

「いかにもってやつだ」

怜は空を飛び回る鷲がわずかずつ高度を下げているのを認めて舌打ちした。

「こうなったら厨子を目指すしかない」

恒一郎は決心した。

「本当にあそこまで行けるかどうか分からないけどな」

恒一郎は聖夜と怜の腕を取って足を動かした。恒一郎は二人を抱えて前に進んだ。

「やつが見ている！」

聖夜は子供の顔に驚愕《きょうがく》が浮かぶのを見た。

「壁を伝って先回りする気よ」

急に素早い動きとなる。

恒一郎の目にも人工衛星が角度を変えて行く手を阻もうとしているのが見えた。

「ちくしょう！　速く動けるのか」

怜は喚《わめ》き散らした。

「あいつも策を変えたんだ！　なにか変化はないか？　こっちの銀河は割れはじめている」

恒一郎は慌てた。

銀河がどんどん歪《ゆが》んで行く。星々が不規則に流れて消滅する。星の花火だ。

「山が崩れはじめやした。空の雲が渦を巻いていやがる。とてつもねぇ嵐となった」

怜は腕で顔を覆った。

「壁から全員が出てきたわ！　皆、空に浮いて私たちを襲ってくる」

聖夜は青ざめた。

「幻想だ！　目を瞑《つむ》れ」

恒一郎は二人を引き摺《ず》る形で踏ん張った。

あれほど遠いと思われた馬の首星雲がいつの間にか目の前にある。

「駄目！　摑《つか》まれた」

聖夜は足をばたばたさせた。五、六人の裸の男女が聖夜にしがみついている。

「くそっ！」

恒一郎の眼前は巨大な壁で塞《ふさ》がれた。

人工衛星だった。

幻想と分かっていても衝突の恐怖には勝てなかった。恒一郎はその場に静止した。

「土砂に埋められちまいましたぜ!」

怜は慌てた。

「あいつが居る」

恒一郎は人工衛星と対峙《たいじ》した。

その真上に黒い鉄の鎧《よろい》を纏《まと》った男が立って恒一郎を見下ろしているのだ。

「この野郎!」

怜は声を張り上げた。怜は黒雲を破って出現した巨大な鷲と向き合っていた。聖夜の目には冷たい目をして笑う子供が見えている。

「一度に片付けるには、おなじ舞台の方がよさそうだな」

箱神は腕を大きく一振りした。

一瞬にして世界が変わった。

三人はその世界に投げ捨てられた。

ごろごろと転がって恒一郎は手をついた。

怜と聖夜も顔を上げる。

馥郁《ふくいく》とした香りに満ちた梅林の中だった。

白い花が咲き乱れている。

「ここはどこでぇ？」

怜は立ち上がって梅の花を見上げた。

「綺麗《きれい》な梅ね」

聖夜も怪訝《けげん》な顔で辺りを見回す。

「ってことは皆おなじ景色だな」

恒一郎に二人は首を縦に動かした。

「やつも面倒になったか」

恒一郎は思わず苦笑した。一人ずつコントロールするのが厄介になったのだろう。

「地獄かと思ったが、桃源郷たぁ洒落《しゃれ》てる」

怜もくすくす笑った。

穏やかな風が頬をくすぐっている。

「ようこそ」

いきなり若い女の声がかかった。

三人は振り返った。

白い裳裾《もすそ》の広がる唐服に身を包んだ美しい娘が三人に愛嬌《あいきょう》を振《ふ》り撒《ま》いた。

「箱神だな」

恒一郎は身構えた。

「人間にしてはなかなか侮れぬ。褒美に美しい死に場所を用意してやった。ささ」

娘は微笑みを崩さず案内にかかった。

「美しい死に場所？」

「ついて参るがよい」

娘は長い袖《そで》を払った。

極彩色の門が三人の前に出現した。

23

「お気を付けなすって」

怜は恒一郎に目配せした。

「大丈夫だ。これまでと違って全部がやつの拵《こしら》えた幻影と分かっている」

それに聖夜も頷《うなず》いた。

「分かっていたって、こっちの力が封じられていたんじゃどうにもならねぇ」

「…………？」

恒一郎は怜に目を動かした。

「たぶん……こういうことでさ」

怜はポケットから塩の袋を取り出した。

そして周りに咲き乱れている美しい花に思い切り塩を振り撒いた。

なんの変化もない。

「通用しないってことか！」

「そうじゃありやせん」

怜は軽い舌打ちをして、

「塩なんぞ撒いちゃいねぇってことだ。あっしらの体は固まっていると旦那《だんな》がおっしゃったじゃありませんか。今のはあっしが頭ん中で撒いた塩だ。やつになんの効き目もねぇ」

恒一郎は唸《うな》った。

「小便したって、野郎に滴の一滴もかけられやしねぇ」

「でも、さっきは確かに少し近付いた」

聖夜は動転しながらも口にした。

「だから野郎も慌てて手を変えた。おいらたちに別々の夢を見させるより一つにする方が楽ってことよ」

怜に恒一郎と聖夜は吐息した。

「下手すりゃ一生この夢から逃れられねぇことになるかも知れませんぜ。野郎を退治するどころの騒ぎじゃねぇ」

怜は言いながら極彩色の門に触れた。

「手触りも彫刻もほんまもんに思える。夢たぁちっとも思えねぇや」

「幻影だと自分に言い聞かせろ。とにかく今はそれしかない」

恒一郎は怜の肩に手を置いた。その感触もしっかり恒一郎に伝わる。

「どうした。早く参れ」

先を歩いている娘が振り向いて誘った。

「なにが狙いだ！」

恒一郎は娘を睨《にら》み付けた。

「褒美に美しい死に場所を用意してやると言ったはずだ。私と争ってなんになる。ここで楽しく暮らすがいい」

娘は中庭に恒一郎たちを招き入れた。

「普通は死なぬと来られぬところだが、特別に案内してやった。ここにおる限り、もはや病いも死もない。歳も取らぬ。好きなことをして呑気《のんき》に遊んでいられる」

娘はころころと笑って池を指し示した。

白い蓮《はす》の花が咲く円い池の中島に瀟洒《しようしや》な四阿《あずまや》が建てられている。そこに豪華な食事の支度がととのえられていた。

「ひさしぶりに腹が空《す》いたようだな」

娘は聖夜に話しかけた。

聖夜はたじたじとなった。

「それが健康ということだ。もう薬を服《の》む必要はないぞ。体も軽くなる」

「だまされない」

聖夜は首を横に振った。

「だましてなどいない。おまえの体が一番によく知っていることだろう」

「これはただの幻影」

「おまえたちが現実と信じ込んでいる世界も本当は幻影かも知れんぞ。それなら自分の好きにできる幻影の方がよいではないか。これでおまえも朝晩の吐き気や痛みから解放される。ばかりか死んだ親たちとも会える」

「…………」

「死んだ者が来る場所と言っただろうに。おまえの親たちはここで静かに暮らしている」

「嘘よ！」

「あの窓を見るがいい」

娘は池のほとりに立ち並ぶ可愛い家の一つを聖夜に示した。聖夜は凝視した。

「ママ……」

聖夜は目を丸くした。

開け放たれた窓の中に聖夜の母親の姿がある。台所らしい。聖夜の視線に気付いたのか母親の目が外に向けられた。母親はしばらく聖夜を怪訝そうに見詰めた。やがて驚いた顔になる。

母親はなにか叫んだ。奥からだれかが現われた。母親の肩を抱く。

「パパ！　パパだわ」

聖夜は狂喜して二人に手を振った。

「呼べばいい。あとはおまえの思うがままだ。この先何十年でも一緒に時間を過ごせる」

娘は聖夜に悪魔の囁《ささや》きをした。

聖夜は大きく頷いて足を進めた。

「よせ！　これは幻影なんだ」

恒一郎が聖夜の腕を摑《つか》んだ。

「幻影でもいい。ママとパパがあそこに」

聖夜は必死に振り払おうとする。

「そのママとパパをだれが殺したんだ！」

聖夜はハッとなった。

「こいつじゃないか！　よく考えろ」

「…………」

「これがこいつの手なんだぞ」

「なんの手だ？」

娘はにやにやとして恒一郎と向き合った。

「私はなにもしていない。あの両親はこの娘が望んで招いたものだ。この世界ではすべてがかなう。それになんの不満がある？　おまえたちがこれまで居た世界こそ偽物だ。なぜわざわざ苦労したり辛《つら》い思いをせねばならない？　おまえらこそだまされているのだ」

「だれにだまされている?」

「おまえらが神や仏と呼んでいる者に」

「おれは神や仏を信仰していない」

「おまえが信じていなくても嘘はある」

「…………」

「私はこの通りおまえらに幻影を見せることができるぞ。だったら神や仏にもその力があるとは思わんのか? おまえらが暮らす世界は神や仏が拵えた幻影かも知れんだろうに。私の存在を認めながら、神や仏の存在を認めぬと言うのか?」

「おれには幼い頃からの記憶がある。幻影じゃない」

「愚かな」

娘は蔑《さげす》む笑いをして、

「記憶が確かさの基準と言うのなら、いくらでも与えよう。ここで十年暮らしてみるがいい。そうすればここがおまえの現実となる」

「仮にそうだとして――」

恒一郎は娘に詰め寄った。

「だったらなぜ神や仏が我々に辛い思いや苦労を強いる?」

「面白いからだ」

「…………」

「そういう言葉でしか伝えられん。人間ごときに我々の思いなど理解できぬことだろう」

「そんなに力があるんなら、今すぐにでもおれたちをこの世から消滅させてみろ！」

恒一郎は声を張り上げた。

「そうやって私を挑発する気か？　まぁ慌てるな。この世界に招いたばかりではないか」

娘は優雅に腰を曲げて微笑んだ。

「この通り、料理や酒もある」

恒一郎たちは四阿の中に居た。

目の前にはワインやオードブルの皿がある。

「瞬間移動か。やっぱり現実と違う」

恒一郎は鼻で笑った。

「お望みなら池のほとりからここまで橋を渡ってきた記憶を蘇《よみがえ》らせてやってもいいぞ。無駄と思って省いただけだ」

娘に言われた途端、恒一郎の頭の中に四阿まで狭い橋を渡った記憶が鮮明に浮かび上がった。池の中に綺麗《きれい》な鯉が泳いでいたことも思い出した。恒一郎は不安を覚えた。

「記憶が確かで安心したか」

見透かしたように娘は言った。

「忘れた方がずっと楽なことでも人間は必死で思い出そうとする。続く時間でしか自分が生きているという実感を持てぬらしい。哀れな習性だな。それでは記憶を作るためにだけ生きているようなものだ」

「言葉だけは巧みだ。褒めてやる。その言葉でこれまで多くの人間を騙《だま》してきたんだな」

「おまえの本体はなんだと思う？」

「本体？」

「その体か？」

「なんのことだ」

「その体だって本当のものかどうか分からんということだ。たとえばこの男だ」

娘は怜を顎《あご》で示した。

「姿は小さな子供。しかし違う。本体はおまえより歳を取っている」

「センセーの魂が宿っている」

「それを言うなら、おまえもそうかも知れない。おまえが気付いていないだけでな」

「おれにも前世があると？」

「私は今のおまえしか知らん。自分で探すしかない。が、手助けはできる」

「そしてどうなる？」

「さっきから質問ばかりだ」

娘は笑ってキャビアを口に運ぶと、

「時間はたっぷりとある」

恒一郎たちにも勧めた。

聖夜はおずおずとパテを頬張った。

「美味《おい》しい」

聖夜は思わず声にした。

「悪くはないだろう。この世界もな」

満足そうに娘は頷《うなず》いた。

「おめぇの狙いはこうやっておれたちをここにいつまでも押し込めることか」

怜は低い声で質《ただ》した。

「まぁ少しは楽しんでからにしろ」

娘はパチンと指を鳴らした。

怜の目の前の皿が和食の膳《ぜん》に変わった。

怜の好きな天麩羅《てんぷら》や刺身が並んでいる。

「まやかしじゃねぇか」

「食べて腹一杯になるならまやかしでもよかろうに。なんの不足がある」

言われて怜は箸《はし》を手にした。

蓮根《れんこん》の天麩羅を口にして怜は唸《うな》った。

歯触りと味はまさに本物だった。

「便も出れば眠くもなる。薔薇《ばら》の棘《とげ》も刺されば痛い。今までの世界と違うのは、嫌なことがなくなることだ。手に入れたいものもすべて手に入る」

「おれはギンギンに冷えたビールが飲みたい」

「手にしているのはそれだろう」

娘に言われて恒一郎はぎょっとなった。

確かにビールジョッキを握っている。

さっきはワイングラスだったはずだ。

「頼んでビールに代えて貰《もら》った記憶を取り戻したいか？　それで安心できるならな」

そんな気が恒一郎にもしてきた。

恒一郎はビールを喉《のど》に流し込んだ。

喉の渇きが一気に癒《いや》される。

とても幻影とは思えない。

「神や仏と違って私は嘘をつかぬ」

娘は恒一郎たちに順に目を動かして、

「本当のことを教えてやろう。いかにもここは幻影の世界だが、そもそも現実の世界も存在しない。人間それぞれが勝手な世界を頭の中に拵《こしら》えてあれこれと想像しているだけだ」

「なにを言ってる」

恒一郎は取り合わなかった。

「だったらおまえはどうなるんだ？　勝手な想像なんかじゃない」

「人間と呼ばれるものは、たかだか二千やそこらしかこの世に居ないのだよ」

「…………」

「古代からの歴史もない。せいぜい百年やそこらだ。おまえらが神や仏と呼んでいる者らは私が見付けて飼育した。記憶などたやすく植え付けることができる。おまえらは私らの手の中で生きている。いや、夢を見ていると言い換える方が分かりやすいだろうな」

「信じられるか」

「その夢の中に私らも入り込んで楽しませて貰っているのだ。おまえら人間たちの夢を紡ぐ能力はある意味とてつもないものだ。この料理の数々もおまえらが出現させたもの。お陰で私も旨《うま》い料理にありつける」

「…………」

「実に果てしのない想像力だ。宇宙という概念まで生み出した。私らの目からすればガラス箱の中のミミズのようなものでしかないおまえたちの頭がな。感心する。しかも夢の秩序を保とうとまでしている。自ら寿命を定め、心の規範を作り、連綿と続く歴史を拵え、己れの存在を疑わぬよう固めている。だから見ていて面白い。神や仏と呼ばれる者や私の存在を無意識に察知したればこそ、夢の中にも登場させるようになったのだろうな。まさかここまで人間が進化するとは思わなかった」

「ガラス箱のミミズだと！」

「神は自らの形に似せて人間を創った」

「…………」

「今のおまえたちの姿は私に似ているだけだ。おまえの本体は違う」

「じゃ、なんなんだ！」

耳を塞《ふさ》ぎたい気持ちになりながら恒一郎は迫った。

「アンモナイトだよ」

娘はくすくすと笑った。

「おまえが承知のもので一番似ているものというならばな」

恒一郎は奈落《ならく》に突き落とされた気になった。

24

「信じておらぬようだな」

娘は薄笑いをしている怜に目を動かした。

「全部を見ているわりにゃ、しょぼくれた手を打ちやがると思ってな」

「楽しませて貰っているつもりだ」

「厨子《ずし》を門屋の娘に持たせてあたふたと逃げたのも楽しみのうちか？」

「おまえらがどう動くかと思ってな」

「好きに出入りができるなら、さっさと別のアンモナイトとやらに乗り換えて他の夢を楽しんだらどうだ？」

「この夢が面白い。おまえのようなひねくれ者がおる」

「口じゃどんなことだって言える」

「どうすれば信じる？」

「あいにくだが、その手に乗る気はねぇ。おめぇはどんな幻だって作れる。おいらを犬っころに変えるのもたやすいことだろうよ。こっちの心を操るだけのこった」

「………」

「が、せっかくだ。おめぇの言う本当の世界ってやつを見せてもらおうか。幻と承知でも面白そうだ。おいらたちを拵え上げているアンモナイトとやらにも挨拶《あいさつ》がしてぇ」

「望みとあらば見せてやろう」

娘は微笑んで袖《そで》を大きく振った。その袖が見る見る広がって怜たちを頭から包み込む。

「舞台裏は見せたくねぇってわけか」

怜は腕を組んでにやついた。

やがて覆っていた布が流れて消える。

怜の目は大きく開いた。

信じられない光景が目の前にあった。

明らかに地球とは思えない赤い砂漠が遥《はる》か彼方《かなた》にまで広がっている。見上げた空には美しいオーロラがたなびいている。

「あれは？」

聖夜が怯《おび》えた目で示した。

「アンモナイトだ」

恒一郎は吐息とともに応じた。想像を超えた大きさに威圧される。綺麗《きれい》に螺旋《らせん》を描く甲殻の直径は十メートルはあるだろう。それが砂漠のあちこちに下部を埋めている。

「あれが私たちの夢を？」

聖夜は不安な顔で怜を見やった。

「だから野郎のまやかしだと言っただろうに」

怜は鼻で笑うと臆《おく》せず前に進んだ。

「あいつはどこ？」

聖夜は箱神の姿を探した。

「存分に見物させてから出るつもりよ」

怜はアンモナイトに接近すると正面に回った。髭《ひげ》に似た無数の触手がゆっくりと波打つように蠢《うごめ》いている。それぞれは人の腕ほどの太さだ。砂が盛り上がり、沈む。

「伊勢海老《いせえび》みてぇな顔だな」

怜はじっくり観察した。

眠っているようだ。

砂から突き出た二つの目玉は白濁している。それでも怜の気配に気付いたのか、ぐりぐりと動いて警戒の様子を示した。

「ずっと寝ているとしたら、なにを食って生きているんでぇ」

「本物だったらどうする」

恒一郎は小馬鹿にしている怜を後退させた。

「こんなのにやられたら終わりだ」

「おれたちゃこいつの夢の産物なんですぜ。食われたって死にはしねぇ」

怜はくすくすと笑った。

「おれたちの夢を見ているのはこいつじゃないかも知れない」

恒一郎は別のアンモナイトに目を動かした。

「どれにしたって一緒でさ。野郎の言うのが本当ならおいらたちこそ幻だ」

「しかし……」

恒一郎は腕を擦《こす》った。

「とても幻だなんて思えない」

「やってみりゃ分かるこった」

怜は意を決した顔で前に進むと、砂漠にのたくっている触手の一本を両手で握った。

「なにをする！」

恒一郎は青ざめた。

無数の触手がいっせいに怜を襲ったのである。怜の体は軽々と持ち上げられた。

「心配ねぇ！」

高々と触手に抱え上げられながら怜は平然としていた。

「おいらが夢の産物でしかねぇなら、死のうと生きようと、どのみち無縁のことでさ。はっきりする方が楽ってもんだ」

「馬鹿を言うな！」

恒一郎は駆け寄って怜に巻き付いている触手を必死に引き剝《は》がした。聖夜も加わる。

「愚かなものよな」

耳に響く大きな声が頭上からした。

恒一郎は振り仰いだ。

黒い影が空を塞《ふさ》いでいる。

その影がどんどん近付いてくる。

巨大な掌《てのひら》だった。

その指が怜を抓《つま》んだ。

怜はばたばたと暴れた。

抓んだ指は静かに怜を砂漠に戻した。

指が離れていく。

恒一郎は絶句した。

なんという巨人であろうか。

奈良の大仏の倍は優にある。

「ようやっとのお出ましか」

立ち上がって怜は睨《にら》み付けた。

「身の程を知ったか」

巨人は怜たちを覗《のぞ》き込んで言った。吐いた息で砂漠に激しい風が舞う。

「あっさり死なれては詰まらぬ。まだすべてを見せてはおらぬ」

「それがおめぇの本体か？」

怜は白髪に胸元までの長い顎鬚《あごひげ》を蓄えた老人に毒づいた。

「乗れ」

怜を無視して巨人は掌を差し出した。

怜たちはなんとか攀登《よじのぼ》った。

ぐうん、と一気に引き上げられる。

たちまち砂漠を一望する高さとなった。

恒一郎は眩暈《めまい》を覚えた。

数え切れないアンモナイトが砂漠に見える。

だが、驚きはそれで済まなかった。

さらに高みに達し、視野が広がると、限りない砂漠と思えていたものが、実は枠のある砂場と分かった。もはや巨大なアンモナイトが小さなカタツムリのようにしか見えない。

「飼育場だ」

巨人は笑った。掌が揺れ動く。恒一郎たちは不様《ぶざま》に転がった。

恒一郎は敗北感に打ちのめされた。

自分は豆粒以下の存在でしかない。

「愚か者はてめぇの方よ」

どっかり胡座《あぐら》をかきながら怜は高笑いした。

「あっさり殺しちゃ詰まらねぇだと？　お陰でこいつが幻だとはっきりしたぜ」

「殺して欲しいか？」

巨人は怜に顔を近付けた。

「できるんならやってみろ」

怜は挑発した。

「できやしねぇだろう。今だって幻と知れそうになったんで助けたふりをしただけだ」

「よせ！」

恒一郎は怜の袖を引いた。

「夢は一人で見るもんだ」

怜は巨人に言い放った。

「幻ならともかく、この三人がおなじ夢を見るはずがなかろうに。おめぇもこっちの誘いに乗ってどじを踏んだな。おいら一人にこいつを見せりゃ少しは迷ったかも知れねぇ。それとも他の二人はおいらが見ている夢に出ているだけだと言い繕うつもりか？」

あ、と恒一郎と聖夜は顔を見合わせた。

「って言うより、本当はなんであろうとどうでもいい。幻だろうと夢だろうと、肝心なのは見ているうちは死にはしねぇってことだ。おめぇなんぞちっとも怖くはねぇ。現においらはたった今も無事だったぜ。好きになんでも見せやがれ。ただで面白ぇ芝居を見物できるってことよ」

「貴様！」

巨人の顔が憤怒《ふんぬ》に変わった。乱暴に怜たちを空に放り投げる。

さすがに怜も慌てた。

砂漠に激突する、と思った瞬間、怜の意識が戻った。

目の前に門屋の娘が立っている。

怜の脇には聖夜と恒一郎が固まっていた。

けれど目だけは二人とも動いている。

怜の視野に戸崎の姿がゆっくりと入ってきた。なにか叫んでいるが声は届かない。

娘の足元に厨子《ずし》がある。

怜はそれに腕を伸ばそうと試みた。

けれど指一本も動かせない。

不意に眩《まぶ》しい光に襲われた。

怜の体が宙に弾《はじ》け飛んだ。

「もう、たいがいにしろ。酒がまずくなる」

戸崎は「ドールズ」の店内のあちこちにカメラを向けて盛んにフラッシュを焚《た》いている松室に呆《あき》れた顔で言った。

「見え見えなんだよ。聖夜ちゃんを撮りたいなら、ちゃんと頼んだらどうなんだ」

「な、なに言ってんですか」

松室はカメラのファインダーから目を外して戸崎に食ってかかった。

「見てりゃ分かる。何枚かに一枚は聖夜ちゃんに戻る。気付いてないと思ったら大間違いだ。どうしてそう姑息《こそく》なんだろうね。世間的に言うならなんの不足もない青年医師だろうに。もっと自信を持て。まるでストーカーと変わらんぞ。だから女の子が敬遠する」

「そんな……絶対に違います」

松室は口を尖《とが》らせた。恒一郎と怜は笑いを堪《こら》えた。聖夜も小さく肩を揺らせている。

「なにが違う。急にカメラなんぞ持ち出して」

「それも違う」

「じゃなんだ？」

「先輩は知らないでしょうが、ぼくは高校時代に写真部に所属していました。だから急に持ち出したなんてことはないです」

「初耳だ」

「医大に入ってから止めていましたからね」

「なんでだ?」

「レントゲンとか断層写真を見ているうちに、なんだか馬鹿馬鹿しくなって」

「そりゃわけの分からん話だな」

「片方に命に関わる写真がある。それに較べたら、という意味です」

「まさに松室先生じゃなきゃ思い付かん発想だ。しかしまぁ、納得できんこともない」

戸崎はくすくす笑って認めつつ、

「けど、そいつはデジカメだろう。おまえさんが高校生だった頃にはまだ普及していない」

「だから面白くてカメラ熱が戻った」

「現像しなくて済むし、すぐ見られる」

「そういうことじゃなく……」

松室は撮影したばかりの画像を手元で再生して探した。やがて一枚を選び出す。

「これですよ。はっきり見える」

松室は皆の前にカメラを差し出した。皆は小さな画面に目を注いだ。黒い板壁に白い染みのようなものが見える。松室は拡大した。

「オーブか」

恒一郎の言葉に松室は頷《うなず》いた。白い毬《まり》がいくつか空中に浮かんでいる。さらに拡大すると毬には綺麗《きれい》な幾何学模様が見られた。

「なんだこいつは？」

戸崎は板壁に目をやった。毬などどこにも見当たらない。

「人間の魂じゃないかと言われている」

恒一郎の説明に戸崎は苦笑いした。

「本当ですよ。つい先日テレビでこの特集が放映されていた。見ませんでしたか？」

「ガキ相手の番組なんぞ暇でも見やしない」

「埃《ほこり》がフラッシュに反射しての現象だろうと結論づけてたけど、こんなの、写真に熱中してた頃には一度も出たことがない。デジカメの構造にも関係があると言ってましたが、不思議でしょうがなかった。その番組ではオーブの撮影の仕方も紹介していた。それでデジカメを買う気になったんです」

「物好きだな」

戸崎は鼻で笑って水割りを嘗《な》めた。

〈相変わらず呑気《のんき》なお二人さんだ〉

怜は無言で二人の軽口を楽しんでいた。

「なんか……」

恒一郎が小首を傾げた。

「こういうの、デジャヴって言うのかな。前にも話したような気がするよ」

「松室センセーはいつもくだらん話ばかりさ」

戸崎に皆は笑い転げた。

「いや、おいらもそんな気が」

怜は背筋に寒気を感じていた。

25

「おいらたちはいつからここに?」

怜は思わず呟《つぶや》いた。

なに言ってるという顔で戸崎は、

「お子ちゃまタイムは終わりだ。怜ちゃんが眠たがっているんじゃないのか」

くすくすと笑った。

「いや……おれも妙な気が続いてる」

恒一郎に戸崎と松室は目を合わせた。

「さっき言ったデジャヴってやつか」

戸崎は恒一郎に目を戻した。

無言で恒一郎は頷いた。

「デジャヴの真実性を信じてはいるけど、同時に二人ってのは聞いたことがないですよ。あれは超能力の一種でしょう。特別な脳の働きだから」

言って松室は首を捻《ひね》った。

「なんだか……私も」

狭いカウンターの中でサンドイッチを拵《こしら》えていた聖夜が手を休めて恒一郎に口にした。

「嫌だね。この店に居る五人のうち三人が今のこの瞬間を記憶にとどめているってわけだ。異常だぞ。なにかよほどのことでもありそうだ。そのあとはなにが起きるんだ。岩手山の爆発か？　それとも核ミサイルか」

戸崎は苦笑しつつ水割りを嘗めた。

「このあと……ってと」

大真面目に受けて怜は腕を組んだ。

「松室の旦那《だんな》が写しなすった写真を皆で眺めるんでさ！」

怜は思い出したように膝《ひざ》を進めた。

そうそう、と恒一郎と聖夜も頷いた。

「そりゃ、たった今まで撮りまくってたやつだ。当然、松室センセーの本当の狙いがなににあるのか皆で確かめることになるだろうな」

戸崎はにやにやとして松室に目を向けた。

「けど、そいつにゃ幽霊が写ってる」

怜に聖夜は目を丸くして、

「そうよ！　私のママとパパ」

声高に言いつのった。

「聖夜ちゃんの両親が危険を訴えている」

「おいおい、恒ちゃんまで」

と戸崎は三人を交互に見やって、

「まさか三人が組んで芝居をしてるわけじゃなかろうな。ぞくっとしたぞ」

「見てみりゃ分かることで」

怜は松室の目の前にあるデジカメを顎《あご》で示した。

「なにも写っていねぇなら、おいらたちの気の迷いってことになる」

慌てて松室はカメラを手にすると再生画面にして確かめはじめた。戸崎も案じて脇から覗《のぞ》き込む。が、写真は何十枚もある。

「聖夜ちゃんだけ写したやつだ」

苛々《いらいら》と恒一郎は伝えた。松室は全部の写真を丁寧にチェックしている。

「この辺りですか？」

松室は恒一郎に液晶画面を向けた。聖夜がカウンターの中で笑顔を見せている。

「そいつだ。間違いねぇ」

代わりに怜が応じた。小さな画面だが聖夜の右手背後に煙のようなものが漂っている。松室は画面をどんどん拡大した。

うーん、と唸《うな》ったのは戸崎だった。

「まさしく幽霊だ。聖夜ちゃんの両親かどうか知らんが……男と女、二人写ってる」

「で、でも、写していたときはだれも」

松室は怯《おび》えた顔でカウンターを見やった。「そんなことより、このことをなんで恒ちゃんたちが知っていたかが問題だ」

戸崎は大きく吐息して恒一郎に目を戻した。

「つまり……三人が一緒に未来予知をしたということになるのか？」

「未来じゃない。過去だ」

心を落ち着かせて恒一郎は返した。

「未来だろうさ。現に恒ちゃんたちはまだ見てもいない写真の中身を言い当てた」

ですよ、と松室も同意した。

「いや……この先のこともずっと記憶にあるような気がする。岩泉に出掛けた」

「岩泉？　なんだそりゃ」

戸崎は戸惑った。

「なぜだかところどころしか思い出せないけど……岩泉に行ったのは憶《おぼ》えている」

「松室の旦那のお仲間にも会いやしたぜ」

怜は松室に言った。

「岩泉でか！」

「金子先生とかおっしゃってた」

「信じられない」

松室は青ざめた。肩が細かく震えている。

「金子って、おまえさんと同級のか？」

「ええ。今は岩泉病院に」

「どうやら半端じゃなくなってきた。目吉センセーが金子の名を知っているはずがない。しかも岩泉病院に居るなんてことをな」

「…………」

「金子って……猟銃持ってなかったか？」

戸崎の問いに松室は悲鳴を発した。

「な、なんで先輩まで！」

「急にそんな気がした。岩泉の龍泉洞の近くに温泉ホテルがあるよな」

「さあ……」

「そこの風呂《ふろ》に入った記憶がある」

「いつです？」

「分からん。つい最近のような……」

「どうしてみんながそうなんです？　なんでぼくだけ……おかしいですよ」

松室は盛んに首を横に振った。

「箱神だ！　やつを探しにおいらたちは――」

「やめてくれ!」

怜の言葉に松室は頭を抱えた。

「あれが本当だなんて言わないでくれ!」

「畜生! また野郎に嵌《は》められた」

怜は椅子から立ち上がった。

「こいつも野郎が拵えた幻なんでさ」

怜は床板を乱暴に踏み付けた。

しっかりと床板の軋《きし》みが足に伝わる。

「過去に引き戻されたのとは違うのか?」

恒一郎は「ドールズ」の店内を見回した。

「野郎にすりゃそれが狙いだったかも知れねぇ。すべてのものが記憶通りに存在している。世界で箱神のことなんぞ捨て置いて生きて行く。おれたちが上手《うま》くなにもかも忘れりゃ、この世界で箱神のことなんぞ捨て置いて生きて行く。その隙に野郎はのうのうと逃げられる。下手な幻を見せたって通じねぇと思ってこんな手を打ってきたんでさ」

「これが過去じゃないなら、おれたちは今どこに居る?」

恒一郎は激しく困惑した。

「あの結界の中に決まっていやしょう。おいらたち三人が揃って箱神のことを憶えていたのは、おいらたちが野郎の側に居るからだ。

戸崎の旦那たちは結界の外。だからすっかり騙《だま》されなすった」

「すべてはあのままってことか！」

想像して恒一郎は恐れを感じた。

全員があの山の中に身を固めながら、今この現在の幻を見ている。もし幻と気付かずに居ればどうなっていたのだろう。このまま永遠に幻の中で生きていったのだろうか。現実にはわずか一瞬でも、人は何年にもわたる夢を見ることができる。

「戻る方法は？」

聖夜が怒りの目をして怜に訊《たず》ねた。

「絶対に負けない」

聖夜は暗い店内をあちこち睨《にら》み付けた。

「この世界をぶっ壊すしかなさそうだ」

怜は覚悟の顔で口にした。

「どこを見たって野郎は居そうにねぇ。ボロを出さねぇよう今度は慎重にやっているんでしょう。小便したくれぇじゃここから脱《ぬ》けられそうにありやせんぜ」

「まずは試してみるか」

戸崎は階段近くの便所に駆け込んだ。

怜たちはしばらく様子を見た。

やがて失望を浮かべて戸崎が出てきた。

「しっかり出た。が、この通りだ」

「もしかして本当の世界なんじゃ？」

松室が恒一郎に言った。

「箱神とか岩泉の方が我々の妄想かも」

「全員がおなじ妄想を？　門屋源次郎とか郷土史家の青山先生の名は？」

憶えている、と松室は力なく認めた。

「おいらを信用していただけますか？」

怜は恒一郎を見上げた。

「もちろん……だが、なにをする？」

「ありきたりのやり方じゃ無理だ。これが幻の中なら、なにをしたっておれたちの命にゃ関わりがねぇ。火をつけやしょう」

「この店にか！」

さすがに恒一郎は絶句した。

「そいつは危ない」

松室は慌てて否定した。

「夢の中でも信じていれば死ぬことがある。催眠術で火傷《やけど》させることだってできるんだ」

「信じていればの話でしょう」

怜は鼻で笑った。

「あいにくこちとら野郎の幻と知っている」

「これだけの力なんだぞ。火だって熱いに決まってる。無茶だよ」

「そこまでやらねぇと勝てねぇ相手だ」

それに聖夜も大きく頷《うなず》いた。松室はがっくりと肩を落とした。聖夜まで覚悟しているとなれば付き合うしかない。

「その前にちょっと」

言って戸崎はテーブルに置いてあったライターを取ると火を点《とも》した。その火に自分の掌《てのひら》をかざす。じりじりと肉の焦げる匂いがした。

必死で戸崎は炎の熱さに耐えた。

「どうでした！」

やっと掌を外した戸崎に松室は質《ただ》した。

「熱い」

「やっぱり」

「が、本物の火かどうか分からん。掌はこの通りだが、本物ならもっと酷《ひど》い気がする」

「そんな！　神経の過敏さは人それぞれです」

「なんとも言えないが……これで駄目ならなにをしたって一緒だ。これが現実か幻か確かめようがない。おれの直感はこれが幻だと告げている。目吉センセーに任せよう」

松室は頼みの綱が切れた顔をした。

「そんなに心配なら外に逃げてりゃいい」

「嫌ですよ。ぼくだけ幻から脱けられなくなったらどうするんです」

「別のおれたちと呑気《のんき》に生きてきゃいいさ」

「無責任な」

「無責任て……選んだのはおまえさんだろ」

「分かりました。いつでもいい」

松室はどっかりと床に胡座《あぐら》をかいた。

「さっさと火でもなんでもつけてください」

「ここまでやって幻から逃れられなかったら、おれたちゃ立派な放火犯だな」

戸崎に恒一郎は複雑な目をした。

「脱けられやすよ。皆でそう信じりゃ」

怜に戸崎も微笑んだ。

「派手《はで》に燃えそうなものはないな」

戸崎はライターをカチカチさせて見回した。

「真司が使っているライターのオイルがあるだろ。あれを床にぶち撒《ま》こう」

戸崎は聖夜にオイル缶を出すよう頼んだ。

「夢ならもっと簡単に火をつけられると思いますけどね」

松室はまだぶつぶつと呟《つぶや》いた。

「こいつから脱けだせたときゃ、躊躇《ちゅうちょ》なしに箱神をふん捕まえてくだせぇ」

怜は恒一郎に念押しした。

「野郎が次の手を打つ前にやらねぇと、いつまでもおなじ目に遭う。野郎はおいらたちの目の前に居る。腕を振り回しゃ野郎のどこかに手が届くはずだ」

恒一郎は了解した。聖夜も首を縦に動かす。

「旦那《だんな》方も手助けを。一気に結界の中に踏み込んでくだせぇ。狭い輪だ。運が良けりゃ野郎を外に弾《はじ》き出せる」

「結界から出していいのか！」

戸崎は耳を疑った。結界は箱神を封じるために拵《こしら》えたものである。

「肝心なのは厨子《ずし》の方。そいつは地面に置いてある。やってみなくちゃ分からねぇが、野郎が操っている娘っ子が居なくなりゃ楽になりそうな気がしやす」

なるほど、と戸崎も納得して、

「ちゃんと気持ちを集中させろよ」

ぼうっとしている松室に言った。

「山ん中に戻ったと自覚できたら、とにかく結界に向かってダッシュしろ。そんなに離れていない。あの娘の腰に肩からぶつかれ」

「目覚めには自信ないですけどね」

「冗談言えるだけ心強いってもんだ」

戸崎は松室の肩を叩《たた》いた。

はい、と聖夜が戸崎にオイル缶を手渡した。

戸崎は缶を逆さにしてオイルを噴出させた。

床板に見る見る染み込んでいく。

「いいんだな？」

全部を撒き散らして戸崎は怜を振り向いた。

「こいつぁ幻だ。野郎をぶちのめすことだけ考えて火にあったまりやしょうぜ」

怜は自信に溢《あふ》れた様子で椅子に戻った。

「どうせ死なん。火渡りでもして楽しむか」

戸崎はしゃがむとライターで点火した。

青白い炎が一気に燃え広がる。

それは乾燥している板壁にもたちまち燃え移った。白い煙が充満しはじめる。

「マジに、ヤバい感じですよ」

想像以上に火の回りが速い。熱が頬に伝わってくる。松室はあとじさった。火への恐怖がどんどん強まっていく。松室は煙を吸い込んで噎《む》せ返った。目から涙が溢れ出る。

「大丈夫なんですよね先輩」

松室は戸崎の袖《そで》を強く握った。

すでに炎の高さは腰の辺りまである。その火に囲まれてもはや逃げ場もない。

「おまえさんとこうして死ぬとはな」

「な、なにを言ってるんです！」

「それもいいかなと思ってたところさ」

戸崎は降り懸かる火の粉を払って笑った。

恒一郎と聖夜は立ち尽くして見守った。

怜は一人静かに頷いた。

火は怜の足元まで到達していた。

26

「本物の火だ！」

袖に燃え移った火をばたばたと払って松室は逃げ回った。火は松室を呑《の》み込むように襲いかかってくる。

「落ち着け！　おれは熱くない」

戸崎は松室の腕を取って言い聞かせた。

「熱いですよ。息もできない」

「我慢できる。本物なら有り得ん」

熱さを堪《こら》えて戸崎は笑いを浮かべた。

「本当に焼け死んでしまう！」

松室は炎から必死に逃れた。店内一杯に燃え広がっている。カウンターの中で爆発が起きた。なにが爆発したか分からない。

「覚悟を決めちまえ。幻から脱《ぬ》け出せなきゃどのみち死んだも一緒だ」

戸崎に恒一郎も頷いた。

「旦那、ご心配は要りやせん」

怜は椅子から離れて松室の側に立った。

「そろそろ天井が崩れやす。ほんまもんの火事にしちゃ早過ぎる。おいらたちが幻と承知なんで、ほつれも早ぇんでしょう」

言われて松室は天井を見上げた。

蔵の屋根を支える太い梁《はり》が焼け焦げて落ちそうになっている。激しい火勢だ。

「こんな中でおいらたちが平気で居られるわけがねぇ。野郎の脅かしでさ」

確かに、と松室も頷いた。呼吸も心なしか楽になる。

「攻める用意をしといた方がいいぜ」

怜は聖夜に顔を向けた。

「今度ばかりはあいつのしくじりね。お陰でこうして打ち合わせる余裕ができた」

「そいつぁ言えてる」

怜はくすくすと笑った。

「熱くなくなってきた。どうなってる」

松室は体のあちこちに触った。

「幻と得心なすったせいですよ」

口にした怜の真上から梁が勢い良く崩れ落ちた。怜はたちまち猛火に包まれた。

「この通りだ」

真っ赤な炎を掻《か》き分《わ》けて怜が出てきた。

松室は大きく吐息した。

「野郎もさぞかし慌てているに違いねぇ。下手な手を打たれる前にこっちから仕掛けやしょう。あの破れた天井から飛び出すんで」

怜は天井を見上げた。夜空が見えている。

「どうやって！」

恒一郎は唸《うな》った。

「幻の中なんですぜ。なんだってできる。野郎の術を逆手に取るんですよ」

「し、しかし」

恒一郎はさすがに首を捻《ひね》った。

「やってみよう。ここまではセンセーの言った通りに運んでる」

戸崎は意気込んだ。

「皆、手を繋《つな》げ。一気に飛び跳ねる」

戸崎は両腕を広げた。松室と聖夜がその腕を取る。怜と恒一郎も手を繋いだ。

「上手《うま》くいったら休まずにやれ。迷わず結界に突進して娘に体当たりしろ」

戸崎は松室に念押しした。

そこにまた梁が派手《はで》に崩れ落ちた。

「ちょうどいい按配《あんばい》に梯子《はしご》ができやがった」

怜はほくそ笑んだ。

「この梁を駆け上がりゃあっちに脱けられる」

「よし。行こう」

戸崎が燃え上がっている梁に足を乗せた。

戸崎の服がめらめらと燃え出す。

「なんともない。そう見えるだけだ」

戸崎は松室に言うと登りはじめた。

怜と聖夜が続く。

「悔いのない人生ってやつだ」

松室は大きく息を吐いて梁に足をかけた。

「やっぱり幻だった。町の灯《あか》りがない」

屋根の破れ目から外を覗《のぞ》いて戸崎は言った。

「あるのはこの『ドールズ』だけだぞ」

「そっから思いっ切り飛び出てくだせぇ。それでたぶん元に戻れる」

「これが最後の勝負になるか？」

「そうしてぇもんで。野郎の幻にゃうんざりだ。厨子《ずし》さえ奪えばこっちのもんだ」

怜も攀登《よじのぼ》って戸崎と並んだ。

確かに盛岡の町がない。闇の中にこの蔵だけがぽっかりと浮かんでいる。

怜は下に目をやった。

ごうごうと燃え盛る炎の中から松室と恒一郎が上がってくる。

「いよいよですぜ」

怜は恒一郎に声をかけた。

「おれと聖夜ちゃんは娘を取り押さえる。センセーは厨子を頼む」

承知、と怜は頷《うなず》いた。

「なにもない闇の中に永遠に閉じ込められなきゃいいですけどね」

「このメンバーなら退屈せんだろう」

松室に取り合わず戸崎は跳ぶ態勢に入った。

戸崎の掛け声で全員が闇にジャンプした。


いきなり怜は現実に引き戻された。

娘が驚愕《きょうがく》の目を見開いた。

その顔に聖夜が殴り掛かる。重力に抗《あらが》うようなゆっくりした動きだが、それでも確実に顎《あご》に決まった。娘はがくんとのけ反った。恒一郎が怜に伸びた娘の腕を摑《つか》む。その腕を掻い潜って怜は厨子を目指した。三人揃っての攻めが功を奏している。怜は結界の外に目を動かした。戸崎と松室がこっちに駆けて来る。ふらふらして見えるのは時間が緩慢に進んでいるからだ。箱神の術に違いない。

厨子に伸ばした怜の腕も苛々《いらいら》するほど前に出ない。が、着実に接近している。

松室が地を蹴《け》った。

空中遊泳のごとく近寄って来る。

やがて松室の肩が娘の腰にぶつかった。

娘の髪が扇の形に広がる。

よほどの衝撃だったのだろう。

牛の唸りに似た重い声が響く。

娘の悲鳴と気付くまで時間がかかった。

娘が松室に抱えられて宙に浮く。

その体を聖夜が押し出している。

厨子を忘れて怜は見守った。

結界から体半分ほど食《は》み出たらしく、娘の髪が燻《くすぶ》りはじめた。顔や首筋に水膨れが出現した。娘の悲鳴は止まない。娘は空中でもがいた。しかし足が地に着いていない状態ではどうにもならない。娘の体は完全に結界から抜け出た。

その途端――

箱神の術が解けて時間が正常に戻った。

「今よ！」

聖夜が怜に叫んだ。

怜の指が難無く厨子に触れた。

「どうする？」

がっしり厨子を抱えて怜は聖夜を見上げた。

「中から引き摺《ず》り出して踏み付けるのよ」

おお、と怜は厨子の扉を乱暴に開けた。

厨子を逆さにして払い落とす。

が――

なにも転げ出る気配はない。

怜は厨子の中を覗いた。

「居やしねぇぞ！」

怜は動転した。こんなはずはない。

勝ち誇った笑いが背後からした。

怜はぎょっとして振り向いた。

松室の襟首を摑み上げて娘が笑っている。

「てめぇ！」

怜は結界から飛び出て娘と対峙《たいじ》した。

「いつまでもそんなものに身を潜めていると思ったか。愚かな者どもよ」

「時間稼ぎをしてやがったな」

怜はぎりぎりと歯嚙《はが》みした。

「これまでとしよう。この娘も返してやる」

「………」

「この世には私の存在を知る者が増え過ぎた。殺すのはたやすいが、面倒が続く。頑張った褒美に許してやろう」

「なにをほざきやがる！」

怜は娘を睨《にら》み付けた。

「しょせん私の敵ではない。私の温情だ」

「こっちはそうはいかねぇ」

「黙って姿を消してやると言っている。昔の世界の方が面白い」

「どういうこった？」

「生きていた頃のおまえにまた会える。それが楽しみだ。あちらで今夜の報復をしてやろう。おまえの父親ともどもな」

娘は松室の襟首を放した。

気を失っている松室はどさりと倒れた。

「この娘に手出ししたとて無駄だぞ。心を操っているだけのこと」

「くそっ」

「私を追いかけるつもりなら死んで魂とならなくてはならぬ。それはできまい。おまえが入り込んでいる子供を死なせることになる」

「この糞《くそ》野郎！」

「前におまえを殺したときもそう言った。人はなかなか成長できぬものだ」

「かなわねぇと見て逃げ出す腹だろうに」

「どうとでも取れ。勝ち負けなど私には興味がない。あちらに移れば私はおまえらのことなどすぐに忘れる」

「本体はどこに隠れていやがる！」

「真上だ。もう手が届かぬ」

娘は夜空の一点を指し示した。

漆黒の夜空にさらに黒い雲が渦巻いている。その渦の中心に青白い光が見えた。光が雲を支配して渦を拵《こしら》えているのだ。

「二度と会うことはなかろう。真実を一つだけ教えてやろう。歴史は一冊の本のようなものだ。すでにはじめから終わりまで書かれ切っている。人間はそれを知らず割り振られた世界で生きている。私は善でも悪でもない。その本を読む力を持っている。好きな時間に浸ることも思いのまま。存在に気付かれることは滅多《めった》にないが……甘かったようだな」

さらば、という顔を娘はした。

娘の体がぐにゃりと傾いた。

娘は膝《ひざ》から地面に崩れ落ちた。

娘の体から小さな光の球が抜け出た。

球は怜たちの頭上をぐるぐると回った。

戸崎がタイミングを計って飛び付いた。

握った掌《てのひら》から球が楽々擦り抜けた。

これではどうにもならない。

球は怜たちを嘲笑《あざわら》うかのようにそれぞれの体を擦り抜けて乱舞した。

やがて皆の真ん中に浮き上がり、迷うことなく天空の渦を目指した。

怜は溜《た》め息《いき》と舌打ちの両方をした。

「私に任せて」

怜の目の前に聖夜が立った。

「あいつをどこまでも追いかける」

「ったって、おめぇ……」

「私があなたたちを巻き込んだ。あいつがなんであろうとパパとママの仇《かたき》を取る」

「どうやる気だ」

怜は首を横に振った。今度は幻ではない。

「私が道をつける。約束する」

聖夜はふわりと宙に浮いた。

皆は仰天した。確かに浮いている。

「おめぇ！」

怜は察して、さっきまで聖夜が居た叢《くさむら》に目を転じた。

そこに聖夜が横たわっていた。

ナイフで切ったらしく細い首からまだ血が溢《あふ》れている。

「早まった真似を！」

怜は宙に顔を戻して聖夜に叫んだ。

恒一郎たちは呆然《ぼうぜん》として声も出せない。

「どうせ永くは生きていられない。これが私に与えられた本当の使命。あの渦が閉じられる瞬間に私も飛び込む。絶対に逃がさない」

聖夜は微笑んだ。

「あいつは本当に馬鹿。追いかける方法を自分から教えてくれた」

「…………」

「それに、あいつが私を救ってくれたようなものよ。こうして軽い体となってセンセーと話していられる。死があれほど怖かったのに。今日からは新しく生きられる」

「怖がっているようにゃ見えなかったが」

怜は苦笑した。

「怖かったのは無になること。センセーのようになれるとは限らない」

「そういうことか」

怜は何度も頷《うなず》いた。

「私は必ず戻る。あいつの居場所を教えに」

「おめぇなら任せて安心だ」

「私の体は……パパとママのところに」

「そうしてやる。安心しな」

「これで私たち、本当に最強のコンビね」

「無事に戻ってきたらの話だ」

怜は目に涙を滲《にじ》ませた。

「あいつ……センセーが生きていた頃の時代に戻るとか言っていた。もしかしたら私もセンセーに会えるかも」

「かもな。よろしく言ってくれ」

「好きになったらどうしよう」

「こんなときに冗談か」

怜は噎《む》せ込んだ。

「皆と出会えたことが一番の幸せだった」

聖夜は恒一郎と戸崎、松室を順に眺めた。

「ちゃんとこうしてお礼が言える」

聖夜は皆に頭を下げた。

「そんな！　なんなんだよこれ」

松室は号泣した。戸崎も涙を堪《こら》える。

「戻ってくる。聖夜ちゃんは戻る」

恒一郎は自分に言い聞かせるよう口にした。

「行きます」

渦が閉じられつつある。聖夜は一気に高みへと上昇した。

「天使だ。彼女は天使だったんだ」

松室は空に両手を広げる聖夜を見上げて顔を輝かせた。

恒一郎にも正しく天使と思えた。

聖夜は優しい微笑みをもう一度見せて……渦の中に溶け込んで行った。

渦が消えると、隠されていた月が現われた。

聖夜の体を美しく照らし出している。

「永く生きられないって……なんです？」

松室は聖夜の手を取って戸崎に訊《たず》ねた。

「慢性骨髄性白血病だった。グリベックを服《の》んでいたのは彼女だった」

辛《つら》い顔で戸崎は打ち明けた。

「なんでぼくに黙っていたんです！」

「知ればおまえさんも辛かろうと思ってだ。残念だが助けられる病状じゃなかった」

「あとどのくらい？」

「保《も》って三月か」

「まさか！　元気に見えた」

「必死に闘っていたのさ。彼女も喜んでいるだろう。すべての苦痛から解放された」

戸崎は聖夜に合掌した。

「しかし」

と戸崎は怜と恒一郎を振り向いて、

「変な気分だ。彼女は魂となって生きている。ちっとも死んだ気がしない」

「そのうち戻ってきやすよ」

頷きつつ怜は聖夜の消えた夜空を仰いだ。

「聖夜ちゃんのいれたコーヒーが飲めなくなるのだけは残念だ。真司の作るやつはいつも濃過ぎる。自惚《うぬぼ》れ屋の味がする」

戸崎に皆も同感だった。

「それでも今は真司のコーヒーが飲みたい」

それにも皆が同意した。

「これからが本当のはじまりでさ」

怜は聖夜の腕を取って胸の上で合掌させた。

聖夜は微笑んだ、ように思えた。

〈ドールズ〉クロニクル

東　雅　夫（アンソロジスト）

一九八七年に第一作『ドールズ』が刊行されて以来、実に二十余年もの長きにわたって、ミステリー読者と怪談・ホラー読者の双方から、ひとしく愛され続けてきた高橋克彦の代表作〈ドールズ〉シリーズ。

本書は、その待ちに待った最新作（の文庫版）である。

どれくらい待たされたかといえば……前作『ドールズ　闇から招く声』の単行本刊行が二〇〇一年の秋だったので、実に七年ぶり（単行本初刊時）ということになる。

もっとも、前作と前々作『ドールズ　闇から覗《のぞ》く顔』の間には、なんと十一年ものブランクがあったので、今回は思ったよりも早いお目見えといえないこともない……どこか悟りにも似たそんな心境で、本書の到来を待ち望んでいたファンも多いのではなかろうか。

そう、たとえどれだけ待たされようと、ひとたびページを開けば、水と緑に恵まれた北の城下町・盛岡の懐かしいあの店この場所を舞台に、主人公の月岡怜《つきおかれい》／泉目吉《いずみめきち》と、彼女／彼を取り巻くおなじみの顔ぶれが勢ぞろいして、一時停止の画面がふたたび動き出すかのように、新たなる驚きに満ちた物語を活《い》き活《い》きと紡ぎはじめるのだから。

事実、今回の新作で怜／目吉たちを巻き込んでゆくことになる驚天動地の大事件も、その発端は、前作における世にも怪奇で凄絶《せいぜつ》な猟奇殺人事件が決着を見てから、さほど時をおかずに勃発《ぼっぱつ》した設定となっているのだった。

とはいえ、物語の中では時を忘れていても、うつし身の哀しさ、七年前の作品の詳細については、すでに記憶がおぼろげな読者も少なくなかろうし、本書で初めて〈ドールズ〉ワールドに参入するという読者も多いに違いない。まずは二十余年におよぶ本シリーズの歩みを、ここでいま一度、振り返ってみることにしよう。

『ドールズ』

一九八七年五月に中央公論社のC★NOVELSの一冊として書き下ろし刊行された際のタイトルは『ドールズ　闇から来た少女』だったが、中公文庫版（一九八九）では『闇から来た少女　ドールズ』に改題され、角川文庫版（一九九七）では『ドールズ』と再度改題されている。

舞台は岩手県の盛岡市。喫茶店「ドールズ」を経営する月岡真司《しんじ》の七歳になる娘・怜は、深夜の雪道で車にはねられ、重傷を負った。以来、失語症に陥った怜は、医学の常識を超えた不可解な症状を示し、人形に対する執着や喫煙など、異様な行動をとるようになる。ドールズの階下で古書店「同道堂《どうどうどう》」を営む真司の義弟・結城《ゆうき》恒一郎《こういちろう》は、人形作家で恋人の小夜島《さよじま》香雪《かゆき》や、大学病院に勤務する友人の医師・戸崎昭《とざきあきら》らの助力を得て、謎の解明に乗りだすのだが……。

本書は作者が手がけた初のホラー長篇であり、初刊本に掲げられた「作者の言葉」には「はじめは読者を怖がらせるためだけのホラー・サスペンスを意図していたのに、ずいぶん違うものになった。それでも満足している。怪奇小説は不可思議な話が多いものだが、世の中にひとつくらい、合理的な展開に終始する怪談があってもいいだろう。怖いのは結局、人の心である」と記されていた。

合理的な展開に終始する、恐怖のみに主眼を置かないホラー・サスペンスの試みが成功を収めた最大の要因は、少女の姿で現代に転生した江戸の天才人形師・泉目吉の魅力に負うところが大きいだろう。ホラーとミステリーとオカルトという高橋作品の屋台骨を支える三大要素が、怜／目吉という傑出したキャラクターの裡《うち》には、まことに自然な形で融合されているのである。

『ドールズ　闇から覗く顔』

一九八九年秋から翌年の夏にかけて、季刊誌「別冊婦人公論」に連載された「紙の蜻蛉《とんぼ》」「お化け蠟燭《ろうそく》」「鬼火」「だまし絵」の四作品を収める。一九九〇年十月初刊の中央公論社版単行本および中公文庫版（一九九三）のタイトル表記は『闇から覗く顔　ドールズ』となっていた。角川文庫版は一九九八年刊。

創作折り紙の第一人者の弟子が殺害され、現場には珍しい江戸期の手法で折られた折り紙の蜻蛉が……（「紙の蜻蛉」）。古風な写し絵の上映会で起きた殺人事件の陰には……（「お化け蠟燭」）。献身的なボランティア活動で著名な女性と、病院で同室となった怜の身に……（「鬼火」)。予知能力をもつ美人画家に命を狙われる怜の運命は……(「だまし絵」)。

前作から一転、連作短篇集のスタイルをとる本書は、ホームズ役の怜/目吉と、ワトスン役の恒一郎の名コンビが謎めいた事件に挑む、ミステリー色のより濃厚な一巻となった。

とはいえ作中の道具立てには、怪談物の影絵芝居とか予知や霊視といったオカルト趣味も躍如としており、ホラー・ファンにも十分に愉《たの》しめる内容となっている。その意味では〈シャーロック・ホームズ〉というよりも、その江戸版を企図した岡本綺堂《おかもときどう》の〈半七捕物帳〉に一脈通ずる味わいを湛《たた》えているともいえよう(綺堂作品と本シリーズの浅からぬ因縁をめぐっては、角川文庫版『ドールズ　闇から招く声』に寄稿した解説中で詳述したので、関心のある向きは御参照いただきたい)。

全篇を通じて何より印象に残るのは、鋭い推理と機転で犯人たちを追い詰めながらも、人情味あふれる弁舌で、かれらの魂に救済をもたらす怜/目吉の水際立った名探偵ぶりである。主役コンビにからむ脇役たちの個性が輝きを増してゆく点にも注目したい。

『ドールズ　闇から招く声』

「小説中央公論」の一九九五年二月号から十二月号まで連載された後、同誌の休刊による長期中断を経て、角川書店の「本の旅人」に舞台を移して一九九九年二月号から二〇〇一年九月号まで連載。単行本は角川書店から二〇〇一年九月刊、二〇〇四年に角川文庫に収録された。

通報をうけてマンションの一室に踏み込んだ警官が目撃する、酸鼻をきわめた殺害現場。血《ち》塗《まみ》れで散乱するバラバラ死体の向こうから聞こえてくるのは、少年の悲痛な嗚咽《おえつ》……。

一方、化け物屋敷見物に興じていた恒一郎と怜／目吉は、会場で本物の死体を発見したのを皮切りに、連続する猟奇殺人事件の解明に乗りだしてゆく。東京から盛岡に移住するという知人の進藤《しんどう》と息子・正也《まさや》父子をも巻き込んで、事件は予想外の方向へ展開し……。

ふたたび長篇のスタイルで登場したシリーズ第三作は、無気味な中にもハートウォーミングなこれまでの路線から一転、真性のサイコキラーによるスプラッターな猟奇犯罪を描いて、ホラー・ファンに快哉《かいさい》を叫ばしめた。

しかも本書においては、怜／目吉と同じ境遇に身を置く某人物を仇役《かたきやく》に配することで、シリーズを通じての大いなる謎たる目吉の転生の秘密に、いよいよ本格的に光が当てられることになる。その意味でも本書は、これに続く四作目、すなわち今回の『ドールズ　月下天使』と、ひと連なりといってもよい密接な関係性を有する作品なのであった。


さて、以上のような変遷を経て登場した今回の新作は、過去のどの作品にもまして奇想天外かつ気宇壮大なスケールを有することとなった。

新たなキャラクターとして投入された憂愁の麗人・金森聖夜《かなもりせいや》。彼女にまつわる哀切な秘密が明かされてゆく「使命」の章を開幕篇に、物語は思いもよらぬ方向へと暴走を始める。

続く「神の手」の章では、怜の通う小学校で、周到な計画のもと、生徒を人質にとった立てこもり事件が発生、囚《とら》われの身となった怜／目吉と、校内へ決死の潜入を試みた聖夜が、絶妙のコンビネーションで悪に立ち向かうのだった。

ここまででも優に一巻を成すストーリー展開と感じられるのに、作者は手綱を緩めるどころか、さらなる拍車をかけて、本書最大の雄篇たる「導きの道」の章へ突入する。

聖夜を写した一葉の写真に浮かび上がる死者の姿――奇怪な心霊写真騒動を発端に、東北地方に特有の幽暗な信仰形態というべき「箱神《はこがみ》さま」の霊異へと物語は展開し、そして……まさか、あの〈ドールズ〉シリーズが、同じ作者の『総門谷』連作を彷彿《ほうふつ》せしめるような超時空伝奇ファンタジーに急接近することになろうとは！

あまりにも衝撃的な大団円から察するに、どうやら本シリーズは今後、「起承転結」の「転」から「結」の段階に突入してゆくものと思われる。

いよいよ細部が明らかになってきた、江戸時代における目吉の死と転生の秘密とは？

次作以降に持ち越しとなった、強大で邪悪な存在との闘いの行方は？

さまざまな謎を孕《はら》みながら、スケールアップを続けてやまない〈ドールズ〉シリーズ。その先行きを、読者諸賢とともに、今からまた心待ちにしたいと思う。

＊

さて、ここまでは、本書が二〇〇八年九月に単行本で刊行された際に、巻末解説として執筆・収録された拙文である。

あれからちょうど三年が経ち、このほど角川文庫版が上梓《じょうし》される運びとなり、私の解説も収録していただけるとの連絡を、編集部から頂戴《ちょうだい》した。

新たに稿を起こすことも一瞬考えたのだが、クロニクルという性格上、あえて新刊当時の形を残すべきかと思い、ほぼ原形のまま再録させていただいた次第である。


現在、〈ドールズ〉シリーズは、最新作であり、本書の直接の続篇と呼んでも過言ではない長篇「ドールズ　夜の誘い」が「小説　野性時代」誌上で長期連載中である。

本書のヒロイン聖夜と所縁《ゆかり》深い新キャラクターが登場、魔物との闘いを続ける主人公一行は、彼の力を借りて、なんと目吉が生まれる十年前の江戸時代にタイムスリップ、新たな冒険の渦中に飛び込んでゆく……という物語が展開されている。

現時点での最新作となる連載第二十七回（「惑」の章）を読んでいたら、次のくだりに、思わず目がとまった。


「つい最近までおれたちには歴史は歴史でしかなかったじゃないか。いかにも歴史に残らない人間ならタイムパラドックスの心配も少ないかも知れんが、おまえさんが救った人間の中からどんな天才や英雄が生まれないとも限らない。一人二人ならともかく、何百もの命となると可能性がぐんと高まる。過ぎた歴史として目を逸らすしかない。もし救いたいなら、おれたちの世界に戻って多くの患者とその気で向き合え。おれたちの先にある未来だったらどんなにも変えられる」

時を超えて江戸時代に着いた一行が、現代から持ち込んだ歴史年表を前に、議論を交わす場面である。

その翌年、江戸が大火と未曾有《みぞう》の大水害に見舞われ、多くの犠牲者が出ることを知って、なんとか事前に警告を発し、被害を減らすことができないかと考える松室《まつむろ》に対して、歴史の改変による混乱（＝タイムパラドックス）を懸念する戸崎が、諭して語る言葉である。

とりわけ最後の「おれたちの先にある未来だったらどんなにも変えられる」という一節の背後には、東日本大震災の惨禍と間近に直面した作者の痛切な思いがあふれていて、一読、目頭が熱くなった。

二〇一一年三月十一日、盛岡市の自宅書斎で仕事中に被災した作者は、数千冊の蔵書が散乱し、電気をはじめとするライフラインを絶たれた状況下で、不安な日々を過ごしたという。

怪談専門誌「幽《ゆう》」第十五号の「震災と怪談文芸」に寄せた「いま、なにを書くか」という談話記事の冒頭には、その衝撃とダメージの大きさがなまなましく吐露されている。

毎日毎日、ホントに腹が立って仕方がないんですよ。被災地になにが必要なのか。復興に向けてどうすればいいのか。沿岸のお年寄りとか、だいじょうぶなのか。自分のふるさとが壊滅状態にあって、とにかく頭が一杯になってしまうんだ。テレビを見ても新聞を読んでも腹が立つ。地元の人間がみんなこれだけ気を揉《も》んでいるのに、政治家ってなんなんだろうね。ヴィジョンがなさ過ぎる。なにかがおかしい。ホントに大変なことになるよ、これは。あれだけの被害を受けながら、なんの教訓も知恵も蓄積されないまま、地域がぼろぼろになっていくのをただ見ているしかないのか。絶望しているよ。

とはいえ作者は、ただ絶望し傍観しているわけではなかった。

震災から約一週間の時点でいち早く、一千万円の義援金《ぎえんきん》を寄付すると表明、文芸界からの被災地支援に先鞭《せんべん》をつけ、つい先ごろも地元作家によるチャリティ目的のアンソロジー『12の贈り物　東日本大震災支援　岩手県在住作家自選短編集』（道又力《みちまたつとむ》編／荒蝦夷《あらえみし》刊）の企画を中心になって提起するなど、東北の地にあって文芸に携わる者の立場から、いま何ができるかを真摯《しんし》に考え、実践しているさまが窺《うかが》える。

そして何より心強いのは、右の「いま、なにを書くか」に語られている、次の言葉だ。

自分でも不思議なんだよ。こんなにつらくて苦しいのに、どうしてホラーやSFのアイディアが生まれるのか。苦しいのなら、明るくて楽しい小説を書けばいいのにねえ。これはやっぱりホラーやSFが現実からいちばん離れた物語だからなんじゃないかな。現実から離れたい、逃れたい。そんな気持ちが表れているのかもしれない。あと、理由がもうひとつあるんだよ。〈3・11〉後、よく夢を見るんだ。それも、こわい夢。あるいはSF的な夢。目が覚めて、ああ、これ、書けるな、と。〈3・11〉以前にはこんなことなかったんだよ。不思議だね。

絶望の果てにもたらされた、この世ならぬ物語への新たなる情熱――そもそも怪奇幻想文学とは、眼前の現実に対する遣《や》り場のない憤りや違和感を、思うさま非現実で奇想天外な物語に託して、せめて一矢を報いようとする捨て身の文芸ではなかったのか。

これからの〈ドールズ〉シリーズが、この慘憺《さんたん》たる現実に対峙《たいじ》して、どのような物語を繰りひろげてゆくのか、しかと見とどけたいと思う。

二〇一一年八月

本書は二〇〇八年九月に小社から刊行された
単行本を文庫化したものです。

ドールズ

月《げつ》下《か》天《てん》使《し》

高《たか》橋《はし》克《かつ》彦《ひこ》

角川文庫 17026

平成二十三年九月二十五日　初版発行

発行者―井上伸一郎
発行所―株式会社角川書店
東京都千代田区富士見二―十三―三
電話・編集　(〇三)三二三八―八五五五
〒一〇二―八〇七八
発売元―株式会社角川グループパブリッシング
東京都千代田区富士見二―十三―三
電話・営業　(〇三)三二三八―八五二一
〒一〇二―八一七七
http://www.kadokawa.co.jp

印刷所―旭印刷　製本所―BBC
装幀者―杉浦康平

定価はカバーに明記してあります。

た 17-12　ISBN978-4-04-170427-1　C0193

角川文庫発刊に際して

角　川　源　義

第二次世界大戦の敗北は、軍事力の敗北であった以上に、私たちの若い文化力の敗退であった。私たちの文化が戦争に対して如何に無力であり、単なるあだ花に過ぎなかったかを、私たちは身を以て体験し痛感した。西洋近代文化の摂取にとって、明治以後八十年の歳月は決して短かすぎたとは言えない。にもかかわらず、近代文化の伝統を確立し、自由な批判と柔軟な良識に富む文化層として自らを形成することに私たちは失敗して来た。そしてこれは、各層への文化の普及滲透を任務とする出版人の責任でもあった。

一九四五年以来、私たちは再び振出しに戻り、第一歩から踏み出すことを余儀なくされた。これは大きな不幸ではあるが、反面、これまでの混沌・未熟・歪曲の中にあった我が国の文化に秩序と確たる基礎を齎らすためには絶好の機会でもある。角川書店は、このような祖国の文化的危機にあたり、微力をも顧みず再建の礎石たるべき抱負と決意とをもって出発したが、ここに創立以来の念願を果すべく角川文庫を発刊する。これまで刊行されたあらゆる全集叢書文庫類の長所と短所とを検討し、古今東西の不朽の典籍を、良心的編集のもとに、廉価に、そして書架にふさわしい美本として、多くのひとびとに提供しようとする。しかし私たちは徒らに百科全書的な知識のジレッタントを作ることを目的とせず、あくまで祖国の文化に秩序と再建への道を示し、この文庫を角川書店の栄ある事業として、今後永久に継続発展せしめ、学芸と教養との殿堂として大成せんことを期したい。多くの読書子の愛情ある忠言と支持とによって、この希望と抱負とを完遂せしめられんことを願う。

一九四九年五月三日

角川文庫ベストセラー

紅蓮鬼《ぐれんき》　高橋克彦

菅原道真の死から五年、淫鬼によって道真の怨念が甦る。陰陽道に通じる加茂一族は淫鬼に対抗できるのか。妖しく恐ろしい鬼を描いた伝奇長編。

症例A　多島斗志之

精神科医の榊は、美貌の少女を担当することになった。治療スタッフを振りまわす彼女に榊は境界例の疑いを抱く……。繊細に描き出す、魂の囁き。

追憶列車　多島斗志之

第二次大戦末期の砲火の下、フランスからドイツへ脱出する列車で出会った日本人少年と少女の淡い恋心を描いた表題作など、珠玉の五篇を厳選。

離愁　多島斗志之

常に物憂げで無関心、孤独だった叔母。彼女の人生について調べるうちに浮かび上がった哀しみの過去とは——。情感たっぷりに永遠の愛を綴る。

海賊モア船長の憂鬱（上）　多島斗志之

一七〇三年。インド洋に悪名高き片腕の海賊、それがモア船長だった。登場人物それぞれが背負う人生の哀感。これぞ大人のための極上海洋冒険小説！

海賊モア船長の憂鬱（下）　多島斗志之

果たしてモアの奇策はきまるのか!?　張られた罠の裏をかけ！　緻密な計算と高いリアリティ、『症例A』の多島斗志之が描いた極上の海洋冒険小説。

ミュージック・ブレス・ユー!!　津村記久子

高校3年生のアザミの超低空飛行のぐだぐだな日常を支えるのはパンクロックだった——。野間文芸新人賞受賞、青春小説の新スタンダード！

角川文庫ベストセラー

love history　西田俊也
結婚式を翌日に控えた由希子は、昔の恋の思い出を捨てに出かけて雪山で事故にあう。気づいたときには、19歳の恋の時代に逆戻りしていた――。

love history second songs　西田俊也
もし神様に一度だけ時間を遡り、昔に戻してやるといわれたら……。余命幾ばくもない彼との永遠の別れを描く、ファンタジックなラブストーリー。

love history single cut　西田俊也
思い出の曲を聞いた瞬間、時を遡り、あの人に出会い、自由な心の旅に出る。単行本未収録作品を加えたショート・ファンタジック・ストーリーズ。

世界でいちばん淋しい遊園地　西田俊也
「当遊園地は78年の歴史に幕を下ろします」初デートの記憶も、家族の愛しい光景も閉じ込めたまま――。閉園間近の遊園地を描く、感涙の物語。

参加型猫　野中柊
五匹の捨て猫が取り持った縁で結婚した勘吉と沙可奈。二人と「参加型」猫チビコちゃんが織りなす、穏やかで前向きな日々。キュートな恋愛小説。

草原の輝き　野中柊
母は弟を道連れにして命を絶った。辛い記憶はずっと、なつきを苦しめ続けて……。圧倒的な悲しみをたたえた女性のゆるやかな快復と再生の物語。

きみの歌が聞きたい　野中柊
幼馴染の絵梨と美和、少年のような男性・ミチル。慈愛と静寂に満たされた三角関係に生まれる哀しみを描く。天然石の光に包まれた恋愛小説。